文豪《ぶんごう》ノ怪談《かいだん》 ジュニア・セレクション

呪《のろい》 小泉八雲《こいずみやくも》・三島由紀夫《みしまゆきお》ほか

東《ひがし》 雅夫《まさお》 編《へん》

羽尻利門《はじりとしかど》 絵《え》

目《もく》次《じ》

笛《ふえ》塚《づか》

岡《おか》本《もと》綺《き》堂《どう》

一

第十一《だいじゅういち》の男《おとこ》は語《かた》る*。

僕《ぼく》は北国《ほっこく》*の者《もの》だが、僕《ぼく》の藩中《はんちゅう》*にこういう怪談《かいだん》が伝《つた》えられている。いや、それを話《はな》す前《まえ》に、かの江戸《えど》の名奉行《めいぶぎょう》*　根岸肥前守《ねぎしひぜんのかみ》*のかいた随筆《ずいひつ》「耳袋《みみぶくろ》」*の一節《いっせつ》を紹介《しょうかい》したい。

「耳袋《みみぶくろ》」のうちにはこういう話《はなし》が書《か》いてある。美濃《みの》*の金森兵部少輔《かなもりひょうぶのしょう》*の家《いえ》が幕府《ばくふ》*から取《と》っつぶされたときに、家老《かろう》*のなにがしは切腹《せっぷく》を申《もう》しわたされた。その家老《かろう》が検視《けんし》*の役人《やくにん》にむかって、自分《じぶん》はこのたび主家《しゅうか》*の罪《つみ》を身《み》にひき受《う》けて切腹《せっぷく》するのであるから、決《けっ》してやましい*ところはない。むしろ武士《ぶし》として本懐《ほんかい》に存《ぞん》ずる次第《しだい》*である。しかし実《じつ》を申《もう》せば拙者《せっしゃ》*には隠《かく》れたる罪《つみ》がある。若《わか》いときに旅《たび》をしてある宿屋《やどや》に泊《とま》ると、相宿《あいやど》*の山伏《やまぶし》*が何《なに》かの話《はなし》からその太《た》刀《ち》をぬいて見《み》せた。それが世《よ》にすぐれたる銘刀《めいとう》*であるので、拙者《せっしゃ》はしきりに欲《ほ》しくなって、

第十一《だい》の男《おとこ》は語《かた》る　本篇《ほんぺん》は近代怪談文芸史上《きんだいかいだんぶんげいしじょう》で屈指《くっし》の名著《めいちょ》『青《せい》蛙堂鬼談《あどうきだん》』（一九二六）の一篇《ぺん》である。同書《どうしょ》は当時《とうじ》、文壇内《ぶんだんない》外《がい》で流行《りゅうこう》していた百物語怪談会《ひゃくものがたりかいだんかい》のスタイルを踏襲《とうしゅう》しており、春《しゅんせつ》雪ふりしきる一夕《いちゆう》、小石川《こいしかわ》（東京都文京区《とうきょうとぶんきょうく》）切支丹坂《きりしたんざか》上《うえ》にある青蛙堂主人《せいあどうしゅじん》の家《いえ》で催《もよお》された怪談会《かいだんかい》の席《せき》で、老若男《ろうにゃくなん》女《にょ》の参会者《さんかいしゃ》たちが順番《じゅんばん》に披露《ひろう》した物語《ものがたり》を、作者《さくしゃ》が書《か》きとめたという設定《せってい》になっている。したがって「第《だい》十一の男《おとこ》」とは、十一番目《ばんめ》に語《かた》った男性《だんせい》を意味《いみ》する。

北国《ほっこく》　北陸地方《ほくりくちほう》。後《のち》の記述《きじゅつ》によれば、現在《げんざい》の石川県《いしかわけん》である可能《かのう》性《せい》が高《たか》い。

僕《ぼく》の藩中《はんちゅう》　藩《はん》とは、江戸期《えどき》における大名《だいみょう》の領地《りょうち》や組織《そしき》などの総《そう》称《しょう》。ここでは加賀前田藩《かがまえだはん》と推測《すいそく》される。語《かた》り手《て》は、廃藩置県《はいはんちけん》後《ご》の旧藩士《きゅうはんし》と考《かん》えられる。

名奉行《めいぶぎょう》　奉行《ぶぎょう》は江戸幕府《えどばくふ》の役職《やくしょく》で、各部局《かくぶきょく》の長官《ちょうかん》。時代劇《じだいげき》の「遠山《とおやま》の金《きん》さん」に相当《そうとう》。

根岸肥前守《ねぎしひぜんのかみ》　佐渡奉行《さどぶぎょう》、勘定奉行《かんじょうぶぎょう》、江戸南町奉行《えどみなみまちぶぎょう》などを歴任《れきにん》した幕臣《ばくしん》・根岸鎮衛《ねぎしやすもり》（一七三七〜一八一五）のこと。本姓《ほんせい》は安生《あんじょう》。松平定信《まつだいらさだのぶ》の信任篤《しんにんあつ》く、異例《いれい》の出世《しゅっせ》を遂《と》げた。

耳袋《みみぶくろ》　『耳嚢《じのう》』とも。根岸鎮衛《ねぎしやすもり》が著《あらわ》した随筆集《ずいひつしゅう》で全《ぜん》十巻《かん》、各巻《かっかん》に百話《わ》を収《おさ》める。天明《てんめい》四年《ねん》（一七八四）に起稿《きこう》し、文化《ぶんか》十一年（一八一四）に成立《せいりつ》。幕府《ばくふ》の要職《ようしょく》にあった著者《ちょしゃ》が、同僚《どうりょう》・後輩《こうはい》から出入《でい》りの町人《ちょうにん》たちまで、さまざまな知人《ちじん》から聴《き》き蒐《あつ》めた奇談《きだん》・怪談《かいだん》・巷談《こうだん》を書《か》きとめた見聞録《けんぶんろく》。岡本綺堂《おかもときどう》や柳田《やなぎた》國男《くにお》のみならず、京極夏彦《きょうごくなつひこ》の『旧怪談《ふるいかいだん》』や木原浩勝《きはらひろかつ》・中山市《なかやまいち》朗《ろう》の『新耳袋《しんみみぶくろ》』をはじめとして、現代《げんだい》の怪談文芸《かいだんぶんげい》に与《あた》えた影《えい》響《きょう》も多大《ただい》である。

美濃《みの》　現在《げんざい》の岐阜県南部《ぎふけんなんぶ》の旧国名《きゅうこくめい》。

兵部少輔《ひょうぶのしょう》　兵部《ひょうぶ》とは律令制《りつりょうせい》における「兵部省《ひょうぶしょう》」のことで、諸《しょ》国《こく》の軍事関係《ぐんじかんけい》をつかさどる役所《やくしょ》。少輔《しょう》は、その次官《じかん》で大輔《たいふ》に次《つ》ぐ地位《ちい》の職名《しょくめい》。

幕府《ばくふ》　武家《ぶけ》の政権《せいけん》および政庁《せいちょう》。ここでは徳川将軍家《とくがわしょうぐんけ》の江戸幕《えどばく》府《ふ》のこと。

家老《かろう》　大名家《だいみょうけ》の家中《かちゅう》を取《と》り仕切《しき》る職務《しょくむ》の重臣《じゅうしん》。

検視《けんし》　事実《じじつ》を見届《みとど》けるために使《つか》いの者《もの》を派遣《はけん》すること。

主家《しゅうか》　主君《しゅくん》や主人《しゅじん》の家《いえ》。

やましい　うしろめたい。良心《りょうしん》に恥《は》じるような。

本懐《ほんかい》に存《ぞん》ずる次第《しだい》　本望《ほんもう》だと思《おも》っております。

拙者《せっしゃ》　わたくし。武士《ぶし》が自分《じぶん》をへりくだって言《い》うときの一人《いちにん》称《しょう》。

相宿《あいやど》　同《おな》じ宿屋《やどや》、ときには同《おな》じ客室《きゃくしつ》に、他人同士《たにんどうし》が泊《と》まり合《あ》わせること。

山伏《やまぶし》　仏道修行《ぶつどうしゅぎょう》のため山中《さんちゅう》に寝起《ねお》きする僧《そう》。修験者《しゅげんじゃ》。

銘刀《めいとう》　製造者《せいぞうしゃ》の銘《めい》が刻《きざ》まれた刀剣《とうけん》。

相当《そうとう》の価《あたい》*でゆずり受《う》けたいと懇望《こんもう》*したが、家重代《いえじゅうだい》の品《しな》*であるというので断《ことわ》られた。それでもやはり思《おも》い切《き》れないので、あくる朝《あさ》その山伏《やまぶし》と連《つ》れだって人通《ひとどお》りのない松原《まつばら》へ差《さ》しかかったときに、不意《ふい》にかれを斬《き》り殺《ころ》してその太刀《たち》を奪《うば》いとって逃《に》げた。それは遠《とお》い昔《むかし》のことで、幸《さいわ》いに今日《こんにち》まで誰《だれ》にも覚《さと》られずに月日《つきひ》を送《おく》ってきたが、今更《いまさら》おもえば罪深《つみぶか》いことで、拙者《せっしゃ》はその罪《つみ》だけでもかような終《おわ》*りを遂《と》げるのが当然《とうぜん》でござると云《い》い残《のこ》して、尋常《じんじょう》に切腹《せっぷく》*したということである。これから僕《ぼく》が話《はな》すのも、それにやや似通《にかよ》っているが、それよりも、さらに複雑《ふくざつ》で奇怪《きかい》な物語《ものがたり》であると思《おも》ってもらいたい。

僕《ぼく》の国《くに》*では謡曲《ようきょく》*や能狂言《のうきょうげん》*がむかしから流行《りゅうこう》する。したがって、謡曲《ようきょく》や狂言《きょうげん》の師匠《ししょう》も沢山《たくさん》ある。やはりそれらからの関係《かんけい》であろう、武士《ぶし》のうちにも謡曲《ようきょく》はもちろん、仕舞《しまい》*ぐらいは舞《ま》う者《もの》もある。笛《ふえ》をふく者《もの》もある。鼓《つづみ》をうつ者《もの》もある。その一人《ひとり》に矢柄喜兵衛《やがらきへえ》という男《おとこ》があった。名前《なまえ》はなんだか老人《ろうじん》らしいが、その時《とき》はまだ十九《じゅうく》の若侍《わかざむらい》で御馬廻《おうまわ》り*をつとめていた。父《ちち》もおなじく喜兵衛《きへえ》といって、せがれが十六《じゅうろく》の夏《なつ》に病死《びょうし》したので、まだ元服《げんぷく》*したばかりの一人息子《ひとりむすこ》が父《ちち》の名《な》をついで、とどこおりなく跡目《あとめ》*を相続《そうぞく》したのである。それから足《あし》かけ四年《よねん》のあいだ、二代目《にだいめ》の若《わか》い喜兵衛《きへえ》も無事《ぶじ》に役目《やくめ》を勤《つと》めとおして、別《べつ》に悪《わる》い評判《ひょうばん》もなかったので、母《はは》も親類《しんるい》も安心《あんしん》して、来年《らいねん》の二十歳《はたち》にもなったらば、然《しか》るべき嫁《よめ》*をなどと内々《ないない》*心《こころ》がけていた。

前《まえ》に云《い》ったような国風《こくふう》*であるので、喜兵衛《きへえ》も前髪《まえがみ》*のころから笛《ふえ》を吹《ふ》き習《なら》っていた。他藩《たはん》

相当《そうとう》の価《あたい》　価値《かち》に見合《みあ》った値段《ねだん》。適正価格《てきせいかかく》。
懇望《こんもう》　熱心《ねっしん》に切望《せつぼう》すること。
家重代《いえじゅうだい》の品《しな》　自分《じぶん》の家《いえ》に代々伝《だいだいつた》わる大切《たいせつ》な品《しな》。
かような　このような。
尋常《じんじょう》に　ここでは、素直《すなお》に、殊勝《しゅしょう》にも、の意《い》。
僕《ぼく》の国《くに》　明記《めいき》はされていないが、加賀《かが》百万石《まんごく》の城下町《じょうかまち》・金沢《かなざわ》(石川県《いしかわけん》)を指《さ》すと考《かんが》えられる。藩主《はんしゅ》の手厚《てあつ》い保護《ほご》のもと、加賀《かが》宝生流《ほうしょうりゅう》能楽《のうがく》の本拠地《ほんきょち》となり、「空《そら》から謡《うたい》が降《ふ》る」と称《しょう》されるほど、謡《うたい》や仕舞《しまい》が民間《みんかん》にも流行《りゅうこう》した。
謡曲《ようきょく》　能楽《のうがく》の詞章《ししょう》。その詞章《ししょう》をうたうことも指《さ》す。
能狂言《のうきょうげん》　能《のう》と狂言《きょうげん》。ともに平安時代《へいあんじだい》の猿楽《さるがく》に発《はっ》し、鎌倉時代《かまくらじだい》以降《いこう》、演劇化《えんげきか》した舞台芸能《ぶたいげいのう》。能《のう》は鎮魂《ちんこん》・神事《しんじ》の面影《おもかげ》をとどめる幽玄《ゆうげん》な歌舞劇《かぶげき》で、狂言《きょうげん》は軽妙《けいみょう》・滑稽《こっけい》な科白劇《せりふげき》。
仕舞《しまい》　能《のう》の演目《えんもく》の一部《いちぶ》を、囃子《はやし》を伴《ともな》わない謡《うたい》だけで単身《たんしん》、舞《ま》うこと。謡《うたい》とともに習《なら》い事《ごと》としても民間《みんかん》に普及《ふきゅう》。
御馬廻《おうままわ》り　侍大将《さむらいだいしょう》が騎馬《きば》で出陣《しゅつじん》する際《さい》、その親衛隊《しんえいたい》として側近《そっきん》で警護《けいご》にあたる武士《ぶし》の役職《やくしょく》。
元服《げんぷく》　男子《だんし》が成人《せいじん》になったことを公《おおやけ》に示《しめ》して祝《いわ》う儀式《ぎしき》。十一〜十七歳《さい》くらいにおこなう。
跡目《あとめ》　家督《かとく》(親《おや》の財産《ざいさん》・身分《みぶん》)を継《つ》ぐこと。
然《しか》るべき　ふさわしい。
内々《ないない》　内輪《うちわ》で。内心《ないしん》で。
国風《こくふう》　その国《くに》に特有《とくゆう》の風俗《ふうぞく》や慣習《かんしゅう》。お国《くに》ぶり。
前髪《まえがみ》　元服以前《げんぷくいぜん》の男子《だんし》。

であったらあるいは柔弱《にゅうじゃく》のそしりを受《う》けたかもしれないが、ここの藩中《はんちゅう》では全然無芸《ぜんぜんむげい》*の者《もの》よりも、こうした嗜《たしな》み*のある者《もの》の方《ほう》がむしろ侍《さむらい》らしく思《おも》われるくらいであったから、彼《かれ》がしきりに笛《ふえ》をふくことを誰《だれ》も咎《とが》める者《もの》はなかった。むかしから丸年《まるどし》*のものは歯並《はなみ》がいいので笛吹《ふえふ》きに適《てき》しているとかいう俗説《ぞくせつ》*があるが、この喜兵衛《きへえ》も二月生《にがつうま》れの丸年《まるどし》であるせいか、笛《ふえ》を吹《ふ》くことはなかなか上手《じょうず》で、子供《こども》のときから他人《たにん》も褒《ほ》める、親《おや》たちも自慢《じまん》するというわけであったから、その道楽《どうらく》*だけは今《いま》も捨《す》てなかった。

天保《てんぽう》の初年《しょねん》*のある秋《あき》の夜《よ》である。月《つき》の好《い》いのに浮《う》かされて*、喜兵衛《きへえ》は自分《じぶん》の屋敷《やしき》を出《で》た。手《て》には秘蔵《ひぞう》*の笛《ふえ》を持《も》っている。夜露《よつゆ》をふんで城外《じょうがい》の河原《かわら》*へ出《で》ると、あかるい月《つき》の下《した》に芒《すすき》や蘆《あし》の穂《ほ》が白《しろ》くみだれている。どこやらで虫《むし》の声《こえ》もきこえる。喜兵衛《きへえ》は笛《ふえ》を吹《ふ》きながら河原《かわら》を下《しも》の方《ほう》へ遠《とお》く降《くだ》ってゆくと、自分《じぶん》のゆく先《さき》にも笛《ふえ》の音《ね》がきこえた。自分《じぶん》の笛《ふえ》が水《みず》にひびくのではない、どこかで別《べつ》に吹《ふ》く人《ひと》があるに相違《そうい》ないと思《おも》って、しばらく耳《みみ》をすましていると、その笛《ふえ》の音《ね》が夜《よる》の河原《かわら》に遠《とお》く冴《さ》えてきこえる。吹《ふ》く人《ひと》も下手《へた》ではないが、その笛《ふえ》がよほどの名笛《めいてき》であるらしいことを喜兵衛《きへえ》は覚《さと》って、彼《かれ》はその笛《ふえ》の持主《もちぬし》を知《し》りたくなった。

笛《ふえ》の音《ね》に寄《よ》るのは*秋《あき》の鹿《しか》ばかりでない。喜《き》兵《へ》衛《え》も好《すき》の道《みち》*にたましいを奪《うば》われて、その笛《ふえ》の方《ほう》へ吸《す》いよせられてゆくと、笛《ふえ》は河下《かわしも》に茂《しげ》る芒《すすき》のあいだから洩《も》れてくるのであった。自《じ》分《ぶん》とおなじように、今夜《こんや》の月《つき》に浮《う》かれて出《で》て、夜露《よつゆ》にぬれながら吹《ふ》き楽《たの》しむ者《もの》があるのか、

柔弱《にゅうじゃく》のそしり　軟弱者《なんじゃくもの》と非難《ひなん》されること。
無芸《むげい》　習《なら》い覚《おぼ》えた芸《げい》がないこと。
嗜《たしな》み　ここでは、芸事《げいごと》などの心得《こころえ》。
丸年《まるどし》　十二ヶ月《かげつ》の経過《けいか》を一年《ねん》とする数《かぞ》え方《かた》と実年齢《じつねんれい》が合致《がっち》する、一月《がつ》～三月《がつ》ごろに生《う》まれた者《もの》。今《いま》でいう早生《はやう》まれに相当《そうとう》。歯《は》の生《は》え替《か》わりが遅《おく》れるため、歯並《はなら》びが良《よ》いと誤解《ごかい》されたことにもとづくものか。
俗説《ぞくせつ》　世間《せけん》で言《い》い伝《つた》えられている、根拠《こんきょ》のあいまいな説《せつ》。
道楽《どうらく》　趣味《しゅみ》。
天保《てんぽう》の初年《しょねん》　天保時代《てんぽうじだい》は一八三一年《ねん》一月《がつ》二十三日《にち》～一八四五年《ねん》一月《がつ》九日《か》まで。後段《こうだん》の記載《きさい》（笛《ふえ》の譲渡《じょうと》から七年目《ねんめ》が天保《てんぽう》九年《ねん》とある）から推《お》すと、天保《てんぽう》二年《ねん》の秋《あき》となる。
浮《う》かされて　心《こころ》が浮《う》き立《た》って。心《こころ》を奪《うば》われて。
秘蔵《ひぞう》　大切《たいせつ》に所有《しょゆう》・収蔵《しゅうぞう》していること。

城外《じょうがい》の河原《かわら》　金沢《かなざわ》は、内陸《ないりく》の丘陵《きゅうりょう》地帯《ちたい》から日本海《にほんかい》へ向《む》けて北《ほく》西《せい》に流《なが》れる両河川《りょうかせん》――犀川《さいがわ》と浅野川《あさのがわ》にはさまれた河岸段丘《かがんだんきゅう》に中心市域《ちゅうしんしいき》がある。「男川《おとこがわ》」と呼《よ》ばれる雄壮《ゆうそう》な流《なが》れの犀川《さいがわ》、「女川《おんながわ》」と呼《よ》ばれ、泉鏡花《いずみきょうか》作品《さくひん》の母胎《ぼたい》となった優美《ゆうび》な浅野《あさの》川《がわ》。本篇《ほんぺん》の舞台《ぶたい》が、どちらかの河原《かわら》であることは間違《まちが》いないと思《おも》われる。末尾近《まつびちか》くに「二度《にど》の出水《しゅっすい》」とあるところからすると、犀川《さいがわ》か？
笛《ふえ》の音に寄るのは……　ことわざ「秋《あき》の鹿《しか》は笛《ふえ》に寄《よ》る」を踏《ふ》まえる。秋《あき》の発情期《はつじょうき》で警戒心《けいかいしん》を忘《わす》れた牡鹿《おじか》が、鹿笛《しかぶえ》の音《ね》を牝《め》鹿《じか》と間違《まちが》えて近寄《ちかよ》り、捕獲《ほかく》されてしまうことから、恋《こい》に溺《おぼ》れて身《み》を滅《ほろ》ぼしたり、弱《よわ》みにつけこまれて窮地《きゅうち》に陥《おちい》ることのたとえ。喜兵衛《きへえ》の行《ゆ》く末《すえ》を暗示《あんじ》していることに留意《りゅうい》。
好《すき》の道《みち》　自分《じぶん》が好《す》きで打《う》ちこんでいる物事《ものごと》。特《とく》に風流《ふうりゅう》の道《みち》。

さりとは心憎《こころにく》い*ことであると、喜兵衛《きへえ》はぬき足《あし》をして*芒叢《すすきむら》のほとりに*忍《しの》びよると、そこには破筵《やれむしろ》*を張《は》った低《ひく》い小屋《こや》がある。いわゆる蒲鉾小屋《かまぼこごや》*で、そこに住《す》んでいるものは宿無《やどな》しの乞食《こじき》であることを喜兵衛《きへえ》は知《し》っていた。そこからこういう音色《ねいろ》の洩《も》れてこようとはすこぶる*意外《いがい》に感《かん》じられたので、喜兵衛《きへえ》は不審《ふしん》そうに立《た》ち停《ど》まった。

「まさかに狐《きつね》や狸《たぬき》めがおれをだますのでもあるまい。」

　こっちの好《す》きに付《つ》けこんで、狐《きつね》か川獺《かわうそ》*が悪《わる》いたずら*をするのかとも疑《うたが》ったが、喜兵衛《きへえ》も武士《ぶし》である。腰《こし》には家重代《いえじゅうだい》の長曽弥虎徹《ながそねこてつ》*をさしている。なにかの変化《へんげ》であったらば一刀《いっとう》に斬《き》って捨《す》てるまでだと度胸《どきょう》をすえて、彼《かれ》はひと叢《むら》しげる芒《すすき》をかきわけて行《ゆ》くと、小屋《こや》の入口《いりぐち》の筵《むしろ》をあげて、ひとりの男《おとこ》が坐《すわ》りながらに笛《ふえ》を吹《ふ》いていた。

「これ、これ。」

　声《こえ》をかけられて、男《おとこ》は笛《ふえ》を吹《ふ》きやめた。そうして、油断《ゆだん》しないような身構《みがま》えをして、そこに立《た》っている喜兵衛《きへえ》をみあげた。月《つき》のひかりに照《て》らされた彼《かれ》の風俗《ふうぞく》*はまぎれもない乞食《こじき》のすがたであるが、年《とし》のころは二十七八《にじゅうしちはち》で、その人柄《ひとがら》がここらに巣《す》を組《く》んでいる*普通《ふつう》の宿無《やどな》しや乞食《こじき》のたぐいとはどうも違《ちが》っているらしいと喜兵衛《きへえ》はひと目《め》に視《み》たので、おのずと詞《ことば》もあらたまった。*

「そこに笛《ふえ》を吹《ふ》いてござるのか。」

「はい。」と笛《ふえ》をふく男《おとこ》は低《ひく》い声《こえ》で答《こた》えた。

「あまりに音色《ねいろ》が冴《さ》えてきこえるので、それを慕《した》ってここまで参《まい》った。」と、喜兵衛《きへえ》は笑《えみ》を含《ふく》んで云《い》った。

さりとは心憎《こころにく》い　これはまた優《すぐ》れて奥《おく》ゆかしい。

ぬき足《あし》をして　音《おと》を立《た》てないように、そっと歩《ある》くこと。

芒《すすき》叢《むら》のほとり　芒《すすき》が群生《ぐんせい》している近《ちか》く。

破筵《やれむしろ》　使《つか》い古《ふる》されて、ぼろぼろになった筵《むしろ》。筵《むしろ》は藺草《いぐさ》や藁《わら》などの植物《しょくぶつ》を編《あ》んで作《つく》られる敷物《しきもの》。

蒲鉾小屋《かまぼここや》　竹《たけ》を弓形《ゆみなり》にたわめて骨組《ほねぐみ》とし、筵《むしろ》などを屋根《やね》にして造《つく》られる、蒲鉾形《かまぼこがた》の粗末《そまつ》な小屋《こや》。

すこぶる　とても。非常《ひじょう》に。はなはだ。

川獺《かわうそ》　イタチ科《か》の哺《ほ》乳《にゅう》類《るい》で水辺《みずべ》に棲息《せいそく》。狐《きつね》や狸《たぬき》と同《おな》じく、人《ひと》を化《ば》かすと考《かんが》えられており、しばしば河童《かっぱ》とも混同《こんどう》される。北陸《ほくりく》には川獺《かわうそ》にまつわる怪異伝承《かいいでんしょう》が多《おお》く伝《つた》わる。

悪《わる》いたずら　悪質《あくしつ》ないたずら。

長曽弥虎徹《ながそねこてつ》　（一六〇五？〜一六七八？）江戸前期《えどぜんき》の著名《ちょめい》な刀工《とうこう》。もとは越前《えちぜん》（現在《げんざい》の福井県《ふくいけん》）の甲冑師《かっちゅうし》で、江戸《えど》へ出《で》て和泉守兼重《いずみのかみかねしげ》に師事《しじ》したとされる。切《き》れ味鋭《あじするど》い虎徹《こてつ》の刀《かたな》は、数珠刃《じゅずのは》と呼《よ》ばれる刃文《はもん》に特色《とくしょく》があり、後世《こうせい》の刀工《とうこう》たちに大《おお》きな影響《えいきょう》を与《あた》えた。

風俗《ふうぞく》　ここでは、容姿《ようし》、身《み》なりの意《い》。

巣《す》を組《く》んでいる　巣《す》くっている。

おのずと詞《ことば》もあらたまった　自然《しぜん》に話《はな》しかける口調《くちょう》も丁重《ていちょう》になった。

その手《て》にも笛《ふえ》を持《も》っているのを、男《おとこ》の方《ほう》でも眼早《めばや》く見《み》て、すこし心《こころ》が解《と》けた*らしい。かれの詞《ことば》も打解《うちと》けてきこえた。

「まことにつたない調《しら》べ*で、お恥《はず》かしゅうござります。」

「いや、そうでない。先刻《せんこく》から聴《き》くところ、なかなか稽古《けいこ》を積《つ》んだものと相見《あいみ》える。*勝手《かって》ながら、その笛《ふえ》をみせてくれまいか。」

「わたくし共《ども》のもてあそび*に吹《ふ》くものでござります。とてもお前様方《まえさまがた》*の御覧《ごらん》に入《い》るるようなものではござりませぬ。」

とは云《い》ったが、別《べつ》に否《いな》む気色《けしき》*もなしに、かれはそこらに生《は》えている芒《すすき》の葉《は》で自分《じぶん》の笛《ふえ》を丁寧《ていねい》に押《お》しぬぐって、うやうやしく*喜兵衛《きへえ》のまえに差出《さしだ》した。その態度《たいど》が、どうしてただの乞食《こじき》でない。おそらく武家《ぶけ》の浪人《ろうにん》がなにかの仔細《しさい》*で落《お》ちぶれたものであろうと喜兵衛《きへえ》は推量《すいりょう》したので、いよいよ行儀《ぎょうぎ》よく挨拶《あいさつ》した。

「しからば*拝見《はいけん》。」

彼《かれ》はその笛《ふえ》を受《う》けとって、月《つき》のひかりに透《すか》してみた。それから一応《いちおう》断《ことわ》った上《うえ》で、試《こころ》みにそれを吹《ふ》いてみると、その音律《おんりつ》*がなみなみのものでない、世《よ》にも稀《まれ》なる名管《めいかん》*であるので、喜兵衛《きへえ》はいよいよ彼《かれ》を唯者《ただもの》でないと見《み》た。自分《じぶん》の笛《ふえ》ももちろん相当《そうとう》のものではあるが、とてもそれとは比《くら》べものにならない。喜兵衛《きへえ》は彼《かれ》がどうしてこんなものを持《も》っているのか、その来歴《らいれき》を知《し》りたくなった。一種《いっしゅ》の好奇心《こうきしん》も手伝《てつだ》って、彼《かれ》はその笛《ふえ》を戻《もど》しながら、芒《すすき》を折《おり》敷《し》いて*相手《あいて》のそばに腰《こし》をおろした。

「おまえは何日頃《いつごろ》からここに来《き》ている。」

「半月《はんつき》ほど前《まえ》から参《まい》りました。」

「それまでは何処《どこ》にいた。」と、喜兵衛《きへえ》はかさねて訊《き》いた。

心《こころ》が解《と》けた　警戒心《けいかいしん》がやわらいだ。
つたない調《しら》べ　下手《へた》な演奏《えんそう》。
相見《あいみ》える　察《さっ》せられる。
もてあそび　なぐさみ愛好《あいこう》すること。
お前様方《まえさまがた》　あなたがた。
否《いな》む気色《けしき》　拒《こば》む様子《ようす》、そぶり。
うやうやしく　礼儀《れいぎ》ただしく丁重《ていちょう》に。

仔細《しさい》　事情《じじょう》。細《こま》かい経緯《けいい》。
しからば　それでは。
音律《おんりつ》　音《おと》の調子《ちょうし》や高低《こうてい》。
名管《めいかん》　「管《かん》」は笛《ふえ》のこと。名笛《めいてき》。
折敷《おりし》いて　芒《すすき》の穂《ほ》を折《お》りとって敷物《しきもの》代《が》わりにした上《うえ》に腰《こし》を下《お》ろしたのである。

「このような身《み》の上《うえ》でござりますから、どこという定《さだ》めもござりませぬ。中国筋《ちゅうごくすじ》*から京大《きょうおお》阪《さか》、伊勢路《いせじ》*、近江路《おうみじ》*、所々《しょしょ》をさまよい歩《ある》いておりました。」

「お手前《てまえ》は武家《ぶけ》でござろうな。」と、喜兵衛《きへえ》は突然《とつぜん》に訊《き》いた。

男《おとこ》はだまっていた。この場合《ばあい》、なんらの打消《うちけ》しの返事《へんじ》をあたえないのは、それを承認《しょうにん》したものとみられるので、喜兵衛《きへえ》はさらに摺《す》り寄《よ》って訊《き》いた。

「それほどの名笛《めいてき》を持《も》ちながら、こうして流浪《るろう》していらるるには、定《さだ》めて*仔細《しさい》がござろう。御差支《おさしつか》えがなくばお聴《き》かせくださらぬか。」

男《おとこ》はやはり黙《だま》っていたが、喜兵衛《きへえ》から再三《さいさん》*その返事《へんじ》をうながされて、彼《かれ》は渋《しぶ》りながらに*口《くち》を開《ひら》いた。

「拙者《せっしゃ》はこの笛《ふえ》に祟《たた》られているのでござる。」

二

男《おとこ》は石見《いわみ》弥次右衛門《やじえもん》という四国《しこく》の武士《ぶし》であった。彼《かれ》も喜兵衛《きへえ》とおなじように少年《しょうねん》のころから好《この》んで笛《ふえ》を吹《ふ》いた。

弥次右衛門《やじえもん》が十九歳《じゅうきゅうさい》の春《はる》のゆうぐれである。彼《かれ》は菩提寺《ぼだいじ》*に参詣《さんけい》して帰《かえ》る途中《とちゅう》、往来《おうらい》*の少《すく》ない田圃中《たんぼなか》にひとりの四国遍路《しこくへんろ》*の倒《たお》れているのを発見《はっけん》した。見《み》すごしかねて立寄《たちよ》ると、かれは四十《しじゅう》に近《ちか》い男《おとこ》で病苦《びょうく》に悩《なや》み苦《くる》しんでいるのであった。弥次右衛門《やじえもん》は近所《きんじょ》から清水《しみず》*を

中国筋《ちゅうごくすじ》　ここでは、瀬戸内海《せとないかい》沿《ぞ》いの山陽道《さんようどう》を指《さ》すか。
伊勢路《いせじ》　伊勢《いせ》（現在《げんざい》の三重県《みえけん》）地方《ちほう》。
近江路《おうみじ》　近江《おうみ》（現在《げんざい》の滋賀県《しがけん》）地方《ちほう》。
定《さだ》めて　きっと。おそらくは。
再三《さいさん》　何度《なんど》も。繰《く》りかえし。
渋《しぶ》りながらに　気《き》が進《すす》まない様子《ようす》で。いやいやながら。
菩提寺《ぼだいじ》　一家《いっか》が代々《だいだい》、信徒《しんと》となって葬式《そうしき》や供養《くよう》などを営《いとな》んでいる寺《てら》。「菩提《ぼだい》」は死者《ししゃ》の冥福《めいふく》。
往来《おうらい》　人《ひと》の行《い》き来《き》。
四国遍路《しこくへんろ》　四国巡礼《しこくじゅんれい》とも。弘法大師《こうぼうだいし》の遺徳《いとく》を慕《した》って、四国《しこく》の八十八箇所霊場《かしょれいじょう》を順《じゅん》に巡《めぐ》って参拝《さんぱい》すること。また、巡礼《じゅんれい》する人《ひと》。
清水《しみず》　飲用《いんよう》が可能《かのう》な湧《わ》き水《みず》。

汲《く》んできて飲《の》ませ、印籠《いんろう》*にたくわえの*薬《くすり》を取出《とりだ》してふくませ、いろいろに介抱《かいほう》*してやったが、男《おとこ》はますます苦《くる》しむばかりで、とうとうそこで息《いき》を引《ひ》き取《と》ってしまった。かれは弥次《やじ》右衛門《えもん》の親切《しんせつ》を非常《ひじょう》に感謝《かんしゃ》して、見《み》ず知《し》らずのお武家様《ぶけさま》がわれわれ*をこれほどにいたわってくだされた。そのありがたい御恩《ごおん》のほどは何《なん》ともお礼《れい》の申上《もうしあ》げようがない。ついては*はなはだ失礼《しつれい》であるが、これはお礼《れい》のおしるし*までに差上《さしあ》げたいと云《い》って、自分《じぶん》の腰《こし》から袋《ふくろ》入《い》りの笛《ふえ》をとり出《だ》して弥次右衛門《やじえもん》にささげた。

「これは世《よ》にたぐいなき物《もの》でござる。しかしくれぐれも心《こころ》して、わたくしのような終《おわ》りを取《と》らぬようになされませ。*」

かれは謎《なぞ》のような一句《いっく》*を残《のこ》して死《し》んだ。弥次右衛門《やじえもん》はその生国《しょうこく》*や姓名《せいめい》を訊《き》いたが、かれは頭《かしら》を振《ふ》って答《こた》えなかった。これも何《なに》かの因縁《いんねん》*であろうと思《おも》ったので、弥次右衛門《やじえもん》はその亡骸《なきがら》の始末《しまつ》をして、自分《じぶん》の菩提寺《ぼだいじ》に葬《ほうむ》ってやった。

身許《みもと》不明《ふめい》の四国遍路《しこくへんろ》が形見《かたみ》*にのこした笛《ふえ》は、まったく世《よ》にたぐい稀《まれ》なる名管《めいかん》であった。かれがどうしてこんなものを持《も》っていたのかと、弥次右衛門《やじえもん》もすこぶる不審《ふしん》に思《おも》ったが、いずれにしても偶然《ぐうぜん》の出来事《できごと》から意外《いがい》の*宝《たから》を獲《え》たのをよろこんで、かれはその笛《ふえ》を大切《たいせつ》に秘蔵《ひぞう》していると、それから半年《はんとし》ほど後《のち》のことである。弥次右衛門《やじえもん》がきょうも菩提寺《ぼだいじ》に参詣《さんけい》して、さきに四国遍路《しこくへんろ》を発見《はっけん》した田圃中《たんぼなか》にさしかかると、ひとりの旅《たび》すがたの若侍《わかざむらい》がかれを待《ま》ちうけているように立《た》っていた。

「御貴殿《ごきでん》*は石見弥次右衛門殿《いわみやじえもんどの》でござるか。」と、若侍《わかざむらい》は近寄《ちかよ》って声《こえ》をかけた。

左様《さよう》でござると答《こた》えると、彼《かれ》はさらに進《すす》み寄《よ》って、噂《うわさ》にきけば御貴殿《ごきでん》は先日《せんじつ》このところにおいて四国遍路《しこくへんろ》の病人《びょうにん》を介抱《かいほう》して、その形見《かたみ》として袋入《ふくろい》りの笛《ふえ》を受取《うけと》られたということ

印籠《いんろう》　扁平《へんぺい》で長方形《ちょうほうけい》の箱形《はこがた》をした携帯用《けいたいよう》の容器《ようき》。江戸期《えどき》には薬《くすり》入《い》れとして用《もち》いられた。時代劇《じだいげき》『水戸黄門《みとこうもん》』で小道具《こどうぐ》となる「黄門様《こうもんさま》の印籠《いんろう》」で有名《ゆうめい》。

たくわえの　蓄《たくわ》えた。収納《しゅうのう》してある。

介抱《かいほう》　病人《びょうにん》や怪我人《けがにん》の世話《せわ》をすること。看病《かんびょう》。

われわれ　ここでは、わたくし。

ついては　それゆえに。それだから。

おしるし　ここでは、あかし。証拠《しょうこ》。

終《お》わりを取《と》らぬようになされませ　死《し》に方《かた》をなさらないようにしてください。

一句《いっく》　言葉《ことば》。

生国《しょうこく》　出身地《しゅっしんち》。生《う》まれた国《くに》。

因縁《いんねん》　物事《ものごと》が生《しょう》じる原因《げんいん》。「因《いん》」は直接的《ちょくせつてき》な原因《げんいん》で、「縁《えん》」は間《かん》接的《せってき》な原因《げんいん》。

形見《かたみ》　死者《ししゃ》や離別《りべつ》した人《ひと》の思《おも》い出《で》の品《しな》。遺品《いひん》。

意外《いがい》の　思《おも》いがけない。

御貴殿《ごきでん》　あなた。

であるが、その四国遍路《しこくへんろ》はそれがしの*仇《かたき》でござる。それがしは彼《かれ》の首《くび》と彼《かれ》の所持《しょじ》する笛《ふえ》を取《と》るために、はるばると尋《たず》ねてまいったのであるが、かたきの本人《ほんにん》はすでに病死《びょうし》したとあれば致《いた》し方《かた》がない、せめてはその笛《ふえ》だけでも所望《しょもう》いたしたいと存《ぞん》じて*、先刻《せんこく》からここにお待《ま》ちうけ申《もう》していたのでござると云《い》った。藪《やぶ》から棒《ぼう》*にこんなことを云《い》いかけられて、弥《や》次右衛門《じえもん》の方《ほう》でも素直《すなお》に渡《わた》すはずがない。かれは若侍《わかざむらい》にむかって、お身《み》*はいずこのいかなる御仁《ごじん》*で、またいかなる仔細《しさい》でかの四国遍路《しこくへんろ》をかたきと怨《うら》まるるのか、それをよく承《うけたま》わった上《うえ》でなければ何《なん》とも御挨拶《ごあいさつ》*はできないと答《こた》えたが、相手《あいて》はそれを詳《くわ》しく説明《せつめい》しないで、なんでもかの笛《ふえ》を渡《わた》してくれと遮二無二《しゃにむに》*かれに迫《せま》るのであった。

　こうなると弥次右衛門《やじえもん》の方《ほう》には、いよいよ疑《うたが》いが起《おこ》って、彼《かれ》はこんなことを云《い》いこしらえて*大切《たいせつ》の笛《ふえ》を騙《かた》り取《と》ろう*とするのではあるまいかとも思《おも》ったので、お身《み》の素姓《すじょう》、かたき討《うち》の仔細《しさい》、それらが確《たし》かに判《わか》らないかぎりは、決《けっ》してお渡《わた》し申《もう》すことは相成《あいな》らぬ*と手強《てづよ》く*はねつけると、相手《あいて》の若侍《わかざむらい》は顔《かお》の色《いろ》を変《か》えた。この上《うえ》はそれがしにも覚悟《かくご》があると云《い》って、かれは刀《かたな》の柄《つか》に手《て》をかけた。問答無益《もんどうむやく》*とみて、弥次右衛門《やじえもん》も身《み》がまえした。それからふた言三言云《ことみことい》い募《つの》った後《のち》、ふたつの刀《かたな》が抜《ぬ》きあわされて、素姓《すじょう》の知《し》れない若侍《わかざむらい》は血《ち》みどろになって弥次右衛門《やじえもん》の眼《め》のまえに倒《たお》れた。

「その笛《ふえ》は貴様《きさま》に祟《たた》るぞ。」

云《い》い終《おわ》って彼《かれ》は死《し》んだ。訳《わけ》もわからずに相手《あいて》を殺《ころ》してしまって、弥次右衛門《やじえもん》はしばらく夢《ゆめ》のような心持《こころもち》*であったが、とりあえずその次第《しだい》を届《とど》け出《で》ると、右《みぎ》の通《とお》りの事情《じじょう》であるから弥次右衛門《やじえもん》に咎《とが》め*はなく、相手《あいて》は殺《ころ》され損《ぞん》で落着《らくぢゃく》した。かれに笛《ふえ》を譲《ゆず》った四国遍路《しこくへんろ》は何《なに》者《もの》であるか、後《のち》の若侍《わかざむらい》は何者《なにもの》であるか、もちろんそれは判《わか》らなかった。相手《あいて》を斬《き》ったことは先《ま》ずそれで落着《らくぢゃく》したが、ここに一《ひと》つの難儀《なんぎ》*が起《おこ》った。というのは、

それがし　わたくし。
所望《しょもう》いたしたいと存《ぞん》じて　頂戴《ちょうだい》したいと思《おも》いまして。
藪《やぶ》から棒《ぼう》に　いきなり。突然《とつぜん》。
お身《み》　あなた。御身《おんみ》。
御仁《ごじん》　おかた。
御挨拶《ごあいさつ》　お返事《へんじ》。返答《へんとう》。
遮二無二《しゃにむに》　がむしゃらに。むりやり。
云《い》いこしらえて　作《つく》り事《ごと》を云《い》って。嘘《うそ》をついて。

騙《かた》り取《と》ろう　だまし取《と》ろう。
相成《あいな》らぬ　できない。
手強《てづよ》く　強硬《きょうこう》に。
問答無益《もんどうむやく》　議論《ぎろん》をしても無意味《むいみ》なこと。
夢《ゆめ》のような心持《こころもち》　非現実的《ひげんじつてき》で夢《ゆめ》の中《なか》の出来事《できごと》のような心境《しんきょう》。
咎《とが》め　罪《つみ》を問《と》われること。
難儀《なんぎ》　面倒《めんどう》なこと。難題《なんだい》。

この事件《じけん》が藩中《はんちゅう》の評判《ひょうばん》となり、主君《しゅくん》の耳《みみ》にもきこえて、その笛《ふえ》というのを一度《いちど》みせてくれという上意《じょうい》*が下《くだ》ったことである。単《たん》に御覧《ごらん》に入《い》れるだけならば別《べつ》に仔細《しさい》もないが、殿《との》のお部屋様《へやさま》*は笛《ふえ》が好《す》きで、価《あたい》を問《と》わずに良《よ》*い品《しな》を買《か》い入《い》れていることを弥次右衛門《やじえもん》はよく知《し》っていた。迂闊《うかつ》*にこの笛《ふえ》を差出《さしだ》すと、殿《との》の御所望《ごしょもう》という口実《こうじつ》で、お部屋様《へやさま》の方《ほう》へ取《と》りあげられてしまうおそれがある。さりとて仮《かり》*にも殿《との》の上意《じょうい》とあるものを、家来《けらい》の身《み》として断《ことわ》るわけにはいかない。弥次右衛門《やじえもん》もこれには当惑《とうわく》*したが、どう考《かんが》えてもその笛《ふえ》を手放《てばな》すのが惜《お》しかった。こうなると、ほかにしようはない。年《とし》の若《わか》いかれはその笛《ふえ》をかかえて屋敷《やしき》を出奔《しゅっぽん》*した。一管《いっかん》の笛《ふえ》に対《たい》する執着《しゅうぢゃく》のために、かれは先祖伝来《せんぞでんらい》の家禄《かろく》*を捨《す》てたのである。

むかしと違《ちが》って、そのころの諸大名《しょだいみょう》はいずれも内証《ないしょう》*が逼迫《ひっぱく》*しているので、新規召抱《しんきめしかか》え*などということはめったにない。弥次右衛門《やじえもん》はその笛《ふえ》をかかえて浪人《ろうにん》*するより外《ほか》はなかった。かれは九州《きゅうしゅう》へ渡《わた》り、中国《ちゅうごく》をさまよい、京大阪《きょうおおさか》をながれ渡《わた》って、わが身《み》の生計《たつき》*を求《もと》めるうちに、病気《びょうき》にかかるやら、盗難《とうなん》に逢《あ》うやら、それからそれへと不運《ふうん》が引《ひ》きつづいて、石見弥次右衛門《いわみやじえもん》という一廉《ひとかど》の侍《さむらい》*がとうとう乞食《こじき》の群《む》れに落《お》ち果《は》ててしまったのである。そのあいだに彼《かれ》は大小《だいしょう》*までも手放《てばな》したが、その笛《ふえ》だけは手放《てばな》そうとしなかった。そうして、今《いま》やこの北国《ほっこく》にさまよって来《き》て、今夜《こんや》の月《つき》に吹《ふ》き楽《たの》しむその音色《ねいろ》を、測《はか》らずも*矢柄喜兵衛《やがらきへえ》に聴《き》きつけられたのであった。

ここまで話《はな》してきて、弥次右衛門《やじえもん》は溜息《ためいき》をついた。

「さきに四国遍路《しこくへんろ》が申残《もうしのこ》した通《とお》り、この笛《ふえ》には何《なに》かの祟《たた》りがあるらしく思《おも》われます。むかしの持主《もちぬし》は何者《なにもの》か存《ぞん》ぜぬ*が、手前《てまえ》*の知《し》っているだけでも、これを持《も》っていた四国遍路《しこくへんろ》は路《みち》ばたで死《し》ぬ。これを取《と》ろうとして来《き》た旅《たび》の侍《さむらい》は手前《てまえ》に討《う》たれて死《し》ぬ。手前《てまえ》もまたこの笛《ふえ》の

上意《じょうい》　主君《しゅくん》の意向《いこう》。命令《めいれい》。
お部屋様《へやさま》　貴人《きじん》の側室《そくしつ》。
価《あたい》を問《と》わずに　どんな金額《きんがく》でもかまわず。
迂闊《うかつ》に　うっかり。不用意《ふようい》に。
さりとて　だからといって。
当惑《とうわく》　迷《まよ》い、とまどうこと。
出奔《しゅっぽん》　士族《しぞく》の者《もの》が逃亡《とうぼう》して行方《ゆくえ》をくらますこと。
家禄《かろく》　主君《しゅくん》から家来《けらい》に世襲的《せしゅうてき》に与《あた》えられる俸禄《ほうろく》。俸給《ほうきゅう》。
内証《ないしょう》　一国《いっこく》の財政《ざいせい》。経済状態《けいざいじょうたい》。

逼迫《ひっぱく》　差《さ》し迫《せま》っていること。困窮《こんきゅう》していること。
新規召抱え《しんきめしかかえ》　新規《しんき》に家臣《かしん》として採用《さいよう》されること。
浪人《ろうにん》　失業者《しつぎょうしゃ》。中近世《ちゅうきんせい》では、封禄《ほうろく》を失《うしな》った武士《ぶし》をいう。
生計《たつき》　生活《せいかつ》するための手段《しゅだん》。
一廉《ひとかど》の　一人前《いちにんまえ》の。それ相応《そうおう》の。
大小《だいしょう》　武士《ぶし》が所持《しょじ》する二種類《しゅるい》の刀剣《とうけん》。大刀《だいとう》と脇差《わきざし》の小刀《ちいさがたな》。
測《はか》らずも　思《おも》いがけず。不覚《ふかく》にも。
存《ぞん》ぜぬ　知《し》らない。
手前《てまえ》　わたくし。

ために、かような身《み》の上《うえ》と相成《あいな》りました。それを思《おも》えば身《み》の行末《ゆくすえ》もおそろしく、いっそこの笛《ふえ》を売《う》り放《はな》すか、折《お》って捨《す》つるか、二《ふた》つに一《ひと》つと覚悟《かくご》したこともいくたびでござったが、むざむざと*売《う》り放《はな》すも惜《お》しく、折《お》って捨《す》つるはなおさら惜《お》しく、身《み》の禍《わざわ》いと知《し》りつつも身《み》を放《はな》さずに持《も》っております。」

喜兵衛《きへえ》も溜息《ためいき》をつかずには聴《き》いていられなかった。むかしから刀《かたな》については*こんな奇怪《きかい》な因縁話《いんねんばなし》を聴《き》かないでもないが、笛《ふえ》についてもこんな不思議《ふしぎ》があろうとは思《おも》わなかったのである。しかし年《とし》のわかい彼《かれ》はすぐにそれを否定《ひてい》した。おそらくこの乞食《こじき》の浪人《ろうにん》は、自分《じぶん》にその笛《ふえ》を所望《しょもう》されるのを恐《おそ》れて、わざと不思議《ふしぎ》そうな作《つく》り話《ばなし》をして聞《き》かせたので、実際《じっさい》そんな事件《じけん》があったのではあるまいと思《おも》った。

「いかに惜《お》しい物《もの》であろうとも、身《み》の禍《わざわ》いと知《し》りながら、それを手放《てばな》さぬというのは判《わか》ら

むざむざと　無念《むねん》に思《おも》いながら、なすすべもなく。
刀《かたな》については……　冒頭《ぼうとう》の『耳袋《みみぶくろ》』のエピソードを踏《ふ》まえる。所有者《しょゆうしゃ》に祟《たた》りをなす、いわゆる妖刀《ようとう》・妖剣伝説《ようけんでんせつ》は、『風土記《ふどき》』の昔《むかし》から多《おお》くの類話《るいわ》がある。本堂平四郎《ほんどうへいしろう》『怪談《かいだん》と名刀《めいとう》』などを参照《さんしょう》。

ぬ。」と、かれは詰《なじ》るように云《い》った。

「それは手前《てまえ》にも判《わか》りませぬ。」と、弥次右衛門《やじえもん》は云《い》った。「捨《す》てようとしても捨《す》てられぬ。それが身《み》の禍《わざわ》いとも祟《たた》りともいうのでござろうか。手前《てまえ》もあしかけ十年《じゅうねん》、これには絶《た》えず苦《くる》しめられております。」

「絶《た》えず苦《くる》しめられる……。」

「それは余人《よじん》*にはお話《はなし》のならぬこと。またお話《はな》し申《もう》しても、所詮《しょせん》*まこととは思《おも》われますまい。」

それぎりで弥次右衛門《やじえもん》は黙《だま》ってしまった。喜兵衛《きへえ》もだまっていた。ただ聞《きこ》えるのは虫《むし》の声《こえ》ばかりである。河原《かわら》を照《て》らす月《つき》のひかりは霜《しも》を置《お》いたように白《しろ》かった。

「もう夜《よ》が更《ふ》けました。」と、弥次右衛門《やじえもん》はやがて空《そら》を仰《あお》ぎながら云《い》った。

「もう夜《よ》が更《ふ》けた。」

喜兵衛《きへえ》も鸚鵡《おうむ》がえし*に云《い》った。彼《かれ》は気《き》がついて起《た》ちあがった。

三

浪人《ろうにん》に別《わか》れて帰《かえ》った喜兵衛《きへえ》は、それから一時《ひととき》*ほど過《す》ぎてから再《ふたた》びこの河原《かわら》に姿《すがた》をあらわした。かれは覆面《ふくめん》して身軽《みがる》に扮装《いでた》っていた*。「仇討檻褸錦《かたきうちつづれのにしき》」*の芝居《しばい》でみる大晏寺堤《だいあんじづつみ》の場《ば》*という形《かたち》で、かれは抜足《ぬきあし》をして蒲鉾小屋《かまぼこごや》へ忍《しの》び寄《よ》った。

詰《なじ》る　あやまちなどを問《と》い詰《つ》めて責《せ》める。非難《ひなん》する。

余人《よじん》　ほかの人《ひと》。自分以外《じぶんいがい》の人《ひと》。

所詮《しょせん》　つまるところは。結局《けっきょく》。

鸚鵡《おうむ》がえし　鸚鵡《おうむ》が人《ひと》の言葉《ことば》をまねるように、云《い》われた言葉《ことば》を、そのまま返答《へんとう》すること。

一時《ひととき》　昔《むかし》の時間区分《じかんくぶん》では、現在《げんざい》の二時間《じかん》にあたる。

扮装《いでた》って　服装《ふくそう》をして。身《み》づくろいで。

仇討檻褸錦《かたきうちつづれのにしき》　『敵討檻褸錦《かたきうちつづれのにしき》』とも。文耕堂《ぶんこうどう》と三好松洛《みよししょうらく》の合《がっ》作《さく》による人形浄瑠璃《にんぎょうじょうるり》。元文元年《げんぶんがんねん》（一七三六）、大坂《おおさか》・竹本《たけもと》座《ざ》で初演《しょえん》。歌舞伎狂言《かぶききょうげん》『非人《ひにん》の仇討《あだうち》』（一六六四初演《しょえん》）を浄《じょう》瑠璃化《るりか》した作品《さくひん》。みずからも新歌舞伎《しんかぶき》の人気作者《にんきさくしゃ》として『修《しゅ》禅寺物語《ぜんじものがたり》』ほか多《おお》くの戯曲《ぎきょく》を手《て》がけた綺堂《きどう》らしい言及《げんきゅう》だが、当時《とうじ》は歌舞伎《かぶき》や浄瑠璃《じょうるり》の人気演目《にんきえんもく》は、現在《げんざい》の人気《にんき》ドラマのように幅広《はばひろ》い層《そう》が共有《きょうゆう》する話題《わだい》となっており、綺堂《きどう》に限《かぎ》らず、文中《ぶんちゅう》で比喩《ひゆ》やたとえに持《も》ち出《だ》される例《れい》は数多《かずおお》い。

大晏寺堤の場《だいあんじづつみのば》　春藤次郎右衛門《しゅんどうじろうえもん》は父《ちち》の仇《かたき》である須藤六郎右衛門《すどうろくろうえもん》と彦坂甚六《ひこさかじんろく》を求《もと》めて諸国流浪《しょこくるろう》するうち病《やまい》に倒《たお》れ、今《いま》は弟《おとうと》の新《しん》七《しち》と大晏寺堤《だいあんじづつみ》（大和郡山《やまとこおりやま》）の非人小屋《ひにんごや》住《ず》まいの身《み》。そこへ高市武右衛門《たかいちたけえもん》が加村宇田右衛門《かむらうだえもん》と連《つ》れ立《だ》って、刀《かたな》の試《ため》し斬《ぎ》りに来《く》る。両人《りょうにん》は次郎右衛門《じろうえもん》の気概《きがい》（仕込杖《しこみづえ》にした銘刀《めいとう》「青江《あおえ》下坂《しもさか》」を示《しめ》す名場面《めいばめん》がある）に感《かん》じて立《た》ち去《さ》るが、須藤《すどう》・彦《ひこ》坂《さか》と仲《なか》の良《よ》い加村《かむら》は、二人《ふたり》を手引《てび》きして、小屋《こや》を襲撃《しゅうげき》。春藤《しゅんどう》は深傷《ふかで》を負《お》いながら、新七《しんしち》と高市《たかいち》の助太刀《すけだち》を得《え》て本懐《ほんかい》を遂《と》げる。後《のち》に歌舞伎《かぶき》でも上演《じょうえん》され、映画化《えいがか》（マキノ省三監督《しょうぞうかんとく》『大《だい》晏寺堤《あんじづつみ》』）もされている。

喜兵衛《きへえ》はかの笛《ふえ》が欲《ほ》しくてたまらないのである。しかし浪人《ろうにん》の口《くち》ぶりでは所詮《しょせん》それを素《す》直《なお》に譲《ゆず》ってくれそうもないので、いっそ彼《かれ》を闇討《やみうち》*にして奪《うば》い取《と》るのほかはないと決心《けっしん》したのである。もちろんその決心《けっしん》をかためるまでには、かれもいくたびか躊躇《ちゅうちょ》*したのであるが、どう考《かんが》えてもかの笛《ふえ》がほしい。浪人《ろうにん》とはいえ、相手《あいて》は宿無《やどな》しの乞食《こじき》である。人知《ひとし》れずに斬《き》ってしまえば、格別《かくべつ》にむずかしい詮議《せんぎ》*もなくてすむ。こう思《おも》うと、かれはいよいよ悪魔《あくま》になりすまして、一旦《いったん》わが屋敷《やしき》へ引返《ひっかえ》して身支度《みじたく》をして、夜《よ》のふけるのを待《ま》って再《ふたた》びここへ襲《おそ》って来《き》たのであった。

嘘《うそ》かほんとうか判《わか》らないが、さっきの話《はなし》によると、かの弥次右衛門《やじえもん》は相当《そうとう》の手利《てき》き*であるらしい。別《べつ》に武器《ぶき》らしいものを持《も》っている様子《ようす》もないが、それでも油断《ゆだん》はならないと喜《き》兵衛《へえ》は思《おも》った。自分《じぶん》もひと通《とお》りの剣術《けんじゅつ》は修業《しゅぎょう》しているが、なんといっても年《とし》が若《わか》い。真剣《しんけん》の勝負《しょうぶ》などをした経験《けいけん》はもちろんない。卑怯《ひきょう》な闇討《やみうち》をするにしても、相当《そうとう》の準備《じゅんび》が必要《ひつよう》であると思《おも》ったので、彼《かれ》は途中《とちゅう》の竹藪《たけやぶ》から一本《いっぽん》の長《なが》い竹《たけ》を切《き》り出《だ》して竹槍《たけやり》をこしらえて、それを掻《か》いこんで窺《うかが》*い寄《よ》ったのである、葉摺《はず》れ*の音《おと》をさせないように、かれはそっと芒《すすき》をかきわけて、先《ま》ず小屋《こや》のうちの様子《ようす》をうかがうと、笛《ふえ》の音《ね》はもう止《や》んでいる。小屋《こや》の入口《いりぐち》には筵《むしろ》をおろして内《うち》はひっそりしている。

と思《おも》うと、内《うち》では低《ひく》い唸《うな》り声《ごえ》がきこえた。それがだんだんに高《たか》くなって、弥次右衛門《やじえもん》はしきりに苦《くる》しんでいるらしい。それは病苦《びょうく》でなくして、一種《いっしゅ》の悪夢《あくむ》にでも魘《おそ》われているらしく思《おも》われたので、喜兵衛《きへえ》はすこしく*躊躇《ちゅうちょ》した。かの笛《ふえ》のために、彼《かれ》はあしかけ十年《じゅうねん》のあいだ、絶《た》えず苦《くる》しめられているという、さっきの話《はなし》も思《おも》いあわされて、喜兵衛《きへえ》はなんだか薄気味悪《うすきみわる》くもなったのである。息《いき》をこらして*窺《うかが》っていると、内《うち》ではいよいよ苦《くる》しみもがくような声《こえ》が激《はげ》しくなって、弥次右衛門《やじえもん》は入口《いりぐち》の筵《むしろ》を掻《か》きむしるようにはねのけて、小《こ》

闇討《やみうち》　夜陰《やいん》にまぎれて不意討《ふいう》ちすること。
躊躇《ちゅうちょ》　ためらうこと。
詮議《せんぎ》　犯罪《はんざい》などの取《と》り調《しら》べ。
手利《てき》き　剣《けん》の腕前《うでまえ》が優《すぐ》れている人《ひと》。

掻《か》いこんで　抱《かか》え持《も》って。
葉摺《はず》れ　草木《くさき》の葉《は》が揺《ゆ》れて擦《す》れ合《あ》い、音《おと》を立《た》てること。
すこしく　少《すこ》し。いささか。
息《いき》をこらして　息《いき》をとめて緊張《きんちょう》するさま。

屋《や》の外《そと》へ転《ころ》げ出《だ》してきた。そうして、その怖《おそ》ろしい夢《ゆめ》はもう醒《さ》めたらしく、彼《かれ》はほっと息《いき》をついて四辺《あたり》を見《み》まわした。

喜兵衛《きへえ》は身《み》をかくす暇《ひま》がなかった。今夜《こんや》の月《つき》は、あいにく冴《さ》えわたっているので、竹槍《たけやり》をかいこんで突《つ》っ立《た》っている彼《かれ》の姿《すがた》は浪人《ろうにん》の眼《め》の前《まえ》にありありと照《て》らしだされた。こうなると、喜兵衛《きへえ》はあわてた。見《み》つけられたが最後《さいご》、もう猶予《ゆうよ》はできない。彼《かれ》は持《も》っている槍《やり》を把《と》り直《なお》してただひと突《つ》きと繰出《くりだ》すと、弥次右衛門《やじえもん》は早《はや》くも身《み》をかわして、その槍《やり》の穂《ほ》をつかんで強《つよ》く曳《ひ》いたので、喜兵衛《きへえ》は思《おも》わずよろめいて草《くさ》の上《うえ》に小膝《こひざ》*をついた。相手《あいて》が予想以上《よそういじょう》に手剛《てごわ》いので、喜兵衛《きへえ》はますます慌《あわ》てた。彼《かれ》は槍《やり》を捨《す》てて刀《かたな》に手《て》をかけようとすると、弥次右衛門《やじえもん》はすぐに声《こえ》をかけた。

「いや、しばらく……。御貴殿《ごきでん》は手前《てまえ》の笛《ふえ》に御執心《ごしゅうしん》か。*」

星《ほし》をさされて、*喜兵衛《きへえ》は一言《いちごん》もない。*抜《ぬ》きかけた手《て》を控《ひか》えてしばらく躊躇《ちゅうちょ》していると、弥次右衛門《やじえもん》はしずかに云《い》った。

「それほど御執心《ごしゅうしん》ならば、おゆずり申《もう》す。」

弥次右衛門《やじえもん》は小屋《こや》へ這入《はい》って、かの笛《ふえ》を取《と》り出《だ》してきて、そこに黙《だま》ってひざまずいている喜兵衛《きへえ》の手《て》に渡《わた》した。

「先刻《せんこく》の話《はなし》をお忘《わす》れなさるな。身《み》に禍《わざわ》いのないようにせいぜいお心《こころ》をお配《くば》りなされ。」

「ありがとうござる。」と、喜兵衛《きへえ》はどもりながら＊云《い》った。

「人《ひと》の見《み》ぬ間《ま》に早《はや》くお帰《かえ》りなされ。」と、弥次右衛門《やじえもん》は注意《ちゅうい》するように云《い》った。

もうこうなっては相手《あいて》の命令《めいれい》に従《したが》うよりほかはない。喜兵衛《きへえ》はその笛《ふえ》を押《お》しいただいて、＊

怖《おそ》ろしい夢《ゆめ》　弥次右衛門《やじえもん》の苦悶《くもん》の様子《ようす》を克明《こくめい》に描《えが》くことで、想《そう》像《ぞう》を絶《ぜっ》した悪夢《あくむ》の内容《ないよう》、呪《のろ》われた笛《ふえ》の恐怖《きょうふ》が、不穏《ふおん》に暗示《あんじ》されている。ちなみに綺堂《きどう》の後継者《こうけいしゃ》を自認《じにん》していた作家《さっか》の都筑《つづき》道夫《みちお》は、本篇《ほんぺん》について「『笛塚《ふえづか》』でも、笛《ふえ》にまつわる因縁《いんねん》をぼかしてあるところが、効果《こうか》をあげている。いつだったか、故人《こじん》になった徳川夢声《とくがわむせい》がラジオでさかんに、物語《ものがたり》をやっていたころ、この『笛塚《ふえづか》』をとりあげたことがある。私《わたし》はそれを聞《き》いていて、明《あか》るく電灯《でんとう》のともった室内《しつない》で、家族《かぞく》もそばにいるのに、たったひとり、暗《くら》い川原《かわら》につれだされたような気《き》がして、思《おも》わずまわりを見《み》まわしたものだ。かまぼこ小屋《ごや》のなかで、乞食《こじき》がうなされているところは、とりわけて物凄《ものすご》かった」（旺文社文庫版《おうぶんしゃぶんこばん》『影《かげ》を踏《ふ》まれた女《おんな》』解説《かいせつ》）と記《しる》している。

小膝《こひざ》　膝《ひざ》に同《おな》じ。ちょっとした膝《ひざ》の動作《どうさ》を示《しめ》す際《さい》に用《もち》いる。

御執心《ごしゅうしん》か　欲《ほ》しくてならないのですね。「執心《しゅうしん》」は、ある事物《じぶつ》に心《こころ》を惹《ひ》かれて、抑《おさ》えられないさま。

星《ほし》をさされて　言《い》い当《あ》てられて。図星《ずぼし》をさされて。

一言《いちごん》もない　弁解《べんかい》や反論《はんろん》の余地《よち》がない。

どもりながら　言葉《ことば》につまりながら。

押《お》しいただいて　（感謝《かんしゃ》の意《い》から）うやうやしく顔《かお》の上《うえ》に捧《ささ》げ持《も》って。

ほとんど機械的《きかいてき》に起《た》ちあがって、無言《むごん》で丁寧《ていねい》に会釈《えしゃく》して別《わか》れた。

屋敷《やしき》へ戻《もど》る途中《とちゅう》、喜兵衛《きへえ》は一種《いっしゅ》の慚愧《ざんき》*と悔恨《かいこん》*とに打《う》たれた。世《よ》にたぐいなしと思《おも》われる名管《めいかん》を手《て》に入《い》れた喜悦《きえつ》と満足《まんぞく》とを感《かん》じながら、また一面《いちめん》には今夜《こんや》の自分《じぶん》の恥《はず》かしい行為《こうい》が悔《くや》まれた。相手《あいて》が素直《すなお》にかの笛《ふえ》を渡《わた》してくれただけに、斬取《きりど》り強盗《ごうとう》*にひとしい重々《じゅうじゅう》の罪悪《ざいあく》が彼《かれ》のこころにいよいよ強《つよ》い呵責《かしゃく》*をあたえた。それでも過《あや》まって相手《あいて》を殺《ころ》さなかったのが、せめてもの仕合《しあわ》せ*であるとも思《おも》った。

夜《よ》があけたらば、もう一度《いちど》かの浪人《ろうにん》をたずねて今夜《こんや》の無礼《ぶれい》をわび、あわせてこの笛《ふえ》に対《たい》する何《なに》かの謝礼《しゃれい》をしなければならないと決心《けっしん》して、彼《かれ》は足《あし》を早《はや》めて屋敷《やしき》へ戻《もど》ったが、その夜《よ》はなんだか眼《め》が冴《さ》えておちおちと眠《ねむ》*られなかった。夜《よ》のあけるのを待《ま》ちかねて、喜兵衛《きへえ》は早々《そうそう》にゆうべの場所《ばしょ》へたずねて行《い》った。その懐中《ふところ》には小判《こばん》*三枚《さんまい》を入《い》れていた。河原《かわら》には秋《あき》のあさ霧《ぎり》がまだ立《た》ち迷《まよ》っていて、どこやらで雁《がん》の鳴《な》く声《こえ》がきこえた。芒《すすき》をかきわけて小屋《こや》に近寄《ちかよ》ると、喜兵衛《きへえ》はにわかに*おどろかされた。石見弥次右衛門《いわみやじえもん》は小屋《こや》の前《まえ》に死《し》んでいたのである。かれは喜兵衛《きへえ》が捨《す》てていった竹槍《たけやり》を両手《りょうて》に持《も》って、我《われ》とわが咽《のど》を突《つ》き貫《つらぬ》いていた。

そのあくる年《とし》の春《はる》、喜兵衛《きへえ》は妻《つま》を迎《むか》えて、夫婦《ふうふ》の仲《なか》もむつまじく、*男《おとこ》の子《こ》ふたりを儲《もう》けた。そうして何事《なにごと》もなく暮《く》らしていたが、前《まえ》の出来事《できごと》から七年目《しちねんめ》の秋《あき》に、彼《かれ》は勤向《つとめむ》きの*失策《しっさく》*から切腹《せっぷく》しなければならないことになった。かれは自宅《じたく》の屋敷《やしき》で最期《さいご》の用意《ようい》にかかったが、見届《みとど》けの役人《やくにん》にむかって最期《さいご》の際《きわ》*に一曲《いっきょく》の笛《ふえ》を吹《ふ》くことを願《ねが》い出《で》ると、役人《やくにん》はそれを許《ゆる》した。

慚愧《ざんき》　恥《は》じ入《い》ること。
悔恨《かいこん》　悔《く》やむこと。
斬取《きりど》り強盗《ごうとう》　人《ひと》を斬《き》って財物《ざいぶつ》を強奪《ごうだつ》する盗賊《とうぞく》。
呵責《かしゃく》　自分《じぶん》や他人《たにん》を厳《きび》しく叱《しか》って責《せ》めること。
仕合《しあわ》せ　幸運《こううん》。ラッキー。
おちおちと　落《お》ちついて。心《こころ》おだやかに。
小判《こばん》　江戸期《えどき》に流通《りゅうつう》した薄《うす》い楕円形《だえんけい》の金貨《きんか》。小判《こばん》一枚《まい》は一両《りょう》に相当《そうとう》。小判《こばん》三枚《まい》は概算《がいさん》で、現在《げんざい》の三〇～四〇万円程度《えんていど》。
にわかに　突然《とつぜん》。いきなり。
むつまじく　仲《なか》が良《よ》いさま。
勤向《つとめむ》きの　勤務上《きんむじょう》の。
失策《しっさく》　失敗《しっぱい》。不祥事《ふしょうじ》。
最期《さいご》の際《きわ》　死《し》の間際《まぎわ》。いまわの際《きわ》。

笛《ふえ》は石見弥次右衛門《いわみやじえもん》から譲《ゆず》られたものである。喜兵衛《きへえ》は心《こころ》しずかに吹《ふ》きすましていると、あたかも一曲《いっきょく》を終《おわ》ろうとするときに、その笛《ふえ》は怪《あや》しい音《ね》を立《た》てて突然《とつぜん》ふたつに裂《さ》けた。不《ふ》思議《しぎ》に思《おも》って検《あらた》めると、笛《ふえ》のなかにはこんな文字《もじ》が刻《きざ》みつけられていた。

九百九十年《きゅうひゃくきゅうじゅうねん》終《にしておわる》　濱主《はまぬし》*

喜兵衛《きへえ》は斯道《しどう》*の研究者《けんきゅうしゃ》であるだけに、濱主《はまぬし》の名《な》を識《し》っていた。尾張《おわり》の連濱主《むらじはまぬし》はわが朝《ちょう》に初《はじ》めて笛《ふえ》をひろめた人《ひと》で、斯道《しどう》の開祖《かいそ》として仰《あお》がれている。今年《ことし》は天保九年《てんぽうくねん》で、今《いま》から逆算《ぎゃくさん》すると九百九十年前《きゅうひゃくきゅうじゅうねんぜん》は仁明天皇《にんみょうてんのう》*の嘉祥元年《かじょうがんねん》*、すなわちかの濱主《はまぬし》が宮中《きゅうちゅう》に召《め》されて笛《ふえ》を奏《そう》したという承和十二年《じょうわじゅうにねん》から四年目《よねんめ》に相当《そうとう》する。濱主《はまぬし》は笛吹《ふえふ》きであるが、初《はじ》めのうちは自《みずか》ら作《つく》って自《みずか》ら吹《ふ》いたのである。この笛《ふえ》に濱主《はまぬし》の名《な》が刻《きざ》まれてある以上《いじょう》、おそらく彼《かれ》の手《て》に作《つく》られたものであろうが、笛《ふえ》の表《おもて》*ならば格別《かくべつ》*、細《ほそ》い管《くだ》のなかにどうしてこれだけの漢字《かんじ》を彫《ほ》ったか、それが一種《いっしゅ》の疑問《ぎもん》であった。

さらに不思議《ふしぎ》なのは、九百九十年《きゅうひゃくきゅうじゅうねん》にして終《おわ》るという、その九百九十年目《きゅうひゃくきゅうじゅうねんめ》があたかも*今年《こんねん》に相当《そうとう》するらしいことである。濱主《はまぬし》はみずからその笛《ふえ》を作《つく》って、みずからその命数《めいすう》*を定《さだ》めたのであろうか。今《いま》にして考《かんが》えると、かの石見弥次右衛門《いわみやじえもん》の因縁話《いんねんばなし》も嘘《うそ》ではなかったらしい。怪《あや》しい因縁《いんねん》を持《も》ったこの笛《ふえ》は、それからそれへとその持主《もちぬし》に禍《わざわ》いして、最後《さいご》の持主《もちぬし》のほろぶる*時《とき》に、笛《ふえ》もまた九百九十年《きゅうひゃくきゅうじゅうねん》の命数《めいすう》を終《おわ》ったらしい。

喜兵衛《きへえ》は、あまりの不思議《ふしぎ》におどろかされると同時《どうじ》に、自分《じぶん》がこの笛《ふえ》と運命《うんめい》を倶《とも》にするのも逃《のが》れがたき因縁《いんねん》であることを覚《さと》った。かれは見届《みとど》けの役人《やくにん》に向《む》って、この笛《ふえ》に関《かん》する

濱主《はまぬし》　平安時代初期《へいあんじだいしょき》の楽人《がくじん》で舞楽《ぶがく》の名手《めいしゅ》・尾張濱主《おわりのはまぬし》（七三三〜？）のこと。本朝《ほんちょう》における笛《ふえ》と舞《まい》の始祖《しそ》とされ、仁明朝《にんみょうちょう》の雅楽改革《ががくかいかく》で、大戸清上《おおとのきよがみ》と共《とも》に中心的《ちゅうしんてき》な役割《やくわり》を果《は》たした。承《じょう》和《わ》二年《ねん》（八三五）から四年間《ねんかん》、遣唐使《けんとうし》として唐《とう》に渡《わた》ったという、承和《じょうわ》十二年《ねん》（八四五）正月《しょうがつ》八日《か》には、齢《よわい》百十三歳《さい》にして宮中《きゅうちゅう》で少年《しょうねん》のごとく軽《かろ》やかに舞《まい》を披露《ひろう》し観衆《かんしゅう》を讃嘆《さんたん》させ、「七代《ななつぎ》の御代《みよ》に遇《まわ》へる百余十《ももちまりとお》の老翁《おきな》の舞奉献《まいたてまつ》る」（七代《だい》の帝《みかど》の世《よ》を生《い》きて参《まい》りました百十余歳《よさい》の翁《おきな》が舞《まい》を奏上《そうじょう》奉《たてまつ》ります）の歌《うた》を献上《けんじょう》したと伝《つた》えられる。濱主《はまぬし》の異様《いよう》な長寿《ちょうじゅ》と神仙《しんせん》めくミステリアスな伝承《でんしょう》を、綺堂《きどう》は巧《たく》みに名笛伝説《めいてきでんせつ》に結《むす》びつけている。

斯道《しどう》　学問《がくもん》や芸道《げいどう》などの特定《とくてい》の分野《ぶんや》。その道《みち》。

仁明天皇《にんみょうてんのう》　（八一〇〜八五〇）平安時代初期《へいあんじだいしょき》の天皇《てんのう》。深草帝《ふかくさのみかど》とも。嵯峨天皇《さがてんのう》の皇子《おうじ》。在位《ざいい》は八三三〜八五〇年《ねん》。

嘉祥元年《かじょうがんねん》　八四八年《ねん》。

笛《ふえ》の表《おもて》　笛《ふえ》の管《くだ》の表面《ひょうめん》。

格別《かくべつ》　別にして、ともかくとして。

あたかも　まさにちょうど。

命数《めいすう》　寿命《じゅみょう》。天寿《てんじゅ》。

ほろぶる　滅《ほろ》びる。死《し》ぬ。

過去《かこ》の秘密《ひみつ》を一切《いっさい》うち明《あ》けた上《うえ》で、尋常《じんじょう》に切腹《せっぷく》した。

それが役人《やくにん》の口《くち》から伝《つた》えられて、いずれも奇異《きい》の感《かん》*に打《う》たれた。喜兵衛《きへえ》と生前親《せいぜんした》しくしていた藩中《はんちゅう》の誰彼《たれかれ》がその遺族《いぞく》らと相談《そうだん》の上《うえ》で、二《ふた》つに裂《さ》けた彼《か》の笛《ふえ》をつぎあわせて、さきに石見弥次右衛門《いわみやじえもん》が自殺《じさつ》したと思《おも》われる場所《ばしょ》にうずめ、標《しるし》の石《いし》*をたてて笛塚《ふえづか》の二字《にじ》を刻《きざ》ませた。その塚《つか》は明治《めいじ》*の後《のち》までも河原《かわら》に残《のこ》っていたが、二度《にど》の出水《しゅっすい》*のために今《いま》では跡方《あとかた》もなくなったように聞《き》いている。

（「苦楽《くらく》」一九二五年《ねん》四月号《がつごう》掲載《けいさい》）

奇異《きい》の感《かん》　怪《あや》しく不思議《ふしぎ》な思《おも》い。

標《しるし》の石《いし》　目印《めじるし》に据《す》えた石《いし》。

その塚《つか》は明治《めいじ》の……　明治《めいじ》七年《ねん》（一八七四）七月《がつ》、明治《めいじ》二十九年《ねん》（一八九七）八月《がつ》、大正《たいしょう》十一年《ねん》（一九二二）八月《がつ》と、明《めい》治初年《じしょねん》から本篇発表《ほんぺんはっぴょう》までの間《あいだ》に、金沢《かなざわ》は三度《ど》の大水害《だいすいがい》に見舞《みま》われている。そのいずれでも被害《ひがい》の中心《ちゅうしん》になったのは犀川《さいがわ》であった。このことから考《かんが》えると、本篇《ほんぺん》の舞台《ぶたい》は浅野川《あさのがわ》よりも犀川《さいがわ》である可能性《かのうせい》が高《たか》い。ただし犀川《さいがわ》（もしくは浅野川《あさのがわ》）付《ふ》近《きん》に、かつて笛塚《ふえづか》があったかは未詳《みしょう》。ちなみに石川県《いしかわけん》には名《めい》笛《てき》「蝉折《せみおれ》」にまつわる伝説《でんせつ》がある。『源平盛衰記《げんぺいせいすいき》』や謡曲《ようきょく》「敦盛《あつもり》」の「小枝蝉折様々《さえだせみおれさまざま》に、笛《ふえ》の名《な》は多《おお》けれども」にもその名《な》を留《とど》めるこの笛《ふえ》は、宋《そう》の皇帝《こうてい》から贈《おく》られたという蝉《せみ》の形《かたち》の節《ふし》がついた漢竹《かんちく》で作《つく》られ、鳥羽院《とばいん》から孫《まご》の以仁王《もちひとおう》に譲《ゆず》られたが、源平《げんぺい》の争乱《そうらん》を経《へ》て源義経《みなもとのよしつね》が所持《しょじ》するところとなった。そして兄《あに》の頼朝《よりとも》に追《お》われ北《きた》へ向《む》かう義経《よしつね》が、海路《かいろ》の無事《ぶじ》を謝《しゃ》して能登《のと》の須須神社《すずじんじゃ》（石川県珠洲市三崎町《いしかわけんすずしみさきまち》）に奉納《ほうのう》したものとされる（同社《どうしゃ》に現存《げんそん》）。ちなみに、この伝説《でんせつ》を再話《さいわ》した野村敏夫《のむらとしお》「蝉折《せみお》れの笛《ふえ》」（『白山《はくさん》のわらじ　加賀《かが》・能登《のと》の民《みん》話《わ》と伝説《でんせつ》1』所収《しょしゅう》）には、次《つぎ》のような興味深《きょうみぶか》い一節《いっせつ》が認《みと》められる（同書《どうしょ》について御教示《ごきょうじ》を賜《たま》わった波津彬子《はつあきこ》氏に深謝《しんしゃ》いたします）。「蝉折《せみお》れの笛《ふえ》を神《かみ》にささげた義経《よしつね》の心《こころ》には、嵐《あらし》をおさめていただいた神《かみ》への感謝《かんしゃ》のほかに、この笛《ふえ》の持《も》ち主《ぬし》であっただれもがたどった不幸《ふしあわ》せを自分《じぶん》まででとどめておこうとする祈《いの》りの心《こころ》があったのではないでしょうか」。

出水《しゅっすい》　「でみず」とも発音《はつおん》。河川《かせん》の水量《すいりょう》が増《ま》すこと。洪水《こうずい》。

三《さん》遊《ゆう》亭《てい》圓《えん》朝《ちょう》

百《ひゃく》物《もの》語《がたり》

内藤新宿《ないとうしんじゅく》*に玉利屋《たまりや》と申《もう》す貸座敷《かしざしき》*がございましたが、この玉利屋《たまりや》へしげしげ*通《かよ》いました坂《さか》の下《した》のある法華寺《ほっけでら》*の和尚《おしょう》*が借金《しゃっきん》で首《くび》がまわらぬ*のか、ほかに仔細《しさい》があってのことかそこは存《ぞん》じませんが自殺《じさつ》をいたしました。この和尚《おしょう》さんが玉利屋《たまりや》の相方《あいかた》*に執着《しゅうちゃく》でも残《のこ》っていたか、夜《よ》な夜《よ》な*玉利屋《たまりや》へこの和尚《おしょう》の妄念《もうねん》*が出《で》るというので玉利屋《たまりや》の店《みせ》の客《きゃく》が減《へ》ってまいりましたから、玉利屋《たまりや》でも心配《しんぱい》をいたして、田川《たがわ》という代言《だいげん》*の先生《せんせい》にその話《はなし》をいたすと、先《せん》生《せい》は箱根《はこね》からこちらに*野暮《やぼ》と化物《ばけもの》はないと昔《むかし》から云《い》う、ましてやおいおい*開明《かいめい》におもむく*今日《こんにち》、そんなことがあってたまるものか、それがいわゆる神経《しんけい》*だと申《もう》すのを、いやそうでないから一晩《ひとばん》いらしって御覧《ごろう》じろ*、そんなら往《い》ってみようと田川先生《たがわせんせい》がその晩《ばん》においでになって、いつも得手物《えてもの》*の出《で》る座敷《ざしき》へ通《とお》って行燈《あんどう》*へ燈心《とうしん》*をたくさん入《い》れて明《あか》るくしていると、その燈心《とうしん》がだんだんめりこんで、明《あ》かりが暗《くら》くなるにしたがってどこともなく陰気《いんき》になり

内藤新宿《ないとうしんじゅく》　江戸四宿《えどししゅく》（江戸《えど》周辺《しゅうへん》の四つの宿場《しゅくば》——品川《しながわ》、千住《せんじゅ》、板橋《いたばし》、内藤新宿《ないとうしんじゅく》）のひとつで、甲州街道《こうしゅうかいどう》の最初《さいしょ》の宿駅《しゅくえき》。元禄《げんろく》十一年《ねん》（一六九八）、高遠藩主《たかとうはんしゅ》・内藤家《ないとうけ》の下屋敷《しもやしき》の一部《いちぶ》に設《もう》けられたため、この名《な》がある。現在《げんざい》の新宿区新宿《しんじゅくくしんじゅく》一丁目《ちょうめ》から三丁目《ちょうめ》の地域《ちいき》。遊女《ゆうじょ》を置《お》く宿屋《やどや》が軒《のき》を連《つら》ねて歓楽街《かんらくがい》としても繁栄《はんえい》した。

貸座敷《かしざしき》　遊女屋《ゆうじょや》。公娼《こうしょう》（公認《こうにん》された遊女《ゆうじょ》）が妓楼《ぎろう》の座敷《ざしき》を借《か》りて営業《えいぎょう》することから。

しげしげ　たびたび。頻繁《ひんぱん》に。

法華寺《ほっけでら》　法華宗《ほっけしゅう》（日蓮宗《にちれんしゅう》など）の寺院《じいん》。

和尚《おしょう》　梵語《ぼんご》で「師《し》」の意《い》。僧侶《そうりょ》。寺《てら》の住職《じゅうしょく》。

首《くび》がまわらぬ　窮乏《きゅうぼう》して借金《しゃっきん》の返済《へんさい》ができないさま。

相方《あいかた》　客《きゃく》の相手《あいて》をする遊女《ゆうじょ》。

夜《よ》な夜《よ》な　毎晩《まいばん》。

妄念《もうねん》　「迷《まよ》いの心《こころ》」の意《い》から転《てん》じて、成仏《じょうぶつ》できずに迷《まよ》い出《で》る亡霊《ぼうれい》を指《さ》す。

代言《だいげん》　弁護士《べんごし》の旧称《きゅうしょう》である「代言人《だいげんにん》」の略《りゃく》。

箱根《はこね》からこちらに……　箱根《はこね》の関所《せきしょ》からこちら側《がわ》、すなわち関東《かんとう》には、不粋《ぶすい》な人間《にんげん》やおばけはいない——江戸《えど》ッ子《こ》が田舎者《いなかもの》に対《たい》して、自慢《じまん》して云《い》う言葉《ことば》。「野暮《やぼ》と化物《ばけもの》は箱根《はこね》から先《さき》」とも。

おいおい　次第《しだい》に。刻々《こくこく》と。

開明《かいめい》におもむく　文明開化《ぶんめいかいか》へと向《む》かう。

いわゆる神経《しんけい》だ　明治《めいじ》の文明開化《ぶんめいかいか》に際《さい》して、西洋合理主義《せいようごうりしゅぎ》にもとづき、幽霊《ゆうれい》や化物《ばけもの》は神経《しんけい》の作用《さよう》による錯覚《さっかく》と決《き》めつける考《かんが》え方《かた》が流行《りゅうこう》したことを踏《ふ》まえる。「今日《こんにち》より怪談《かいだん》のお話《はなし》を申《もう》し上《あ》げまするが、怪談《かいだん》ばなしと申《もう》すは近来大《きんらいおお》きに廃《すた》りまして、あまり寄席《せき》で致《いた》す者《もの》もございません、と申《もう》すものは、幽霊《ゆうれい》というものは無《な》い、まったく神経病《しんけいびょう》だということになりましたから、怪談《かいだん》は開化先生方《かいかせんせいがた》はお嫌《きら》いなさる事《こと》でございます。それゆえに久《ひさ》しく廃《すた》っておりましたが、今日《こんにち》になって見《み》ると、かえって古《ふる》めかしい方《ほう》が、耳新《みみあたら》しいように思《おも》われます」（三《さん》遊亭圓朝《ゆうていえんちょう》『真景累ケ淵《しんけいかさねがふち》』）

一晩《ひとばん》いらしって御覧《ごろう》じろ　ひと晩《ばん》おいでになって見《み》てください。

得手物《えてもの》　例《れい》のもの、ここでは、和尚《おしょう》の幽霊《ゆうれい》を指《さ》す。

行燈《あんどう》　木《き》などで出来《でき》た枠《わく》に和紙《わし》を貼《は》り、内部《ないぶ》に油皿《あぶらざら》を入《い》れて、灯火《とうか》をともす照明器具《しょうめいきぐ》。「あんどん」とも発音《はつおん》。

燈心《とうしん》　藺草《いぐさ》や綿糸《めんし》などから造《つく》られる、燈火《とうか》の芯《しん》。灯油《とうゆ》にひたして行燈《あんどん》などの火《ひ》をともすために用《もち》いる。

ますから、掻《か》きたてるとそのときはちょっと明《あか》るくなりますが、じきに*燈心《とうしん》がめりこんで暗《くら》くなると、次第次第《しだいしだい》に陰気《いんき》になってまいると体《からだ》がぞくぞくいたすようだから、これはいかん、これは変《へん》だ、燈心《とうしん》はいかん、蠟燭《ろうそく》にしようと、八百善形《やおぜんがた》*燭台《しょくだい》*へ蠟燭《ろうそく》を二丁《にちょう》ともして明《あか》るくしておきますと、また蠟燭《ろうそく》の芯《しん》がだんだんめりこんで朦朧薄暗《ぼんやりうすぐら》くなりますから、これはいかん、これはいかん、もそっと*大《おお》きい蠟燭《ろうそく》をというので、少《すこ》し大《おお》きい蠟燭《ろうそく》に取《と》りかえましたが、やはりだんだん芯《しん》がめりこんで暗《くら》くなりますから、これはいかん、よほど変《へん》だ、わしは帰《かえ》ると下《した》へ参《まい》って時計《とけい》を見《み》ると、もう一時《いちじ》でございます。さすがの田川先生《たがわせんせい》も途中《とちゅう》も気味《きみ》が悪《わる》いという念《ねん》も出《で》る。*玉利屋《たまりや》でもぜひ泊《と》まってゆけと申《もう》すので、風通《かぜとお》しのよい下座敷《したざしき》*へ蚊帳《かや》*をつって寝《ね》ました。すると蚊帳《かや》が自分《じぶん》の身体《からだ》へ巻《ま》きつくようでございますから、大方風《おおかたかぜ》のために蚊帳《かや》が巻《ま》きつくのであろうと思《おも》いますから、手《て》を伸《の》ばしてむこうへ蚊帳《かや》を押《お》しますと間《ま》もなくまた元《もと》のとおりに蚊帳《かや》を押《お》してまいるから、田川先生《たがわせんせい》もいよいよ変《へん》だと存《ぞん》じて首《くび》をあげてそっと見《み》ると、真《ま》っ黒《くろ》な細長《ほそなが》い手《て》*で蚊帳《かや》を押《お》しておったから、このときにはさすがの田川《たがわ》さんも、慄《ぞ》っといたしたそうでございます。

（「やまと新聞《しんぶん》」一八九四年《ねん》一月《がつ》六日《か》付掲載《づけけいさい》）

じきに　まもなく。すぐに。

八百善形《やおぜんがた》　江戸《えど》を代表《だいひょう》する料亭《りょうてい》として、大田南畝《おおたなんぼ》ら文化文政期《ぶんかぶんせいき》の文人墨客《ぶんじんぼっかく》にも愛《あい》された、浅草《あさくさ》・山谷《さんや》の八百膳《やおぜん》で考案《こうあん》された、大型《おおがた》の蠟燭《ろうそく》立《た》て。

燭　台《しょくだい》　蠟燭《ろうそく》を立《た》てて点灯《てんとう》するための鉄製《てっせい》の台《だい》。

もそっと　もう少《すこ》し。

念《ねん》も出《で》る　考《かんが》えが起《お》こる。

下座敷《したざしき》　階下《かいか》の座敷《ざしき》。

蚊帳《かや》　蚊《か》を防《ふせ》ぐために、部屋《へや》の四隅《よすみ》から吊《つ》り下《さ》げて寝床《ねどこ》を覆《おお》う布製《ぬのせい》の用具《ようぐ》。夏《なつ》の季語《きご》。本篇《ほんぺん》では、霊《れい》の襲来《しゅうらい》を示《しめ》す小道具《こどうぐ》として、蚊帳《かや》が効果的《こうかてき》に用《もち》いられている。

真《ま》っ黒《くろ》な細長《ほそなが》い手《て》　行燈《あんどう》の燈心《とうしん》、蠟燭《ろうそく》、蚊帳《かや》……と、西洋合理《せいようごうり》主義《しゅぎ》を逆手《さかて》にとるかのような物理的妖変《ぶつりてきようへん》の描写《びょうしゃ》を重《かさ》ねた果《は》てに、一瞬《いっしゅん》、チラリと姿《すがた》を現《あら》わす恐怖《きょうふ》の本体《ほんたい》。英国怪談小説《えいこくかいだんしょうせつ》の名手《めいしゅ》M・R・ジェイムズ（一八六二〜一九三六）の筆法《ひっぽう》を連想《れんそう》させるような、心憎《こころにく》いばかりの語《かた》り口《くち》である。なお、圓《えん》朝《ちょう》が生前《せいぜん》、蒐集《しゅうしゅう》につとめていた幽霊画《ゆうれいが》コレクション（現在《げんざい》は谷中《やなか》の名刹《めいさつ》・全生庵《ぜんしょうあん》に収蔵《しゅうぞう》され、毎夏《まいか》の「圓朝《えんちょう》まつり」に合《あ》わせて公開《こうかい》されている）の中《なか》に、谷文一《たにぶんいち》描《えが》く「燭台《しょくだい》と幽《ゆう》霊《れい》」（一八一〇）の一軸《いちじく》がある。丈《たけ》の高《たか》い燭台《しょくだい》にまとわりつくように実体化《じったいか》しつつある幽霊《ゆうれい》の半面《はんめん》と右腕《みぎうで》だけが、なまなましく描《か》きこまれて鬼気迫《ききせま》る逸品《いっぴん》であり、日本画《にほんが》の大家《たいか》・鏑《かぶら》木清方《きよかた》も、自分《じぶん》が観《み》た幽霊画《ゆうれいが》の中《なか》で「この文一《ぶんいち》の幽霊《ゆうれい》を第一《だいいち》に推《お》す」（「幽霊《ゆうれい》の絵《え》」より）と折紙《おりがみ》をつけているほどだ。圓《えん》朝《ちょう》の本篇《ほんぺん》が、みずから秘蔵《ひぞう》する文一《ぶんいち》の絵《え》に触発《しょくはつ》されて生《う》まれた可能性《かのうせい》は高《たか》いように思《おも》われる。

因果《いんが》ばなし

小泉《こいずみ》八雲《やくも》／田代《たしろ》三千稔《みちとし》訳《やく》

大名《だいみょう》の奥方《おくがた》が危篤《きとく》におちた。* 奥方《おくがた》は自分《じぶん》でもそのことを知《し》っていた。文政十年《ぶんせいじゅうねん》*の秋《あき》のはじめごろから、床《とこ》を離《はな》れることができなかったのである。それは、文政十二年《ぶんせいじゅうにねん》——西洋《せいよう》の数《かぞ》えかたでは一八二九年《せんはっぴゃくにじゅうくねん》——の四月《しがつ》のことで、桜《さくら》の花《はな》が咲《さ》いていた。奥方《おくがた》は、庭《にわ》の桜《さくら》の木《き》のことや、春《はる》の楽《たの》しさのことを考《かんが》えた。子供《こども》たちのことも考《かんが》えた。それから、夫《おっと》のかずかずの側室《そくしつ》——とくに十九歳《じゅうきゅうさい》になる雪子《ゆきこ》のことを考《かんが》えた。

「ねえ奥《おく》や」と大名《だいみょう》は言《い》った。「三年《さんねん》もの長《なが》いあいだ、そなたは、ずいぶん悩《なや》んできた。われらも、そなたに快《よ》くなってもらおうと、できるだけのことはしてきた。——夜《よる》となく昼《ひる》となく、そなたのそばで看病《かんびょう》をし、そなたの平癒《へいゆ》*に祈願《きがん》をこめ、またそなたのために、たびたび断食《だんじき》*までもしてきた。けれども、われらの心《こころ》づくしの看病《かんびょう》のかいもなく、*また名医《めいい》たちの手当《てあて》もむなしく、今《いま》はそなたの臨終《りんじゅう》*もそう遠《とお》くないように思《おも》われる。仏《ほとけ》さまがいみじくも*仰《おお》せられた『この三界《さんがい》の火宅《かたく》』*を、去《さ》らねばならぬ悲《かな》しみは、そなたよりも、われらのほうが、ひとしお*深《ふか》かろう。そなたの後生《ごしょう》を願《ねが》う*のに役立《やくだ》つことなら、どんなに費用《ひよう》がかかろうと、どんな法要《ほうよう》でもとり行《おこな》うよう、申《もう》しつけよう。そして、そなたが冥土《めいど》*

因果《いんが》ばなし　八雲《やくも》が本篇《ほんぺん》のタイトル（Ingwa-Banashi）に付《ふ》した原註《げんちゅう》の大意《たいい》は、次《つぎ》のとおり。「これは『因果物語《いんがものがたり》』を意味《いみ》する。『因果《いんが》』とは邪悪《じゃあく》なカルマ（業《ごう》）すなわち前世《ぜんせ》で犯《おか》した罪過《ざいか》の悪《あ》しき報《むく》いを示《しめ》す、日本《にほん》の仏教用語《ぶっきょうようご》である。この話《はなし》の奇妙《きみょう》な表題《ひょうだい》は、次《つぎ》のような仏説《ぶっせつ》を踏《ふ》まえる。仏教《ぶっきょう》においては、死者《ししゃ》が生者《せいじゃ》に危害《きがい》を及《およ》ぼす力《ちから》を有《ゆう》するのは、生者《せいじゃ》の側《がわ》が前世《ぜんせ》で悪行《あくぎょう》をはたらいていた報《むく》いとしての場合《ばあい》に限《かぎ》られると考《かんが》えられているのである。この物語《ものがたり》は同《おな》じ表題《ひょうだい》で『百物語《ひゃくものがたり》』という怪談集《かいだんしゅう》に収録《しゅうろく》されている」なお、八雲《やくも》には日本《にほん》への渡航《とこう》直前《ちょくぜん》に発表《はっぴょう》された「カルマ」（一八九〇）と題《だい》する短篇小説《たんぺんしょうせつ》もある。

危篤《きとく》におちた　重病《じゅうびょう》で死《し》を目前《もくぜん》にした状態《じょうたい》に陥《おちい》った。

文政《ぶんせい》十年《ねん》　一八二七年《ねん》。

平癒《へいゆ》　病気《びょうき》や怪我《けが》が癒《い》えて、治《なお》ること。

断食《だんじき》　神仏《しんぶつ》に願《がん》をかけて、一定《いってい》の期間《きかん》、特定《とくてい》の食物《しょくもつ》を食《た》べないこと。

かいもなく　効果《こうか》もなく。

臨終《りんじゅう》　死《し》に臨《のぞ》むこと。死《し》の間際《まぎわ》。

いみじくも　まことに適切《てきせつ》に。

三界《さんがい》の火宅《かたく》　三界火宅《さんがいかたく》とも。「三界《さんがい》」とは一切衆生《いっさいしゅじょう》（生《い》きとし生《い》けるものすべて）が生《い》きて死《し》んで輪廻《りんね》（生まれ変《か》わり）する三種《しゅ》の世界《せかい》――欲界《よくかい》・色界《しきかい》・無色界《むしきかい》で、衆生《しゅじょう》の全世界《ぜんせかい》を示《しめ》す。そこは炎上《えんじょう》する居宅《きょたく》のように苦悩《くのう》の絶《た》えない世界《せかい》であるという意味《いみ》。法華経譬喩品《ほけきょうひゆぼん》に「三界無安、猶如火宅」（三界《さんがい》に安《やす》らけきこと無《な》し、なお火宅《かたく》のごとし）とあるのに拠《よ》る。

ひとしお　よりいっそう。ひときわ。

後生《ごしょう》を願《ねが》う　阿弥陀仏《あみだぶつ》に帰依《きえ》して、極楽往生《ごくらくおうじょう》や来世《らいせ》の安楽《あんらく》を願《ねが》うこと。

冥土《めいど》　冥界《めいかい》。黄泉《よみ》。あの世《よ》。仏教《ぶっきょう》では、死後《しご》、霊魂《れいこん》が迷《まよ》って行《い》き着《つ》く闇《やみ》の世界《せかい》とされる。

で迷《まよ》わず、すみやかに極楽浄土《ごくらくじょうど》*に入《はい》って成仏《じょうぶつ》*するよう、みんなでたえず祈《いの》ってあげよう」

大名《だいみょう》は、そのあいだも奥方《おくがた》をなでさすりながら、このうえなくやさしい言葉《ことば》をかけた。

すると、奥方《おくがた》は瞼《まぶた》を閉《と》じたまま、虫《むし》の音《ね》のように、かぼそい声《こえ》で答《こた》えた。

「おやさしいお言葉《ことば》、ありがとうぞんじます。ほんとにありがとうぞんじます。……仰《おお》せのとおり、まことに、三年《さんねん》にもわたる長《なが》のわずらい*に、あらんかぎりの*心《こころ》づくしとお情《なさ》けとを受《う》けてまいりました。……ほんとに、いまわのきわ*となりまして、どうして、ただ一《ひと》筋《すじ》のまことの道《みち》*からそれて、迷《まよ》いをおこしましょう？……今《いま》となっては、この世《よ》のことなど思《おも》いだすのは、よろしくないのでございましょうが、でも、最後《さいご》のお願《ねが》いがひとつ——ただひとつだけございます。……ここへ、雪子《ゆきこ》をお呼《よ》びくださいませ。御承知《ごしょうち》のとおり、わたくしは、あれを妹《いもうと》のようにかわいがっております。お家《いえ》のことなど、申《もう》しておきたいとぞんじますので」

雪子《ゆきこ》は、殿《との》のお召《め》し*でやってきた。そして、殿《との》の手招《てまね》きに応《おう》じて、床《とこ》のそばにひざまずいた。奥方《おくがた》は目《め》をひらき、雪子《ゆきこ》のほうを見《み》て言《い》った。
「ああ、雪子《ゆきこ》か。……よく来《き》てくれた、雪子《ゆきこ》。……もっと近《ちか》くへおより――わたしの言《い》うことがよく聞《きこ》えるように。大《おお》きな声《こえ》が出《だ》せないんだからね。……雪子《ゆきこ》、わたしはもう死《し》にます。これからそなたが万事《ばんじ》、*殿《との》さまによく仕《つか》えてもらいたい。と申《もう》すのは、わたしが亡《な》くなったあとは、そなたに、わたしの代《かわ》りになってもらいたいからね。……そなたが、いつも殿《との》さまから御寵愛《ごちょうあい》をうけ、*――そうです、わたしの百倍《ひゃくばい》もかわいがっていただき、――すぐさま高《たか》い位《くらい》にのぼせられて、*殿《との》の奥方《おくがた》になってもらいたい。……そして、どうか、いつも殿《との》さまをたいせつにして、ほかの女《おんな》に、殿《との》の愛情《あいじょう》を奪《うば》われないようにしておくれ。……それが、そなたに言《い》いたいと思《おも》っていたことです。雪子《ゆきこ》。……おわかりか？」

極楽浄土《ごくらくじょうど》　阿弥陀仏《あみだぶつ》が暮《く》らす浄土《じょうど》。現世《げんせ》の西方《さいほう》、十万億土《じゅうまんおくど》を経《へ》た場所《ばしょ》にあり、そこは苦《くる》しみのない安楽《あんらく》な世界《せかい》であるとされる。
成仏《じょうぶつ》　一切《いっさい》の煩悩《ぼんのう》を離《はな》れて悟《さと》りを開《ひら》くこと。仏《ほとけ》になること。
長《なが》のわずらい　長期《ちょうき》にわたる闘病生活《とうびょうせいかつ》。
あらんかぎりの　ありったけの。可能《かのう》な限《かぎ》りの。
いまわのきわ　「今《いま》わの際《きわ》」と表記《ひょうき》。死《し》の間際《まぎわ》。臨終《りんじゅう》。
一筋《ひとすじ》のまことの道《みち》　一心《いっしん》に仏《ほとけ》を信《しん》じ帰依《きえ》する道《みち》。
お召《め》し　呼《よ》び出《だ》し。召喚《しょうかん》されること。
万事《ばんじ》　何《なに》から何《なに》まで。すべて。
御寵愛《ごちょうあい》　特別《とくべつ》に愛《あい》すること。
のぼせられて　身分《みぶん》や位《くらい》を上《あ》げられて。

「ああ、奥方《おくがた》さま」と、雪子《ゆきこ》はきっぱり言《い》った。「お願《ねが》いでございますから、そのような思《おも》いもよらぬことは、なにとぞ仰《おお》せくださいますな。よく御存《ごぞん》じのように、わたくしは、貧《まず》しくて賤《いや》しい*身分《みぶん》の者《もの》でございます。どうしてまた、殿《との》さまの奥方《おくがた》になろうなどと、だいそれた*ことが望《のぞ》めましょう？」

「いや、いや」と奥方《おくがた》はしわがれた声《こえ》で答《こた》えた。「いまは他人行儀《たにんぎょうぎ》*の言葉《ことば》をつかうときではない。おたがいに、ほんとのことだけ言《い》いましょう。わたしが亡《な》くなったあとは、そなたがきっと高《たか》い地位《ちい》にのぼるにちがいない。それで、いま、もう一度《いちど》はっきり言《い》っておきたいのだが、そなたに殿《との》さまの奥方《おくがた》になってもらいたいのです。――そうです、雪子《ゆきこ》。わたしは、自分《じぶん》が成仏《じょうぶつ》したい願《ねが》いにも増《ま》して、このことを願《ねが》っているのです。……ああ、うっかり忘《わす》れるところだった。――そなたにひとつ、してもらいたいことがある、雪子《ゆきこ》。そ

賤《いや》しい　ここでは、地位《ちい》や身分《みぶん》が低《ひく》いの意《い》。

だいそれた　道理《どうり》にはずれた。とんでもない。おこがましい。

他人行儀《たにんぎょうぎ》　赤《あか》の他人《たにん》に接《せっ》するように、よそよそしい言動《げんどう》をとること。

なたも知《し》ってのとおり、お庭《にわ》に、おとし大和《やまと》の吉野山《よしのやま》*から、こちらへ持《も》ってきた八重《やえ》桜《ざくら》*がある。いまが花盛《はなざか》りだと聞《き》いているが、……その花《はな》をひどく見《み》*たかったのだよ。もうしばらくで、わたしは死《し》んでしまうのだが、死《し》ぬまえに、ぜひあの木《き》が見《み》たい。さあ、わたしをお庭《にわ》へ連《つ》れていっておくれ。――いますぐに、雪子《ゆきこ》、――その桜《さくら》の木《き》が見《み》えるようにね。……そうです、そなたの背中《せなか》におぶってね、雪子《ゆきこ》……おぶっておくれ……」

こう言《い》っているうちに、奥方《おくがた》の声《こえ》は、しだいにはっきりとなり、強《つよ》まってきて、あたかも、*はげしい望《のぞ》みが、新《あたら》しい力《ちから》をあたえたようであった。それから奥方《おくがた》は、とつぜんわっと泣《な》きだした。雪子《ゆきこ》は、どうしてよいかわからないので、じっとひざまずいていたが、大《だい》名《みょう》はうなずいて、承諾《しょうだく》の意《い》をしめした。

「あれの、この世《よ》での最後《さいご》の願《ねが》いだ」と大名《だいみょう》は言《い》った。「あれは、かねがね*桜《さくら》の花《はな》が好《す》きだった。で、あの大和桜《やまとざくら》が咲《さ》いているのを、ひどく見《み》たがっているのだ。さあ、雪子《ゆきこ》、あれの望《のぞ》みどおりにしてやれ」

子供《こども》がすがりつけるよう、乳母《うば》*が背《せ》をむけてやるように、雪子《ゆきこ》は、奥方《おくがた》のほうに肩《かた》を出《だ》しながら言《い》った。

「奥方《おくがた》さま、さあ、どうぞ。どういたしたらよいか、おっしゃってくださいませ」

「では、こうして」と瀕死《ひんし》*の奥方《おくがた》は、雪子《ゆきこ》の肩《かた》にすがりつき、ほとんど人間業《にんげんわざ》*とは思《おも》えぬ力《ちから》をふりしぼって立《た》ちあがりながら答《こた》えた。ところが、まっすぐに立《た》つと、すばやく、そのやせた両手《りょうて》を、雪子《ゆきこ》の肩《かた》ごしに着物《きもの》の下《した》へさしこんで、雪子《ゆきこ》の乳房《ちぶさ》をつかんだ。そして、いやな声《こえ》をたてて、どっと笑《わら》いだした。

「とうとう願《ねが》いがかなった」と奥方《おくがた》は叫《さけ》んだ。「桜《さくら》の花《はな》への願《ねが》いがかなった。――でも、

大和《やまと》の吉野山《よしのやま》　大和国《やまとのくに》（現在《げんざい》の奈良県《ならけん》）中部《ちゅうぶ》の吉野町《よしのちょう》にある山《やま》。大峰山系《おおみねさんけい》に属《ぞく》し、古来《こらい》、桜《さくら》の名所《めいしょ》として名高《なだか》く、春《はる》には「一目千本《ひとめせんぼん》」と云《い》われる景観《けいかん》を呈《てい》して花見客《はなみきゃく》でにぎわう。

八重桜《やえざくら》　他《た》の品種《ひんしゅ》の桜《さくら》に遅《おく》れて、淡紅《たんこう》・紅《べに》・淡黄《たんこう》の濃艶《のうえん》な重弁《じゅうべん》の花《はな》をつけるサトザクラの品種《ひんしゅ》。ボタンザクラ。

ひどく　とても。たいそう。

あたかも　35頁《ページ》を参照《さんしょう》。

かねがね　前々《まえまえ》から。以前《いぜん》から。

乳母《うば》　生母《せいぼ》の代《か》わりに乳幼児《にゅうようじ》に乳《ちち》をのませり、養育《よういく》したりする役目《やくめ》の女性《じょせい》。

瀕死《ひんし》　今《いま》にも死《し》にそうな。

人間業《にんげんわざ》　人間《にんげん》の能力《のうりょく》で可能《かのう》なおこない。

それはお庭《にわ》の桜《さくら》の花《はな》への願《ねが》い*ではなかった！……願《ねが》いがかなわぬうちは、とても死《し》にきれなかったが、いま、その願《ねが》いがかなった。……ああ、ほんとにうれしい」

こう言《い》うと奥方《おくがた》は、身《み》をかがめている雪子《ゆきこ》のうえに、どっと倒《たお》れかかって死《し》んだ。

侍者《じしゃ》*たちは、すぐ雪子《ゆきこ》の肩《かた》から死体《したい》を持《も》ちあげて、寝床《ねどこ》のうえに寝《ね》かそうとした。ところが、ふしぎなことには、見《み》たところ何《なん》でもないようなこのことが、なかなかできなかった。冷《つめ》たい両手《りょうて》は、なんとも訳《わけ》のわからぬふうに、雪子《ゆきこ》の乳房《ちぶさ》にくっついていて、そのまま生《い》きた肉《にく》となったようだった。雪子《ゆきこ》は、こわいのと痛《いた》みのために、気《き》をうしなってしまった。

医者《いしゃ》が呼《よ》ばれたが、どうしてこうなったのか、わからなかった。普通《ふつう》のやりかたでは、死《し》んだ奥方《おくがた》の手《て》を、そのいけにえ*になった雪子《ゆきこ》のからだから、引《ひ》きはなすことはできなかった。――なにぶん、両手《りょうて》がしっかりくっついているので、むりに離《はな》そうとすると、血《ち》が出《で》るのだった。これは指《ゆび》がつかんでいるためではなくて、手《て》のひらの肉《にく》が、なんとも訳《わけ》のわからぬ*工合《ぐあい》に、乳房《ちぶさ》の肉《にく》にくっついているためであった。

当時《とうじ》、江戸《えど》でいちばん腕《うで》のある医者《いしゃ》は、外人《がいじん》で——オランダの外科医《げかい》*だった。で、この医者《いしゃ》を招《まね》くことになった。念入《ねんい》りに見《み》たのち、医者《いしゃ》は、どうもこんな病《やまい》のたち*は自分《じぶん》にはわからないが、即刻《そっこく》*雪子《ゆきこ》を救《すく》うのには、死体《したい》から両手《りょうて》を切断《せつだん》するよりほかには、ほどこす術《すべ》はない*と言《い》い、乳房《ちぶさ》から両手《りょうて》を離《はな》そうとするのは危険《きけん》であると、断言《だんげん》した。医者《いしゃ》の忠告《こく》はいれられて、*両手《りょうて》は手首《てくび》のところから切断《せつだん》された。しかし、手《て》は乳房《ちぶさ》にくっついたま

お庭《にわ》の桜《さくら》の花《はな》への……　八雲《やくも》がこの箇所《かしょ》に付《ふ》した原註《げんちゅう》の大意《たいい》は、次《つぎ》のとおり。「日本《にほん》の詩文《しぶん》においては、女性《じょせい》の肉体的《にくたいてき》な美《うつく》しさを桜《さくら》の花《はな》に、精神的《せいしんてき》な美《うつく》しさを梅《うめ》の花《はな》に、それぞれたとえる伝統《でんとう》がある」奥方《おくがた》の真《しん》の狙《ねら》いは、庭《にわ》の桜《さくら》ではなく、満開《まんかい》の桜《さくら》のように美《うつく》しい雪子《ゆきこ》にあったのだ。

侍者《じしゃ》　貴人《きじん》の側近《そばちか》く仕《つか》える、お付《つ》きの者《もの》。

いけにえ　犠牲《ぎせい》。その身《み》に災厄《さいやく》を被《こうむ》ること。

なんとも訳《わけ》のわからぬ　前段《ぜんだん》に続《つづ》いて、同《おな》じ表現《ひょうげん》が用《もち》いられていることに注意《ちゅうい》。現場《げんば》の混乱《こんらん》、事態《じたい》の不条理《ふじょうり》さが強調《きょうちょう》されているのである。

オランダの外科医《げかい》　蘭方外科医《らんぽうげかい》。オランダ流《りゅう》の医学《いがく》を学《まな》んだ医師《し》。鎖国中《さこくちゅう》の日本《にほん》で例外的《れいがいてき》に渡来《とらい》を許《ゆる》されていたオランダ商館《しょうかん》の医師《いし》が伝《つた》えた外科医術《げかいじゅつ》を「蘭方外科《らんぽうげか》」と呼《よ》んだ。

病《やまい》のたち　症例《しょうれい》。

即刻《そっこく》　すぐに。たちどころに。

ほどこす術《すべ》はない　とるべき手段《しゅだん》がない。

いれられて　認《みと》められて。承諾《しょうだく》されて。

まで、まもなく、それは死《し》んでから久《ひさ》しくたった人《ひと》の手《て》のように、＊黒《くろ》ずんで乾《ひ》からびてしまった。

しかし、これは恐《おそ》ろしいことの、はじまりにすぎなかった。見《み》かけたところ、この両手《りょうて》は、しなびて血《ち》の気《け》がないようであったが、死《し》んではいなかった。ときどき、そっと——大《おお》きな灰色《はいいろ》の蜘蛛《くも》のように動《うご》＊くのだった。そのあと毎晩《まいばん》——いつも丑《うし》の刻《こく》＊にはじまるのだが——その両手《りょうて》は乳房《ちぶさ》をひっつかみ、おしつけ、責《せ》めさいなむのだった。そして寅《とら》の刻《こく》＊になって、ようやく痛《いた》みがやむのである。

雪子《ゆきこ》は髪《かみ》を切《き》って、托鉢《たくはつ》の尼僧《にそう》＊となり、法名《ほうみょう》＊を脱雪《だっせつ》＊とあらためた。亡《な》くなった奥方《おくがた》の戒名《かいみょう》＊——「妙香院殿知山涼風大姉《みょうこういんでんちさんりょうふうだいし》」と書《か》いた位牌《いはい》＊をつくらせ、巡礼《じゅんれい》の旅《たび》には、どこにもそれを携《たずさ》えて行《い》った。そして、毎日《まいにち》位牌《いはい》のまえで、つつましやかに亡者《もうじゃ》＊の許《ゆる》しを乞《こ》い、嫉《しっ》妬《と》の心《こころ》がやすまるように供養《くよう》をした。しかし、このような苦《くる》しみの種《たね》となっている悪因縁《あくいんねん》＊

は、なかなか消滅《しょうめつ》しなかった。毎晩《まいばん》、丑《うし》の刻《こく》になると、両手《りょうて》はかならず脱雪《だっせつ》を責《せ》めさいなんだ。——しかも、それが十七年《じゅうしちねん》以上《いじょう》にもおよんだということだが、それは脱雪《だっせつ》が一夜《いちや》、

人《ひと》の手《て》のように　「百物語《ひゃくものがたり》」の「真《ま》っ黒《くろ》な細長《ほそなが》い手《て》」を想起《そうき》。

大《おお》きな灰色《はいいろ》の蜘蛛《くも》のように……　呪《のろ》いの手首《てくび》の妖異《ようい》をなまなましく伝《つた》える卓抜《たくばつ》な比喩《ひゆ》だが、本篇《ほんぺん》の原話《げんわ》には、これに該当《がいとう》する一節《いっせつ》はない。ちなみに、八雲《やくも》と同《おな》じ年《とし》に生《う》まれたフランスの文豪《ぶんごう》モーパッサン（一八五〇～一八九三）にも、手首《てくび》による超自然的《ちょうしぜんてき》な復讐《ふくしゅう》を描《えが》いた「手《て》 La Main」（一八八三）という短篇《たんぺん》がある。その一節《いっせつ》を引《ひ》く——「あの手《て》が、あの恐《おそ》ろしい手《て》が、蠍《さそり》のように、蜘蛛《くも》のように、室《へや》にそって、壁《かべ》にそって、走《はし》りまわっているのを見《み》たような気《き》がしたのです」（青柳瑞穂訳《あおやぎみずほやく》）。興味深《きょうみぶか》いことに、八雲《やくも》は在米時代《ざいべいじだい》、モーパッサンの短篇《たんぺん》を数多《かずおお》く英訳《えいやく》しており、その中《なか》には「The Hand（手《て》）」も含《ふく》まれているのであった。八雲《やくも》はモーパッサンを「世界文学史上《せかいぶんがくしじょう》で最大《さいだい》の短篇作家《たんぺんさっか》」と評価《ひょうか》しており、翻訳《ほんやく》を通《つう》じて、その短篇技法《たんぺんぎほう》を会得《えとく》し、本篇《ほんぺん》をはじめとする後年《こうねん》の再話作品《さいわさくひん》に応用《おうよう》した可能性《かのうせい》は高《たか》いと思《おも》われる。事実《じじつ》、本篇《ほんぺん》も原話《げんわ》（詳《くわ》しくは後述《こうじゅつ》）では、尼《あま》となった雪子《ゆきこ》が下野《しもつけ》の野口家《のぐちけ》に一夜《いちや》の宿《やど》を求《もと》め、我《わ》が身《み》の因果《いんが》を語《かた》り聞《き》かせるまでが全体《ぜんたい》の半《なか》ば近《ちか》くを占《し》めるが、八雲《やくも》はそこを大胆《だいたん》に省《はぶ》いて、全篇《ぜんぺん》のハイライト・シーンから物語《ものがたり》を始《はじ》めているのであった。

丑《うし》の刻《こく》　現在《げんざい》の午前《ごぜん》二時《じ》ごろ。真夜中《まよなか》。「丑《うし》の刻参《こくまい》り」を想起《そうき》させよう（本巻所収《ほんかんしょしゅう》の「鐵輪《かなわ》」を参照《さんしょう》）。

寅《とら》の刻《こく》　現在《げんざい》の午前《ごぜん》四時《じ》ごろ。

托鉢《たくはつ》の尼僧《にそう》　家々《いえいえ》で布施《ふせ》する米銭《べいせん》を、鉄鉢《てっぱつ》で受《う》けてまわる修《しゅ》行《ぎょう》をする女性《じょせい》の僧《そう》。

法名《ほうみょう》　剃髪《ていはつ》して仏門《ぶつもん》に入《い》った僧《そう》に授《さず》けられる名前《なまえ》。

脱雪《だっせつ》　「脱《だつ》」の一字《いちじ》に、忌《い》まわしい窮状《きゅうじょう》を脱《だっ》したいという哀切《あいせつ》な願《ねが》いが込《こ》められているかのようだ。

戒名《かいみょう》　死後《しご》に授《さず》けられる法名《ほうみょう》。

位牌《いはい》　故人《こじん》の俗名《ぞくみょう》や戒名《かいみょう》が記《しる》された木《き》の札《ふだ》。通常《つうじょう》は仏壇《ぶつだん》に安置《あんち》される。

つつましやかに　ひかえめで慎《つつし》み深《ぶか》いさま。

悪因縁《あくいんねん》　悪《わる》い結果《けっか》をもたらすような因縁《いんねん》。

下野国《しもつけのくに》*河内郡《かわちぐん》田中村《たなかむら》*の野口伝五左衛門《のぐちでんござえもん》の家《いえ》に泊《とま》ったとき、最後《さいご》に彼女《かのじょ》から話《はなし》を聞《き》いた人《ひと》たちの証言《しょうげん》によるのである。これは、弘化三年《こうかさんねん》（一八四六年《せんはっぴゃくよんじゅうろくねん》）のことであった。その後《ご》、脱雪《だっせつ》の消息《しょうそく》はまるでわからない。

（一八九九年刊《ねんかん》『霊《れい》の日本《にほん》』所収《しょしゅう》／原題《げんだい》はIngwa-Banashi）

下野国《しもつけのくに》　旧国名《きゅうこくめい》。現在《げんざい》の栃木県《とちぎけん》。

河内郡田中村《かわちぐんたなかむら》　現在《げんざい》の栃木県《とちぎけん》南河内町《みなみかわちまち》。本篇《ほんぺん》の原典《げんてん》となった扶桑堂版《ふそうどうばん》『百物語《ひゃくものがたり》』第《だい》十四席《せき》（話者《わしゃ》は講談師《こうだんし》の二世《にせい》松林伯圓《しょうりんはくえん》）より引用《いんよう》する。「今《いま》は昔《むかし》、下野国河内郡薬師寺《しもつけのくにかわちぐんやくしじ》と申《もう》す所《ところ》は、日光東街道《にっこうひがしかいどう》として、旧跡《きゅうせき》の多《おお》い所《ところ》であり、当所《とうしょ》の隆《りゅう》行寺《ぎょうじ》と云《い》う寺《てら》には、弓削《ゆげ》の道鏡《どうきょう》の古墳《こふん》があります。（略《りゃく》）この薬師寺駅《やくしじえき》の東《ひがし》に、田中村《たなかむら》と申《もう》す所《ところ》がありまして、この村《むら》の豪士《ごうし》に野口伝五左衛門《のぐちでんござえもん》と云《い》う、旧家《きゅうか》はすなわち、小生伯圓《わたくしはくえん》が実《じつ》の姉《あね》が嫁《か》したる家《いえ》にて、只今《ただいま》は姉《あね》も亡《な》き人《ひと》になりましたゆえ、一《ひ》ト年《とせ》小生《わたくし》も墓参《ぼさん》の為《ため》、筑波山《つくばさん》の見物《けんぶつ》をかけて、下野《しもつけ》常陸《ひたち》の地方《ちほう》へ旅行致《りょこういた》し、かの野口《のぐち》の家《いえ》に滞在《たいざい》して、一《ひと》ツの怪《かい》談《だん》を聞出《ききだ》しました」

　なお、国文学者《こくぶんがくしゃ》・堤邦彦《つつみくにひこ》の『現代語《げんだいご》で読《よ》む「江戸怪談《えどかいだん》」傑《けっ》作選《さくせん》』は、日本《にほん》の古典怪談入門《こてんかいだんにゅうもん》に最適《さいてき》の好著《こうちょ》だが、その中《なか》に本篇《ほんぺん》に描《えが》かれる「手首《てくび》の怪《かい》」の系譜《けいふ》を、近世以前《きんせいいぜん》まで跡《あと》づけたくだりがあるので、ぜひ一読《いちどく》をお勧《すす》めしたい。また、杉《すぎ》浦日向子《うらひなこ》の名著《めいちょ》『百物語《ひゃくものがたり》』にも、本篇《ほんぺん》に着想《ちゃくそう》を得《え》たとおぼしき「其《そ》ノ十三　尼君《あまぎみ》ざんげの話《はなし》」が収《おさ》められていることを申《もう》し添《そ》えておく。

田《た》中《なか》貢《こう》太《た》郎《ろう》

這《は》って来《く》る紐《ひも》

某禅寺《あるぜんでら》*に壮《わか》い美男《びなん》の僧《そう》があって附近《ふきん》の女《おんな》と関係《かんけい》*しているうちに、僧《そう》は己《じぶん》の非行《ひこう》*を悟《さと》るとともに大《おお》いに後悔《こうかい》して、田舎《いなか》へ往《い》って修業《しゅぎょう》をすることにした。関係《かんけい》していた女《おんな》はそれを聞《き》いてひどく悲《かな》しんだが、いよいよ別《わか》れる日《ひ》になると、禅宗《ぜんしゅう》の僧侶《そうりょ》の衣《ころも》の腰《こし》に着《つ》ける一本《いっぽん》の紐《ひも》*を縫《ぬ》って持《も》ってきて、「これを、私《わたし》の形見《かたみ》に*、いつまでもつけてください」と云《い》ってそれを僧《そう》の腰《こし》へ巻《ま》いていった。僧《そう》はそこで出発《しゅっぱつ》して目指《めざ》す田舎《いなか》の寺《てら》へ往《い》ったが、途中《とちゅう》で某一軒《あるいっけん》の宿屋《やどや》へ泊《とま》った。そして、寝《ね》る時《とき》になって、衣《ころも》を脱《ぬ》いで帯《おび》といっしょに衝立《たて》*へ掛《か》けて寝《ね》たが、しばらく眠《ねむ》ってなにかの拍子《ひょうし》に眼《め》を醒《さま》してみると、有明《ありあけ》の洋燈《ランプ》*が微暗《うすぐら》く点《とも》っていて室《へや》の中《なか》はしんとしていた。その時何《ときなに》か物《もの》の気配《けはい》がしたのでふと見《み》た。今《いま》まで衝立《ついたて》に掛《かか》っていた紐《ひも》がぼたりと落《お》ちたが、それがそのまま蛇《へび》のように、よろよろと這《は》って寝床《ねどこ》の中《なか》へ入《はい》ってきた。僧《そう》はびっくりしたが紐《ひも》はやはり紐《ひも》でべつに蛇《へび》にもなっていなかった。しかし、不思議《ふしぎ》は不思議《ふしぎ》であるから、翌日《よくじつ》になって鋏《はさみ》を借《か》りてその紐《ひも》を断《き》ってみた。紐《ひも》の中《なか》には女《おんな》の髪《かみ》の毛《け》*をつめてあった。これは明治三十七八年《めいじさんじゅうしちはちねん》ごろ、田島金次郎《たじまきんじろう》*翁《おう》が叡山《えいざん》*に往《い》っている時《とき》、某尼僧《あるにそう》に聞《き》いた話《はなし》である。

（一九三四年刊《ねんかん》『日本怪談全集《にほんかいだんぜんしゅう》』所収《しょしゅう》）

禅寺《ぜんでら》　禅宗《ぜんしゅう》の寺院《じいん》。夏目漱石《なつめそうせき》の「夢十夜《ゆめじゅうや》」の第二夜《だいや》（『夢《ゆめ》』に所収《しょしゅう》）、坂口安吾《さかぐちあんご》「閑山《かんざん》」（『獣《けもの》』に所収《しょしゅう》）なども、禅寺《ぜんでら》を舞《ぶ》台《たい》にした怪談《かいだん》であったことに留意《りゅうい》。

関係《かんけい》　男女《だんじょ》の交際《こうさい》。

非行《ひこう》　道義《どうぎ》や良識《りょうしき》にはずれた行為《こうい》。

衣《ころも》の腰《こし》に着《つ》ける一本《いっぽん》の紐《ひも》　手巾帯《しゅきんおび》のこと。手巾《しゅきん》とも。長《なが》さ五尺《しゃく》（約《やく》一・九メートル）ほどの布帛《ふはく》を帯《おび》にしたもの。僧侶《そうりょ》や尼《あま》が僧衣《そうい》の上《うえ》から巻《ま》いて前《まえ》で結《むす》ぶ。禅宗《ぜんしゅう》の修行僧《しゅぎょうそう》の帯《おび》は特《とく》に太《ふと》くて、蛇《へび》や鰻《うなぎ》に似《に》る。ちなみに「手巾《しゅきん》」は僧侶《そうりょ》の隠語《いんご》で「鰻《うなぎ》」のこと。

形見《かたみ》　19頁《ページ》を参照《さんしょう》。

衝立《ついたて》　衝立障子《ついたてしょうじ》の略《りゃく》。一枚《いちまい》の襖障子《ふすましょうじ》や板障子《いたしょうじ》に台《だい》を取《と》り付《つ》けて、容易《ようい》に移動《いどう》できるようにしたもの。間仕切《まじき》りなどとして玄関《げんかん》や座敷《ざしき》などに置《お》かれる。

有明《ありあけ》の洋燈《ランプ》　夜《よる》の間《あいだ》ずっと灯《とも》してあるランプ。常夜燈《じょうやとう》。

女《おんな》の髪《かみ》の毛《け》　女性《じょせい》の毛髪《もうはつ》にまつわる怪談《かいだん》や霊異譚《れいいたん》は古来《こらい》、数多《かずおお》い。東雅夫《ひがしまさお》編《へん》のアンソロジー『黒髪《くろかみ》に恨《うら》みは深《ふか》く』を参照《さんしょう》。

田島金次郎《たじまきんじろう》　（一八七四?～一九六五）筆名《ひつめい》に神田謹三《かんだきんぞう》、田島《たじま》断《だん》。東京《とうきょう》・神田《かんだ》の薬種問屋《やくしゅどんや》に生《う》まれ、僧籍《そうせき》に入《はい》ったりハワイに渡《わた》って教職《きょうしょく》に就《つ》くなどした後《あと》、後半生《こうはんせい》は歌舞伎界《かぶきかい》の名門《めいもん》・守田《もりた》（勘彌《かんや》）家《け》の支配人《しはいにん》を最晩年《さいばんねん》まで務《つと》めた。泉鏡花《いずみきょうか》の熱《ねっ》心《しん》なファンとして「鏡花会《きょうかかい》」などの運営《うんえい》に尽力《じんりょく》、柏舎書楼《かしわやしょろう》版《ばん》『怪談会《かいだんかい》』（一九〇九）には「藤守座《ふじもりざ》の怪《かい》」「船中《せんちゅう》の幻覚《げんかく》」の談話《だんわ》二篇《へん》を寄《よ》せている。

叡山《えいざん》　比叡山《ひえいざん》のこと。京都《きょうと》と滋賀《しが》の境《さかい》にそびえる霊山《れいざん》で、中腹《ちゅうふく》に天台宗総本山《てんだいしゅうそうほんざん》の比叡山延暦寺《ひえいざんえんりゃくじ》がある。

遠《とお》野《の》物《もの》語《がたり》（抄《しょう》）

柳《やなぎ》田《た》國《くに》男《お》

六九* 今《いま》の土淵村《つちぶちむら》*には大同《だいどう》*という家二軒《いえにけん》あり。山口《やまぐち》*の大同《だいどう》は当主《とうしゅ》を大洞万之丞《おおほらまんのじょう》という。この人《ひと》の養母名《ようぼな》はおひで、*八十《はちじゅう》を超《こ》えて今《いま》も達者《たっしゃ》なり。*佐々木氏《ささきし》*の祖母《そぼ》の姉《あね》なり。魔法《まほう》*に長《ちょう》じたり。*まじないにて*蛇《へび》を殺《ころ》し、木《き》に止《とま》れる鳥《とり》を落《おと》しなどするを佐々木君《ささきくん》はよく見《み》せてもらいたり。*昨年《さくねん》の旧暦正月十五日《きゅうれきしょうがつじゅうごにち》*に、この老女《ろうじょ》の語《かた》りしには、昔《むかし》ある処《ところ》に貧《まず》しき百姓《ひゃくしょう》*あり。妻《つま》はなくて美《うつく》しき娘《むすめ》あり。また一匹《いっぴき》の馬《うま》を養《やしな》う。娘《むすめ》この馬《うま》を愛《あい》して夜《よる》になれば厩舎《うまや》*に行《い》きて寝《い》ね、ついに馬《うま》と夫婦《ふうふ》になれり。ある夜父《よちち》はこの事《こと》を知《し》りて、その次《つぎ》の日《ひ》に娘《むすめ》には知《し》らせず、馬《うま》を連《つ》れ出《だ》して桑《くわ》の木《き》につり下《さ》げて殺《ころ》したり。*その夜娘《よむすめ》は馬《うま》のおらぬより*父《ちち》に尋《たず》ねてこの事《こと》を知《し》り、驚《おどろ》き悲《かな》しみて桑《くわ》の木《き》の下《した》に行《ゆ》き、死《し》したる馬《うま》の首《くび》に縋《すが》りて泣《な》きいたりしを、*父《ちち》はこれを悪《にく》みて*斧《おの》を以《もっ》て後《うしろ》より馬《うま》の首《くび》を切《き》り落《おと》せしに、*たちまち娘《むすめ》はその首《くび》に乗《の》りたるまま天《てん》に昇《のぼ》り去《さ》れり。*オシラサマ*というはこの時《とき》より成《な》りたる神《かみ》なり。*馬《うま》

六九　『遠野物語《とおのものがたり》』所収《しょしゅう》の各篇《かくへん》には表題《ひょうだい》がなく、代《か》わりに一から一一九まで「話《はなし》の番号《ばんごう》」が付《ふ》されている。その中《なか》から本書《ほんしょ》には、魔法《まほう》・呪《まじな》いとオシラサマに関《かか》わる「六九〜七二」、ザシキワラシと呪《のろ》われた旧家《きゅうか》に関《かか》わる「一七〜二二」の全《ぜん》九話《わ》を採録《さいろく》した。

土淵村《つちぶちむら》　現在《げんざい》の岩手県遠野市土淵町《いわてけんとおのしつちぶちちょう》。『遠野物語《とおのものがたり》』所収《しょしゅう》の物語《ものがたり》を柳田國男《やなぎたくにお》に語《かた》り聞《き》かせた、後《のち》の民話研究家《みんわけんきゅうか》・佐々木喜善《ささきぜん》（一八八六〜一九三三）の故郷《こきょう》である。

大同《だいどう》　遠野《とおの》では、旧家《きゅうか》を意味《いみ》する。

山口《やまぐち》　土淵村《つちぶちむら》の地名《ちめい》。喜善《きぜん》の生家《せいか》やダンノハナと呼《よ》ばれる共同《きょうどう》墓地《ぼち》がある。

おひで　喜善《きぜん》の養祖母《ようそぼ》の姉《あね》で、大洞家《おおほらけ》に嫁《とつ》いだ。

達者《たっしゃ》なり　丈夫《じょうぶ》で元気《げんき》なこと。

佐々木氏《ささきし》　佐々木喜善《ささききぜん》を指《さ》す。喜善《きぜん》は明治《めいじ》四十一年《ねん》（一九〇八）十一月《がつ》四日、友人《ゆうじん》で作家《さっか》の水野葉舟《みずのようしゅう》に連《つ》れられて柳田邸《やなぎたてい》を訪問《ほうもん》、郷里《きょうり》の「お化話《ばけばなし》」を語《かた》り聞《き》かせた。喜善《きぜん》の話《はなし》に深《ふか》い関心《かんしん》を示《しめ》した柳田《やなぎた》は、その内容《ないよう》を手帖《てちょう》に筆録《ひつろく》する。以後《いご》、翌年《よくねん》にかけて定期的《ていきてき》に柳田邸《やなぎたてい》で「お化話《ばけばなし》の会《かい》」が開《ひら》かれ、明治《めいじ》四十三年《ねん》（一九一〇）六月《がつ》に『遠野物語《とおのものがたり》』（聚精堂《しゅうせいどう》）が私家《しか》版《ばん》で三五〇部刊行《ぶかんこう》されたのである。

魔法《まほう》　魔力《まりょく》、呪法《じゅほう》によって不思議《ふしぎ》をなす術《じゅつ》。

長《ちょう》じたり　得意《とくい》にしていた。会得《えとく》していた。

まじない　「呪《まじな》い」と表記《ひょうき》。神秘的《しんぴてき》な力《ちから》を利用《りよう》して、災厄《さいやく》を除《のぞ》いたり、逆《ぎゃく》に他人《たにん》に及《およ》ぼしたりする秘術《ひじゅつ》。禁厭《きんよう》、厭勝《えんしょう》、符呪《ふじゅ》などとも。

見《み》せてもらいたり　見《み》せてもらったものだ。

旧暦正月十五日《きゅうれきしょうがつにち》　江戸期《えどき》まで用《もち》いられた旧暦《きゅうれき》（太陰暦《たいいんれき》）による正月《しょうがつ》。特《とく》に十五日《にち》は「小正月《こしょうがつ》」と呼《よ》ばれ、さまざまな民《みん》俗行事《ぞくぎょうじ》がおこなわれる。

百姓《ひゃくしょう》　農民《のうみん》。

厩舎《うまや》　牛馬《ぎゅうば》などを飼《か》う小屋《こや》。

殺《ころ》したり　殺《ころ》してしまった。

おらぬより　（厩舎《うまや》に）いないので。

泣《な》きいたりしを　泣《な》いているのを。

悪《にく》みて　不快《ふかい》に思《おも》って。

切《き》り落《おと》せしに　切《き》り落《お》としたところ。

その首《くび》に乗《の》りたるまま天《てん》に昇《のぼ》り去《さ》れり　馬《うま》の首《くび》に乗《の》ったまま昇《しょう》天《てん》して去《さ》った。この物語《ものがたり》は、古代中国《こだいちゅうごく》の『捜神記《そうじんき》』所載《しょさい》の話《はなし》を源流《げんりゅう》とする「馬娘婚姻譚《ばじょうこんいんたん》」の系譜《けいふ》に属《ぞく》する。

オシラサマ　東北地方《とうほくちほう》で信仰《しんこう》される家《いえ》の神《かみ》。男女一対《だんじょいっつい》の木像《もくぞう》で、頭部《とうぶ》が馬《うま》のものや烏帽子《えぼし》を被《かぶ》ったものなどがある。イタコにより祀《まつ》られる。オシラカミ、オシラボトケとも。オシラサマが登場《とうじょう》する文学作品《ぶんがくさくひん》としては、泉鏡花《いずみきょうか》の長篇《ちょうへん》『山海評判記《さんかいひょうばんき》』（一九二九）が名高《なだか》い（柳田國男《やなぎたくにお》も登場《とうじょう》）。

成《な》りたる神《かみ》なり　生《う》まれた神《かみ》である。

をつり下《さ》げたる桑《くわ》の枝《えだ》にてその神《かみ》の像《ぞう》を作《つく》る。その像三《ぞうみっ》つありき。*本《もと》にて作《つく》りしは*山口《やまぐち》の大同《だいどう》にあり。これを姉神《あねがみ》とす。中《なか》にて作《つく》りしは*山崎《やまざき》*の在家権十郎《ざいけごんじゅうろう》という人《ひと》の家《いえ》にあり。佐々木《ささき》氏《し》の伯母《おば》*が縁《えん》づきたる*家《いえ》なるが、今《いま》は家《いえ》絶《た》えて神《かみ》の行方《ゆくえ》を知《し》らず。末《すえ》にて作《つく》りし*妹神《いもうとがみ》の像《ぞう》は今附馬牛村《いまつくもうしむら》*にありといえり。

七〇　同《おな》じ人《ひと》の話《はなし》に、オクナイサマ*はオシラサマのある家《いえ》には必《かなら》ず伴《ともな》いて在《いま》す*神《かみ》なり。されどオシラサマはなくてオクナイサマのみある家《いえ》もあり。また家《いえ》によりて神《かみ》の像《ぞう》も同《おな》じからず。*山口《やまぐち》の大同《だいどう》にあるオクナイサマは木像《もくぞう》なり。山口《やまぐち》の辷石《はねいし》たにえ*という人《ひと》の家《いえ》なる

その像三《ぞう》つありき　その像《ぞう》は三つあった。
本《もと》にて作《つく》りしは　（桑《くわ》の枝《えだ》の）元《もと》の部分《ぶぶん》で作《つく》ったのは。
中《なか》にて作《つく》りしは　（桑《くわ》の枝《えだ》の）真《ま》ん中《なか》の部分《ぶぶん》で作《つく》ったのは。
山崎《やまざき》　土淵村《つちぶちむら》の地名《ちめい》。
佐々木氏《ささきし》の伯母《おば》　喜善《きぜん》の叔母《おば》フクヨのこと。
縁《えん》づきたる　嫁《よめ》にいった。
末《すえ》にて作《つく》りし　（桑《くわ》の枝《えだ》の）先《さき》の部分《ぶぶん》で作《つく》ったのは。
附馬牛村《つくもうしむら》　現在《げんざい》の遠野市附馬牛町《とおのしつきもうしちょう》。
オクナイサマ　オシラサマと同《おな》じく東北地方《とうほくちほう》で信仰《しんこう》される男女《だんじょ》一対《いっつい》の神《かみ》。
伴《ともな》いて在《いま》す　一緒《いっしょ》に祀《まつ》られている。
同《おな》じからず　同《おな》じではない。
辷石《はねいし》たにえ　（一八五八～一九二七）土淵村《つちぶちむら》の丸子立《まるこだち》の人《ひと》で、本名《ほんみょう》は「たに」、たにえは「谷江《たにえ》」とも表記《ひょうき》。佐々木喜善《ささききぜん》は大正《たいしょう》十二年《ねん》（一九二三）の冬《ふゆ》、たにえの家《いえ》に通《かよ》って、彼女《かのじょ》が記憶《きおく》していた昔話《むかしばなし》を筆録《ひつろく》、『老媼夜譚《ろうおうやたん》』（一九二七）として刊行《かんこう》している。

は掛軸《かけじく》なり。* 田圃《たんぼ》のうちにいませるは*また木像《もくぞう》なり。飯豊《いいで》*の大同《だいどう》にもオシラサマはなけれどオクナイサマのみはいませりという。

七一　この話《はなし》をしたる老女《ろうじょ》*は熱心《ねっしん》なる念仏者《ねんぶつしゃ》*なれど、世《よ》の常《つね》の念仏者《ねんぶつしゃ》とは様《さま》かわり、*一種邪宗《いっしゅじゃしゅう》*らしき信仰《しんこう》あり。信者《しんじゃ》に道《みち》を伝《つた》うることは*あれども、互《たが》いに厳重《げんじゅう》なる秘密《ひみつ》を守《まも》り、その作法《さほう》につきては親《おや》にも子《こ》にもいささかたりとも知《し》らしめず。*また寺《てら》とも僧《そう》とも少《すこ》しも関係《かんけい》はなくて、在家《ざいけ》の者《もの》*のみの集《あつま》りなり。その人《ひと》の数《かず》も多《おお》からず。*辷石《はねいし》たにえという婦人《ふじん》などは同《おな》じ仲間《なかま》なり。阿弥陀仏《あみだぶつ》の斎日《さいにち》*には、夜中《よなか》人《ひと》の静《しず》まるを*待《ま》ちて会合《かいごう》し、隠《かく》れたる室《へや》にて祈禱《きとう》す。魔法《まほう》まじないを善《よ》くする*故《ゆえ》に、郷党《きょうとう》*に対《たい》して一種《いっしゅ》の権威《けんい》あり。*

七二　栃内村《とちないむら》の字琴畑《あざことばた》*は深山《しんざん》の沢《さわ》*にあり。家《いえ》の数《かず》は五軒《ごけん》ばかり、小烏瀬川《こがらせがわ》*の支流《しりゅう》の水上《みなかみ》*なり。これより栃内《とちない》の民居《みんきょ》*まで二里《にり》を隔《へだ》つ。*琴畑《ことばた》の入口《いりぐち》に塚《つか》あり。塚《つか》の上《うえ》には木《き》の座像《ざぞう》あり。およそ人《ひと》の大《おお》きさにて、*以前《いぜん》は堂《どう》の中《なか》にありしが、*今《いま》は雨《あま》ざらしなり。*これをカクラサマ*という。村《むら》の子供《こども》これを玩物《もてあそびもの》にし、引《ひ》き出《だ》して川《かわ》へ投《な》げ入《い》れまた路上《ろじょう》を引《ひ》きずりなどする故《ゆえ》に、今《いま》は鼻《はな》も口《くち》も見《み》えぬようになれり。*あるいは子供《こども》を叱《しか》り戒《いまし》めてこれを制止《せいし》する者《もの》あれば、かえりて*祟《たたり》を受《う》け病《や》むことありといえり。*

家《いえ》なるは掛軸《かけじく》なり　家《いえ》にあるのは掛軸《かけじく》である。
田圃《たんぼ》のうち　土淵村柏崎《つちぶちむらかしわざき》の阿部長者《あべちょうじゃ》の田圃《たんぼ》を指《さ》す。
いませる　いらっしゃる。
飯豊《いいで》　土淵村《つちぶちむら》の地名《ちめい》。今《いま》は「いいとよ」とも発音《はつおん》。
老女《ろうじょ》　先述《せんじゅつ》のおひで婆《ばあ》さんを指《さ》す。
念仏者《ねんぶつしゃ》　念仏宗《ねんぶつしゅう》の信者《しんじゃ》。
様《さま》かわり　様子《ようす》がちがって。
邪宗《じゃしゅう》　正統《せいとう》ではない異端《いたん》の宗教《しゅうきょう》。遠野《とおの》のそれは「隠《かく》し念仏《ねんぶつ》」と呼《よ》ばれ、宝暦《ほうれき》三年《ねん》(一七五三)ごろから急速《きゅうそく》に広《ひろ》まったとされる。
道《みち》を伝《つた》うる　教《おし》えを伝《つた》える。
いささかたりとも知《し》らしめず　ほんの少《すこ》しも漏《も》らさない。
在家《ざいけ》の者《もの》　出家《しゅっけ》していない、在俗《ざいぞく》の人《ひと》。
その人《ひと》の数《かず》も多《おお》からず　信者《しんじゃ》の数《かず》も多《おお》くはない。
斎日《さいにち》　肉食《にくしょく》などをつつしみ身体《しんたい》をきよめ不浄《ふじょう》を避《さ》ける日《ひ》。
静《しず》まる　寝静《ねしず》まる。
善《よ》くする　心得《こころえ》がある。
郷党《きょうとう》　地元《じもと》の人々《ひとびと》。
一種《いっしゅ》の権威《けんい》あり　畏敬《いけい》されている。
栃内村《とちないむら》の字琴畑《あざことばた》　現在《げんざい》の土淵町大字栃内《つちぶちちょうおおあざとちない》の地名《ちめい》。今《いま》は「ことはた」と発音《はつおん》。琴畑川《ことはたがわ》の上流《じょうりゅう》にある山村集落《さんそんしゅうらく》。

沢《さわ》　山間《やまあい》の小《ちい》さな渓谷《けいこく》。
小烏瀬川《こがらせがわ》　オーヅ嶽《たけ》に発《はっ》して、土淵村《つちぶちむら》の中央部《ちゅうおうぶ》を流《なが》れ、猿《さる》ヶ石《がいし》川《がわ》に合流《ごうりゅう》する川。
水上《みなかみ》　上流《じょうりゅう》。
民居《みんきょ》　民家《みんか》。集落《しゅうらく》。
二里《り》を隔《へだ》つ　約《やく》七・八五キロメートルほど隔《へだ》たっている。
人《ひと》の大《おお》きさ　等身大《とうしんだい》。
ありしが　あったが。
雨《あま》ざらしなり　露天《ろてん》に置《お》かれている。
カクラサマ　『遠野物語《とおのものがたり》』第《だい》七四話《わ》には、カクラサマとは本来《ほんらい》、神々《かみがみ》が旅《たび》の途中《とちゅう》で休息《きゅうそく》する場所《ばしょ》の名前《なまえ》で、その場所《ばしょ》に常《つね》におられる神《かみ》をカクラサマと呼《よ》ぶようになったと記《しる》されている。
見《み》えぬようになれり　(摩耗《まもう》して)判別《はんべつ》がつかなくなっている。
かえりて　かえって。
病《や》むことありといえり　病気《びょうき》になることもあるという。なお、第《だい》七二話《わ》のあとには、次《つぎ》の原註《げんちゅう》が付《ふ》されている。「神体仏像《しんたいぶつぞう》子供《こども》と遊《あそ》ぶを好《この》みこれを制止《せいし》するを怒《いか》りたもうことほかにも例多《れいおお》し。遠江小笠郡大池村東光寺《とおとうみおがさぐんおおいけむらとうこうじ》の薬師仏《やくしぼとけ》(掛川志《かけがわし》)、駿河《するが》安倍郡豊田村曲金《あべぐんとよだむらまがりかね》の軍陣坊社《ぐんじんぼうしゃ》の神《かみ》(新風土記《しんふどき》)、または信濃《しなの》筑摩郡射手《ちくまぐんいで》の弥陀堂《みだどう》の木仏《きぼとけ》(信濃奇勝録《しなのきしょうろく》)などこれなり」

一七　旧家《きゅうか》にはザシキワラシ*という神《かみ》の住《す》みたもう*家少《いえすく》なからず。*この神《かみ》は多《おお》くは十二三《じゅうにさん》ばかりの童児《どうじ》なり。おりおり人《ひと》に姿《すがた》を見《み》することあり。*土淵村大字飯豊《つちぶちむらおおあざいいで》の今淵勘《いまぶちかん》十郎《じゅうろう》*という人《ひと》の家《いえ》にては、近《ちか》きころ高等女学校《こうとうじょがっこう》にいる娘《むすめ》の休暇《きゅうか》にて帰《かえ》りてありしが、*ある日廊下《ひろうか》にてはたと*ザシキワラシに行《ゆ》き逢《あ》い大《おお》いに驚《おどろ》きしことあり。これは正《まさ》しく男《おとこ》の児《こ》なりき。*同《おな》じ村山口《むらやまぐち》なる佐々木氏《ささきし》*にては、母人《ははびと》*ひとり縫物《ぬいもの》しておりしに、次《つぎ》の間《ま》にて紙《かみ》のがさがさという音《おと》あり。この室《へや》は家《いえ》の主人《しゅじん》の部屋《へや》にて、その時《とき》は東京《とうきょう》に行《ゆ》き不在《ふざい》の折《おり》なれば、怪《あや》しと思《おも》いて*板戸《いたど》を開《ひら》き見《み》るに何《なん》の影《かげ》もなし。*しばらくの間坐《あいだすわ》りておればやがてまたしきりに鼻《はな》を鳴《な》らす音《おと》あり。さては座敷《ざしき》ワラシなりけりと*思《おも》えり。この家《いえ》にも座敷《ざしき》ワラシ住《す》めりということ、久《ひさ》しき以前《いぜん》よりの沙汰《さた》なりき。*この神《かみ》の宿《やど》りたもう*家《いえ》は富貴自在《ふうきじざい》なり*ということなり。

一八　ザシキワラシまた女《おんな》の児《こ》なることあり。同《おな》じ山口《やまぐち》なる旧家《きゅうか》にて山口孫左衛門《やまぐちまござえもん》という家《いえ》*には、童女《どうじょ》の神《かみ》二人《ふたり》いませりということを久《ひさ》しく言《い》い伝《つた》えたりしが、ある年《とし》同《おな》じ村《むら》の何某《なにがし》という男《おとこ》、町《まち》より帰《かえ》るとて留場《とめば》の橋《はし》*のほとりにて見馴《みな》れざる二人《ふたり》のよき娘《むすめ》*に逢《あ》えり。物思《ものおも》わしき様子《ようす》*にてこちらへ来《きた》る。お前《まえ》たちはどこから来《き》たと問《と》えば、おら*山口《やまぐち》の孫左衛《まござえ》

ザシキワラシ　第《だい》一七話《わ》の末尾《まつび》には、次《つぎ》の原註《げんちゅう》が付《ふ》されている。「ザシキワラシは座敷童衆《ざしきわらしゅう》なり。この神《かみ》のこと『石神問答《いしがみもんどう》』中《ちゅう》にも記事《きじ》あり」

住《す》みたもう　お住《す》まいになる。

少《すく》なからず　少《すく》なくない。

見《み》する　見《み》せる。

今淵勘十郎《いまぶちかんじゅうろう》　喜善《きぜん》の養父《ようふ》の実家《じっか》で、その屋敷《やしき》は今《いま》も土淵町大字《つちぶちちょうおおあざ》飯豊字宮沢《いいであざみやざわ》にある。

娘《むすめ》の休暇《きゅうか》にて帰《かえ》りてありしが　娘《むすめ》が休暇《きゅうか》で帰《かえ》ってきていたが。

はたと　ばったり。

男《おとこ》の児《こ》なりき　男児《だんじ》の姿《すがた》であった。

山口《やまぐち》なる佐々木氏《ささきし》　前出《ぜんしゅつ》の喜善《きぜん》の生家《せいか》。

母人《ははびと》　喜善《きぜん》の母親《ははおや》イチのこと。

怪《あや》しと思《おも》いて　怪《あや》しく思《おも》って。

何《なん》の影《かげ》もなし　何《なん》の姿《すがた》もなかった。

座敷《ざしき》ワラシなりけり　座敷《ざしき》ワラシであったか。

久《ひさ》しき以前《いぜん》よりの沙汰《さた》なりき　ずっと前《まえ》から評判《ひょうばん》になっていた。

宿《やど》りたもう　お宿《やど》りになる。

富貴自在《ふうきじざい》なり　富《と》み栄《さか》えること思《おも》いのままである。

山口孫左衛門《やまぐちまござえもん》という家《いえ》　土淵村山口《つちぶちむらやまぐち》の長者《ちょうじゃ》として知《し》られた旧《きゅう》家《か》。現在《げんざい》の土淵町大字山口第三地割《つちぶちちょうおおあざやまぐちだいさんちわり》の畑地《はたち》に、かつては孫《まご》左衛門《ざえもん》の屋敷跡《やしきあと》があったとされる。

童女《どうじょ》の神《かみ》二人《ふたり》いませり　童女《どうじょ》の姿《すがた》をした神《かみ》が二人《ふたり》いらっしゃる。

留場《とめば》の橋《はし》　「小烏瀬川《こがらせがわ》の中程《なかほど》、土淵町本宿《つちぶちちょうもとじゅく》への農業用水路《のうぎょうようすいろ》にかかる小《ちい》さな橋《はし》を、留場《とめば》の橋《はし》と呼《よ》び、その付近《ふきん》の小字《こあざ》を留場《とめば》という。山口《やまぐち》から隣村《となりむら》の本宿《もとじゅく》へと通《つう》ずる境界《きょうかい》となっている」（後藤総一郎《ごとうそういちろう》監修《かんしゅう》・遠野常民大学《とおのじょうみんだいがく》編著《へんちょ》『注釈《ちゅうしゃく》　遠野物語《とおのものがたり》』より）

よき娘《むすめ》　美《うつく》しい娘《むすめ》。

物思《ものおも》わしき様子《ようす》にて　憂《うれ》いを帯《お》びた案《あん》じ顔《がお》で。

おら　わたしたちは。

門《もん》が処《ところ》から来《き》たと答《こた》う。これから何処《どこ》へ行《ゆ》くのかと聞《き》けば、それの村《むら》の何某《なにがし》が家《いえ》に*と答《こた》う。その何某《なにがし》はやや離《はな》れたる村《むら》にて、今《いま》も立派《りっぱ》に暮《くら》せる豪農《ごうのう》*なり。さては孫左衛門《まござえもん》が世《よ》も末《すえ》だ*なと思《おも》いしが、それより久《ひさ》しからずして、*この家《いえ》の主従《しゅじゅう》*二十幾人《にじゅういくにん》、茸《きのこ》の毒《どく》に中《あた》りて一日《いちにち》のうちに死《し》に絶《た》え、七歳《ななさい》の女《おんな》の子《こ》*一人《ひとり》を残《のこ》せしが、その女《おんな》もまた年老《としお》いて子《こ》なく、近《ちか》きころ病《や》みて失《う》せたり。*

一九　孫左衛門《まござえもん》が家《いえ》にては、ある日《ひ》梨《なし》の木《き》のめぐりに*見馴《みな》れぬ茸《きのこ》のあまた*生《は》えたるを、食《く》わんか食《く》うまじきかと*男《おとこ》どもの評議《ひょうぎ》してあるを*聞《き》きて、最後《さいご》の代《だい》の孫左衛門《まござえもん》、食《く》わぬがよしと制《せい》したれども、*下男《げなん》*の一人《ひとり》が云《い》うには、いかなる茸《きのこ》にても*水桶《みずおけ》の中《なか》に入《い》れて苧殻《おがら》*を以《もっ》てよくかき廻《まわ》してのち食《く》えば決《けっ》して中《あた》ることなしとて、一同《いちどう》この言《げん》に従《したが》い家内《かない》ことごと*くこれを食《く》いたり。七歳《ななさい》の女《おんな》の児《こ》はその日外《ひそと》に出《い》でて遊《あそ》びに気《き》を取《と》られ、昼飯《ひるめし》を食《く》いに帰《かえ》ることを忘《わす》れしために助《たす》かりたり。不意《ふい》の主人《しゅじん》の死去《しきょ》にて人々《ひとびと》の動転《どうてん》してある間《あいだ》*に、遠《とお》き近《ちか》き親類《しんるい》の人々《ひとびと》、あるいは生前《せいぜん》に貸《かし》ありと云《い》い、あるいは約束《やくそく》ありと称《しょう》して、家《いえ》の貨財《かざい》*は味噌《みそ》の類《たぐい》までも取去《とりさ》りしかば、この村草分《むらくさわけ》の長者《ちょうじゃ》なりしかども、*一朝《いっちょう》にして*跡方《あとかた》もなくなりたり。

それの村《むら》の何某《なにがし》が家《いえ》に　佐々木喜善《ささききぜん》『奥州《おうしゅう》のザシキワラシの話《はなし》』（一九二〇）所収《しょしゅう》の同《おな》じ話《はなし》には、「これから気仙《けせん》の稲子沢《いなごさわ》の家《いえ》へ行《い》きます」と具体的《ぐたいてき》な地名《ちめい》が記《しる》されている。稲子沢《いなごさわ》の家《いえ》とは、現在《げんざい》の大船渡市猪川町《おおふなとしいかわちょう》の富家《ふか》で、やはりザシキワラシ伝承《でんしょう》があったという（気仙出身《けせんしゅっしん》の民俗学者《みんぞくがくしゃ》・川島秀一《かわしましゅういち》の詳細《しょうさい》な研究《けんきゅう》がある）。

豪農《ごうのう》　多《おお》くの田畑《たはた》を有《ゆう》する富裕《ふゆう》な農家《のうか》。

孫左衛門《まござえもん》が世《よ》も末《すえ》だな　孫左衛門《まござえもん》の家《いえ》ももう終《お》わりだな。

久《ひさ》しからずして　ほどなくして。

主従《しゅじゅう》　主人《しゅじん》と使用人《しようにん》。

七歳《さい》の女《おんな》の子《こ》　「名前《なまえ》はミナ。子《こ》はなかったが養子《ようし》をもらって家系《かけい》は継《つ》がれている」（前掲《ぜんけい》『注釈《ちゅうしゃく》　遠野物語《とおのものがたり》』より）

病《や》みて失《う》せたり　病《やまい》のため亡《な》くなった。

めぐりに　周囲《しゅうい》に。

あまた　たくさん。

食《く》わんか食《く》うまじきか　食《く》おうか、やめておくべきか。

評議《ひょうぎ》してあるを　議論《ぎろん》しているのを。

食《く》わぬがよしと制《せい》したれども　食《く》わないほうがよいと止《と》めたけれども。

下男《げなん》　男《おとこ》の使用人《しようにん》。

いかなる茸《きのこ》にても　どんな茸《きのこ》でも。

苧殻《おがら》　麻《あさ》の皮《かわ》を剝《は》いだ茎《くき》の部分《ぶぶん》。

一同《いちどう》この言《げん》に従《したが》い家内《かない》ことごとく　皆《みな》がこの言葉《ことば》に従《したが》って、家《いえ》中《じゅう》の者《もの》が。

動転《どうてん》してある間《あいだ》に　驚《おどろ》きあわてているあいだに。

貨財《かざい》　財産《ざいさん》。金目《かねめ》のもの。

この村草分《むらくさわけ》の長者《ちょうじゃ》なりしかども　村《むら》ができた当初《とうしょ》からの長者《ちょうじゃ》の家《いえ》であったけれども。

一朝《いっちょう》にして　わずかの間《ま》に。

二〇　この兇変《きょうへん》*の前《まえ》にはいろいろの前兆《ぜんちょう》ありき。*男《おとこ》ども苅置《かりお》きたる秣《まぐさ》*を出《だ》すとて三《み》ツ歯《ば》の鍬《くわ》*にて掻《か》きまわせしに、大《だい》なる蛇《へび》を見出《みいだ》したり。これも殺《ころ》すなと主人《しゅじん》が制《せい》せしをも聴《き》かずして*打殺《うちころ》したりしに、その跡《あと》より秣《まぐさ》の下《した》にいくらともなき*蛇《へび》ありて、うごめき出《い》でたるを、男《おとこ》ども面白半分《おもしろはんぶん》にことごとくこれを殺《ころ》したり。さて取捨《とりす》つべき所《ところ》*もなければ、屋敷《やしき》の外《そと》に穴《あな》を掘《ほ》りてこれを埋《う》め、蛇塚《へびづか》を作《つく》る。その蛇《へび》は簣《あじか》*に何荷《なんが》ともなくありたりといえり。*

二一　右《みぎ》の孫左衛門《まござえもん》は村《むら》には珍《めずら》しき学者《がくしゃ》にて、常《つね》に京都《きょうと》より和漢《わかん》の書《しょ》*を取寄《とりよ》せて読《よ》み耽《ふけ》りたり。少《すこ》し変人《へんじん》という方《ほう》なりき。*狐《きつね》と親《した》しくなりて家《いえ》を富《と》ます術《じゅつ》を得《え》ん*と思《おも》い立《た》ち、先《ま》

兇変《きょうへん》　不吉《ふきつ》でまがまがしい変事《へんじ》。
前兆《ぜんちょう》**ありき**　前兆《ぜんちょう》があった。
秣《まぐさ》　牛馬《ぎゅうば》の飼料《しりょう》にする草《くさ》。
三《み》**ツ歯**《ば》**の鍬**《くわ》　三本鍬《さんぼんぐわ》のこと。
制《せい》**せしをも聴**《き》**かずして**　止《と》めたのに耳《みみ》を貸《か》さず。
いくらともなき　無数《むすう》の。
取捨《とりす》**つべき所**《ところ》　（蛇《へび》の死骸《しがい》を）取《と》って捨《す》てる場所《ばしょ》。

簣《あじか》　土砂《どしゃ》などを運《はこ》ぶ竹製《たけせい》の籠《かご》。
何荷《なんが》**ともなくありたりといえり**　（竹籠《たけかご》に）何杯分《なんばいぶん》もあったという。
和漢《わかん》**の書**《しょ》　日本《にほん》や中国《ちゅうごく》の書物《しょもつ》。
少《すこ》**し変人**《へんじん》**という方**《ほう》**なりき**　いささか変《かわ》り者《もの》の部類《ぶるい》であった。使用人《しようにん》が言《い》うことをきかない一因《いちいん》か。
家《いえ》**を富**《と》**ます術**《じゅつ》**を得**《え》**ん**　家《いえ》を富《と》ませる術《じゅつ》を得《え》よう。

ず庭《にわ》の中《なか》に稲荷《いなり》の祠《ほこら》*を建《た》て、自身京《じしんきょう》に上《のぼ》りて正一位《しょういちい》の神階《しんかい》を請《う》けて*帰《かえ》り、それよりは日々《ひび》一枚《いちまい》の油揚《あぶらあげ》*を欠《か》かすことなく、手《て》ずから社頭《しゃとう》に供《そな》えて拝《はい》をなせしに*、後《のち》には狐《きつね》馴《な》れて近《ちか》づけども遁《に》げず*。手《て》を延《の》ばしてその首《くび》を抑《おさ》えなどしたりという。村《むら》にありし薬師《やくし》の堂守《どうもり》*は、わが仏様《ほとけさま》は何物《なにもの》をも供《そな》えざれども、孫左衛門《まござえもん》の神様《かみさま》よりは御利益《ごりやく》ありと、たびたび笑《わら》いごとにしたりとなり*。

（一九一〇年刊《ねんかん》『遠野物語《とおのものがたり》』所収《しょしゅう》）

稲荷《いなり》の祠《ほこら》　稲荷神社《いなりじんじゃ》を屋敷神《やしきがみ》として祀《まつ》ったのである。

正一位《しょういちい》の神階《しんかい》を請《う》けて　「正一位《しょういちい》」は神社《じんじゃ》の神階《しんかい》の最高位《さいこうい》。稲荷《いなり》信仰《しんこう》の総本山《そうほんざん》で、社格《しゃかく》が正一位《しょういちい》である京都《きょうと》の伏見稲荷大社《ふしみいなりたいしゃ》から、神霊《しんれい》を勧請《かんじょう》したのである。

油揚《あぶらあげ》　稲荷神《いなりがみ》は油揚《あぶらあげ》の奉納《ほうのう》を好《この》むとされる。

手《て》ずから社頭《しゃとう》に供《そな》えて拝《はい》をなせしに　自分《じぶん》の手《て》で神前《しんぜん》にお供《そな》えして拝礼《はいれい》をしていたが。

狐《きつね》馴《な》れて近《ちか》づけども遁《に》げず　供《そな》え物《もの》をめあてに寄《よ》ってくる狐《きつね》が、孫左衛門《まござえもん》に馴《な》れて、近《ちか》づいても逃《に》げなくなった。

村《むら》にありし薬師《やくし》の堂守《どうもり》　村《むら》にあった薬師堂《やくしどう》の堂守《どうもり》（管理人《かんりにん》）。

笑《わら》いごとにしたりとなり　笑《わら》いものにしたという。

予《よ》言《げん》

久《ひさ》生《お》十《じゅう》蘭《らん》

安部《あべ》忠良《ただよし》の家《いえ》は十五銀行《じゅうごぎんこう》*の破産《はさん》でやられ、母堂《ぼどう》*と二人《ふたり》で、四谷谷町《よつやたにまち》*の陽《ひ》あたりの悪《わる》い二間《ふたま》きりのボロ借家《しゃくや》に逼塞《ひっそく》*していた。姉《あね》の勢以子《せいこ》は外御門《そとみかど》*へ命婦《みょうぶ》に行《い》き、七十《ななじゅう》くらいになっていた母堂《ぼどう》が鼻緒《はなお》の壺縫《つぼぬ》い*をするというあっぷあっぷ*で、安部《あべ》は学習院《がくしゅういん》*の月謝《げっしゃ》をいくつもためこみ、どうしようもなくなって麻布中学《あざぶちゅうがく》*へ退転《たいてん》*したが、そこでもすぐ追《お》いだされ、結局《けっきょく》、いいことにして*絵《え》ばかり描《か》いていた。

二十歳《はたち》になって安部《あべ》が襲爵《しゅうしゃく》*した朝《あさ》、それだけは手放《てばな》さなかった先考《せんこう》*の華族大礼服《かぞくたいれいふく》*を著《き》こみ、掛《か》けるものがないのでお飯櫃《はち》*に腰《こし》をかけ、「一ノ谷《いちのたに》」の義経《よしつね》*のようになって鯱《しゃち》こばって*いると、そのころ、もう眼《め》が見《み》えなくなっていた母堂《ぼどう》が病床《びょうしょう》から這《は》いだしてきて、桐《きり》の紋章《もんしょう》*を撫《な》で、ズボンの金筋《きんすじ》*にさわり、

「とうとうあなたも従五位《じゅごい》*になられました」と喜《よろこ》んで死《し》んだ。

十五銀行《じゅうごぎんこう》　華族《かぞく》の資産《しさん》保全《ほぜん》を目的《もくてき》として明治《めいじ》十年《ねん》（一八七七）に設立《せつりつ》された第《だい》十五国立《こくりつ》銀行《ぎんこう》の後身《こうしん》で、明治《めいじ》三十年《ねん》（一八九五）に普通銀行《ふつうぎんこう》に転換後《てんかんご》も「華族銀行《かぞくぎんこう》」の異名《いみょう》をとった。関東大震災《かんとうだいしんさい》で経営《けいえい》が傾《かたむ》き、昭和《しょうわ》二年《ねん》（一九二七）の金融《きんゆう》恐慌《きょうこう》に際《さい》して休業《きゅうぎょう》・取付《とりつ》け騒《さわ》ぎを起《お》こして破綻《はたん》。その後《ご》、帝国銀行《ていこくぎんこう》に併合《へいごう》されて消滅《しょうめつ》した。

母堂《ぼどう》　他人《たにん》の母親《ははおや》に対《たい》する尊敬語《そんけいご》。母君《ははぎみ》。

四谷町《よつやたにまち》　明治期《めいじき》に東京《とうきょう》最大《さいだい》の貧民窟《ひんみんくつ》として知《し》られた鮫河橋《さめがはし》付近《ふきん》の旧地名《きゅうちめい》(現在《げんざい》の新宿区若葉町付近《しんじゅくくわかばちょうふきん》)。谷間《たにま》の湿地帯《しっちたい》で、その妖《あや》しい面影《おもかげ》は、泉鏡花《いずみきょうか》の短篇《たんぺん》「高桟敷《たかさじき》」（一九一一）に活写《かっしゃ》されている。

逼塞《ひっそく》　落《お》ちぶれて隠《かく》れ棲《す》むこと。

外御門《そとみかど》　未詳《みしょう》。

命婦に行き《みょうぶい》　女官《にょかん》として働《はたら》きに出《で》て。

鼻緒の壺縫い《はなおつぼぬ》　下駄《げた》や草履《ぞうり》の鼻緒《はなお》を前壺《まえつぼ》（鼻緒《はなお》を固定《こてい》する穴《あな》）にすげる内職仕事《ないしょくしごと》。

あっぷあっぷ　水《みず》に溺《おぼ》れる人《ひと》のように、窮状《きゅうじょう》を苦慮《くりょ》するさま。

学習院《がくしゅういん》　東京都豊島区《とうきょうととしまく》の私立学校《しりつがっこう》。戦前《せんぜん》は皇族《こうぞく》・華族《かぞく》のための教育機関《きょういくきかん》だったが、戦後《せんご》は一般《いっぱん》にも門戸《もんこ》を開《ひら》いた。幼稚《ようち》園《えん》、初等科《しょとうか》、中等科《ちゅうとうか》、高等科《こうとうか》、女子短期大学《じょしたんきだいがく》、学習院大学《がくしゅういんだいがく》から成《な》る。

麻布中学《あざぶちゅうがく》　東京都港区元麻布《とうきょうとみなとくもとあざぶ》にある中高一貫《ちゅうこういっかん》の私立学校《しりつがっこう》。明治《めいじ》二十八年《ねん》（一八九五）、東洋英和学校内《とうようえいわがっこうない》に麻布尋常中学校《あざぶじんじょうちゅうがっこう》として設立《せつりつ》され、明治《めいじ》三十三年《ねん》（一九〇〇）に麻布中《あざぶちゅう》学校《がっこう》と改称《かいしょう》、現在地《げんざいち》に移転《いてん》した。全国有数《ぜんこくゆうすう》の進学校《しんがくこう》として知《し》られる。

退転《たいてん》　落《お》ちぶれて退《しりぞ》くこと。

いいことにして　これ幸《さいわ》いと。好《す》きな画業《がぎょう》に打《う》ちこむには都合《つごう》が良《よ》かったのである。

襲爵《しゅうしゃく》　爵位《しゃくい》を受《う》け継《つ》ぐこと。

先考《せんこう》　亡《な》き父親《ちちおや》。

華族大礼服《かぞくたいれいふく》　重要《じゅうよう》なおおやけの儀式《ぎしき》に際《さい》して、華族《かぞく》が着用《ちゃくよう》する礼服《れいふく》。

お飯櫃《はち》　飯《めし》を入《い》れるための木製《もくせい》の容器《ようき》。

「一ノ谷」の義経《いちたによしつね》　源平合戦《げんぺいがっせん》における「一《いち》ノ谷《たに》」の合戦《かっせん》に取材《しゅざい》した浄瑠璃《じょうるり》・歌舞伎《かぶき》の『一谷嫩軍記《いちのたにふたばぐんき》』に登場《とうじょう》する源義経《みなもとのよしつね》の出陣姿《しゅつじんすがた》。

鯱こばって《しゃち》　緊張《きんちょう》して固《かた》くなるさま。

桐の紋章《きりもんしょう》　大礼服《たいれいふく》に刺繍《ししゅう》されている桐《きり》の紋章《もんしょう》。

金筋《きんすじ》　大礼服《たいれいふく》のズボンに縫《ぬ》いつけられた金色《きんいろ》の筋《すじ》。

従五位《じゅごい》　令制《りょうせい》における位階《いかい》のひとつで、正六位《しょうろくい》の上《うえ》、正五位《しょうごい》の下《した》。華族《かぞく》の嫡男《ちゃくなん》は成人《せいじん》すると従五位《じゅごい》を授《さず》けられた。

安部《あべ》は十七《じゅうなな》ぐらいから絵《え》を描《か》きだしたが、ひどく窮屈《きゅうくつ》なもので、林檎《りんご》しか描《か》かない。腐《くさ》るまでそれを描《か》くと、また新《あたら》しいのを買《か》ってくる。姉《あね》の勢以子《せいこ》は不審《ふしん》がって、*

「なにか、もっとほかのものもお描《か》きになればいいのに」といい、おいおいは*気味悪《きみわる》がって、

「林檎《りんご》ばかり描《か》くのは、もう、やめてください」

と反対《はんたい》したが、安部《あべ》がかんがえているのは、つまるところ、*セザンヌ*の思想《しそう》を通過《つうか》して、あるがままの実在《じつざい》を絵《え》で闡明《せんめい》*しようということなので、一個《いっこ》の林檎《りんご》が実在《じつざい》するふしぎさを線《せん》と色《いろ》で追求《ついきゅう》するほか、なんの興味《きょうみ》もないのであった。

安部《あべ》は美男《びなん》というのではないが、柔和《にゅうわ》な、爽《さわ》やかな感《かん》じのする好青年《こうせいねん》で、一人《ひとり》としてこの年少《ねんしょう》の友《とも》を*愛《あい》さぬものはなかった。仲間《なかま》の妹《いもうと》や姪《めい》たちもみな熱心《ねっしん》な同情者《どうじょうしゃ》*で、それに、われわれがいいくらいに*嗾《け》しかける*ものだから、四谷見附《よつやみつけ》や仲町《なかちょう》*あたりで待伏《まちぶ》せするようなのも三人《さんにん》や五人《ごにん》ではなく、貧乏《びんぼう》な安部《あべ》のために進《すす》んで奉賀《ほうが》につきたい*のも大勢《おおぜい》いたが、酒田忠敬《さかたただたか》の二女《じじょ》の知世子《ちよこ》が最後《さいご》までねばりとおして、とうとう婚約《こんやく》してしまった。

酒田《さかた》はもとより、知世子自身《ちよこじしん》、生涯《しょうがい》に使《つか》いきれぬほどのものを持《も》っているので、そちら

からの流通《りゅうつう》＊で安部《あべ》の暮《くら》しもいくぶん楽《らく》になり、四年《よねん》ほどはなにごともなく制作三昧《せいさくざんまい》＊の生《せい》活《かつ》をつづけていたが、安部《あべ》が死《し》ぬ年《とし》の春《はる》＊、維納《ウィーン》＊で精神病学《せいしんびょうがく》の研究《けんきゅう》をしていた石黒利通《いしぐろとしみち》が、巴里《パリ》＊のヴォラール＊でセザンヌの静物《せいぶつ》＊を二《ふた》つ手《て》に入《い》れ、それを留守宅《るすたく》へ送《おく》ってよこしたということを聞《き》きつけた。

不審《ふしん》がって　疑問《ぎもん》に思《おも》って。
おいおいは　だんだん。次第《しだい》に。
つまるところ　結局《けっきょく》。つまりは。
セザンヌ　(Paul Cézanne　一八三九〜一九〇六) フランスの画家《がか》。従来《じゅうらい》の印象派絵画《いんしょうはかいが》に異議《いぎ》を唱《とな》え、固有《こゆう》の色《いろ》や堅牢《けんろう》な画面構成《がめんこうせい》により「印象派《いんしょうは》を堅固《けんご》なものにする」独自《どくじ》の画風《がふう》を確立《かくりつ》。後期印象派《こうきいんしょうは》を代表《だいひょう》する存在《そんざい》として、二十世紀美術《せいきびじゅつ》の先導者《せんどうしゃ》となった。
闡明《せんめい》　明瞭《めいりょう》ではない道理《どうり》や意義《いぎ》を明《あき》らかにすること。
一人《ひとり》としてこの年少《ねんしょう》の友《とも》を……　以下《いか》のくだりで本篇《ほんぺん》が、「われわれ」という曖昧《あいまい》な人称《にんしょう》で示《しめ》される、安部《あべ》の華族仲間《かぞくなかま》の視《し》点《てん》から描《えが》かれていることが暗示《あんじ》されている点《てん》に留意《りゅうい》。
同情者《どうじょうしゃ》　安部《あべ》の貧《まず》しい境遇《きょうぐう》に同情《どうじょう》する人々《ひとびと》。
いいくらいに　いいかげんに。
嗾《け》しかける　煽《あお》りたてる。

四谷見附《よつやみつけ》や仲町《なかちょう》　ともに東京《とうきょう》・四谷《よつや》の地名《ちめい》。四谷見附《よつやみつけ》は現在《げんざい》の新宿区四谷《しんじゅくくよつや》一丁目《ちょうめ》、仲町《なかちょう》は四谷仲町《よつやなかちょう》のことで、現在《げんざい》の新《しん》宿区南元町付近《じゅくくみなみもとまちふきん》。
奉賀《ほうが》につきたい　寄付《きふ》や援助《えんじょ》をしたい。
流通《りゅうつう》　融通《ゆうずう》。困《こま》ったときに金銭物品《きんせんぶっぴん》を恵与《けいよ》すること。
制作三昧《せいさくざんまい》　絵画《かいが》の制作《せいさく》だけに専念《せんねん》する。
安部《あべ》が死《し》ぬ年《とし》の春《はる》　ここですでに作者《さくしゃ》は、安部《あべ》の死《し》を予告《よこく》しているのである。
維納《ウィーン》　オーストリアの首都《しゅと》ウィーン（Wien）。
巴里《パリ》　フランスの首都《しゅと》パリ（Paris）。
ヴォラール　フランスの美術商《びじゅつしょう》アンブロワーズ・ヴォラール（Ambroise Vollard　一八六六〜一九三九）が経営《けいえい》する画廊《がろう》。セザンヌをはじめ、ピカソやゴーギャン、ゴッホらの理解者《りかいしゃ》として、かれらを援助《えんじょ》し世《よ》に出《だ》したことで知《し》られる。
セザンヌの静物《せいぶつ》　セザンヌが描《えが》いた静物画《せいぶつが》。

セザンヌは安部《あべ》にとって、つねに深《ふか》い啓示《けいじ》をあたえる神《かみ》のごときものであったから、そうと聞《き》きながら参詣《さんけい》せずにおけるわけのものではない。紹介《しょうかい》もなく、いきなり先方《せんぽう》へ乗《の》りこむと、石黒《いしぐろ》の細君《さいくん》が出《で》てきて、

「まだ、どなたもごぞんじないはずなのに」と、ひょんな顔《かお》*をしたが、こだわりもせずにすぐ見《み》せてくれた。

一《ひと》つは白《しろ》い陶器《とうき》の水差《みずさし》*とレモンのある絵《え》で、一《ひと》つは青《あお》い林檎《りんご》の絵《え》であった。画集《がしゅう》ではいくども見《み》たが、ほんものにぶつかったのははじめてなので、これがセザンヌのヴァリュウ*なのか、これがセザンヌの青《あお》と黄《き》なのか、物体《ぶったい》にたいする適度《てきど》の光《ひかり》、じぶんと物体《ぶったい》の間《あいだ》にあるなんともいえぬ空気《くうき》の適度《てきど》の量《りょう》、セザンヌが好《この》んだといわれる曇《くも》り加減《かげん》のしっとりとした午後《ごご》の光線《こうせん》までありありと感《*かん》じられ、ただもう恐《おそ》れいるばかりだった。

それ以来《いらい》、安部《あべ》は石黒《いしぐろ》の留守宅《るすたく》に入《い》りびたっているようだったが、むかしの待伏《まちぶ》せ連《れん》*が、

「安部《あべ》さんも案外《あんがい》ね*」というようなことをいいだすようになった。安部《あべ》が石黒《いしぐろ》の細君《さいくん》とあやしいというのだが、どうしたいきさつからか、石黒《いしぐろ》の細君《さいくん》がヴェロナール*を飲《の》んで自殺《じさつ》

するという大喜利《おおぎり》*が出《で》、それを毎夕新聞《まいゆうしんぶん》が安部《あべ》の名《な》と並《なら》べて書《か》きたてたので、だいぶうるさいことになった。
いちど安部《あべ》に誘《さそ》われてその絵《え》を見《み》に行《い》き、石黒《いしぐろ》の細君《さいくん》なるものに逢《あ》ったが、臙脂《えんじ》*の入《はい》った滝縞《たきじま》のお召《めし》*に古金襴《こきんらん》の丸帯《まるおび》*をしめ、大《おお》きなガーネット*の首飾《くびかざり》をしているというでたらめさ*で、絵《え》を見《み》ているわずかな間《ま》に酒《さけ》の支度《したく》が出来《でき》、

ひょんな顔《かお》　意外《いがい》そうな顔《かお》。
水差《みずさし》　他《ほか》の器《うつわ》などに注《そそ》ぐ水《みず》を入《い》れておく器《うつわ》。
ヴァリュウ　(value) 西洋絵画《せいようかいが》において、画面《がめん》を構成《こうせい》する色《しき》相《そう》・明度《めいど》・彩度《さいど》などの相関関係《そうかんかんけい》。バルールとも。
ありありと　眼前《がんぜん》にないものが、そこにあるかのように鮮明《せんめい》に見《み》えるさま。
入《い》りびたって　自宅以外《じたくいがい》の場所《ばしょ》にひんぱんに長居《ながい》すること。
待伏《まちぶ》せ連《れん》　安部《あべ》を待《ま》ち伏《ぶ》せしていた女性陣《じょせいじん》。
案外《あんがい》ね　意外《いがい》に隅《すみ》に置《お》けないの意《い》。
ヴェロナール　(Veronal) 白色《はくしょく》無臭《むしゅう》の睡眠《すいみん》・鎮静薬《ちんせいやく》。芥川龍《あくたがわりゅう》之介《のすけ》が自殺《じさつ》に際《さい》して使用《しよう》したことで知《し》られる。
大喜利《おおぎり》　歌舞伎《かぶき》や寄席《よせ》の最終演目《さいしゅうえんもく》。終幕《しゅうまく》。
臙脂《えんじ》　濃厚《のうこう》な紅色《べにいろ》。

滝縞《たきじま》のお召《めし》　「滝縞《たきじま》」は太《ふと》い筋《すじ》から次第《しだい》に細《ほそ》い筋《すじ》になる縦縞《たてじま》模《も》様《よう》。「お召《めし》」は縮緬《ちりめん》加工《かこう》の絹織物《きぬおりもの》（お召縮緬《めしちりめん》）。カジュアルで色《いろ》の取《と》り合《あ》わせが派手《はで》な装《よそお》い。
古金襴《こきんらん》の丸帯《まるおび》　「古金襴《こきんらん》」は室町期《むろまちき》に中国《ちゅうごく》から舶来《はくらい》した金襴《きんらん》。「丸帯《まるおび》」は帯地《おびじ》を縦《たて》に折《お》りたたみ縫《ぬ》い合《あわ》せた幅広《はばひろ》の女帯《おんなおび》。正《せい》装用《そうよう》の帯《おび》である。
ガーネット　(garnet) 石榴石《ざくろいし》。透明《とうめい》で深紅色《しんこうしょく》が美《うつく》しいものは、飾石《かざりいし》や宝石《ほうせき》として用《もち》いられる。和服《わふく》にネックレスは水商売《みずしょうばい》の女性《じょせい》を暗示《あんじ》。
でたらめさ　和装《わそう》のルールをわきまえない、カジュアルとフォーマルが無秩序《むちつじょ》に混在《こんざい》した取《と》り合《あ》わせで、石黒《いしぐろ》の細君《さいくん》の無教養《むきょうよう》と成金趣味《なりきんしゅみ》を暗示《あんじ》。

「お二人《ふたり》とも、きょうは虜《とりこ》よ*」などと素性《すじょう》の察《さっ》しられる*ようなことをいいながら椅子《いす》に押《お》しつけると、安部《あべ》の手《て》をひっぱったり、しなだれかかったり*して、しきりに色《いろ》めく*のだが、安部《あべ》はすうっとした恰好《かっこう》で*椅子《いす》に掛《か》け、飲《の》むでもなく飲《の》まぬでもなく、ゆったりと笑《わら》っている。石黒《いしぐろ》の細君《さいくん》は焦《じ》れた*のか照《て》れたのか、いきなりわっと泣《な》きだし、なにかいいながらむやみに顔《かお》をこするので、鼻《はな》のあたまや頬《ほお》がひっぱたかれたように赧《あか》どす色《いろ》*になった。もともと眉《まゆ》が薄《うす》く、眼《め》がキョロリとしているので、上野《うえの》の動物園《どうぶつえん》*にいたオラン・ビン・バタ*ンという赤《あか》っ面《つら》*の猿《さる》そっくりの面相《めんそう》*になり、とても見《み》られたざまでない*。手《て》も足《あし》も出《で》るどころか、どんなものずきな男《おとこ》でも、懐手《ふところで》*でごめんをこうむってしまう*だろうという体裁《ていさい》*だった。

石黒《いしぐろ》の細君《さいくん》とのとやかくのいきさつ*については、安部《あべ》は、「べつに、なにもなかった」というだけで弁解《べんかい》もしなかった。知世子《ちよこ》は健康《けんこう》で美《うつく》しく、知世子《ちよこ》はべつにしても、そういう種類《しゅるい》の情緒《じょうちょ》*なら、安部《あべ》の周囲《しゅうい》にありあまるほどある。雪隠《せっちん》*でこっそりと饅頭《まんじゅう》を食《く》うようなケチなことをしないのが安部《あべ》の本領《ほんりょう》*なので、おおよそ考《かんが》えたって、世間《せけん》でいうような

ものでないことは、安部《あべ》を知《し》るくらいのものはみな承知《しょうち》していた。石黒《いしぐろ》の細君《さいくん》の自殺《じさつ》もへ

きょうは虜《とりこ》よ　今日《きょう》は私《わたし》の虜《とりこ》になっていただくわよ（逃《に》がさないわよ）。

素性《すじょう》の察《さっ》しられる　育《そだ》ちの悪《わる》さが窺《うかが》われる。

しなだれかかったり　媚《こ》びてもたれかかること。

色《いろ》めく　異性《いせい》に対《たい》してアピールする。

安部《あべ》はすうっとした恰好《かっこう》で……　柳《やなぎ》に風《かぜ》と受《う》け流《なが》す安部《あべ》の浮世《うきよ》離《ばな》れした性格《せいかく》が躍如《やくじょ》とする描写《びょうしゃ》。

焦《じ》れた　思《おも》いどおりに事《こと》が運《はこ》ばず、もどかしくなる。いらだつ。

赧《あか》どす色《いろ》　濁《にご》った濃《こ》い赤色《あかいろ》。通常《つうじょう》は「どす赤色《あかいろ》」と表記《ひょうき》。

上野《うえの》の動物園《どうぶつえん》　明治《めいじ》十五年《ねん》（一八八二）に東京《とうきょう》都《と》台東区《たいとうく》上野《うえの》公園内《こうえんない》にオープンした日本初《にほんはつ》の近代動物園《きんだいどうぶつえん》。正式名称《せいしきめいしょう》は東《とう》京《きょう》都《と》恩賜《おんし》上野《うえの》動物園《どうぶつえん》。

オラン・ビン・バタン　未詳《みしょう》。ちなみにネット検索《けんさく》をあれこれ試《こころ》みていたら、ツイッターの上野《うえの》動物園《どうぶつえん》公式《こうしき》アカウントに「本日《ほんじつ》10月《がつ》6日《か》は小説家《しょうせつか》・久生十蘭《ひさおじゅうらん》の命日《めいにち》。短篇《たんぺん》『予言《よげん》』に『上野《うえの》の動物園《どうぶつえん》にいたオラン・ビン・バタンという赤《あか》っ面《つら》の猿《さる》そっくりの面相《めんそう》に』という一節《いっせつ》がありますが、聞《き》きなれないこの名前《なまえ》、オランウータンでしょうか。でも『赤《あか》っ面《つら》』……『猩猩《しょうじょう》』のイメージ？」という一節《いっせつ》を発見《はっけん》した。

赤《あか》っ面《つら》　顔《かお》が赤《あか》い。

面相《めんそう》　顔《かお》つき。顔貌《かおかたち》。

見られたざまでない　見《み》るに堪《た》えない。

懐手《ふところで》　手《て》を懐《ふところ》に入《い》れるさまから、他人《たにん》に任《まか》せて自分《じぶん》は傍観《ぼうかん》すること。

ごめんをこうむってしまう　いやがって退散《たいさん》する。

体裁《ていさい》　見《み》かけの様子《ようす》。

とやかくのいきさつ　なんのかんのという事《こと》の経緯《けいい》。

そういう種類《しゅるい》の情緒《じょうちょ》　魅力的《みりょくてき》な女性《じょせい》たちを指《さ》す。

雪隠《せっちん》　便所《べんじょ》。トイレ。

本領《ほんりょう》　特色《とくしょく》。本質《ほんしつ》。美点《びてん》。

んなもので、嫌《きら》われたぐらいで突《つ》きつめるような人柄《ひとがら》*とも見《み》えない。そのころ、石黒《いしぐろ》はシベリヤ*の途中《とちゅう》まで来《き》ていたが、それが日本《にほん》へ帰《かえ》りつく前《まえ》に安部《あべ》を陥落《かんらく》させようと*、あれこれ手管《てくだ》をつくしているうちに、ついお芝居《しばい》に身《み》が入《はい》りすぎた*というようなことだったのだろう。

それから十日《とおか》ほどして石黒《いしぐろ》が帰《かえ》ってきた。一面《いちめん》、滑脱《かつだつ》*で、理財《りざい》にも長《た》け*、落合《おちあい》*にある病《びょう》院《いん》などもうまくやり、理知《りち》と世才《せさい》*に事欠《ことか》くように見《み》えなかったが、内実《ないじつ》は、悪念《あくねん》*のさかんな、妬忌《とき》*と復讐《ふくしゅう》の念《ねん》の強《つよ》い、妙《みょう》に削《そ》げた*陰鬱《いんうつ》な性情《せいじょう》らしく、新聞社《しんぶんしゃ》へ出《で》かけて行《い》って安部《あべ》の讒訴《ざんそ》*をしたり、なんとかいう婦人雑誌《ふじんざっし》に、「自殺《じさつ》した妻《つま》を想《おも》う」という公開状《こうかいじょう》*めいたものを寄稿《きこう》し、安部《あべ》が石黒《いしぐろ》の細君《さいくん》を誘惑《ゆうわく》したとしかとれないようないいまわしをするので、世間《せけん》では、なにも知《し》らずに安部《あべ》を悪《わる》くいうようになった。

酒田《さかた》は腹《はら》を立《た》てて告訴《こくそ》するといきまいたが*、なんといっても、亭主《ていしゅ》の留守《るす》へ入《い》り浸《びた》ったという一条《いちじょう》*があるので、強《つよ》いことばかりもいえない。それで、仲間《なかま》と伯爵団《はくしゃくだん》*の有志《ゆうし》が会《かい》館《かん》＊へ集《あつま》っていろいろ相談《そうだん》した結果《けっか》、このままでは、懲罰委員会《ちょうばついいんかい》＊というようなことにもなりかねないから、いっそ早《はや》く結婚《けっこん》させて、二人《ふたり》をフランスへでもやってしまえということに

突《つ》きつめるような人柄《ひとがら》　思《おも》いつめて死《し》を選《えら》ぶような性格《せいかく》。

シベリヤ　(Siberia)　ロシア連邦《れんぽう》の中部《ちゅうぶ》から東部《とうぶ》にかけての広《こう》大《だい》な地域《ちいき》。空路《くうろ》が発達《はったつ》するまでは、ロシアと極東《きょくとう》アジアを結《むす》ぶ大陸横断鉄道《たいりくおうだんてつどう》であるシベリア鉄道《てつどう》を利用《りよう》するのが、日本《にほん》からヨーロッパへの最短《さいたん》ルートだった。

陥落《かんらく》させようと　我《わ》がものにしようと。

手管《てくだ》をつくして　あの手《て》この手《て》を繰《く》りだして。

お芝居《しばい》に身《み》が入《はい》りすぎた　狂言自殺《きょうげんじさつ》のつもりが本当《ほんとう》に死《し》んでしまった。

滑脱《かつだつ》　物事《ものごと》にこだわらないこと。

理財《りざい》にも長《た》け　財産《ざいさん》を有利《ゆうり》に運用《うんよう》すること。

落合《おちあい》　東京都新宿区《とうきょうとしんじゅくく》の地名《ちめい》。

世才《せさい》　世渡《よわた》りの才能《さいのう》。

悪念《あくねん》　他人《たにん》に対《たい》して恨《うら》みを抱《いだ》く執念《しゅうねん》。悪心《あくしん》。

妬忌《とき》　ねたみとそねみ。

妙《みょう》に削《そ》げた　常軌《じょうき》を逸《いっ》した。普通《ふつう》でないさま。

讒訴《ざんそ》　事実《じじつ》と異《こと》なる悪口《わるくち》や中傷《ちゅうしょう》を組織《そしき》や上司《じょうし》などに訴《うった》えること。

公開状《こうかいじょう》　マスメディアに掲載《けいさい》し広《ひろ》める目的《もくてき》で書《か》かれた、特定《とくてい》の個人《こじん》や団体《だんたい》に宛《あ》てた書状《しょじょう》。

いきまいたが　息《いき》づかいが乱《みだ》れるほど激怒《げきど》したが。

一条《いちじょう》　ひとつの件《けん》。事実《じじつ》。

伯爵団《はくしゃくだん》　伯爵《はくしゃく》の爵位《しゃくい》を有《ゆう》する者《もの》の集《あつ》まり。

会館《かいかん》　旧華族《きゅうかぞく》の親睦団体《しんぼくだんたい》として設立《せつりつ》された「華族会館《かぞくかいかん》」を指《さ》す。戦後《せんご》は所在地《しょざいち》である東京《とうきょう》・霞《かすみ》が関《せき》にちなんで「霞会館《かすみかいかん》」と改《かい》称《しょう》。

懲罰委員会《ちょうばついいんかい》　華族《かぞく》の不祥事《ふしょうじ》を調査《ちょうさ》して罰《ばっ》するための委員会《いいんかい》。

なり、式《しき》は十一月《じゅういちがつ》二十五日《にじゅうごにち》、日比谷《ひびや》の大神宮《だいじんぐう》*、披露式《ひろうしき》は麻布《あざぶ》*の酒田《さかた》の邸《やしき》でダンス付《つき》の晩餐《ばんさん》会《かい》、船《ふね》は翌《よく》二十六日《にじゅうろくにち》横浜《よこはま》出帆《しゅっぱん》の仏国《ふっこく》郵船《ゆうせん》アンドレ・ルボン号《ごう》*と、ばたばたときまってしまった。

結婚式《けっこんしき》の前日《ぜんじつ》、維納《ウィーン》から帰《かえ》ったばかりの柳沢《やなぎさわ》と二人《ふたり》でいるところへ、安部《あべ》がモネ*のところへ持《も》って行《い》く紹介状《しょうかいじょう》をとりにきて、しばらくしゃべっていたが、思《おも》いだしたように、

「石黒《いしぐろ》って奴《やつ》はえらい予言者《よげんしゃ》だよ。僕《ぼく》は今年《ことし》の十二月《じゅうにがつ》の何日《なんにち》かに、自殺《じさつ》することにきまっているんだそうだ」と面白《おもしろ》そうにいった。

前日《ぜんじつ》、石黒《いしぐろ》から手紙《てがみ》がきたが、それが蒼古《そうこ》たる大文章《だいぶんしょう》*で、輪廻《りんね》*とか応報《おうほう》*とかむずかしいことをながながと書《か》いたすえ、つらつら観法《かんぽう》*するところ、お前《まえ》は何日《なんにち》に西貢《サイゴン》*へ著《つ》くが、その翌日《よくじつ》こういうことがある。何日《なんにち》にはジブチ*でこういうことが起《おこ》る。何日《なんにち》にはナポリ*でこういうことをするが、その場《ば》の情景《じょうけい》はこうと、アンドレ・ルボン号《ごう》が横浜《よこはま》を出帆《しゅっぱん》する日《ひ》から向《むこ》う何十日《なんじゅうにち》かの毎日《まいにち》の出来事《できごと》を、そのときどきの会話《かいわ》のようすから、天気《てんき》の模様《もよう》まで を眼《め》で見《み》るように委曲《いきょく》をつくし、*トド、*なにかむずかしいいきさつののち、安部《あべ》が知世《ちよ》

子《こ》と誰《だれ》かを射《う》ち殺《ころ》し、その拳銃《けんじゅう》で安部《あべ》が自殺《じさつ》する段取《だんど》りになっていると、予言《よげん》してよこしたというのには笑《わら》った。

日比谷《ひびや》の大神宮《だいじんぐう》　現在《げんざい》の東京大神宮《とうきょうだいじんぐう》（千代田区富士見《ちよだくふじみ》）。明《めい》治《じ》十三年《ねん》（一八八〇）、東京《とうきょう》・有楽町《ゆうらくちょう》に創設《そうせつ》された皇大神宮《こうたいじんぐう》遥拝殿《ようはいでん》を起源《きげん》とする宗教法人《しゅうきょうほうじん》で、戦前《せんぜん》は、その所在地《しょざいち》から「日比谷大神宮《ひびやだいじんぐう》」と通称《つうしょう》されていた。

麻布《あざぶ》　東京都港区《とうきょうとみなとく》の地名《ちめい》。高台《たかだい》は高級住宅地《こうきゅうじゅうたくち》として知《し》られる。

仏国郵船《ふっこくゆうせん》アンドレ・ルボン号《ごう》　実在《じつざい》したフランスの貨客船《かきゃくせん》。一九一五年建造《ねんけんぞう》。郵船《ゆうせん》は郵便汽船《ゆうびんきせん》の略《りゃく》で、当初《とうしょ》の主目的《しゅもくてき》が郵《ゆう》便《びん》の輸送《ゆそう》にあったため、海運会社《かいうんがいしゃ》の名称《めいしょう》に残《のこ》ることとなったもの。ルボン号《ごう》は関東大震災《かんとうだいしんさい》の際《さい》も横浜《よこはま》に停泊中《ていはくちゅう》で、被災者《ひさいしゃ》の救助活動《きゅうじょかつどう》をおこなったことで知《し》られる。横浜《よこはま》みなと博物館《はくぶつかん》にはルボン号《ごう》の模型《もけい》が展示《てんじ》されている。

モネ　（Claude Monet　一八四〇～一九二六）フランス印象《いんしょう》派《は》を代表《だいひょう》する巨匠《きょしょう》。その作品《さくひん》「印象《いんしょう》――日《ひ》の出《で》」が、印象《いんしょう》派《は》という呼称《こしょう》の由来《ゆらい》となった。睡蓮《すいれん》を描《えが》いた一連《いちれん》の絵《え》でも名《な》高《だか》い。

蒼古《そうこ》たる大文章《だいぶんしょう》　古色蒼然《こしょくそうぜん》とした仰々《ぎょうぎょう》しい文章《ぶんしょう》。

輪廻《りんね》　梵語《ぼんご》で「流《なが》れる」意《い》から。車輪《しゃりん》の回転《かいてん》のように、衆生《しゅじょう》が迷《まよ》いの世界《せかい》で生《い》きかわり死《し》にかわること。

応報《おうほう》　仏教《ぶっきょう》で、善悪《ぜんあく》の所業《しょぎょう》に応《おう》じて、吉凶《きっきょう》禍福《かふく》の報《むく》いをうけること。

つらつら　物事《ものごと》を深《ふか》く考《かんが》えるさま。

観法《かんぽう》　真理《しんり》を心《こころ》に思《おも》い浮《う》かべ、悟《さと》りを得《え》ること。

西貢《サイゴン》　サイゴン（Saigon）。ベトナム南部《なんぶ》ホー・チ・ミン特別《とくべつ》市《し》の中心部《ちゅうしんぶ》の旧称《きゅうしょう》。

ジブチ　（Djibouti）ジブチ共和国《きょうわこく》の首都《しゅと》。スエズ航路《こうろ》の要衝《ようしょう》となる海港都市《かいこうとし》。

ナポリ　（Napoli）イタリア南西部《なんせいぶ》、ナポリ湾《わん》に臨《のぞ》む海港都市《かいこうとし》。風光明媚《ふうこうめいび》なナポリ港《こう》は、世界三大美港《せかいさんだいびこう》のひとつとされる。

委曲《いきょく》をつくし　詳《くわ》しく細《こま》かなことまで説明《せつめい》して。

トド　（成長《せいちょう》につれて呼称《こしょう》が変《か》わる魚《さかな》である鯔《ぼら》の最終形態《さいしゅうけいたい》を「トド」と呼《よ》ぶことから）結局《けっきょく》のところ。「とどのつまり」とも。

「なにを馬鹿《ばか》な、でたらめをいうにもほどがある。摩訶止観《まかしかん》＊とか止観十乗《しかんじゅうじょう》＊とかいって、観法《かんぽう》というのはむずかしいものなんだ。静寂《せいじゃく》な明智《めいち》＊をもって万法《ばんぽう》＊を観照《かんしょう》＊するというから、一種《いっしゅ》の透視《とうし》＊のようなものだが、そんなことが出来《でき》たのは増賀《ぞうが》＊や寂心《じゃくしん》＊の頃《ころ》までで、現代《げんだい》には止観文《しかんもん》を読《よ》めるようなえらい坊主《ぼうず》は、一人《ひとり》だっていやしないよ。どうして石黒《いしぐろ》のような下愚《げぐ》が＊」

と、いきまくと、安部《あべ》は出来《でき》るなら和解《わかい》したいと思《おも》って石黒《いしぐろ》を披露《ひろう》に招《よ》んだが、それがかえって気《き》に障《さわ》ったのかもしれないといった。

柳沢《やなぎさわ》は煙草《たばこ》をふかしながら聞《き》いていたが、

「寂心《じゃくしん》や増賀《ぞうが》のことは知《し》らないが、ダニエル・ホーム＊のようなやつなら、欧羅巴《ヨーロッパ》にうようよしているぜ」といいだした。

「いま石黒《いしぐろ》の話《はなし》が出《で》たようだが、石黒《いしぐろ》には、前《まえ》にこんな話《はなし》があるんだ。墺太利《オーストリア》の代理公使《だいりこうし》をしていたカレルギー伯爵《はくしゃく》＊と結婚《けっこん》して墺太利《オーストリア》へ行《い》った、れいのクーデンホフ光子夫人《みつこふじん》＊

摩訶止観《まかしかん》　中国隋代《ちゅうごくずいだい》の仏教書《ぶっきょうしょ》。五九四年成立《ねんせいりつ》。天台三大部《てんだいさんだいぶ》のひとつで、天台宗《てんだいしゅう》の根本聖典《こんぽんせいてん》である。

止観十乗《しかんじゅうじょう》　十乗観法《じゅうじょうかんぽう》のこと。『摩訶止観《まかしかん》』に説《と》かれる止観《しかん》(心《こころ》を対象《たいしょう》に集中《しゅうちゅう》させ雑念《ざつねん》を「止《と》」め、正《ただ》しい智慧《ちえ》によって対象《たいしょう》を「観《かん》」察《さつ》すること)を修習《しゅうしゅう》する十通《とお》りの方法《ほうほう》。「無法《むほう》愛《あい》」から「観不思議境《かんふしぎきょう》」まで。

明智《めいち》　すぐれた知恵《ちえ》。

万法《ばんぽう》　あらゆる法則《ほうそく》。

観照《かんしょう》　智慧《ちえ》によって事物《じぶつ》の実相《じっそう》をとらえること。

透視《とうし》　(clairvoyance) 肉眼《にくがん》を使《つか》わずに文字《もじ》を読《よ》んだり、カードの裏側《うらがわ》の図形《ずけい》を的中《てきちゅう》させたり、遠隔地《えんかくち》のものを見《み》たりする超常能力《ちょうじょうのうりょく》。日本《にほん》では「千里眼《せんりがん》」と呼《よ》ばれていた。

増賀《ぞうが》　(九一七~一〇〇三) 平安時代中期《へいあんじだいちゅうき》の天台僧《てんだいそう》。橘恒平《たちばなつねひら》の子《こ》として京都《きょうと》に生《う》まれる。比叡山《ひえいざん》で良源《りょうげん》に師事《しじ》、宮中《きゅうちゅう》からの招聘《しょうへい》を狂気《きょうき》を装《よそお》って断《こと》わり、応和《おうわ》三年《ねん》(九六三)に大和国《やまとのくに》(現在《げんざい》の奈良県《ならけん》)の多武峯《とうのみね》に入山《にゅうざん》した。『玄義鈔《げんぎしょう》』の著《ちょ》がある。

寂心《じゃくしん》　平安時代中期《へいあんじだいちゅうき》の文人《ぶんじん》・慶滋保胤《よししげのやすたね》(?~一〇〇二)の法名《ほうみょう》のひとつ。陰陽師《おんみょうじ》・賀茂忠行《かものただゆき》の次男《じなん》として京都《きょうと》に生《う》まれる。菅原文時《すがわらふみとき》に師事《しじ》して文章道《もんじょうどう》(紀伝道《きでんどう》)で名声《めいせい》を博《はく》すが阿弥陀信仰《あみだしんこう》に傾倒《けいとう》。後《のち》に源信《げんしん》のもとで出家《しゅっけ》し、心覚《しんかく》、寂心《じゃくしん》と名《な》のった。著作《ちょさく》に『池亭記《ちていき》』『日本往生極楽記《にほんおうじょうごくらくき》』など。

下愚《げぐ》　能力《のうりょく》の劣《おと》る愚《おろ》か者《もの》。

ダニエル・ホーム　(Daniel Dunglas Home　一八三三~一八八六) ヒュームとも発音《はつおん》。スコットランド出身《しゅっしん》の著名《ちょめい》な霊媒《れいばい》。空中浮遊《くうちゅうふゆう》、家具《かぐ》の移動《いどう》、叩音《こうおん》や発光《はっこう》、霊体《れいたい》との交信《こうしん》など数々《かずかず》の超常現象《ちょうじょうげんしょう》を引《ひ》き起《お》こす能力《のうりょく》は卓越《たくえつ》しており、ヨーロッパの主要都市《しゅようとし》を遍歴《へんれき》しては、貴顕《きけん》や学者《がくしゃ》たちの前《まえ》で、その能力《のうりょく》を披露《ひろう》した。著書《ちょしょ》に『心霊主義《しんれいしゅぎ》の光《ひかり》と影《かげ》 Lights and Shadows of Spiritualism』(一八七三)など。

カレルギー伯爵《はくしゃく》　ハインリヒ・クーデンホフ=カレルギー(Heinrich Coudenhove-Kalergi　一八五九~一九〇六)のこと。オーストリア=ハンガリー帝国《ていこく》の新興貴族《しんこうきぞく》で外交官《がいこうかん》。一八九二年《ねん》に代理公使《だいりこうし》として日本《にほん》に赴任《ふにん》。日本人女性《にほんじんじょせい》・青山《あおやま》みつと知《し》り合《あ》い結婚《けっこん》。東京《とうきょう》で二児《じ》を、九六年《ねん》の帰国後《きこくご》に五児《じ》をもうけた。父《ちち》の死《し》により外交官《がいこうかん》を辞《じ》して爵位《しゃくい》と家督《かとく》を継《つ》ぐ。一九〇三年《ねん》から母方《ははかた》の姓《せい》であるカレルギーを加《くわ》えた「クーデンホフ=カレルギー」の複合姓《ふくごうせい》に改《あらた》めた。

クーデンホフ光子夫人《みつこふじん》　(Mitsuko Coudenhove-Kalergi　一八七四~一九四一) 日本名《にほんめい》は青山《あおやま》みつ(光子《みつこ》)。東京牛込《とうきょううしごめ》で骨董商《こっとうしょう》を営《いとな》む青山喜八《あおやまきはち》・つね夫妻《ふさい》の三女《じょ》に生《う》まれる。明治《めいじ》二十五年《ねん》(一八九二)、周囲《しゅうい》の反対《はんたい》を押《お》し切《き》って、ハインリヒ・クーデンホフ=カレルギー伯爵《はくしゃく》と結婚《けっこん》。明治《めいじ》二十九年《ねん》(一八九六)、夫《おっと》の帰国《きこく》と共《とも》にオーストリア=ハンガリー帝国《ていこく》に渡《わた》り、夫《おっと》の急逝後《きゅうせいご》も伯爵夫人《はくしゃくふじん》として七人《にん》の子《こ》を育《そだ》てあげた。次男《じなん》のリヒャルトは後年《こうねん》、汎《はん》ヨーロッパ主義《しゅぎ》を提唱《ていしょう》、EU(欧州連合《おうしゅうれんごう》)の父《ちち》と呼《よ》ばれている。光子《みつこ》は晩年《ばんねん》、ウィーン郊外《こうがい》で療養生活《りょうようせいかつ》をおくり、一度《いちど》も日本《にほん》に戻《もど》ることのないまま、次女《じじょ》に看取《みと》られて没《ぼっ》した。

ね、あのひとが維納《ウィーン》の近《ちか》くに住《す》んでいるが、そこへよく日本人《にほんじん》が集《あつ》まる。テニスのデヴィス・カップ戦《せん》*がすんだあと、S選手《せんしゅ》と女流《じょりゅう》ピアニストのT*がベルリンから遊《あそ》びに来《き》ていたところへ石黒《いしぐろ》がやってきたら、SとTが顔色《かおいろ》を変《か》えて石黒《いしぐろ》をやっつけはじめた。なんでも、Tの友達《ともだち》の女《おんな》のひとに、石黒《いしぐろ》が悪《わる》いことをしたというんだが、あまりこっぴどく*やっつけるので、光子《みつこ》さんが見《み》かねて仲《なか》に入《はい》った*くらいだった。それから間《ま》もなく、Tがベルリンでくだらない交通事故《こうつうじこ》で死《し》んでしまった。見《み》ていた人《ひと》の話《はなし》だと、止《とま》れの標識《ひょうしき》が出《で》ているのに、夢遊病者《むゆうびょうしゃ》*のようにふらふらと前《まえ》へ出《で》てやられてしまった。あまりわからない話《はなし》なので、一時《いちじ》は自殺《じさつ》だという評判《ひょうばん》が立《た》ったくらいだ。その翌年《よくねん》だよ、日本《にほん》へ帰《かえ》る途中《とちゅう》、なんの理由《りゆう》もなく、Sがマラッカ海峡《かいきょう》*で船《ふね》から投身《とうしん》したのは」

「えらいことをいいだしたね。二人《ふたり》がへんな死《し》に方《かた》をしたのが、石黒《いしぐろ》に関係《かんけい》があったというわけなのか」

デヴィス・カップ戦《せん》　(Davis Cup)　一九〇〇年《ねん》から毎年開催《まいとしかいさい》されている、男子《だんし》テニスの国別対抗戦《くにべつたいこうせん》。

S選手《せんしゅ》と女流《じょりゅう》ピアニストのT　国書刊行会版《こくしょかんこうかいばん》『定本久生十蘭全集《ていほんひさおじゅうらんぜんしゅう》6』の解題《かいだい》より引用《いんよう》する――「マラッカ海峡《かいきょう》で投身自殺《とうしんじさつ》した著名《ちょめい》なテニス選手《せんしゅ》Sといえばモデルは佐藤次郎《さとうじろう》と推測《すいそく》される。その死は昭和《しょうわ》九年《ねん》（一九三四）のことだった」（川崎《かわさき》賢子《けんこ》）

　佐藤次郎《さとうじろう》（一九〇八～一九三四）は群馬《ぐんま》の豪農《ごうのう》の家《いえ》に生《う》まれ、早大在学中《そうだいざいがくちゅう》に日本《にほん》ランキング一位《い》となった世界的《せかいてき》テニス・プレーヤー。昭和《しょうわ》九年《ねん》（一九三四）四月《がつ》五日《か》、デヴィス・カップの日本《にほん》チーム主将《しゅしょう》としてヨーロッパ遠征《えんせい》を終《お》え、箱根丸《はこねまる》で帰国途中《きこくとちゅう》、マラッカ海峡《かいきょう》で投身自殺《とうしんじさつ》を遂《と》げた。享年《きょうねん》二十六。船室《せんしつ》には二ヶ月前《かげつまえ》に婚約《こんやく》を発表《はっぴょう》した女子《じょし》テニス・プレーヤー岡田早苗《おかださなえ》ほかに宛《あ》てた数通《すうつう》の遺書《いしょ》が残《のこ》されていたという。

　一方《いっぽう》の「女流《じょりゅう》ピアニストのT」については、女性《じょせい》ピアニストの先駆《さきが》けとなった久野久子《くのひさこ》（一八八六～一九二五）の生涯《しょうがい》を思《おも》わせるところがある。大正《たいしょう》十二年《ねん》（一九二三）に文部《もんぶ》省《しょう》海外研究員《かいがいけんきゅういん》として渡欧《とおう》した久子《ひさこ》は、ベルリンとウィーンで留学生活《りゅうがくせいかつ》をおくり、大正《たいしょう》十四年《ねん》四月《がつ》二十日未明《みめい》、バーデン・バイ・ウィーンのホテル屋上《おくじょう》から投身自殺《とうしんじさつ》を図《はか》り、搬送《はんそう》先《さき》の病院《びょういん》で死去《しきょ》しているのだ。また、それに先立《さきだ》つ大正《たいしょう》四年《ねん》（一九一五）一月《がつ》には、東京《とうきょう》・赤坂葵橋《あかさかあおいばし》で自動車《じどうしゃ》に轢《ひ》かれ、頭部強打《とうぶきょうだ》などの重症《じゅうしょう》を負《お》っている。このときは事故直《じこちょく》後《ご》に身元《みもと》が分《わ》からず、新聞紙上《しんぶんしじょう》に顔写真入《かおじゃしんい》りの記事《きじ》が出《で》て世《せ》間《けん》を騒《さわ》がせたという。久子《ひさこ》については、長谷川時雨《はせがわしぐれ》の「久野《くの》久子《ひさこ》」、宮本百合子《みやもとゆりこ》の「道標《どうひょう》」に言及《げんきゅう》がある。

　みずからも留学経験《りゅうがくけいけん》があり、異邦《いほう》で暮《く》らす日本人《にほんじん》を、しばしば作中《さくちゅう》に登場《とうじょう》させている十蘭《じゅうらん》だけに、こうした事件《じけん》が印《いん》象《しょう》に残《のこ》されていた可能性《かのうせい》は高《たか》いといえよう。

こっぴどく　非常《ひじょう》に手厳《てきび》しく。

仲《なか》に入《はい》った　仲裁《ちゅうさい》した。

夢遊病者《むゆうびょうしゃ》　睡眠中《すいみんちゅう》に起《お》きだして歩《ある》きまわるなどし、その間《あいだ》の行動《こうどう》を記憶《きおく》していない症状《しょうじょう》を呈《てい》する病人《びょうにん》。

マラッカ海峡《かいきょう》　マレー半島《はんとう》とスマトラ島《とう》との間《あいだ》にある海峡《かいきょう》。アンダマン海《かい》（インド洋《よう》）と南《みなみ》シナ海《かい》を結《むす》ぶ交通《こうつう》の要衝《ようしょう》である。

「さあ、どうかね。僕《ぼく》はただ石黒《いしぐろ》が、動物磁気学《どうぶつじきがく》*のベルンハイム*の弟子《でし》だったことを知《し》っているだけだ……しかしまあ、どういうんだろう。話《はなし》はとぶが、ロマノフの皇室《こうしつ》*をひっかきまわした、れいのラスプーチン*ね。あれはメスメルの弟子《でし》なんだが、あいつを排斥《はいせき》しようとたくらんだやつは、みなへんな自殺《じさつ》をしているんだ。宮廷《きゅうてい》だけでも、十人《じゅうにん》はいたそうだ」

「他人《たにん》の心意《しんい》*を、勝手《かって》に支配出来《しはいでき》る能力《のうりょく》が存在《そんざい》するというのは、愉快《ゆかい》じゃないな。でも、そういう心霊的《しんれいてき》な力《ちから》が、ほんとうにあり得《う》るのだろうか」

「あり得《う》るんだよ。のみならず*、そういう人間《にんげん》は、それくらいのことは、わけなくやれるので困《こま》るんだ。僕《ぼく》はシャルコー*やベルンハイムのことを調《しら》べたから知《し》っているが、それがどういうものだと、理解《りかい》のいくように語《かた》りわけることはいるまい。信《しん》じられない人間《にんげん》は、信《しん》じなくともかまうことはない。SやTの場合《ばあい》だけでも、まぎれもなく、そういうことが現実《げんじつ》にあったのはたしかだ」

翌日《よくじつ》、三時過《さんじす》ぎに式《しき》が終《おわ》って、二人《ふたり》は麻布《あざぶ》の邸《やしき》へひきあげたが、四時《よじ》から披露式《ひろうしき》がはじ

まるので、知世子《ちよこ》は美容師《びようし》が待《ま》っている部屋《へや》へ著換《きが》えに行《い》った。安部《あべ》は一人《ひとり》で居間《いま》にいる

動物磁気学《どうぶつじきがく》　（animal magnetism）動物磁気説《どうぶつじきせつ》とも。ドイツの医師《いし》フランツ・アントン・メスメル（Franz Anton Mesmer　一七三四〜一八一五）が提唱《ていしょう》した学説《がくせつ》で、その名《な》をとってメスメリズム（mesmerism）とも呼《よ》ばれる。動物磁気《どうぶつじき》とは宇《う》宙《ちゅう》を満《み》たしているある種《しゅ》の流体《りゅうたい》とされ、それが人体《じんたい》の神経系《しんけいけい》統《とう》に作用《さよう》している。そのバランスが崩《くず》れることが病気《びょうき》の原因《げんいん》なので、何《なん》らかの刺戟《しげき》を与《あた》えて磁気《じき》の流《なが》れを正常《せいじょう》に戻《もど》せば、病《やまい》は治癒《ちゆ》するとメスメルは考《かんが》えた。そして一七七八年《ねん》、パリに治療室《ちりょうしつ》を開設《かいせつ》、大《おお》いに評判《ひょうばん》となるが、学界《がっかい》からは治療効《ちりょうこう》果《か》を疑問視《ぎもんし》された。メスメルが考案《こうあん》した暗示療法《あんじりょうほう》は、後世《こうせい》の精神医学《せいしんいがく》や催眠療法《さいみんりょうほう》の先駆《せんく》となり、また十九世紀《せいき》ロマン派《は》の怪奇幻想文学《かいきげんそうぶんがく》にも多大《ただい》な影響《えいきょう》を与《あた》えることとなった（マリア・M・タタール『魔《ま》の眼《め》に魅《み》されて』参照《さんしょう》）。

ベルンハイム　（Hippolyte Bernheim　一八四〇〜一九一九）ベルネームとも。フランスの神経科医《しんけいかい》。一八八〇年《ねん》ごろからナンシーの医学部《いがくぶ》で、A・A・リエボーと催眠術《さいみんじゅつ》に関《かん》する共《きょう》同研究《どうけんきゅう》に着手《ちゃくしゅ》、催眠療法《さいみんりょうほう》における暗示理論《あんじりろん》を確立《かくりつ》したことで知《し》られる。両者《りょうしゃ》の研究《けんきゅう》は「ナンシー学派《がくは》」と呼《よ》ばれ、シャルコー（後述《こうじゅつ》）率《ひき》いる「サルペトリエール学派《がくは》」と並《なら》んで催《さい》眠療法《みんりょうほう》の世界《せかい》で主導的役割《しゅどうてきやくわり》を果《は》たすこととなった。

ロマノフの皇室《こうしつ》　ロシアの大貴族《だいきぞく》ミハイル・ロマノフ（Mikhail Romanov）が一六一三年《ねん》、皇帝《こうてい》（ツァーリ）に選出《せんしゅつ》されたことに始《はじ》まり、一九一七年《ねん》の十月革命《がつかくめい》まで約《やく》三百年間《ねんかん》にわたり続《つづ》いた専制王朝《せんせいおうちょう》。ピョートル一世《せい》やエカテリーナ二世《せい》などの名君《めいくん》を生《う》んだ。

ラスプーチン　（Grigoriy Efimovich Rasputin　一八七二〜一九一六）帝政《ていせい》ロシアの修道僧《しゅうどうそう》。皇太子《こうたいし》の病《やまい》を癒《い》やしたことがきっかけで、皇帝《こうてい》ニコライ二世《せい》の皇后《こうごう》アレクサンドラに寵《ちょう》愛《あい》され、宮廷内《きゅうていない》に権勢《けんせい》をふるい「怪僧《かいそう》」の異名《いみょう》をとった。第《だい》一次大戦中《じたいせんちゅう》、親独派《しんどくは》に与《くみ》して講和《こうわ》を策《さく》したとして、反対派《はんたいは》により暗殺《あんさつ》された。

心意《しんい》　精神《せいしん》。

のみならず　そればかりでなく。

シャルコー　（Jean-Martin Charcot　一八二五〜一八九三）フランスの病理解剖学者《びょうりかいぼうがくしゃ》・神経病学者《しんけいびょうがくしゃ》。パリ大学病理解剖学《だいがくびょうりかいぼうがく》教授《きょうじゅ》のかたわら、サルペトリエール病院《びょういん》を拠点《きょてん》に、ヒステリー症状《しょうじょう》と催眠術《さいみんじゅつ》を神経科学《しんけいかがく》の立場《たちば》から研究《けんきゅう》、多《おお》くの業績《ぎょうせき》をあげた。精神医学《せいしんいがく》の分野《ぶんや》に心理学的方法《しんりがくてきほうほう》を導入《どうにゅう》した先駆《せんく》であり、フロイトによる精神分析学《せいしんぶんせきがく》への道《みち》を拓《ひら》いた。

と、四時近《よじちか》くになって、小間使《こまづかい》*が松濤《しょうとう》*の石黒《いしぐろ》さまからといって、金水引《きんみずひき》*をかけたものを持《も》ってきた。四寸《よんすん》に五寸《ごすん》*くらいのモロッコ皮《がわ》*の箱《はこ》で、見《み》かけに似《に》ず、どっしりと持《も》ち重《おも》りがする。なんだろうと明《あ》けてみると、コルト*の二二番《にじゅうにばん》の自働拳銃《じどうけんじゅう》*が入《はい》っている。まったく、いやはやというほかはない*ので、どんな顔《かお》で石黒《いしぐろ》が水引《みずひき》をかけたろうと思《おも》うと、くだらなくて腹《はら》を立《た》てる気《き》にもなれない。御厚意《ごこうい》は十分《じゅうぶん》に頂戴《ちょうだい》したからと、礼状《れいじょう》をつけて小包《こづつみ》で送《おく》り返《かえ》してやろうと考《かんが》えているところへ、知世子《ちよこ》が入《はい》ってきた。びっくりさせるにもあたらない*から、それをそっとズボンのヒップへ落《お》しこみ、そのうちに時間《じかん》が来《き》たので、階下《かいか》へ降《お》りた。

玄関《げんかん》を入《はい》ると、正面《しょうめん》のリンブルゴの和蘭焼《オランダやき》*の大花瓶《おおかびん》に、めざましく*花《はな》をつけた薔薇《ばら》の大《おお》枝《えだ》を一《ひ》と抱《かか》えほども投《な》げ込《こ》み*にし、その前《まえ》に安部《あべ》と知世子《ちよこ》が立《た》ってニコニコ笑《わら》いながら出《で》迎《むか》えをしていた。そこへ酒田《さかた》が来《き》て、二人《ふたり》のほうを顎《あご》でしゃくりながら、

「なかなかいいじゃないか」

と自慢《じまん》らしくいう。大振袖《おおふりそで》*を著《き》た知世子《ちよこ》も美《うつく》しいが、燕尾服《えんびふく》*を著《き》た安部《あべ》も見事《みごと》だ。安部《あべ》

を知世子《ちよこ》にとられたとも思《おも》わないが、やはり忌々《いまいま》しい。*

「これゃ、ちょっと口惜《くや》しいね」

すると後《うしろ》にいた松久《まつひさ》が、

「あまり、いい気《き》になるといけないから、すこし、たしなめて*やろう」

といって知世子《ちよこ》のところへ行《い》った。

小間使《こまづかい》　身《み》の回《まわ》りの雑用《ざつよう》に従事《じゅうじ》する召使《めしつか》い。

松濤《しょうとう》　東京都渋谷区《とうきょうとしぶやく》の町名《ちょうめい》。高級住宅地《こうきゅうじゅうたくち》として知《し》られる。

金水引《きんみずひき》　金箔《きんぱく》をひいた水引《みずひき》。「水引《みずひき》」は進物用《しんもつよう》の包装紙《ほうそうし》などを結《むす》ぶのに用《もち》いる細工物《さいくもの》の紙糸《かみいと》。

四寸《すん》に五寸《すん》　およそ一二センチに一五センチ。

モロッコ皮《がわ》　モロッコ特産《とくさん》の鞣革《なめしがわ》。山羊《やぎ》の皮《かわ》をタンニン剤《ざい》で丹念《たんねん》になめして製《せい》する。

コルト　(Colt) 米国《べいこく》の銃器《じゅうき》メーカー。一八三六年創業《ねんそうぎょう》。

自動拳銃《じどうけんじゅう》　弾丸《だんがん》を発射《はっしゃ》すると、弾倉内《だんそうない》の弾丸《だんがん》が自動的《じどうてき》に装填《そうてん》される仕組《しく》みの拳銃《けんじゅう》。

いやはやというほかはない　呆《あき》れるほかはない。

あたらない　必要《ひつよう》がない。

リンブルゴの和蘭焼《オランダやき》　リンブルゴはオランダの地名《ちめい》。和蘭焼《オランダやき》は江戸期《えどき》にオランダ船《せん》で輸入《ゆにゅう》された陶磁器《とうじき》。

めざましく　目《め》のさめるように美事《みごと》なさま。

投《な》げ込《こ》み　投《な》げ入《い》れ花《ばな》。あまり加工《かこう》せず、自然《しぜん》の枝《えだ》ぶりのままに挿《さ》す活《い》け方《かた》。

大振袖《おおふりそで》　袖丈《そでたけ》を特《とく》に長《なが》めに仕立《した》てた振袖《ふりそで》。

燕尾服《えんびふく》　男性《だんせい》の夜間用《やかんよう》の正式礼服《せいしきれいふく》。上着《うわぎ》の前丈《まえたけ》が短《みじか》く、背《せ》の裾《すそ》が長《なが》く先《さき》が割《わ》れて燕《つばめ》の尾《お》の形《かたち》になっている。

やはり忌々《いまいま》しい　語《かた》り手《て》は男性《だんせい》のはずなのだが……。

たしなめて　注意《ちゅうい》して。いましめて。

「知世子《ちよこ》さん、安部《あべ》を一人《ひとり》でとってしまった気《き》でいては困《こま》るよ。あなたには、いろいろ怨《うら》みがかかっているんだ、男《おとこ》の怨《うら》みも女《おんな》の怨《うら》みも……気《き》をつけなくっちゃいけない」

知世子《ちよこ》は、ええ、それはようく承知《しょうち》していましてよ。もう、さんざどやされましたわ、と、うれしくてたまらないふうだった。

二人《ふたり》は五時頃《ごじごろ》まで玄関《げんかん》に並《なら》んで、出迎《でむか》えをしたり祝詞《しゅくし》*を受《う》けたり、華々《はなばな》しくやっていた。そのうちにホールで余興《よきょう》*がはじまり、おもだったひとも来《き》つくしたようなので、脇間《わきま》に集《あつま》っている女子部時代《じょしぶじだい》の仲間《なかま》*に知世子《ちよこ》をひきわたし、安部《あべ》はホールへつづく入側《いりがわ》*になった廊下《ろうか》のほうへ歩《ある》いて行《い》った。

一方《いっぽう》は広《ひろ》い芝生《しばふ》の庭《にわ》に向《む》いた長《なが》い硝子扉《がらすとびら》で、一方《いっぽう》はホールの窓《まど》がずうっとむこうへ並《なら》び、そこからシャンデリアの光《ひかり》があふれだしている。暮《く》れ切《き》ったが、まだ夜《よる》にならない夕《ゆう》なずみ*の微妙《びみょう》なひとときで、水色《みずいろ》に澄《す》んだ初冬《しょとう》の暮《く》れ空《ぞら》*のどこかに、夕焼《ゆうや》けの赤味《あかみ》がぼーっと残《のこ》っている。樹《き》のない芝生《しばふ》の庭面《にわづら》が空《そら》の薄明《うすあか》りに溶《と》けこみ、空《そら》と大地《だいち》のけじめがなくなって、曇《くも》り日《び》の古沼《ふるぬま》のように茫々《ぼうぼう》*としている。はかない、しんとした、妙《みょう》に心《こころ》にしむ景《け》色《しき》だった。安部《あべ》は眠《ねむ》いような、うっとりとした*気持《きもち》で、人気《ひとけ》のない長《なが》い廊下《ろうか》を歩《ある》いていると、ふいに眼《め》の前《まえ》に人影《ひとかげ》がさした。*おどろいて右《みぎ》へよけようとすると、むこうも右《みぎ》へよける。反対《はんたい》に動《うご》くと、むこうもそっちへ寄《よ》る。二三度《にさんど》、ちんちんもがもが*やっているうちに、たがいに立《た》ちすくんで睨《にら》みあうようなかたちになった。

こんな羽目《はめ》*になると、たいていなら、やあ、失礼《しつれい》とかなんとかいって笑《わら》いほぐしてしまうものだが、相手《あいて》はひどく機嫌《きげん》を損《そん》じたふうで、むっとこちらの顔《かお》ばかりねめつけている。*

あなたには、いろいろ怨《うら》みが……　祝福《しゅくふく》の言葉《ことば》が同時《どうじ》に呪《のろ》いの言葉《ことば》ともなる不穏《ふおん》さ！　後半《こうはん》の展開《てんかい》がさりげなく暗示《あんじ》されている一節《いっせつ》である。

祝詞《しゅくし》　婚儀《こんぎ》を祝《いわ》う言葉《ことば》。

余興《よきょう》　宴席《えんせき》に興《きょう》を添《そ》える演芸《えんげい》。アトラクション。

女子部時代《じょしぶじだい》の仲間《なかま》　学習院女子部時代《がくしゅういんじょしぶじだい》の友人《ゆうじん》たち。

入側《いりがわ》　座敷《ざしき》（ここではホール）と外縁側《がいえんがわ》の間《あいだ》にある、通常《つうじょう》は一間幅《けんはば》の通路《つうろ》。

夕《ゆう》なずみ　日《ひ》が暮《く》れたようで、なかなか夜《よる》にならない、昼《ひる》と夜《よる》のあわいのひととき。

暮《く》れ空《ぞら》　夕方《ゆうがた》の空《そら》。暮《く》れてゆく空《そら》。

曇《くも》り日《び》の古沼《ふるぬま》のように……　このあたりの繊細《せんさい》でいて、そこはかとなく妖気《ようき》ただよう情景描写《じょうけいびょうしゃ》は出色《しゅっしょく》。このくだりを境《さかい》にして、安部《あべ》は虚実《きょじつ》さだかならぬ夢魔《むま》の世界《せかい》へと足《あし》を踏《ふ》み入れるのだった。

眠《ねむ》いような、うっとりとした……　催眠状態《さいみんじょうたい》へと誘《いざな》われることを暗示《あんじ》する描写《びょうしゃ》である。

人影《ひとかげ》がさした　人影《ひとかげ》が見《み》えた。

ちんちんもがもが　片足《かたあし》を後《うし》ろに上《あ》げて、もう片方《かたほう》の足《あし》で飛《と》び歩《ある》く動作《どうさ》。片足跳《かたあしと》び。「けんけん」などとも。

羽目《はめ》　事態《じたい》。状態《じょうたい》。

ねめつけている　にらみつけている。

窓《まど》と窓《まど》との間《あいだ》の、薄闇《うすやみ》のおどんだツボ*に立《た》っているので、あいまいにしか見《み》えないが、眼《め》の強《つよ》い、皮肉《ひにく》らしい冷《ひや》やかな感《かん》じのする、とりつき場《ば》のない男《おとこ》*だ。安部《あべ》は気《き》むずかしいやつだと思《おも》ったが、その瞬間《しゅんかん》、これは石黒《いしぐろ》だなと直感《ちょっかん》した。

石黒《いしぐろ》なら、これくらいな渋味《しぶみ》*を見《み》せても、ふしぎはないわけだが、明日《あす》、日本《にほん》を離《はな》れるのだから、和解出来《わかいでき》るものなら和解《わかい》しておきたい。石黒《いしぐろ》がなにかいいだしたら、すまなかったくらいのことはいうつもりでいたが、石黒《いしぐろ》は狭《せま》く依怙地《いこじ》*になっているとみえて、和《やわ》らぐ隙《すき》をくれない。*しょうがないので、失礼《しつれい》だが、石黒《いしぐろ》さんではありませんかと切《き》りだしかけると、ちょうどむこうもなにかいいかけ、こちらがひかえると、むこうもひかえる。そんなことをやっているうちに、気《き》がさすと*、もういけない。キッカケをとちった芝居《しばい》で*、まずい幕切《まくぎ》れになった。

安部《あべ》は気持《きもち》にひっかかりを残《のこ》したままホールへ入《はい》ると、ちょうど余興《よきょう》のかわり目《め》で、十二聖徒《じゅうにせいと》*の彫刻《ちょうこく》をつけたエラール*のハープがステージにおし出《だ》され、薄桃色《うすももいろ》のモンタント*を著《き》た欧州種《おうしゅうだね》*らしい二十五六《にじゅうごろく》の娘《むすめ》が、いいようすでハープを奏《ひ》きだした。うしろの椅子《いす》に正親町《おおぎまち》と松久《まつひさ》がいたので、その間《あいだ》に割《わ》りこんで古雅《こが》な曲《きょく》をきいていると、どうしたのか、あたりが急《きゅう》に森閑《しんかん》として、* なんの物音《ものおと》も聞《きこ》えなくなった。安部《あべ》は、淋《さび》しいなとつぶやいていると、ステージの端《はし》のほうへ裃《かみしも》*を著《き》た福助《ふくすけ》*がチョコチョコと出《で》てきて、両手《りょうて》をついて

おどんだツボ　よどんだ深《ふか》み。

とりつき場《ば》のない　とりつく島《しま》のない。つっけんどんで、相手《あいて》を拒絶《きょぜつ》するようなさま。

渋味《しぶみ》　にがにがしい様子《ようす》。

狭《せま》く依怙地《いこじ》に　狭量《きょうりょう》で頑《かたく》なに意地《いじ》をはって。

和《やわ》らぐ隙《すき》をくれない　場《ば》をやわらげるチャンスをくれない。

気《き》がさす　気がとがめる。うしろめたくなる。

キッカケをとちった芝居《しばい》　相手《あいて》の役者《やくしゃ》との演技《えんぎ》のタイミングが合《あ》わないこと。

十二聖徒《せいと》　十二使徒《しと》。イエス・キリストが選《えら》んだ十二人《にん》の弟子《でし》たち。

エラール　（Érard）フランスの鍵盤楽器《けんばんがっき》およびハープ製作者《せいさくしゃ》の一族《いちぞく》。エラール社《しゃ》の創業《そうぎょう》は一七八〇年《ねん》。ダブル・アクション・ハープやグランド・ピアノに用《もち》いられるダブル・エスケープメント・アクションなどの新機構《しんきこう》を開発《かいはつ》・導入《どうにゅう》したことで知《し》られる。

モンタント　ローブ・モンタント（robe montante）のこと。男性《だんせい》のフロックコートに相当《そうとう》する婦人用礼服《ふじんようれいふく》のひとつで、昼間《ひるま》の正装《せいそう》。服《ふく》の襟《えり》が高《たか》くせりあがっているため、この名《な》で呼《よ》ばれる。袖《そで》は手首《てくび》まであり、すそは床《ゆか》に達《たっ》する。

欧州種《おうしゅうだね》　ヨーロッパの生《う》まれ。

森閑《しんかん》として　静《しず》まりかえって。

裃《かみしも》　江戸期《えどき》の武士《ぶし》の式服《しきふく》。同《おな》じ染色《せんしょく》・地質《じしつ》の肩衣《かたぎぬ》と袴《はかま》を、小袖《こそで》の上《うえ》から着用《ちゃくよう》。

福助《ふくすけ》　幸福《こうふく》を叶《かな》えるとされる縁起物《えんぎもの》の人形《にんぎょう》。小柄《こがら》で頭《あたま》が異様《いよう》に大《おお》きく、ちょんまげに裃姿《かみしもすがた》で正座《せいざ》をしている。フルネームは叶福助《かのうふくすけ》である。京都《きょうと》の深草焼人形《ふかくさやきにんぎょう》のひとつだったが、願《ねが》い事《ごと》が叶《かな》うと評判《ひょうばん》になり、十九世紀初頭《せいきしょとう》から江戸《えど》で流行《りゅうこう》して特《とく》に商家《しょうか》で祀《まつ》られ、今戸焼《いまどやき》でも作《つく》られるようになった。本篇《ほんぺん》における福助《ふくすけ》の不意打《ふいう》ちめく登場《とうじょう》シーンは、以前《いぜん》から幻想文学《げんそうぶんがく》読者《どくしゃ》の間《あいだ》で語《かた》り草《ぐさ》となっている。小説《しょうせつ》の魔術師《まじゅつし》の異名《いみょう》をとった十蘭《じゅうらん》の面目躍如《めんもくやくじょ》な、稀代《きたい》の名場面《めいばめん》である。

お辞儀《じぎ》をした。安部《あべ》は、

「おや、福助《ふくすけ》さんが出《で》て来《き》た」とぼんやり見《み》ていたが、こんなところへ福助《ふくすけ》などが出《で》てくるわけはない。きょうはよほど疲《つか》れているなと思《おも》って、しばらく息《いき》をつめていると、間《ま》もなく福助《ふくすけ》はいなくなり、へんに淋《さび》しい感《かん》じもとれた。

老公《ろうこう》*のテーブルスピーチなどがあり、賑々《にぎにぎ》しく派手《はで》な晩餐会《ばんさんかい》で、八時《はちじ》からホールでダンスがはじまった。十二時《じゅうにじ》すぎにそれも終《おわ》り、みなを送《おく》りだして二階《にかい》の居間《いま》へひきとったのは、もう一時近《いちじちか》くだった。知世子《ちよこ》は疲《つか》れたようなようすもなく、幸福《こうふく》でしょうがないというふうに、安部《あべ》の胸《むね》へ顔《かお》をおしつけたりしてから、いそいそと著換《きが》えの手伝《てつだ》いをはじめたが、ズボンに入《はい》っていた拳銃《けんじゅう》を見《み》つけると、顔色《かおいろ》を変《か》えて安部《あべ》のほうへふりかえった。安部《あべ》は言訳《いいわけ》をしようとしたが、こんなものを石黒《いしぐろ》が送《おく》ってよこしたなどとは申《もう》せない。結婚式《けっこんしき》の夜《よる》、新郎《しんろう》のズボンのヒップに、拳銃《けんじゅう》が入《はい》っているなどというのは平凡《へいぼん》なことではないから、説明《せつめい》はむずかしい。これは弱《よわ》ったと思《おも》ったら、安部《あべ》の顔色《かおいろ》も変《かわ》った。知世子《ちよこ》は利口《りこう》

老公《ろうこう》　高齢《こうれい》の貴人《きじん》の尊敬語《そんけいご》。

だから、なにもたずねなかったが、明《あか》るかるべき*大切《たいせつ》な初夜《しょや》に、それで暗《くら》い翳《かげ》のようなものを残《のこ》した。

アンドレ・ルボン号《ごう》は真白《まっしろ》に塗《ぬ》った一万六千噸《いちまんろくせんトン》*の優秀船《ゆうしゅうせん》で、ポール・クローデル大使《たいし》*が同《おな》じ船《ふね》でフランスへ帰《かえ》るので、にぎやかな出帆《しゅっぱん》だった。夕方《ゆうがた》、チャイム・ベルが鳴《な》ったので、食堂《しょくどう》へ出《で》ると、一等《いっとう》の日本人《にほんじん》*は安部《あべ》と知世子《ちよこ》の二人《ふたり》きりで、食卓《しょくたく》はチンダルという墺太利公使館《オーストリアこうしかん》の書記官《しょきかん》と、マカオ*の名家《めいか》だというフェルナンデスという若《わか》い葡萄牙人《ポルトガルじん》の四《よ》人《にん》の組合《くみあわ》せになっていた。夫婦《ふうふ》も、とりわけ新婦《しんぷ》ということになると、水入《みずい》らずで二人《ふたり》が組《く》みあうようにはからうのが普通《ふつう》だが、婦人客《ふじんきゃく》の少《すくな》い航海《こうかい》だったので、知世子《ちよこ》のような若《わか》い美《うつく》しい夫人《ふじん》を、亭主《ていしゅ》だけに独占《どくせん》させておくのは公平《こうへい》でないと、事務長《じむちょう》*は考《かんが》えたのかも知《し》れない。チンダルは墺太利《オーストリア》の古《ふる》い貴族《きぞく》だそうだが、いつも固《かた》いカフス*をつけている作法《さほう》のやかましいやつで、話《はなし》といえば宗教論《しゅうきょうろん》ばかり。フェルナンデスのほうは、揉上《もみあ》げ*を長《なが》くし、洒落《しゃれ》たタキシード*を著《き》、うるんだような好色《こうしょく》じみた眼《め》をもったジゴロ*風《ふう》の色男《いろおとこ》で、立《た》つにも坐《すわ》るにもうやうやしく知世子《ちよこ》の手《て》に接吻《せっぷん》し、支那《しな》*からマカオをひったくったアルヴァーロ・フェルナンデスは私《わたし》の大祖父《おおおおじ》で、*銅像《どうぞう》は、いまもマカオにあります、などと愚《ぐ》にもつかぬ*ことを口走《くちばし》るので、安部《あべ》は最初《さいしょ》の一日《いちにち》から食欲《しょくよく》をなくしてしまった。

外国船《がいこくせん》の生活《せいかつ》は、一人《ひとり》で孤独《こどく》を楽《たの》しむようなことは絶対《ぜったい》に許《ゆる》さない、念入《ねんい》りな仕組《しく》みになっているもので、九時《くじ》の朝食《ちょうしょく》にひきつづいて十一時《じゅういちじ》のビーフ・ティ、*一時《いちじ》の昼食《ちゅうしょく》、三時《さんじ》

明《あか》るかるべき　明《あか》るくあるべきな。

一万六千噸《トン》　「噸《トン》」は船《ふね》の重量《じゅうりょう》や容積《ようせき》を表《あら》わす単位《たんい》。

ポール・クローデル大使《たいし》　(Paul Claudel　一八六八〜一九五五) フランスの詩人《しじん》・劇作家《げきさっか》・外交官《がいこうかん》。一九二一年《ねん》から二七年《ねん》までの約《やく》六年間《ねんかん》、駐日大使《ちゅうにちたいし》として日本《にほん》とフランスの文化交流《ぶんかこうりゅう》に貢献《こうけん》したことで知《し》られる。カトリックの作家《さっか》として、神《かみ》と人間《にんげん》の関係《かんけい》を描《えが》いた神秘劇《しんぴげき》を手《て》がけた。この一節《いっせつ》にもとづけば、本篇《ほんぺん》は昭和《しょうわ》二年《ねん》(一九二七)の出来事《できごと》となる。

一等《いっとう》の日本人《にほんじん》　一等《いっとう》は一等船室《いっとうせんしつ》のこと。一等《いっとう》は上流階級《じょうりゅうかいきゅう》、二《に》等《とう》は中産階級《ちゅうさんかいきゅう》、三等《さんとう》は貧《まず》しい移民《いみん》たちが主要《しゅよう》な乗客《じょうきゃく》で、船内《せんない》での待遇《たいぐう》にも格差《かくさ》があった。

マカオ　(Macao) 澳門《マカオ》とも表記《ひょうき》。中国《ちゅうごく》の広東省広東湾口《かんとんしょうかんとんわんこう》にあるポルトガルの旧植民地《きゅうしょくみんち》。

事務長《じむちょう》　船内《せんない》の事務《じむ》を取《と》り仕切《しき》る職務《しょくむ》の人《ひと》。パーサー。

カフス　(cuffs) ワイシャツの袖口《そでぐち》、袖口部分《そでぐちぶぶん》の布《ぬの》。

揉上《もみあ》げ　鬢《びん》の毛《け》が耳《みみ》に沿《そ》って細《ほそ》く生《は》え下《さ》がった部分《ぶぶん》。

タキシード　(tuxedo) 男性《だんせい》が着《き》る夜会用《やかいよう》の略式礼服《りゃくしきれいふく》。燕尾服《えんびふく》の代用《だいよう》。

ジゴロ　(gigolo) 女性《じょせい》に養《やしな》われて生活《せいかつ》する男性《だんせい》。ひも。

支那《しな》　中国《ちゅうごく》。

大祖父《おおおおじ》　祖父母《そふぼ》の父《ちち》。曾祖父《そうそふ》。ひいじいさん。

愚《ぐ》にもつかぬ　くだらなくて、取《と》るに足《た》りない。

ビーフ・ティ　(beef tea) 牛肉《ぎゅうにく》で出汁《だし》をとったスープ。

のアイスクリーム、五時《ごじ》のお茶《ちゃ》、七時《しちじ》のアペリチフ*、八時《はちじ》の正餐《せいさん》、十時《じゅうじ》のディジェスチフ*と、一日《いちにち》に二十四品目《にじゅうよんひんもく》もおしつけられるのに、酒場《さかば》の交際《こうさい》、ポォカア*、デッキゴルフ*、カクテル・パアティ*、日曜日《にちようび》の弥撒《みさ》*、ティ・ダンス*、サパア・ダンス*、運動競技《うんどうきょうぎ》、福引《ふくびき》と、手《て》を代《か》え品《しな》をかえ、出席《しゅっせき》しないと、事務長《じむちょう》から催促《さいそく》の電話《でんわ》がくる。知世子《ちよこ》のほうはたいへんで、西貢《サイゴン》を出帆《しゅっぱん》した夜《よる》、船長《せんちょう》のアトホームに敬意《けいい》を表《ひょう》して和服《わふく》で出《で》たら、これが大喝采《だいかっさい》で、以来《いらい》、ティ・ダンスにもサパア・ダンスにも義務《ぎむ》のようにひっぱりだされ、午後《ごご》と夜《よる》は、ほとんどラウンジ*か舞踊室《ぶようしつ》で暮《くら》し、安部《あべ》とはたまに食堂《しょくどう》で顔《かお》が合《あ》うくらいのものであった。

船《ふね》はマラッカ海峡《かいきょう》からまだ荒《あ》れ気味《ぎみ》の印度洋《いんどよう》*へ入《はい》ったが、安部《あべ》は馴《な》れない暑《あつ》さで弱《よわ》っているところへ、印度洋《いんどよう》の長《なが》いうねり*にやられて不機嫌《ふきげん》になり、アンドレ・ルボンというちっぽけな枠《わく》にはまった社交《しゃこう》と、一日中《いちにちじゅう》、鏡《かがみ》の上《うえ》に坐《すわ》って、人《ひと》から見《み》られる自分《じぶん》の姿《すがた》ばかり気《き》にしているような生活《せいかつ》が、我慢《がまん》のならぬほどうるさくなり、船酔《ふなよ》いを口実《こうじつ》にして食堂《しょくどう》へ出《で》ず、船室《せんしつ》に籠《こも》って、汗《あせ》もかかずに端然《たんぜん》と*絵《え》ばかり描《か》いていた。

欧洲航路《おうしゅうこうろ》*の外国船《がいこくせん》には、婦人帽子商《ふじんぼうししょう》とか婦人小間物商《ふじんこまものしょう》とか名乗《なの》り、高級船員《こうきゅうせんいん》や乗《じょう》客《きゃく》のそのほうの御用《ごよう》をうけたまわる女《おんな》たちがかならず二人《ふたり》や三人《さんにん》は乗《の》っているものだが、コロンボ*を出帆《しゅっぱん》する頃《ころ》から、船《ふね》の社交《しゃこう》というものがそろそろ正体《しょうたい》をあらわしかけ、そういう婦人連《ふじんれん》が二等《にとう》からやってきて、公然《こうぜん》とダンスにまじり、西貢《サイゴン》から乗《の》ったあやし気《げ》なフランス人《じん》が、徒党《ととう》を組《く》んで、*朝《あさ》から甲板《かんぱん》で、アブサント*をあおるという狼藉《ろうぜき》ぶり*になった。

アペリチフ　(apéritif)　食前酒《しょくぜんしゅ》。

ディジェスチフ　(digestif)　食後酒《しょくごしゅ》。

ポォカァ　(poker)　トランプ・ゲームの一種《いっしゅ》。

デッキゴルフ　(deck golf)　船《ふね》の甲板《かんぱん》でプレイするゴルフに似《に》た競技《きょうぎ》。

カクテル・パァティ　(cocktail party)　カクテルなどの飲《の》み物《もの》と軽食《けいしょく》による立食《りっしょく》パーティ。

弥撒《みさ》　キリスト教《きょう》の儀式《ぎしき》。

ティ・ダンス　(téa dànce)　夕方《ゆうがた》のお茶の時間《ティータイム》に催《もよお》されるダンス・パーティ。

サパァ・ダンス　(supper dance)　夕食時《ゆうしょくじ》に催《もよお》されるダンス・パーティ。

ラウンジ　(lounge)　客船内《きゃくせんない》に設《もう》けられた、乗客用《じょうきゃくよう》の社交室《しゃこうしつ》・談話室《だんわしつ》。

印度洋《いんどよう》　太平洋《たいへいよう》、大西洋《たいせいよう》と並《なら》ぶ世界《せかい》三大洋《たいよう》のひとつ。アジア、アフリカ、オーストラリア、南極《なんきょく》の四大陸《たいりく》によって囲《かこ》まれている。

うねり　大《おお》きく起伏《きふく》する海《うみ》の波《なみ》。周期《しゅうき》の長《なが》い波《なみ》。

端然《たんぜん》**と**　きちんとした姿勢《しせい》で。

欧洲航路《おうしゅうこうろ》　ヨーロッパ諸国《しょこく》をまわる船《ふね》の海路《かいろ》。ちなみに、この前後《ぜんご》のくだりは、夏目漱石《なつめそうせき》の「夢十夜《ゆめじゅうや》」第《だい》七夜《や》(『夢《ゆめ》』に所収《しょしゅう》)と響《ひび》き交《か》わすものがあろう。

コロンボ　(Colombo)　スリランカの旧首都《きゅうしゅと》。セイロン島《とう》の南《なん》西岸《せいがん》に位置《いち》する港湾都市《こうわんとし》で、インド洋航路《ようこうろ》の要地《ようち》である。

徒党《ととう》**を組**《く》**んで**　仲間同士《なかまどうし》で一団《いちだん》となって。

アブサント　(absinthe)　アブサンなどとも。ニガヨモギを香《こう》味《み》に造《つく》られる、緑色《みどりいろ》をした強《つよ》いリキュール酒《しゅ》。中毒性《ちゅうどくせい》が高《たか》い。

狼藉《ろうぜき》**ぶり**　無礼《ぶれい》で粗暴《そぼう》なふるまいをすること。

コロンボを出帆《しゅっぱん》してから三日目《みっかめ》の明《あ》け方《がた》、安部《あべ》がふと眼《め》をさますと、そばに寝《ね》ているはずの知世子《ちよこ》がいない。となりの化粧室《けしょうしつ》にでもいるのかと見《み》てみたが、そうでもない。待《ま》っていたが帰《かえ》って来《こ》ないので、水《みず》を一杯《いっぱい》飲《の》んで寝《ね》てしまった。翌朝《よくあさ》、起《お》きだしてからたずねると、知世子《ちよこ》は、

「どこへも行《い》きはしなくってよ。夢《ゆめ》でもごらんになったんだわ」と笑《わら》い消《け》してしまった。

昨夜《さくや》、水《みず》を飲《の》んだコップが夜卓《やたく》*の上《うえ》にある。夢《ゆめ》であるはずはなかったが、言《い》い張《は》るほどのことでもない。しかし、へんな気《き》がした。

ジブチへ入港《にゅうこう》したのは十二月《じゅうにがつ》の二十四日《にじゅうよっか》だった。ジブチはいかにもアフリカじみた、暑《あつ》い殺風景《さっぷうけい》な港《みなと》だったが、長《なが》い航海《こうかい》にみな飽《あ》きあきしていたので、船《ふね》でレヴェーヨン*をしたのは、ほんの老人組《ろうじんぐみ》だけで、乗客《じょうきゃく》のほとんど全部《ぜんぶ》が、夕方《ゆうがた》から上陸《じょうりく》して、ホテルへ騒《さわ》ぎに行《い》った。

知世子《ちよこ》も事務長達《じむちょうたち》といっしょに町《まち》へ行《い》ったが、朝《あさ》の五時頃《ごじごろ》、前後不覚《ぜんごふかく》*に泥酔《でいすい》して、フェルナンデスに抱《かか》えられて帰《かえ》ってきた。靴《くつ》はどこへやったのか跣足《はだし》で、ソワレ*の背中《せなか》のホッ

クがはずれて白《しろ》い肩《かた》がむきだしになり、首《くび》から胸《むね》のあたりまで薄赤《うすあか》いみょうな斑点《はんてん》がべた一面《いちめん》についている。安部《あべ》は礼《れい》をいってフェルナンデスにひきとってもらったが、いくら安部《あべ》でも、蕁麻疹《じんましん》*だろうか、蚤《のみ》の痕《あと》だろうかなどと、見当《けんとう》ちがいするほど単純《たんじゅん》でもない。蚤《のみ》は蚤《のみ》でも、タキシードの襟《えり》にカーネエションの花《はな》をつけた大《おお》きな蚤《のみ》なので、安部《あべ》もむっとしないわけではなかったが、西洋《せいよう》の女蕩《おんなたら》し*というものは、どれほど執拗《しつよう》で抜目《ぬけめ》がなく、そういうものにたいして、日本《にほん》の女性《じょせい》がいかに脆《もろ》く出来《でき》ているかということも承知《しょうち》している。こんな結構《けっこう》なエピキュールの園《その》*に四十日《よんじゅうにち》もいたら、頭《あたま》のしっかりした人間《にんげん》でも、いくらか寸法《すんぽう》が狂《くる》ってくるのは当然《とうぜん》なことで、つまりは、こういう、いかがわしい習俗《しゅうぞく》の中《なか》で暮《くら》

夜卓《やたく》　ナイト・テーブル（night table）。寝台《しんだい》の側《そば》に置《お》く小《ちい》さなテーブル。

レヴェーヨン（réveillon）クリスマス・イヴの祝宴《しゅくえん》。

前後不覚《ぜんごふかく》　前後《ぜんご》の区別《くべつ》もつかなくなるほど、正体《しょうたい》を失《うしな》うこと。

ソワレ（soirée）婦人用《ふじんよう》の夜会服《やかいふく》。イブニング・ドレス。

蕁麻疹《じんましん》　急《きゅう》な皮膚《ひふ》のかゆみと、みみずばれのような赤《あか》い浮腫《ふしゅ》が広《ひろ》がって、しばらくすると消《き》える発疹《ほっしん》。食物《しょくもつ》・薬品《やくひん》・花粉《かふん》などによるアレルギー反応《はんのう》や皮膚血管《ひふけっかん》の過敏反応《かびんはんのう》が原因《げんいん》。

女蕩《おんなたら》し　女性《じょせい》を誘惑《ゆうわく》して、もてあそぶ男《おとこ》。

エピキュールの園《その》　エピキュールは、快楽主義《かいらくしゅぎ》を説《と》いた古代《こだい》ギリシアの哲学者《てつがくしゃ》エピクロス（Epikouros）のこと。アテナイの庭園《ていえん》付《つ》きの家《いえ》に学園《がくえん》を創設《そうせつ》し、その庭《にわ》は後《のち》に「エピクロスの花園《はなぞの》」と呼《よ》ばれることになった。ここでは、快楽主義者《かいらくしゅぎしゃ》たちの楽園《らくえん》といった意味《いみ》。

すようになったためぐりあわせが悪《わる》いのだと、無理《むり》やり、そこへ詮《せん》じつけた。*

地中海《ちちゅうかい》へ入《はい》ると、急《きゅう》に温度《おんど》が下《さが》った。海《うみ》の形相《ぎょうそう》がすっかり変《かわ》って、三角波《さんかくなみ》*が白《しろ》い波《なみ》の穂《ほ》を飛《と》ばし、ミストラル*気味《ぎみ》の寒《さむ》い尖《とが》った風《かぜ》が、四十日目《よんじゅうにちめ》の惰気《だき》*をいっぺんに吹《ふ》きはらってしまった。安部《あべ》は急《きゅう》に食慾《しょくよく》が出《で》て、久《ひさ》し振《ぶ》りに食堂《しょくどう》へでかけて行《い》くと、半白《はんぱく》*の上品《じょうひん》な顔《かお》をした給仕長《きゅうじちょう》が安部《あべ》を見《み》るなり、給仕《きゅうじ》の一人《ひとり》になにかささやいてから、安部《あべ》のところへ来《き》て、「只今《ただいま》、只今《ただいま》」と、うろたえたようにいった。見《み》ると、いまささやかれた給仕《きゅうじ》が、隅《すみ》の補《ほ》助卓《じょたく》にナップ*を掛《か》け、食器《しょっき》を並《なら》べ、おおあわてに安部《あべ》の食卓《しょくたく》をつくっている。なるほど、食卓《しょくたく》の組合《くみあわ》せが変《かわ》って、チンダルは大卓《だいたく》へ移《うつ》り、知世子《ちよこ》とフェルナンデスが奥《おく》の二人卓《ににんたく》で向《む》きあって食事《しょくじ》をしている。つまるところ、ここにはもう安部《あべ》の食卓《しょくたく》はないというわけなのであった。

奥《おく》の二人《ふたり》は気《き》がつかなかったが、食堂《しょくどう》にいる人間《にんげん》はみなフォークの手《て》を休《やす》め、たがいに眼配《めくば》せをしながら、入口《いりぐち》に突《つ》っ立《た》って食卓《しょくたく》の出来《でき》るのを待《ま》っている安部《あべ》をくすぐったそうに見《み》、おゆるしが出《で》るなら、いつでも噴《ふ》きだしますといった顔《かお》つきだった。そのうちに知《ち》世子《よこ》が気《き》がつき、急《きゅう》に立《た》ち上《あが》ろうとしたが、フェルナンデスは行《い》くほどのことはないというふうに、腕《うで》をとってひきとめるのが見《み》えた。

安部《あべ》はそのまま船室《せんしつ》へひきとったが、考《かんが》えてみると、毎日《まいにち》、むっつりと絵《え》ばかり描《か》いていて、そうなるように、知世子《ちよこ》をむこうへ追《お》いやった形跡《けいせき》もないではない。フェルナンデスなどというもくぞう*は、どうなったってかまうことはないが、なるたけ、*知世子《ちよこ》を傷《きず》つけずにすむような解決《かいけつ》にしたいと思《おも》った。

それで、頃合《ころあ》いをはかってバァ*へ行《い》ってみると、知世子《ちよこ》は奥《おく》の長椅子《ながいす》にフェルナンデスと並《なら》んで掛《か》け、相手《あいて》の肩《かた》に手《て》をかけて、なにかしきりにかきくどいている。*安部《あべ》は痩《や》せて

詮《せん》じつけた　結論《けつろん》づけた。考《かんが》えを落《お》ちつけた。
三角波《さんかくなみ》　向《む》きが異《こと》なる二《ふた》つ以上《いじょう》の波《なみ》が、重《かさ》なり合《あ》ってできる三《さん》角状《かくじょう》の高《たか》い波《なみ》。暴風《ぼうふう》のときなどに見《み》られる。
ミストラル　(mistral) フランス南部《なんぶ》のローヌ川《がわ》から地中海《ちちゅうかい》岸《がん》に向《む》けて吹《ふ》きつける、乾燥《かんそう》して冷《つめ》たい北風《きたかぜ》。
惰気《だき》　怠《なま》け心《ごころ》。倦怠感《けんたいかん》。
半白《はんぱく》　白髪《しらが》まじりの髪《かみ》をした。
ナップ　ナップキン (napkin) のこと。食事《しょくじ》の際《さい》、衣服《いふく》の汚《よご》れをふせいだり、口《くち》や手《て》をぬぐうための布《ぬの》。
もくぞう　木像男《もくぞうおとこ》の略《りゃく》。能《のう》なし男《おとこ》。役立《やくた》たず。
なるたけ　なるべく。できるかぎり。
バァ　(bar) バー。欧米風《おうべいふう》の酒場《さかば》。
かきくどいている　くどくどと訴《うった》えかける。

小《ちい》さくなった知世子《ちよこ》の顔《かお》を見《み》ると、思《おも》ったよりみじめなことになっているらしくて、知世《ちよ》子《こ》がかわいそうになった。

安部《あべ》が二人《ふたり》のそばへ行《い》くと、知世子《ちよこ》はあげた眼《め》をすぐ伏《ふ》せ、観念《かんねん》したように身動《みうご》き*もしない。フェルナンデスは椅子《いす》から立《た》ちあがると、微笑《びしょう》して腰《こし》をかがめ、病気《びょうき》はもういいのか、印度洋《いんどよう》と紅海《こうかい》*の暑《あつ》さには、誰《だれ》でもやられる、というようなことをいいながら、白《しろ》い歯《は》を見《み》せ、流《なが》し眼《め》をつかい、口髭《くちひげ》をひねり、こういう種類《しゅるい》の女蕩《おんなたら》しが、当然《とうぜん》、果《は》たすべき科《しぐさ》を、残《のこ》りなく演《えん》じてみせた。安部《あべ》は、

「あなたがいてくれたので、家内《かない》が退屈《たいくつ》しないですみました。どうもありがとう」と礼《れい》をいうと、フェルナンデスは、明日《あす》、ナポリへ著《つ》いたら、世界的《せかいてき》に有名《ゆうめい》なカステル・ウォヴォ*（卵《たまご》の城《しろ》）の魚料理《さかなりょうり》へご案内《あんない》しようと、いま奥《おく》さんに申《もう》しあげていたところですが、あなたもご一緒《いっしょ》に、いかがですかと誘《さそ》った。

翌日《よくじつ》、午後二時頃《ごごにじごろ》、カプリ*を左《ひだり》に見《み》ながらナポリ湾《わん》へ入《はい》った。出帆《しゅっぱん》は七時《しちじ》だというので、大急《おおいそ》ぎで上陸《じょうりく》し、暑《あつ》いさかりのカンパーニャ平原《へいげん》*を自動車《じどうしゃ》で飛《と》ばしてヴェスヴィオ*の下《もと》ま

で行《ゆ》き、またナポリへ戻《もど》って、急傾斜《きゅうけいしゃ》の狭《せま》い町々《まちまち》を駆《か》けまわってから、海《うみ》へ突《つ》きだした古《ふる》い城壁《じょうへき》*のある、島《しま》の生臭《なまぐさ》い屋台店《やたいみせ》の並《なら》んだ坂《さか》の上《うえ》の「チ・テレース」という料亭《りょうてい》へおしあがった。三人《さんにん》はテラスへ出《で》て、夕陽《ゆうひ》に染《そ》まりかけたヴェスヴィオを眺《なが》めながらヴィーノ*を

観念《かんねん》したように　覚悟《かくご》を決《き》めたように。

紅海《こうかい》　(Red Sea) アフリカ大陸《たいりく》とアラビア半島《はんとう》の間《あいだ》にひろがる海《うみ》。一八六九年《ねん》にスエズ運河《うんが》が開通《かいつう》し、地中海《ちちゅうかい》と往《ゆ》き来《き》できるようになった。名称《めいしょう》の由来《ゆらい》は、ある種《しゅ》の藻類《そうるい》によって海水《かいすい》が赤《あか》く変色《へんしょく》することがあるため。

カステル・ウォヴォ　(Castel dell'Ovo)「卵城《たまごじょう》」とも。サンタルチア港《こう》の小島《こじま》に建《た》てられた石《いし》の要塞《ようさい》で、ナポリ第一《だいいち》の観光《かんこう》名所《めいしょ》。名前《なまえ》の由来《ゆらい》は、十二世紀《せいき》にノルマン人《じん》が城《しろ》を建造《けんぞう》した際《さい》、建物《たてもの》の基礎《きそ》の部分《ぶぶん》に雌鶏《めんどり》の卵《たまご》を埋《う》めて、「この卵《たまご》が割《わ》れるとき、城《しろ》もナポリも滅《ほろ》びる」という呪《のろ》いをかけたからだという。城《しろ》の横《よこ》には海産物《かいさんぶつ》のレストラン街《がい》が軒《のき》を連《つら》ねている。

カプリ　(Capri) ナポリ湾《わん》の南《みなみ》に浮《う》かぶカプリ島《とう》のこと。

カンパーニャ平原《へいげん》　(Campania) イタリア半島最大《はんとうさいだい》の沖積平野《ちゅうせきへいや》。南東部《なんとうぶ》に聳《そび》えるヴェスヴィオ山《さん》が噴火《ふんか》した際《さい》の火山灰《かざんばい》の堆積土《たいせきど》のため肥沃《ひよく》な土壌《どじょう》に、小麦《こむぎ》、野菜《やさい》、オリーブ、葡萄《ぶどう》などが栽培《さいばい》されている。

ヴェスヴィオ　(Vesuvio) イタリア南部《なんぶ》のカンパーニャ州《しゅう》、ナポリ湾《わん》の東岸《とうがん》にある活火山《かっかざん》。紀元後《きげんご》七九年《ねん》八月《がつ》二十四日《か》の噴火《ふんか》では、火砕流《かさいりゅう》でポンペイ市《し》を埋没《まいぼつ》させるなど、これまで数十回《すうかい》にわたり大噴火《だいふんか》を繰《く》りかえしている。一九四四年《ねん》三月《がつ》の噴火《ふんか》では、「フニクリ・フニクラ」の歌《うた》でも知《し》られる登山《とざん》電車《でんしゃ》が破壊《はかい》された。

海《うみ》へ突《つ》きだした古《ふる》い城壁《じょうへき》　先《さき》のカステル・ウォヴォを指《さ》す。

ヴィーノ　(vino) イタリア語《ご》でワインの意《い》。

飲《の》んでいると、エオリアン＊という小《ちい》さなハープとマンドリン＊を持《も》った二人連《ふたりづ》れの流《なが》し＊がきて、いい声《こえ》で唄《うた》をうたった。

そのうちに安部《あべ》は、テラスにこうして坐《すわ》っていることも、このナポリ湾《わん》の夕焼《ゆうや》けの色《いろ》も、流《なが》しの音楽《おんがく》も、すぐそばで揺《ゆら》ぐ橄欖《かんらん》＊の葉《は》ずれの音《おと》も、なにもかもひっくるめて、このままのことが、たしかに過去《かこ》に一度《いちど》あったような気《き》がしてきた。どういうところからこういう情緒《じょうちょ》がひき起《おこ》されたのかと、気《き》の沈《しず》むほど考《かんが》えているうちに、いつかの石黒《いしぐろ》の手紙《てがみ》の中《なか》に、この景色《けしき》があったのではなかったかと、ふとそう思《おも》うと、われともなく吐《と》むねをつかれた＊。ちょうどそれを読《よ》み終《おわ》ったところへ、知世子《ちよこ》が入《はい》ってきたので、なにげなく机《つくえ》の上《うえ》のスケッチ・ブックの間《あいだ》へ挟《はさ》んだようだったが、そのスケッチ・ブックなら、船《ふね》の倉庫室《そうこしつ》の大《だい》トランクに入《はい》っている。安部《あべ》は船《ふね》に帰《かえ》ってあの手紙《てがみ》を読《よ》みかえし、事実《じじつ》かどうか確《たし》かめてみたいという苛立《いらだ》ちで、あたりの景色《けしき》が眼《め》に入《はい》らなくなってしまった。

船《ふね》へ帰《かえ》ると、知世子《ちよこ》は匆々《そうそう》＊に著換《きが》えてラウンジへ出《で》て行《い》ったので、安部《あべ》はクローク＊の大《だい》トランクを開《あ》けてみると、果《はた》して、手紙《てがみ》はあの日《ひ》のままスケッチ・ブックの間《あいだ》に挟《はさ》まっていた。あの時《とき》は、笑《わら》ってすませられるようなものだったが、あらためて読《よ》みかえしてみると、とても、可笑《おか》しいなんていうだんではない。* いつかの明《あ》けがた、知世子《ちよこ》がふいに居《い》なくなったこと、知世子《ちよこ》が泥酔《でいすい》して帰《かえ》ってくること、安部《あべ》が食堂《しょくどう》でみなの物笑《ものわら》いになること、ナポリでは魚料理《さかなりょうり》へ行《い》くが、その料亭《りょうてい》の名《な》は「チ・テレース」と、その日《ひ》その時《とき》の情景《じょうけい》や状況《じょうきょう》が、自身《じしん》で日記《にっき》をつけたように、いちいち仔細《しさい》に書《か》きつけてあるので憔《やつ》れてしまった。* どういうお先走《さきばし》りな*心霊《しんれい》が、こんな細《こま》かいことまで見《み》ぬいてしまうのか。理窟《りくつ》はともか

エオリアン　エオリアン・ハープ（aeolian harp）のこと。風《かぜ》によって弦《げん》が鳴《な》る仕組《しく》みの琴《こと》。ギリシア神話《しんわ》の風神《ふうじん》アイオロス（Aiolos）にちなむ命名《めいめい》。風《かぜ》を集《あつ》める漏斗状《ろうとじょう》の部分《ぶぶん》と多《おお》くの弦《げん》が張《は》られた方形《ほうけい》の琴《こと》が組《く》み合《あ》わされ、自然《しぜん》の風《かぜ》により音《おと》を発《はっ》する。

マンドリン　（mandolin）弦楽器《げんがっき》の一種《いっしゅ》。卵形《たまごがた》で背面《はいめん》が円《まる》くなった胴《どう》にスチール製《せい》の複弦《ふくげん》を四対《つい》（八本《ぼん》）張《は》り、鼈甲《べっこう》もしくはセルロイド製《せい》の爪《つめ》で弾奏《だんそう》する。

流《なが》し　街頭《がいとう》や酒場《さかば》などを流《なが》して歩《ある》き、客《きゃく》の求《もと》めに応《おう》じて演奏《えんそう》や歌《うた》を披露《ひろう》する芸人《げいにん》。

橄欖《かんらん》　カンラン科《か》の常緑高木《じょうりょくこうぼく》。春《はる》に白《しろ》い小花《こばな》をつける。緑色《みどりいろ》で卵形《たまごがた》の実《み》は食用《しょくよう》となる。オリーブを橄欖《かんらん》と表記《ひょうき》するのは誤《ご》訳《やく》である。

われともなく吐《と》むねをつかれた　自覚《じかく》もなしにドキリとさせられた。

匆々《そうそう》に　あわただしく。

クローク　クロークルーム（cloakroom）のこと。客《きゃく》の荷物《にもつ》を預《あず》けておく場所《ばしょ》。

だんではない　だんは「段《だん》」と表記《ひょうき》。場面《ばめん》、状況《じょうきょう》ではない。

憔《やつ》れてしまった　疲《つか》れ果《は》ててしまった。

お先走《さきばし》りな　他人《たにん》を出《だ》し抜《ぬ》いて性急《せいきゅう》に行動《こうどう》すること。

く、なにもかもみな的中《てきちゅう》しているのだから、どうしようもない。あの時《とき》の記憶《きおく》では、十二《じゅうに》月《がつ》の何日《なんにち》かに、知世子《ちよこ》と誰《だれ》かを射《う》ち殺《ころ》し、じぶんもその拳銃《けんじゅう》で自殺《じさつ》すると書《か》いてあった。今日《きょう》までの毎日《まいにち》が、石黒《いしぐろ》の予言通《よげんどお》りに運《はこ》んで来《き》たのなら、これからも、やはりそのように動《うご》いて行《ゆ》くと思《おも》わざるをえない。先《さき》を読《よ》んでみようと思《おも》うと、手紙《てがみ》は卵《たまご》の城《しろ》から帰《かえ》ってきたところで無《な》くなっている。安部《あべ》はスケッチ・ブックを振《ふ》るったり、床《ゆか》を這《は》ったりして探《さが》したが、ない。思《おも》えば、あの時《とき》、残《のこ》りの何頁《なんぺーじ》かを、畳《たた》んだまま机《つくえ》の上《うえ》に残《のこ》してきたような気《き》もする。

船《ふね》はナポリを出帆《しゅっぱん》したらしく、窓《まど》の中《なか》で雲《くも》が早《はや》く流《なが》れている。その雲《くも》を眼《め》で追《お》っているうちに、もう絶体絶命《ぜったいぜつめい》*だという気持《きもち》が胸《むね》に迫《せま》ってきた。

石黒《いしぐろ》の予言《よげん》には十二月《じゅうにがつ》の何日《なんにち》とあった。きょうは二十九日《にじゅうくにち》だから、十二月《じゅうにがつ》は、あとまだ二日《ふつか》と何時間《なんじかん》ある。あの二人《ふたり》が、どんなまずいところを見《み》せつけたって、絶対《ぜったい》に逆上《ぎゃくじょう》*しないと決心《けっしん》しても、生《なま》の神経《しんけい》を持《も》っているのだから、次第《しだい》によってはどんな馬鹿《ばか》をやらかすか知《し》れたものではない。安部《あべ》は汗《あせ》をかき、煙草《たばこ》の味《あじ》もわからなくなるほど屈託《くったく》*していたが、どうでも生《なま》の神経《しんけい》が邪魔《じゃま》だというなら、今《いま》から二日半《ふつかはん》の間《あいだ》、見《み》も、聞《き》きも、感《かん》じもしないような状態《じょうたい》に、自分《じぶん》を置《お》けばよろしかろうと考《かんが》えをそこへ落著《おちつ》けると、つまらない思《おも》いつきが、とほうもない良識《りょうしき》のような気《き》がして上機嫌《じょうきげん》になった。そこで適当《てきとう》にジアール*を飲《の》んでおいて、給仕《きゅうじ》にアブサントを持《も》ってこさせ、茴香《ういきょう》*とサフラン*の香《かおり》に悩《なや》みながら、あおりつけ*あおりつけしているうちに、まもなく混沌《こんとん》となった。*それからいくどか覚醒《かくせい》したが、そのたびにアブサントをひっかけ、ジアールを飲《の》み、とうとう夜《よる》も昼《ひる》もわからなくなってしまった。

何度目《なんどめ》かに、ふと眼《め》をさまし、朦朧《もうろう》*とあたりを眺《なが》めると、部屋《へや》の家具《かぐ》の配置《はいち》が変《かわ》ってい

絶体絶命《ぜったいぜつめい》　「絶体《ぜったい》」も「絶命《ぜつめい》」も九星占《きゅうせいうらな》い（陰陽道《おんみょうどう》の占術《せんじゅつ》）における凶星《きょうせい》の名《な》。そこから転《てん》じて、どうしても逃《のが》れようのない、切羽詰《せっぱつ》まった状況《じょうきょう》のこと。
逆上《ぎゃくじょう》　怒《いか》りに我《われ》を忘《わす》れること。
屈託《くったく》　あることだけが気《き》になって、くよくよすること。
ジアール　(dial) 催眠薬《さいみんやく》の一種《いっしゅ》。
茴香《ういきょう》　セリ科《か》の多年草《たねんそう》。夏《なつ》に多数《たすう》の黄白色《おうはくしょく》の小花《こばな》をつける。実《み》は芳香《ほうこう》が強《つよ》く、健胃薬《けんいやく》や駆風薬《くふうやく》（腸内《ちょうない》のガスを排出《はいしゅつ》させる薬《くすり》）とし、全草《ぜんそう》を香料《こうりょう》に用《もち》いる。フェンネル。
サフラン　(saffraan) アヤメ科《か》の多年草《たねんそう》。秋《あき》に紫色《むらさきいろ》の六弁花《べんか》をつける。赤《あか》い花柱《かちゅう》は止血剤《しけつざい》などに、香辛料《こうしんりょう》や化粧品《けしょうひん》の着《ちゃく》色剤《しょくざい》としても用《もち》いられる。
あおりつけ　煽《あお》るようにして一気《いっき》に酒《さけ》を飲《の》むこと。
混沌《こんとん》となった　意識《いしき》が混濁《こんだく》した。
朦朧《もうろう》と　ぼんやりと。

て、どうも自分《じぶん》の船室《せんしつ》のようでない。はてなと腰《こし》を浮《う》かしかけると、なにか膝《ひざ》から辷《すべ》り落《お》ちて、床《ゆか》で音《おと》をたてた。見《み》ると、石黒《いしぐろ》が送《おく》りつけてよこした、れいの二二番《にゅうにばん》のコルトだった。安部《あべ》はあわててヒップへしまいこみ、いつの間《ま》にこんなものを持《も》ちだしたのだろうと、重《おも》い頭《あたま》で考《かんが》えているうちに、なんともつかぬ情景《じょうけい》をぼんやりと思《おも》いだした。

知世子《ちよこ》が大《おお》きな眼《め》で安部《あべ》を見《み》ながら、

「あなたは、はじめっから、あたしを殺《ころ》すつもりでいらしたのね。今日《きょう》まで待《ま》たなくとも、披露式《ひろうしき》の晩《ばん》に、お殺《ころ》しになればよかった」といった。あれはなんのことだったのだろう。

正面《しょうめん》の寝室《しんしつ》の扉《とびら》がよくロックされず、船《ふね》がローリング＊するたびに、ひとりでに開《ひら》いたり閉《しま》ったりしている。気中《きあた》り＊がして、中《なか》をのぞいて見《み》ると、寝台《しんだい》の上《うえ》にフェルナンデスが俯伏《うつぶ》せになり、知世子《ちよこ》のほうは、ひどくちぐはぐな格好《かっこう》で床《ゆか》の上《うえ》にのびている。馬鹿《ばか》な念《ねん》は入《い》れなくとも、二人《ふたり》の魂魄《こんぱく》＊はもう肉体《にくたい》にとどまっていないことが、一《ひ》と眼《め》でわかるような状態《じょうたい》になっていた。安部《あべ》は流血《りゅうけつ》の場《ば》からそろそろと退却《たいきゃく》し、船室《せんしつ》の扉《とびら》に鍵《かぎ》をかけて冷《つめ》たい風《かぜ》の吹《ふ》き通《とお》る遊歩甲板《ゆうほかんぱん》へ出《で》ると、今晩《こんばん》もまたお祭《まつ》りがあるのだとみえ、舞踏室《ぶとうしつ》のほうからさかんなジャズの音《おと》がきこえてくる。
安部《あべ》はブールワーク＊に凭《もた》れて＊星《ほし》の光《ひかり》のきらめき落《お》ちる暗《くら》い海《うみ》を眺《なが》め、どうせ自殺《じさつ》するにちがいなくとも、なにからなにまで、石黒《いしぐろ》の予言《よげん》どおりに動《うご》いてやることはない。せめて最後《さいご》の一点《いってん》だけを、自分《じぶん》の力《ちから》で狂《くる》わせてやりたい。コルトでなく、海《うみ》へ飛《と》びこんで＊死《し》んでやろうと、真面目《まじめ》になってそんなことを考《かんが》え、力《ちから》まかせにコルトを海《うみ》へ投《な》げこむと、二十《にじゅう》年《ねん》の瘧《おこり》＊がいっぺんに落《お》ちたようにさっぱりした。なにしろ面白《おもしろ》くてたまらない。ざまあ見《み》ろといいながら、靴《くつ》をぬいでブールワークにのぼり、その上《うえ》に馬乗《うまの》りになって、マラッカ海峡《かいきょう》で投身《とうしん》したSも、たぶんこんな具合《ぐあい》だったのだろうなどとニヤニヤしていると、むこ

ローリング （rolling） 船《ふね》や航空機《こうくうき》が進行方向《しんこうほうこう》に対《たい》して横《よこ》に揺《ゆ》れること。横揺《よこゆ》れ。

気中《きあた》り いやな予感《よかん》。

魂魄《こんぱく》 （死者《ししゃ》の）魂《たましい》。霊魂《れいこん》。

ブールワーク （bulwarks） ブルワークとも。舷墻《げんしょう》、舷側板《げんそくばん》。波《なみ》や風《かぜ》から乗員《じょういん》を保護《ほご》するために甲板《かんぱん》の舷側《げんそく》に設《もう》けられた鋼《こう》板《はん》の墻壁《しょうへき》。

凭《もた》れて 身《み》をあずけて。

海《うみ》へ飛《と》びこんで…… 夏目漱石《なつめそうせき》「夢十夜《ゆめじゅうや》」の第《だい》七夜《や》や夢野久《ゆめのきゅう》作《さく》「怪夢《かいむ》」の「七本《ほん》の海藻《かいそう》」（共《とも》に『夢《ゆめ》』に収録《しゅうろく》）と響《ひび》き交《か》わすくだりである。

瘧《おこり》 間欠熱《かんけつねつ》の一種《いっしゅ》。悪寒《おかん》や発熱《はつねつ》が隔日《かくじつ》または毎日《まいにち》、定期的《ていきてき》に発《はっ》症《しょう》する病気《びょうき》。マラリア性《せい》の熱病《ねつびょう》。「ぎゃく」「えやみ」とも。

うの通風筒《つうふうとう》*のうしろから、紙《かみ》の三角帽《さんかくぼう》をかぶった船客《せんきゃく》が三人《さんにん》、よろけながらやってきて、やあ、コキュ*先生《せんせい》がこんなところで一人《ひとり》で遊《あそ》んでいると、無理《むり》やり、ひきずりおろして舞《ぶ》踊室《ようしつ》へかつぎこんでしまった。

今日《きょう》はどういう趣意《しゅい》*のパァティなのか、よくもまあこんなに振《ふ》り撒《ま》いたと思《おも》うくらい、色《いろ》とりどりのコンフェッチ*が、食卓《しょくたく》にも床《ゆか》にも雪《ゆき》のように積《つ》もり、天井《てんじょう》から蜘蛛《くも》の巣《す》のように垂《た》れさがった色《いろ》テープの下《した》で、三角帽《さんかくぼう》や紙《かみ》の王冠《おうかん》をかぶった乗客《じょうきゃく》が、しどろに踊《おど》*っている。

安部《あべ》は酔《よ》いくずれそうになっているそばのフランス人《じん》に、今日《きょう》は、いったいなんの会《かい》だとたずねると、今日《きょう》は聖《サン》シルヴェストルの聖日《せいじつ》さ、除夜《じょや》さ、つまり十二月三十一日《じゅうにがつさんじゅういちにち》さ。あと十分《じゅっぷん》もすれば、歳《とし》が一《ひと》つふえるのさ。どうも、はばかりさま、*というようなことをいった。

安部《あべ》はなんということもなくその辺《へん》のテーブルにおしすえられ、誰《だれ》が注《そそ》いでくれたともわからない三鞭酒《シャンパン》*をガブガブ飲《の》んでいると、事務長《じむちょう》が笑《わら》いながらやってきて、新《あたら》しい年《とし》のスタータァ*の役《やく》を、あなたにおねがいするといった。どんなことをするのかとたずねると、午前零時《ごぜんれいじ》にピストルを射《う》ち、それを合図《あいず》に、三鞭酒《シャンパン》をみなの頭《あたま》にふりかけて、おめでとうをいうんです。私《わたし》がここにいて、秒針《びょうしん》を数《かぞ》えますから、「さあ」といったら射《う》ってください。硝薬《しょうやく》*だけで、弾丸《だんがん》は入《はい》っていませんから、ご心配《しんぱい》なく、といって安部《あべ》の手《て》に拳銃《けんじゅう》をおしつけた。

十一時《じゅういちじ》五十九分《ごじゅうきゅうふん》になると、船長《せんちょう》はコルクをゆるめた三鞭酒《シャンパン》の瓶《びん》を高《たか》くあげ、事務長《じむちょう》は三〇《さんじゅう》……二〇《にじゅう》……と秒針《びょうしん》を数《かぞ》えはじめた。安部《あべ》は、すこしばかり石黒《いしぐろ》にからかってやれと思《おも》って、銃口《じゅうこう》を曖昧《あいまい》に自分《じぶん》の胸《むね》に向《む》け、合図《あいず》と同時《どうじ》に笑《わら》いながら曳金《ひきがね》をひいた。その途端《とたん》、

通風筒《つうふうとう》 換気《かんき》のための装置《そうち》。ダクト。
コキュ (cocu) フランス語《ご》で、妻《つま》を寝取《ねと》られた男《おとこ》の意《い》。
趣意《しゅい》 目的《もくてき》、名目《めいもく》。趣旨《しゅし》。
コンフェッチ (confetti) ここでは、祝祭日《しゅくさいび》や婚礼《こんれい》などに投《な》げ合《あ》う色紙《いろがみ》や紙玉《かみだま》。
しどろに 秩序《ちつじょ》なく乱《みだ》れるさま。
はばかりさま ごくろうさん。
三鞭酒《シャンパン》 (champagne) シャンペンとも。フランスのシャンパーニュ地方《ちほう》が原産《げんさん》の発泡性葡萄酒《はっぽうせいぶどうしゅ》。栓《せん》を抜《ぬ》くときにポンと音《おと》がして、祝《いわ》い事《ごと》の席《せき》で用《もち》いられる。
スタータァ (starter) 競技《きょうぎ》などで、スタートの合図《あいず》をする人《ひと》。
硝薬《しょうやく》 火薬《かやく》。

左《ひだり》の鎖骨《さこつ》*の下《した》あたりにえらい衝撃《しょうげき》を受《う》け、眼《め》の前《まえ》が、芝居《しばい》のどんでんがえし*のように、日本《にほん》を発《た》つ前《まえ》の晩《ばん》の披露式《ひろうしき》のホールの景色《けしき》になった。みな椅子《いす》にかけ、ステージで欧州種《おうしゅうだね》の娘《むすめ》がいいようすでハープを奏《ひ》いている。眼《め》を落《お》とす前《まえ》に、自分《じぶん》の過去《かこ》を一瞬《いっしゅん》のうちに見尽《みつく》すというが、するとおれはやはり死《し》ぬんだなと、ぼんやりそんなことを考《かんが》えているうちに、大地《だいち》がぐらりとひっくりかえった。

余興《よきょう》のハープがはじまるころ、安部《あべ》がブラリとやってきて、正親町《おおぎまち》と松久《まつひさ》の間《あいだ》に掛《か》けたが、しばらくすると、ポケットからハンカチをだして、しきりに汗《あせ》を拭《ふ》く。暖房《だんぼう》はしてあるが、暑《あつ》いというほどではない。松久《まつひさ》が、

「おいどうした」と低《ひく》い声《こえ》でたずねたが、安部《あべ》は返事《へんじ》もしない。感興《かんきょう》をもよおしているふうで、熱心《ねっしん》にハープを聞《き》いていたが、終《お》わりに近《ちか》いころ、ヒップから拳銃《けんじゅう》を出《だ》して、しげしげと眺《なが》*めはじめた。これはへんだと、正親町《おおぎまち》と松久《まつひさ》が眼《め》を見合《みあわ》せた瞬間《しゅんかん》、銃口《じゅうこう》を胸《むね》に向《む》けたまま、いきなり曳金《ひきがね》をひいてしまった。松久《まつひさ》が、

「馬鹿《ばか》なことをするな」といって支《ささ》えようとするはずみに、安部《あべ》は椅子《いす》といっしょにひっくりかえって、胸《むね》からたくさん血《ち》を出《だ》した。それでみな総立《そうだ》ちになった。そこへ知世子《ちよこ》が飛《と》んできて、「しっかり遊《あそ》ばして」と安部《あべ》を抱《だ》き起《お》こした。安部《あべ》はしげしげ*と知世子《ちよこ》の顔《かお》を見《み》ていたが、渋《しぶ》くニヤリと笑《わら》うと、

「石黒《いしぐろ》にやられた。死《し》にたくない、助《たす》けてくれ」といった。

すぐ病院自動車《びょういんじどうしゃ》*で大学《だいがく》へ運《はこ》んだが、鎖骨《さこつ》の下《した》から肩《かた》へ抜《ぬ》けた大《おお》きな傷《きず》で、ついて行《い》った人間《にんげん》だけで、ともかく輸血《ゆけつ》した。病室《びょうしつ》へ帰《かえ》ると、安部《あべ》は元気《げんき》になり、酒田《さかた》に、

「へんなことをやっちゃった。船《ふね》はいやだから、シベリアで*行《い》く。一日《いちにち》も早《はや》くモネのところへ行《い》きたいから、査証《さしょう》*のほうをたのむよ」と気楽《きらく》なことをいった。

鎖骨《さこつ》　胸《むね》の上方《じょうほう》、体表《たいひょう》の近《ちか》くに水平《すいへい》に位置《いち》する細《ほそ》い棒状《ぼうじょう》の骨《ほね》。

どんでんがえし　芝居《しばい》の舞台《ぶたい》などで床《ゆか》や大道具《おおどうぐ》を一気《いっき》に後《うし》ろにひっくり返《かえ》し、次《つぎ》の大道具《おおどうぐ》と取《と》りかえること。そのための装《そう》置《ち》。「がんどうがえし」とも。本篇《ほんぺん》の作中世界《さくちゅうせかい》が、まさに舞《ぶ》台上《たいじょう》さながら一変《いっぺん》するのである。

しげしげと　じっと。何度《なんど》も。

病院自動車《びょういんじどうしゃ》　救急車《きゅうきゅうしゃ》。

シベリアで　シベリア鉄道《てつどう》を使《つか》って。

査証《さしょう》　ビザ（visa）。旅券《りょけん》の裏書証明《うらがきしょうめい》。

「よしやっておこう。それはいいが、どうして、あんな馬鹿《ばか》な真似《まね》をしたんだ。驚《おどろ》かせるじゃないか」と酒田《さかた》がいうと、安部《あべ》は澄《す》んだ美《うつく》しい眼《め》で、

「石黒《いしぐろ》の催眠術《さいみんじゅつ》*にひっかけられたんだ。ホールへ入《はい》る前《まえ》、廊下《ろうか》で石黒《いしぐろ》にひどく睨《にら》みつけられたから、たぶん、あの時《とき》だったんだろう……だが、面白《おもしろ》いには面白《おもしろ》い。ハープを一曲《きょく》奏《ひ》き終《お》える間《ま》に、これでも、ちゃんとナポリまで行《い》ってきたんだぜ」と、くわしく話《はな》してきかせた。安部《あべ》は死《し》ぬとは思《おも》っていないから、ひとりではしゃいでいたが、われわれ*は、もう長《なが》くないことを知《し》っているので、なんともいえない気《き》がした。

（「苦楽《くらく》」一九四七年《ねん》八月号掲載《がつごうけいさい》）

催眠術《さいみんじゅつ》　特殊《とくしゅ》な暗示《あんじ》をかけることで、催眠状態《さいみんじょうたい》へ誘導《ゆうどう》する技《ぎ》術《じゅつ》。心理療法《しんりりょうほう》として、病気《びょうき》の治療《ちりょう》や精神病理《せいしんびょうり》の研究《けんきゅう》などに利用《りよう》される。日本《にほん》では明治中期《めいじちゅうき》から関心《かんしん》が高《たか》まり、海外《かいがい》の文《ぶん》献《けん》を紹介《しょうかい》する書物《しょもつ》が盛《さか》んに刊行《かんこう》された。また、森鷗外《もりおうがい》の短篇《たんぺん》「魔睡《ますい》」(一九〇九)をはじめ、催眠術《さいみんじゅつ》の怪《あや》しげな側面《そくめん》に注目《ちゅうもく》した文学作品《ぶんがくさくひん》も書《か》かれている。

われわれ　三一書房版《さんいちしょぼうばん》『久生十蘭全集《ひさおじゅうらんぜんしゅう》』第《だい》二巻《かん》の解説《かいせつ》で、澁《しぶ》澤龍彦《さわたつひこ》は次《つぎ》のように指摘《してき》している。「都筑道夫《つづきみちお》氏《し》によれば、名作《めいさく》『予言《よげん》』は「人称代名詞《にんしょうだいめいし》なしの一人称《いちにんしょう》で、日本《にほん》には珍《めずら》しい近代怪談《きんだいかいだん》を書《か》く、という離《はな》れ業《わざ》をやって、みごとに成功《せいこう》している」例《れい》だそうであるが、なるほど、そういわれてみれば、たしかにそういえるかもしれない。ただ私《わたし》は、この小説《しょうせつ》のいちばん最後《さいご》の幕切《まくぎ》れに、「われわれ」という、ほとんどフランス語《ご》の on にひとしい不定称《ふていしょう》の人称代名詞《にんしょうだいめいし》が一箇所《かしょ》だけ出《で》てくることを発見《はっけん》し、たぶん、十蘭《じゅうらん》はこれを意識的《いしきてき》にやったのだろうと思《おも》い、ますます舌《した》を巻《ま》かないわけにはいかなかったのである」

実《じつ》は本篇《ほんぺん》には、冒頭近《ぼうとうちか》くでもう一箇所《かしょ》「われわれ」が用《もち》いられているのだが、いずれにしても一人称《いちにんしょう》と不定称《ふていしょう》が妖《あや》しく錯綜《さくそう》するところに、本篇《ほんぺん》の真骨頂《しんこっちょう》が認《みと》められることは間違《まちが》いないだろう。小説《しょうせつ》における「視点《してん》」の重要《じゅうよう》さ、面白《おもしろ》さを、じっくり味読《みどく》して堪能《たんのう》していただけたら幸《さいわ》いである。

なお、十蘭《じゅうらん》は本篇《ほんぺん》に先立《さきだ》って「妖術《ようじゅつ》」(一九三八)という中篇《ちゅうへん》スリラーを発表《はっぴょう》しており、テーマやキャラクター、筋《すじ》立《だて》に多《おお》くの共通点《きょうつうてん》が認《みと》められることを付言《ふげん》しておきたい。

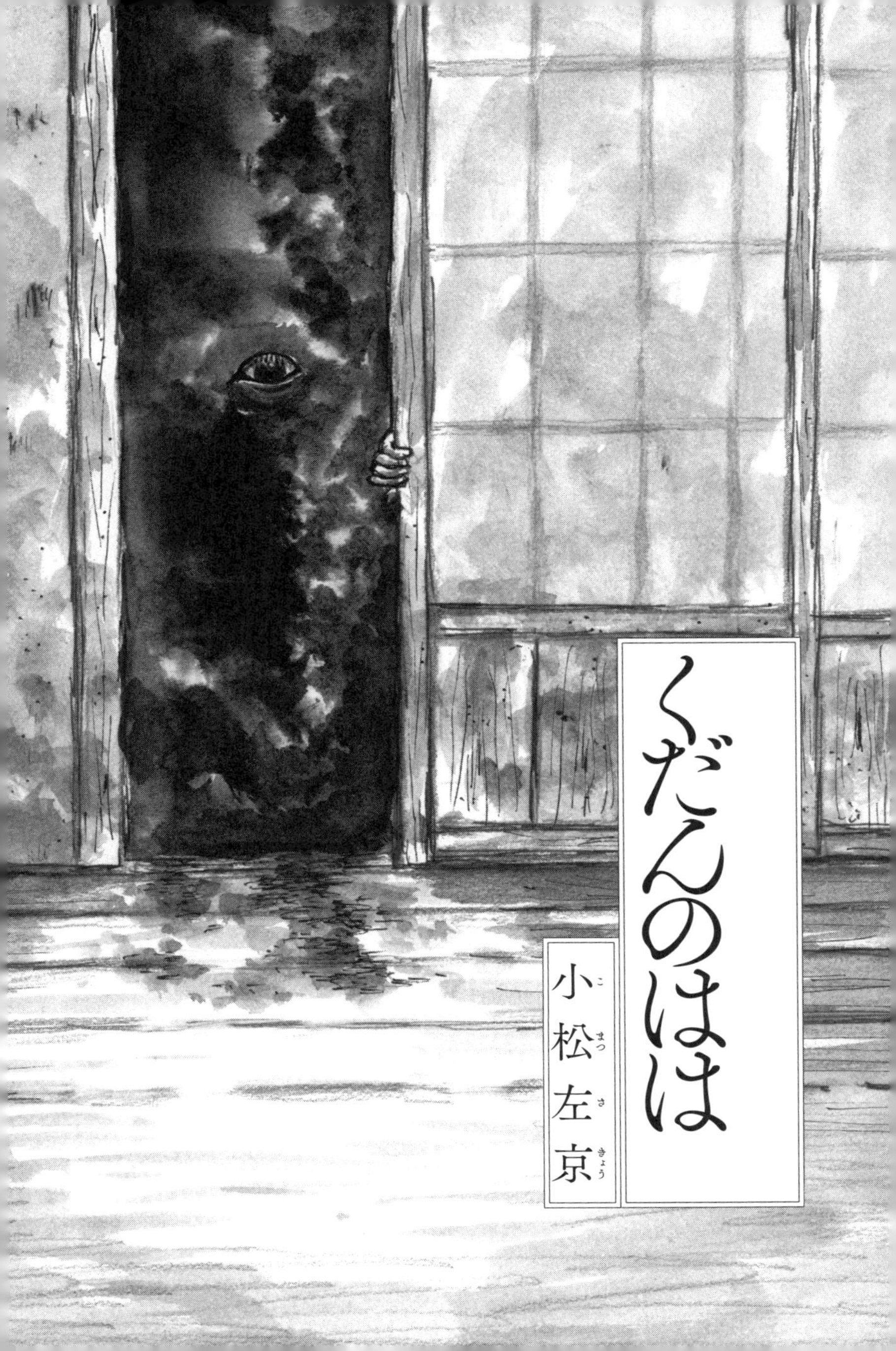

くだんのはは

小《こ》松《まつ》左《さ》京《きょう》

戦時中《せんじちゅう》、僕《ぼく》の家《いえ》は阪神間《はんしんかん》*の芦屋《あしや》*で焼《や》けた。昭和《しょうわ》二十年《にじゅうねん》の六月《ろくがつ》、暑《あつ》い日《ひ》の正午《しょうご》頃《ごろ》の空襲《くうしゅう》だった。

僕《ぼく》はその時中学三年《ときちゅうがくさんねん》だった。工場動員《こうじょうどういん》*で毎日神戸《まいにちこうべ》の造船所《ぞうせんじょ》*に通《かよ》って特殊潜航艇《とくしゅせんこうてい》*を造《つく》っていた。腹《はら》をへらし、栄養失調《えいようしっちょう》になりかけ、痩《や》せこけてとげとげしい目《め》つきをした、汚《きた》ならしい感《かん》じの少年《しょうねん》だった。僕《ぼく》だけでなく、僕《ぼく》たちみんながそうだった。*

阪神間大空襲《はんしんかんだいくうしゅう》*の時《とき》、僕《ぼく》たちは神戸《こうべ》の西端《せいたん》にある工場《こうじょう》から、平野《ひらの》の山《やま》*の麓《ふもと》まで走《はし》って待《たい》

くだんのはは　この語《ご》を耳《みみ》にして、昭和《しょうわ》の日本人《にほんじん》が自然《しぜん》に連想《れんそう》するのは「九段《くだん》の母《はは》」だろう。九段《くだん》は東京《とうきょう》・九段《くだん》の靖国神社《やすくにじんじゃ》。戦死《せんし》した息子《むすこ》に逢《あ》うため、参拝《さんぱい》に来《き》た母《はは》の心情《しんじょう》を唄《うた》った昭《しょう》和《わ》十四年《ねん》（一九三九）発売《はつばい》の歌謡曲《かようきょく》『九段《くだん》の母《はは》』（石松《いしまつ》

秋二《しゅうじ》作詞《さくし》／能代八郎《のしろはちろう》作曲《さっきょく》／塩《しお》まさる歌唱《かしょう》）は一世《いっせい》を風靡《ふうび》し、戦後《せんご》もリバイバル・ヒットした名曲《めいきょく》である。

阪神間《はんしんかん》　大坂《おおさか》と神戸《こうべ》の間《あいだ》の地域《ちいき》。すなわち狭義《きょうぎ》には沿岸部《えんがんぶ》の兵庫県尼崎市《ひょうごけんあまがさきし》、西宮市《にしのみやし》、芦屋市《あしやし》を、広義《こうぎ》には伊丹市《いたみし》、川西市《かわにしし》、宝塚市《たからづかし》、三田市《さんだし》、川辺郡猪名川町《かわべぐんいながわちょう》を加《くわ》えた七市《し》一町《ちょう》を指《さ》す。「阪神間《はんしんかん》モダニズム」という言葉《ことば》があるように、この地域《ちいき》は一九〇〇年代《ねんだい》から一九三〇年代《ねんだい》にかけて、日本一《にほんいち》の商業都市《しょうぎょうとし》・大阪《おおさか》と東洋一《とうよういち》の港湾都市《こうわんとし》・神戸《こうべ》の繁栄《はんえい》を背景《はいけい》に、富裕層《ふゆうそう》の豪邸《ごうてい》やリゾート・娯楽施設《ごらくしせつ》が次々《つぎつぎ》と建設《けんせつ》され、関東《かんとう》大震災《だいしんさい》によって東京《とうきょう》から谷崎潤一郎《たにざきじゅんいちろう》をはじめとする多《おお》くの文化人《ぶんかじん》が移住《いじゅう》するなど、尖端的《せんたんてき》な西欧文化《せいおうぶんか》の影響《えいきょう》を受《う》けた生《せい》活様式《かつようしき》が花《はな》ひらく地《ち》となった。

芦屋《あしや》　兵庫県南東部《ひょうごけんなんとうぶ》の地名《ちめい》。六甲山《ろっこうさん》の南斜面《みなみしゃめん》にあり、大正期《たいしょうき》までは別荘地《べっそうち》、その後《ご》も高級住宅地《こうきゅうじゅうたくち》として知《し》られる。『万《まん》葉集《ようしゅう》』に詠《うた》われる菟原処女《うないおとめ》や、在原行平《ありわらのゆきひら》と松風《まつかぜ》・村雨《むらさめ》の姉《し》妹《まい》といった悲恋伝説《ひれんでんせつ》の地《ち》でもあるが、怪談文芸的《かいだんぶんげいてき》には芦屋《あしや》の浜《はま》に漂着《ひょうちゃく》した怪物《かいぶつ》・鵺《ぬえ》（源頼政《みなもとのよりまさ》によって宮中《きゅうちゅう》で退治《たいじ》された怪獣《かいじゅう》。頭《あたま》は猿《さる》、胴《どう》は狸《たぬき》、尾《お》は蛇《へび》、手足《てあし》は虎《とら》の合成獣《キメラ》である点《てん》、本篇《ほんぺん》のテーマにも一脈通《いちみゃくつう》ずる）の屍骸《しがい》を葬《ほうむ》ったという鵺塚《ぬえづか》（芦屋市浜芦屋町《あしやしはまあしやちょう》）が注目《ちゅうもく》される。そこは本篇《ほんぺん》の舞台《ぶたい》となるお屋敷《やしき》の至近距離《しきんきょり》に位置《いち》しているはずなのだ。

工場動員《こうじょうどういん》　第《だい》二次世界大戦中《じせかいたいせんちゅう》の学徒動員《がくとどういん》のこと。中等学校《ちゅうとうがっこう》以《い》上《じょう》の学生《がくせい》が学校単位《がっこうたんい》で、生産増強《せいさんぞうきょう》や戦闘補充要員《せんとうほじゅうよういん》として工《こう》場《じょう》や軍関係施設《ぐんかんけいしせつ》で、なかば強制的《きょうせいてき》に働《はたら》かされた。

神戸の造船所《こうべのぞうせんじょ》　当時《とうじ》の神戸港《こうべこう》には、三菱《みつびし》と川崎《かわさき》の造船所《ぞうせんじょ》があった。

特殊潜航艇《とくしゅせんこうてい》　日本海軍《にほんかいぐん》が極秘裏《ごくひり》に開発《かいはつ》した小型潜航艇《こがたせんこうてい》。航続距《こうぞくきょ》離《り》が短《みじか》いため、母艦《ぼかん》に搭載《とうさい》して敵艦《てきかん》の近《ちか》くで出撃《しゅつげき》、魚雷《ぎょらい》を発《はっ》射《しゃ》したり直接体当《ちょくせつたいあ》たりをする事実上《じじつじょう》の特攻兵器《とっこうへいき》。この時期《じき》、神戸《こうべ》で建造《けんぞう》されていたとすると、本土決戦《ほんどけっせん》に備《そな》えて開発《かいはつ》・製《せい》造《ぞう》された「蛟龍《こうりゅう》」の可能性《かのうせい》が高《たか》い。

僕たちみんながそうだった《ぼく》　作者《さくしゃ》の小松左京《こまつさきょう》は昭和《しょうわ》六年《ねん》（一九三一）一月生《がつう》まれなので、当時《とうじ》十四歳《さい》。同年生《どうねんう》まれの作家《さっか》には、山村正夫《やまむらまさお》、曾野綾子《そのあやこ》、高橋和巳《たかはしかずみ》、三浦哲郎《みうらてつお》、入澤《いりさわ》康夫《やすお》らがいる。名詩集《めいししゅう》『牛《うし》の首《くび》のある三十の情景《じょうけい》』（一九七九）の入澤《いりさわ》と、本篇《ほんぺん》や傑作掌篇《けっさくしょうへん》「牛《うし》の首《くび》」（一九六五）を遺《のこ》した小松《こまつ》が、同《おな》じ年《とし》に生《う》まれているのは興味深《きょうみぶか》い。

阪神間大空襲《はんしんかんだいくうしゅう》　第《だい》二次大戦末期《じたいせんまっき》、制空権《せいくうけん》をにぎった米軍《べいぐん》は、神《こう》戸市《べし》とその周辺都市《しゅうへんとし》を執拗《しつよう》に爆撃《ばくげき》し、多大《ただい》な被害《ひがい》をもたらした。特《とく》に昭和《しょうわ》二十年《ねん》（一九四五）の三月《がつ》十七日《にち》および六月《がつ》五日《か》の爆撃《ばくげき》は、阪神間《はんしんかん》の町村《ちょうそん》に壊滅的打撃《かいめつてきだげき》を与《あた》えている。主人《しゅじん》公《こう》の家《いえ》が焼《や》けたのは、後者《こうしゃ》と考《かんが》えられる。

平野の山《ひらのやま》　現在《げんざい》の神戸市兵庫区平野町《こうべしひょうごくひらのちょう》一帯《いったい》の丘陵部《きゅうりょうぶ》。

避《ひ》していた。給食《きゅうしょく》はふいになるし、*待避《たいひ》は無駄《むだ》になったので、僕《ぼく》たちはぶつぶつ言《い》った。芦屋《あしや》がやられているらしいと聞《き》いても、目前《もくぜん》の疲労《ひろう》に腹《はら》を立《た》てて、気《き》にもかけなかった。またいつものように工場《こうじょう》から芦屋《あしや》まで歩《ある》いて帰《かえ》るのだと思《おも》うと、情《なさけ》なくて泣《な》きたくなった。神戸港《こうべこう》から芦屋《あしや》まで十三《じゅうさん》キロ、すき腹《ばら》と疲労《ひろう》をかかえ、炎天《えんてん》*をあえぎながら歩《ある》いて帰《かえ》る辛《つら》さは、何回味《なんかいあじ》わっても決《けっ》して慣《な》れる事《こと》はない。空襲《くうしゅう》があれば必《かなら》ず阪神《はんしん》も阪急《はんきゅう》も国鉄《こくてつ》*もとまってしまい、翌日《よくじつ》まで動《うご》かないこともあった。

その日《ひ》も僕《ぼく》は工場《こうじょう》が終《おわ》ってから二《に》、三人《さんにん》の友人《ゆうじん》と歩《ある》いて帰《かえ》った。感覚《かんかく》のなくなった脚《あし》をひきずって枕木《まくらぎ》*をわたって行《い》くと、あちこちに茶色《ちゃいろ》の煙《けむり》が立《た》ちのぼるのが見《み》えた。沿線《えんせん》ぞいの一軒《いっけん》は、まだ骨組《ほねぐ》みを残《のこ》してパチパチと炎《ほのお》をあげていた。芦屋《あしや》の駅《えき》の近《ちか》くまで来《く》ると、僕《ぼく》はひどくとまどった。景色《けしき》はすっかりかわってしまい。まるきり見《み》なれぬ土地《とち》へ来《き》たみたいだったからだ。僕《ぼく》の町《まち》の一角《いっかく》は、きれいさっぱり焼《や》けおちてしまい、まだ熱《あつ》くてそばにもよれない赤土《あかつち》の山《やま》になっていた。所々《ところどころ》にコンクリートの塀《へい》や石灯籠《いしどうろう》が残《のこ》っていたが、あとは立木《たちき》が一本《いっぽん》まる裸《はだか》になって立《た》っているだけだった。僕《ぼく》は自分《じぶん》の家《いえ》のあった所《ところ》を見《み》つけるのに、十分《じゅっぷん》もかかった。見《み》おぼえのある石《いし》の溝橋《こうきょう》＊でやっとそれとわかったのだ。——道《みち》の反対側《はんたいがわ》には、国民服《こくみんふく》＊に髭《ひげ》をはやした男《おとこ》が一人《ひとり》、薄馬鹿《うすばか》のように口《くち》をあけて立《た》っていた。それが父《ちち》だった。僕《ぼく》がそばに行《い》っても、ふりむきもしなかった。「今夜《こんや》どうする、父《とう》さん？」ときいても、「うん」と言《い》ったきりだった。その家《いえ》は父《ちち》が建《た》てたもので、父《ちち》の僅《わず》かな財産《ざいさん》の一《ひと》つだった。芦屋《あしや》に家《いえ》を建《た》てて住《す》むということは、戦前《せんぜん》にはなかなか大《たい》したことだったのであり、父《ちち》はサラリーマンとして、規模《きぼ》こそうんと小《ちい》さかったが、その望《のぞ》みをなしとげたのである。今父《いまちち》は、ほんの一握《ひとにぎ》りの広《ひろ》さしかない焼跡《やけあと》を見《み》て、自分《じぶん》の希望《きぼう》、自分《じぶん》の財産《ざいさん》のあまりの小《ちい》ささに、呆然《ぼうぜん》としているようだった。

その夜僕《よるぼく》たちが野宿《のじゅく》もせずにすみ、また父《ちち》の会社《かいしゃ》の寮《りょう》まで、夜道《よみち》を歩《ある》いて行《い》かずにすん

ふいになるし　なくなるし。
炎天《えんてん》　真夏《まなつ》の猛烈《もうれつ》に暑《あつ》い空《そら》。
阪神《はんしん》**も阪急**《はんきゅう》**も国鉄**《こくてつ》**も**　それぞれ阪神電車《はんしんでんしゃ》、阪急電車《はんきゅうでんしゃ》、日本国《にほんこく》有鉄道《ゆうてつどう》（現在《げんざい》のＪＲ）の略称《りゃくしょう》。阪神間《はんしんかん》には右《みぎ》の鉄道路線《てつどうろせん》が、北《きた》から阪急《はんきゅう》、国鉄《こくてつ》、阪神《はんしん》の順《じゅん》に平行《へいこう》して走《はし》っている。
枕木《まくらぎ》　鉄道線路《てつどうせんろ》の道床《どうしょう》の上《うえ》に配置《はいち》して、レールの間隔《かんかく》を一定《いってい》に保《たも》ち、レールの受《う》ける車両《しゃりょう》荷重《かじゅう》を道床上《どうしょうじょう》に分散《ぶんさん》させるための角柱《かくちゅう》。
溝橋《こうきょう》　水路《すいろ》などに架《か》けられた小橋《こばし》。
国民服《こくみんふく》　第二次大戦中《だいにじたいせんちゅう》に着用《ちゃくよう》が奨励《しょうれい》された、軍服《ぐんぷく》に似《に》た男性用《だんせいよう》の服《ふく》。戦時下《せんじか》の国民《こくみん》が常用《じょうよう》すべきものとして制定《せいてい》され広《ひろ》まった。

だのは、お咲《さき》さん*のおかげだった。僕《ぼく》たち親子《おやこ》が何《なに》をするにも疲《つか》れすぎ、一時間近《いちじかんちか》くもそこに立《た》ちすくんでいた時《とき》、もんぺ*に割烹着《かっぽうぎ》*の女《おんな》の人《ひと》が、焼跡《やけあと》の道《みち》をキョロキョロしながら歩《ある》いて来《き》た。その人《ひと》は僕《ぼく》たちの方《ほう》をすかすように見《み》ると、急《いそ》いでかけよって来《き》た。

「まあ旦那様《だんなさま》、坊《ぼっ》ちゃま、えらいことになって！」

とお咲《さき》さんは泣《な》くような声《こえ》を出《だ》して言《い》った。

お咲《さき》さんはそのころ五十《ごじゅう》ぐらい、僕《ぼく》の家《いえ》にずいぶん前《まえ》から通《かよ》っていた家政婦《かせいふ》*さんだった。子供好《こどもず》きで家事《かじ》の上手《じょうず》な、やさしい人《ひと》だった。僕《ぼく》はもう大《おお》きかったから、それほどでもなかったが、幼《おさな》い弟妹《きょうだい》たちはよくなついていた。末《すえ》の妹《いもうと》などは、病身《びょうしん》の母《はは》よりもお咲《さき》さんに甘《あま》ったれてしまい、彼女《かのじょ》はいつも妹《いもうと》がねつかなければ帰《かえ》れないことになっていた。物《もの》を粗《そ》末《まつ》にせず、下仕事《したしごと》*もいやがらずにやり、全《まった》く骨惜《ほねお》しみしない*——信《しん》じられないかもしれないが、昔《むかし》はそういう家政婦《かせいふ》さんもいたのだ。一《ひと》つはお咲《さき》さんが何《なに》かを信心《しんじん》していたせいだろう。妹《いもうと》が妙《みょう》な手《て》ぶりをおぼえたりしていたところを見《み》ると天理教《てんりきょう》*だったかもしれない。こうして三年以上《さんねんいじょう》も通《かよ》ってもらったろうか。母《はは》が弟妹《きょうだい》を連《つ》れて疎開《そかい》*する時《とき》、お咲《さき》さんもやめることになった。女手《おんなで》*がなくなってしまうし、父《ちち》と僕《ぼく》だけだと、昼間《ひるま》は全《まった》く無人《むじん》になるからというので、もう少《すこ》し通《かよ》ってくれないかとたのんだが、義理《ぎり》のある仕事《しごと》*なので、まことに申《もう》し訳《わけ》ないが、という返事《へんじ》だった。

「そのかわりご近所《きんじょ》のことですから、暇《ひま》がございましたら参《まい》りますし、まさかの時《とき》は、向《む》

お咲《さき》さん　「オサキ」という語音《ごおん》は、尾先狐《おさきぎつね》（尾裂狐《おさきぎつね》とも表記《ひょうき》）を連想《れんそう》させる。人《ひと》に憑《つ》くとされる特殊《とくしゅ》な獣《けもの》で、地方《ちほう》により「オサキ」とか「管狐《くだぎつね》」とも呼《よ》ばれる。いわゆる狐持《きつねも》ちの家《いえ》ではこれを飼《か》いならし使役《しえき》して、蓄財《ちくざい》の手助《てだす》けなどをさせると信《しん》じられた。本篇後半《ほんぺんこうはん》で言及《げんきゅう》される旧家《きゅうか》の「守《まも》り神《がみ》」との相似《そうじ》に留意《りゅうい》。

もんぺ　おもに農村《のうそん》や漁村《ぎょそん》の女性《じょせい》が着用《ちゃくよう》する山袴《やまばかま》の一種《いっしゅ》。袴《はかま》状《じょう》で足首《あしくび》の部分《ぶぶん》がくくれている。第二次大戦中《だいじたいせんちゅう》には女性《じょせい》の非《ひ》常時服《じょうじふく》として都会《とかい》にも広《ひろ》まった。以下《いか》、戦時中《せんじちゅう》の風俗《ふうぞく》については、アニメ映画《えいが》『この世界《せかい》の片隅《かたすみ》に』（二〇一六）を参照《さんしょう》。

割烹着《かっぽうぎ》　調理《ちょうり》や家事《かじ》に際《さい》して、和服《わふく》が汚《よご》れたり袖《そで》がじゃまにならないように、上《うえ》からはおる白《しろ》い上《うわ》っ張《ぱ》り。「割烹《かっぽう》」は調理《ちょうり》の意《い》。昭和《しょうわ》七年《ねん》（一九三二）の国防婦人会結成《こくぼうふじんかいけっせい》に際《さい》してユニフォームとなった。カフェーの女給《じょきゅう》も着用《ちゃくよう》。

家政婦《かせいふ》　家事手伝《かじてつだ》いなどで雇《やと》われる女性《じょせい》。お手伝《てつだ》いさん。

下仕事《したしごと》　下《した》ごしらえなど余計《よけい》な手間《てま》のかかる作業《さぎょう》。

骨惜《ほねお》しみ　手《て》を抜《ぬ》いたり、怠《なま》けること。

天理教《てんりきょう》　神道十三派《しんとうじゅうさんぱ》のひとつ。本部《ほんぶ》は奈良県天理市《ならけんてんりし》。天保《てんぽう》九年《ねん》（一八三八）、大和国《やまとのくに》（現在《げんざい》の奈良県《ならけん》）の農夫《のうふ》・中山《なかやま》みきが啓示《けいじ》を受《う》けて創始《そうし》。天理王命《てんりおうのみこと》を主神《しゅしん》とし、「陽気《ようき》ぐらし」と呼《よ》ばれる理想世界《りそうせかい》の建設《けんせつ》を教旨《きょうし》とする。教祖《きょうそ》の真筆《しんぴつ》の啓示《けいじ》録《ろく》を「おふでさき」と称《しょう》し、「みかぐらうた」に合《あ》わせて手《て》を振《ふ》ったり踊《おど》ったりする「御手振《おてふり》」と呼《よ》ばれる礼拝《れいはい》の作法《さほう》がある。

疎開《そかい》　第二次大戦中《だいじたいせんちゅう》、空襲《くうしゅう》や延焼《えんしょう》の被害《ひがい》を少《すく》なくするため、都《と》市《し》に集中《しゅうちゅう》している人口《じんこう》や施設《しせつ》を地方《ちほう》に分散《ぶんさん》したこと。学校単《がっこうたん》位《い》でおこなわれるものを学童疎開《がくどうそかい》と呼《よ》んだ。

女手《おんなで》　女性《じょせい》のはたらき。女性《じょせい》が得意《とくい》とする仕事《しごと》。

義理《ぎり》のある仕事《しごと》　人間関係《にんげんかんけい》の諸事情《しょじじょう》で引《ひ》き受《う》けざるをえない仕《し》事《ごと》。

う様《さま》さえ大事《だいじ》なければ、＊必《かなら》ずかけつけます」

「一体《いったい》どこらへんなの？」と母《はは》はきいた。

「この下《した》の、浜近《はまちか》く＊のお邸《やしき》でございます」

「あそこらのお邸《やしき》だったら、お給金《きゅうきん》もいいんでしょうね」と母《はは》は言《い》った。あれほどつくしてもらっていながら、思《おも》う通《とお》りにならないといや味《み》を言《い》う。僕《ぼく》はそんなお嬢様根性《じょうさまこんじょう》＊のある母《はは》がきらいだった。

「お給金《きゅうきん》のためで参《まい》るのではございません。――そりゃずいぶん頂《いただ》けるそうですが。その家《いえ》は体《からだ》も楽《らく》だし、頂《いただ》き物《もの》も多《おお》い＊のになぜだか家政婦《かせいふ》が一週間《いちしゅうかん》といつかないんだそうでございます。それで会長《かいちょう》＊から特《とく》に私《わたし》がたのまれまして。――人《ひと》のいやがること、人《ひと》が困《こま》っている時《とき》は、すすんでやれというのが、私《わたし》どもの御宗旨《ごしゅうし》の教《おし》えでございましてね」

こうしてお咲《さき》さんは、お邸勤《やしきづと》めにかわったが、その後《ご》も男世帯《おとこじょたい》＊を時々《ときどき》見《み》に来《き》てくれ、たまった汚《よご》れ物《もの》をわずかの間《ま》に片《かた》づけたり、お邸《やしき》からの貰《もら》い物《もの》らしい、その頃《ころ》には珍《めずら》しかった食物《たべもの》などを持《も》ってきてくれたりした。――その時《とき》も、駅前《えきまえ》がやけたときいて、とるものもとりあえず*かけつけてくれたらしい。お咲《さき》さんの顔《かお》を見《み》ると、僕《ぼく》は気《き》がゆるんで泣《な》きたくなった。

「まあ、ほんとになんて御運《ごうん》の悪《わる》い。私《わたし》、お邸《やしき》の方《ほう》も守《まも》らないといけないし、こちらさまも気《き》がかりでやきもき*しておりました」

「いいんだよ。お咲《さき》さん、これが戦争《せんそう》というものだ」と父《ちち》はうつろな笑《わら》いを浮《う》かべながら言《い》った。

「でも、今夜《こんや》おやすみになる所《ところ》がないんじゃございません?」

僕《ぼく》は父《ちち》の顔《かお》を見《み》た。父《ちち》は困惑《こんわく》を通《とお》りこした無表情《むひょうじょう》で、もう暮《く》れなずんできた*焼跡《やけあと》を見《み》つめていた。

大事《だいじ》なければ　問題《もんだい》がなければ。

浜近《はまちか》く　芦屋《あしや》の浜《はま》の近《ちか》く。

お嬢様根性《じょうさまこんじょう》　何不自由《なにふじゆう》なく甘《あま》やかされて育《そだ》った女性《じょせい》に特有《とくゆう》の自《じ》分本位《ぶんほんい》な性格《せいかく》。

体《からだ》も楽《らく》だし、頂《いただ》き物《もの》も多《おお》い　仕事《しごと》が楽《らく》で、給料《きゅうりょう》も多《おお》い。

会長《かいちょう》　家政婦会《かせいふかい》（現在《げんざい》の家政婦紹介所《かせいふしょうかいじょ》）の会長《かいちょう》。

男世帯《おとこじょたい》　男性《だんせい》だけの家庭《かてい》。

とるものもとりあえず　緊急《きんきゅう》の事態《じたい》に際《さい》して、最優先《さいゆうせん》で何《なに》かをすること。

やきもき　心配《しんぱい》で焦《あせ》ること。

暮《く》れなずんできた　日《ひ》が暮《く》れそうで、なかなか暮《く》れきらないさま。

「およろしかったらどうか私《わたし》の所《ところ》へお出《い》でくださいな、私《わたし》、今《いま》お邸《やしき》へ住《す》みこみでございます。——家政婦会《かせいふかい》の寮《りょう》も焼《や》けてしまいまして」

そう言《い》ってお咲《さき》さんは笑《わら》った。

「お邸《やしき》の奥《おく》さまに——おねがいしてみますわ。部屋数《へやかず》もたくさんありますし、なんだったら今夜《こんや》は私《わたし》の部屋《へや》でお休《やす》みくださいまし」

芦屋《あしや》のほんとうの大邸宅街《だいていたくがい》は、阪急《はんきゅう》や国鉄《こくてつ》の沿線《えんせん》よりも、川沿《かわぞ》いにもっと浜《はま》に向《むか》って下《くだ》った、阪神電車芦屋駅《はんしんでんしゃあしやえき》＊附近《ふきん》にある。山《やま》の手《て》の方《ほう》は新興階級《しんこうかいきゅう》＊のもので、由緒《ゆいしょ》の古《ふる》い大阪《おおさか》の実業家《じつぎょうか》の邸宅《ていたく》は、このあたりと、西宮《にしのみや》の香櫨園《こうろえん》＊、夙川《しゅくがわ》＊界隈《かいわい》に多《おお》かった。ほとんどの家《いえ》が石垣《いしがき》をめぐらした上《うえ》に立《た》っており、塀《へい》は高《たか》くて忍《しの》び返《がえ》し＊がつき、外《そと》からは深《ふか》い植《う》えこみの向《むこ》うに二階《にかい》の屋根《やね》をうかがえるにすぎない。その屋根《やね》に立《た》つ避雷針《ひらいしん》＊の先端《せんたん》の金《きん》やプラチナの輝《かがや》きが、こういった邸《やしき》に住《す》む階級《かいきゅう》の象徴《しょうちょう》のように見《み》えた。——そのお邸《やしき》はこのひっそりとした一角《いっかく》の、はずれ近《ちか》くにあった。一丁《いっちょう》＊ほど先《さき》からはもう浜辺《はまべ》の松原《まつばら》が始《はじ》まり、木《こ》の間《ま》をわたる風《かぜ》は潮気《しおけ》をふくんで、海鳴《うみな》りの音《おと》も間近《まぢか》だった。僕《ぼく》たちは薄汚《うすよご》れた姿《すがた》で、がくがくする足《あし》をひきずりながら門《もん》の石段《いしだん》を上《のぼ》った。

お咲《さき》さんはとりあえず僕《ぼく》たちを玄関内《げんかんない》に入《い》れ、自分《じぶん》は奥《おく》へ行《い》った。広《ひろ》い邸内《ていない》のずっと奥《おく》へ、彼女《かのじょ》の足音《あしおと》が遠《とお》のいていくのをききながら、僕《ぼく》と父《ちち》は敷石《しきいし》に腰《こし》かけて黙《だま》りこくっていた。ふと背後《はいご》に人《ひと》の気配《けはい》を感《かん》じてふりむくと、そこには和服《わふく》の姿《すがた》があった。玄関奥《げんかんおく》の廊下《ろうか》に立《た》ち、薄暗《うすくら》がりの向《むこ》うからこちらをうかがうようにしていた。その顔《かお》は見《み》えず、ただ真《まっ》

阪神電車芦屋駅《はんしんでんしゃあしやえき》　兵庫県芦屋市公光町《ひょうごけんあしやしきんみつちょう》にある私鉄《してつ》の駅《えき》。芦屋川《あしやがわ》の河口《かこう》近《ちか》くに位置《いち》し、南側《みなみがわ》の芦屋公園《あしやこうえん》には先述《せんじゅつ》の鵺塚《ぬえづか》がある。

新興階級《しんこうかいきゅう》　戦前《せんぜん》における大学卒《だいがくそつ》のホワイトカラー（サラリーマン）などの無産中流階級《むさんちゅうりゅうかいきゅう》。

香櫨園《こうろえん》　兵庫県西宮市《ひょうごけんにしのみやし》の夙川中《しゅくがわちゅう》・下流域《かりゅういき》の地域名《ちいきめい》。名称《めいしょう》は明治《めいじ》四十年《ねん》（一九〇七）、香野蔵治《こうのくらじ》と櫨山慶次郎《はぜやまけいじろう》が開設《かいせつ》した香櫨園遊園地《こうろえんゆうえんち》に由来《ゆらい》。遊園地《ゆうえんち》は短命《たんめい》に終《お》わるが、大正《たいしょう》九年《ねん》（一九二〇）の阪神急行電鉄神戸線《はんしんきゅうこうでんてつこうべせん》開通《かいつう》とともに、跡地《あとち》は高《こう》級住宅地《きゅうじゅうたくち》となった。

夙川《しゅくがわ》　兵庫県南東部《ひょうごけんなんとうぶ》を流《なが》れる夙川沿《しゅくがわぞ》いの地域《ちいき》。阪神間有数《はんしんかんゆうすう》の景勝地《けいしょうち》で、高級住宅地《こうきゅうじゅうたくち》としても知《し》られる。谷崎潤一郎《たにざきじゅんいちろう》や村上春樹《むらかみはるき》の作品《さくひん》の舞台《ぶたい》としても有名《ゆうめい》。

忍《しの》び返《がえ》し　侵入者《しんにゅうしゃ》を防《ふせ》ぐ目的《もくてき》で、塀《へい》などの上《うえ》に木製《もくせい》や鉄製《てっせい》の鋭利《えいり》な障害物《しょうがいぶつ》を連《つら》ねた設備《せつび》。

避雷針《ひらいしん》　建物《たてもの》を落雷《らくらい》から守《まも》るための設備《せつび》。屋上《おくじょう》などに立《た》てた金《きん》属製《ぞくせい》の棒《ぼう》に雷《かみなり》を誘導《ゆうどう》する。

一丁《ちょう》　一町《ちょう》。約《やく》一一〇メートル。

白《しろ》い夏足袋《なつたび》*の爪先《つまさき》だけが見《み》えた。その人《ひと》は声《こえ》もかけず黙《だま》ってこちらを見《み》て立《た》っていた。ちょうどそこへお咲《さき》さんがもどって来《き》て、「まあ奥《おく》さま」と声《こえ》をかけた。――その人《ひと》は初《はじ》めて顔《かお》を見《み》せた。渋《しぶ》い夏物《なつもの》*をきちんと着付《きつ》け、すらりと背《せ》の高《たか》い四十《しじゅう》くらいの女《おんな》の人《ひと》だった。上品《じょうひん》な細面《ほそおもて》に、色《いろ》がすき通《とお》るほど白《しろ》く、眼《め》が悪《わる》いのか、薄《うす》い紫色《むらさきいろ》の、八角形《はっかっけい》の縁無《ふちな》し眼鏡《めがね》をかけていた。白粉《おしろい》けがなくて、*顔色《かおいろ》は青白《あおじろ》かったが、髪《かみ》はきっちりとなでつけていた。お咲《さき》さんはその人《ひと》に僕《ぼく》たちのことを話《はな》した。その人《ひと》は能面《のうめん》*のように無表情《むひょうじょう》な顔《かお》をやや伏《ふ》せて、お咲《さき》さんの話《はなし》をきいていたが、そのうちちょっと眉《まゆ》をひそめて呟《つぶや》いた。

「そう、それは困《こま》ったわね」

その人《ひと》が僕《ぼく》たちをいやがってそう言《い》っているのではないことは、すぐにわかった。何《なに》か僕《ぼく》たちを泊《と》めるとほんとうに困《こま》ったことが起《おこ》るみたいだった。僕《ぼく》は父《ちち》の袖《そで》をひこうとした。

「でも――お咲《さき》さんの知《し》り合《あ》いの方《かた》なら……」

その言葉《ことば》をきいて、父《ちち》は露骨《ろこつ》にほっとした顔《かお》をし、思《おも》いだしたように帽子《ぼうし》をとり、名刺《めいし》などを出《だ》してあいさつした。

「こういう時《とき》はお互《たが》いさまですから」とその人《ひと》はしずかに言《い》った。

「お咲《さき》さんのお部屋《へや》、女中部屋《じょちゅうべや》でせもうございますし、*——お咲《さき》さん、裏《うら》の方《ほう》の離《はな》れにお床《とこ》をとって*さしあげて。お食事《しょくじ》もそちらで上《あが》っていただくといいわ」

僕《ぼく》たち親子《おやこ》は、その夜《よ》六畳《ろくじょう》ほどの離《はな》れで寝《ね》かせてもらった。お咲《さき》さんは渡《わた》り廊下《ろうか》を通《とお》って、黒塗《くろぬ》りの膳《ぜん》*をはこんできてくれた。僕《ぼく》たちは恥《はず》かしいぐらい食《た》べた。

「たんとおあがりなさいまし*」とお咲《さき》さんは、ゆらめく蠟燭《ろうそく》の火《ひ》の向《むこ》うから、笑《わら》いながら声《こえ》をかけた。

「奥様《おくさま》がそうおっしゃいました。こんな御時世《ごじせい》にもったいないんですけれど——この家《いえ》ではお米《こめ》に不自由《ふじゆう》しませんの」

夏足袋《なつたび》　夏用《なつよう》の薄手《うすで》の足袋《たび》。裏《うら》に木綿《もめん》などを使用《しよう》。
渋《しぶ》い夏物《なつもの》　色合《いろあ》いなど落《お》ちついた装《よそお》いの夏用《なつよう》の着物《きもの》。
白粉《おしろい》けがなくて　化粧《けしょう》のひかえめなさま。
能面《のうめん》　能楽《のうがく》で用《もち》いられる面《おもて》のこと。

せもうございますし　お狭《せま》いでしょうから。
お床《とこ》をとって　お蒲団《ふとん》を敷《し》いて。
黒塗《くろぬ》りの膳《ぜん》　料理《りょうり》をのせる漆塗《うるしぬ》りの台《だい》。
たんとおあがりなさいまし　たくさんお食《た》べなさいな。

それでも麦《むぎ》が二分《にぶ》ほどまじっていたが、虫食《むしく》い大豆《だいず》や玉蜀黍《とうもろこし》、はては豆粕《まめかす》や団栗《どんぐり》の粉《こな》まで食《た》べさせられていた僕《ぼく》には、まるでユメのようなものだった。おかずには、薄《うす》くて固《かた》かったが、とにかく肉《にく》が一片《ひとき》れ、それに卵《たまご》と野菜《やさい》の煮《に》たのがついた。どれも僕《ぼく》たちには、奇《き》蹟《せき》のような食物《たべもの》だった。

僕《ぼく》たちはお咲《さき》さんに蚊帳《かや》をつってもらい、しめったかびの臭《にお》いのする、でも爽《さわ》やかな肌《はだ》ざわりの夏蒲団《なつぶとん》にもぐりこんだ。蠟燭《ろうそく》を消《け》した真《しん》の闇《やみ》の中《なか》で、僕《ぼく》はぐたぐたに疲《つか》れていたにもかかわらず、いつまでも眠《ねむ》れずにいた。

「なにもかも焼《や》けてしまったね」と僕《ぼく》は隣《となり》の父《ちち》に話《はな》しかけた。「教科書《きょうかしょ》も、着物《きもの》やシャツも……」

「ああ」と父《ちち》は答《こた》えた。

「これから一体《いったい》どうするの?」

父《ちち》は一《ひと》つ溜息《ためいき》をつくと、寝返《ねがえ》りを打《う》って背《せ》をむけた。——僕《ぼく》には父《ちち》の困惑《こんわく》がよくわかっ

た。戦争《せんそう》は生活《せいかつ》というものの持《も》つ、特殊《とくしゅ》なニュアンス*を、その年頃《としごろ》の僕《ぼく》らにもよくわからせてくれた。僕《ぼく》は悪《わる》いことを聞《き》いたと思《おも》って、口《くち》をつぐんだ。僕《ぼく》たちは戦争《せんそう》がどうなるかということさえ、考《かんが》えたことがなかった。毎日生《まいにちい》きるのがせい一杯《いっぱい》だった。

——大変《たいへん》だったね、お父《とう》さん。家《いえ》がやけて僕《ぼく》よりも何倍《なんばい》か、辛《つら》く悲《かな》しいだろうね。——僕《ぼく》は父《ちち》の背《せ》にそう言《い》って慰《なぐさ》めてやりたかった。それでも明日《あす》また足《あし》をひきずって工場《こうじょう》へ行《い》くこと、明日《あす》はここを出《で》て、どこか別《べつ》の宿《やど》を探《さが》さねばならないことを思《おも》うと、いやでいやで身内《みうち》が熱《あつ》くなるのだった。——豊中《とよなか》*だか箕面《みのお》*だかにある父《ちち》の会社《かいしゃ》の寮《りょう》へ行《い》くのだろうか？　それとも戦災者《せんさいしゃ》を収容《しゅうよう》している小学校《しょうがっこう》の講堂《こうどう》へ行《い》くのかしら？　鍋釜《なべかま》さえないのに——。焼跡《やけあと》の防空壕《ぼうくうごう》*をほり起《おこ》して、友人《ゆうじん》の誰彼《だれかれ》のようにあの中《なか》へすむのだろうか？　僕《ぼく》は考《かんが》えながら暗闇《くらやみ》で目《め》を見開《みひら》いていた。その時《とき》、僕《ぼく》は何《なに》か細《ほそ》い声《こえ》をきいた。ふと耳《みみ》をすますと、蚊《か》の鳴《な》く声《こえ》だった。僕《ぼく》はその甲高《かんだか》い、細《ほそ》い声《こえ》をきくと身体《からだ》がむず痒《がゆ》くなって目《め》がさめてしまうのだった。闇《やみ》の中《なか》でじっとしていると、遠《とお》くの潮騒《しおさい》*や松風《まつかぜ》*の音《おと》がかすかに聞《きこ》えてくる。——そして、今度《こんど》こそ、僕《ぼく》ははっきりとその声《こえ》をきいた。

「父《とう》さん……」と僕《ぼく》は囁《ささや》いた。「誰《だれ》か泣《な》いてるよ」

父《ちち》はすでに寝息《ねいき》をたてていた。しかしそのか細《ぼそ》い、赤《あか》ン坊《ぼう》のようなすすり泣《な》きは、しんと静《しず》まりかえった邸内《ていない》のどこかから、遠《とお》く、近《ちか》く、嫋々《じょうじょう》*と絶《た》えいるように*聞《きこ》えてくるのだった。

翌日《よくじつ》、帰《かえ》ったらもう一度《いちど》そのお邸《やしき》で落《お》ちあうことにして、僕《ぼく》は工場《こうじょう》へ、父《ちち》は会社《かいしゃ》へ行《い》った。その日《ひ》、工場《こうじょう》で僕《ぼく》は家《いえ》が焼《や》けたことをみんなに話《はな》した。みんな別《べつ》に同情《どうじょう》したような顔《かお》もしなかった。

その日《ひ》、邸《やしき》へ帰《かえ》ると、父《ちち》は先《さき》に帰《かえ》っていて、お咲《さき》さんと話《はな》しこんでいた。

ニュアンス (nuance) 意味合《いみあ》いとか感情《かんじょう》などの微細《びさい》なちがい。

豊中《とよなか》 大阪府《おおさかふ》の北西部《ほくせいぶ》、猪名川《いながわ》中流《ちゅうりゅう》左岸《さがん》の市《し》。現在《げんざい》は千里《せんり》ニュータウンなどがある。

箕面《みのお》 大阪府《おおさかふ》の北西部《ほくせいぶ》、北摂山地《ほくせつさんち》南麓《なんろく》の市《し》。箕面川渓谷《みのおがわけいこく》の箕面《みのお》滝《たき》と紅葉《こうよう》は、古《ふる》くから観光名所《かんこうめいしょ》として知《し》られる。現在《げんざい》は大阪《おおさか》のベッドタウン。

防空壕《ぼうくうごう》 空襲《くうしゅう》の際《さい》に避難《ひなん》するため、地面《じめん》を掘《ほ》って造《つく》られた横穴《よこあな》や構築物《こうちくぶつ》。

潮騒《しおさい》 海《うみ》の波《なみ》の音《おと》。

松風《まつかぜ》 松《まつ》の梢《こずえ》に吹《ふ》く風《かぜ》。御当地《ごとうち》の伝承《でんしょう》にもとづく能《のう》の演目《えんもく》「松《まつ》風《かぜ》」を踏《ふ》まえるか。

嫋々《じょうじょう》と 音声《おんせい》がいつまでも響《ひび》いて絶《た》えないさま。

絶《た》えいるように 今《いま》にも死《し》にそうに。

「弱《よわ》ったよ」と父《ちち》は僕《ぼく》の顔《かお》を見《み》て言《い》った。「今日突然《きょうとつぜん》うちの工場《こうじょう》の疎開《そかい》の指揮《しき》をすることになったんだ。――責任者《せきにんしゃ》が空襲《くうしゅう》で死《し》によって……。一《いっ》カ月半《げつはん》ほど疎開先《そかいさき》へ出張《しゅっちょう》させられるんだ」

お前《まえ》はどうする？　と父《ちち》の目《め》は言《い》っていた。僕《ぼく》はお咲《さき》さんと父《ちち》の顔《かお》を等分《とうぶん》に*見《み》た。お咲《さき》さんは笑《え》みを浮《う》かべながら、膝《ひざ》でにじりよって来《き》た。

「それで奥様《おくさま》におねがいしてね。お咲《さき》が坊《ぼっ》ちゃんの御面倒《ごめんどう》を見《み》させていただくことにしようと思《おも》うんですけど」

「お前《まえ》だけなら、とこちらではおっしゃるんだ」と父《ちち》は言《い》った。

僕《ぼく》は黙《だま》っていた。父《ちち》に行《い》ってしまわれるとなると、今《いま》までどんなに自分《じぶん》が心《こころ》の中《なか》で、父《ちち》を頼《たよ》りにしていたかわかった。たとえ一《いっ》ヵ月半《げつはん》でも、心細《こころぼそ》さに鼻頭《はながしら》が熱《あつ》くなった*。その気《け》配《はい》を察《さっ》してか、父《ちち》は僕《ぼく》の顔《かお》をのぞきこむようにした。

「それとも、学校《がっこう》を休《やす》んで母《かあ》さんたちの所《ところ》へ行《い》くか？――汽車《きしゃ》が大変《たいへん》だけど」

「ここにいる」と僕《ぼく》はぶっきらぼうに*言《い》った。

「行儀《ぎょうぎ》よくするんだよ。――こちらには御病人《ごびょうにん》がおられるらしいから」そう言《い》うと父《ちち》は立《た》ちあがった。

「今夜《こんや》、行《い》ってしまうの?」と僕《ぼく》はきいた。

「ああ――今夜《こんや》たつ。帰《かえ》ってきたら、住《す》む所《ところ》をなんとかするよ」

そう言《い》うと父《ちち》はお咲《さき》さんに後《あと》を頼《たの》んで出《で》ていった。僕《ぼく》は阪神電車《はんしんでんしゃ》の駅《えき》まで送《おく》らず、邸《やしき》の門《もん》の所《ところ》から、白《しろ》い道《みち》を遠《とお》ざかって行《ゆ》く父《ちち》の後姿《うしろすがた》を見《み》ていた。痩《や》せて、少《すこ》し猫背《ねこぜ》で、防空頭巾《ぼうくうずきん》*のはいった袋《ふくろ》を腰《こし》のところにぶらぶらさせながら歩《ある》いて行《ゆ》く父《ちち》の姿《すがた》は、なんだか妙《みょう》に悲《かな》しく見《み》えた。

会社《かいしゃ》も無茶《むちゃ》だ。戦争中《せんそうちゅう》かも知《し》れないが、自宅《じたく》がやけた翌日《よくじつ》に出張《しゅっちょう》させなくてもよさそうなものなのに。だけどこれが戦争《せんそう》なんだ。そのうち敵《てき》が本土上陸《ほんどじょうりく》*して来《き》て、もし神風《かみかぜ》*が

等分《とうぶん》に　同《おな》じくらいの長《なが》さで。
鼻頭《はながしら》が熱《あつ》くなった　泣《な》きそうになった。
ぶっきらぼうに　無愛想《ぶあいそう》に。ぞんざいに。
防空頭巾《ぼうくうずきん》　空襲《くうしゅう》の際《さい》、頭部《とうぶ》を保護《ほご》するためにかぶる布製《ぬのせい》の防《ぼう》具《ぐ》。
本土上陸《ほんどじょうりく》　日本《にほん》の本土《ほんど》に連合軍《れんごうぐん》が侵攻《しんこう》すること。
神風《かみかぜ》　外敵《がいてき》を打《う》ち払《はら》う神威《しんい》の強風《きょうふう》。元寇《げんこう》（蒙古襲来《もうこしゅうらい》）の際《さい》に大風《おおかぜ》が起《お》こり、元軍《げんぐん》の船《ふね》を沈没《ちんぼつ》させ退却《たいきゃく》させた故事《こじ》による。

吹《ふ》かなければ、僕《ぼく》たちは竹槍《たけやり》で闘《たたか》って、みんな死《し》ぬんだ。今《いま》の中学生《ちゅうがくせい》から思《おも》えば、呆《あき》れるほど物《もの》を知《し》らなかった僕《ぼく》は、そんなことを考《かんが》えて、幼《おさな》い子供《こども》のように涙《なみだ》ぐんでいた。父《ちち》が僕一人《ぼくひとり》をおいて、二号《にごう》*の女事務員《おんなじむいん》のアパートへ泊《とま》りに行《い》ったのだなどとは、思《おも》いもよらなかった。

僕《ぼく》はお咲《さき》さんの部屋《へや》には泊《とま》らず、例《れい》の離《はな》れで一人《ひとり》で寝起《ねお》きした。ひどくかわったのは、食生活《しょくせいかつ》だった。とにかく朝《あさ》と晩《ばん》には米《こめ》の飯《めし》が食《た》べられる。お咲《さき》さんは弁当《べんとう》を持《も》っていけと言《い》ったが、こればかりは断《こと》わった。朝晩《あさばん》に米飯《べいはん》を食《た》べているというだけでも、友人《ゆうじん》に対《たい》して後《うしろ》めたかった*のである。——動員先《どういんさき》の工場《こうじょう》での、友人《ゆうじん》たちとの生活《せいかつ》は、日《ひ》ましに苛《か》烈《れつ》*なものになっていった。空襲《くうしゅう》はいっそう激《はげ》しくなり、B29*の編隊《へんたい》は午前中《ごぜんちゅう》一度《いちど》、午後《ごご》一度《いちど》、そして夜中《よなか》と、一日三回現《いちにちさんかいあら》われることも珍《めずら》しくなかった。三日《みっか》に一度《いちど》ぐらいは大編《だいへん》隊《たい》が現《あら》われて神戸《こうべ》、大阪《おおさか》、そして衛星都市《えいせいとし》*を、丹念《たんねん》に焼《や》きはらって行《い》った。その合間《あいま》に艦《かん》載機《さいき》*の低空射撃《ていくうしゃげき》*がまじりだした。工場《こうじょう》のつけっぱなしになっているラジオから流《なが》れる軍《ぐん》歌《か》やニュースの合間《あいま》をぬって、苛《いら》だたしいブザーがひっきりなしに鳴《な》り、「中部軍情報《ちゅうぶぐんじょうほう》＊……」という機械的《きかいてき》な声《こえ》が敵機《てっき》の侵入《しんにゅう》を告《つ》げる。遠《とお》くでサイレンが鳴《な》り、非常待避《ひじょうたいひ》＊の半鐘《はんしょう》＊がなり、空《そら》がどんどんと鳴《な》りだすと、あちらこちらの高射砲《こうしゃほう》＊が、散発的《さんぱつてき》に＊咳《せ》きこむような音《おと》をたて始《はじ》める。まもなくおなじみの、ザァッという砂《すな》をぶちまけるような音《おと》だ。するとパンパンポンポンはじける音《おと》が四方《しほう》で起《おこ》り、僕《ぼく》らは火《ひ》の海《うみ》の中《なか》を、煙《けむり》にむせながら山《やま》の方《ほう》へ逃《に》げなければならない。

二号《にごう》　愛人《あいじん》。

後《うしろ》めたかった　やましくて気《き》がひけた。

苛烈《かれつ》　きびしくて烈《はげ》しいこと。

B29　「びーにじゅうく」と発音《はつおん》。第二次大戦末期《だいにじたいせんまっき》に実戦投入《じっせんとうにゅう》された、米国《べいこく》ボーイング社製《しゃせい》の大型長距離爆撃機《おおがたちょうきょりばくげきき》。日本本土空襲《にほんほんどくうしゅう》に猛威《もうい》をふるい、広島《ひろしま》・長崎《ながさき》の原爆投下《げんばくとうか》にも使用《しよう》された。少年時代《しょうねんじだい》（昭和《しょうわ》四十年前後《ねんぜんご》）、たまたまB29のプラモデルを作《つく》っていた編者《へんじゃ》を、ふだんは温厚《おんこう》な父《ちち》が真顔《まがお》でたしなめたことを今《いま》も記憶《きおく》している。

衛星都市《えいせいとし》　大都市《だいとし》の周辺《しゅうへん》で、ベッドタウンや工業団地《こうぎょうだんち》など都《と》市機能《しきのう》を補完《ほかん》する役割《やくわり》をもった中小《ちゅうしょう》の都市《とし》。

艦載機《かんさいき》　航空母艦《こうくうぼかん》などに配備《はいび》されている軍用機《ぐんようき》。

低空射撃《ていくうしゃげき》　低空《ていくう》から地上《ちじょう》の施設《しせつ》や人間《にんげん》を狙《ねら》い撃《う》ちする攻撃《こうげき》。

中部軍情報《ちゅうぶぐんじょうほう》　中部軍《ちゅうぶぐん》とは中部《ちゅうぶ》・近畿地方《きんきちほう》を管轄区域《かんかつくいき》とする帝《てい》国陸軍《こくりくぐん》の部隊《ぶたい》。そこから発《はっ》せられる情報《じょうほう》のこと。

非常待避《ひじょうたいひ》　非常事態《ひじょうじたい》に際《さい》して待避《たいひ》すること。

半鐘《はんしょう》　火災《かさい》などの警報《けいほう》のために打《う》ち鳴《な》らされる小形《こがた》の釣鐘《つりがね》。

高射砲《こうしゃほう》　上空《じょうくう》に飛来《ひらい》する航空機《こうくうき》を射撃《しゃげき》するために使用《しよう》される中《ちゅう》小口径砲《しょうこうけいほう》。

散発的《さんぱつてき》に　間《ま》を置《お》いて。

——毎日暑《まいにちあつ》い日《ひ》だった。やたらに暑《あつ》い上《うえ》に、空気《くうき》はいがらっぽく*焦《こ》げた臭《にお》いがし、焼跡《やけあと》の熱気《ねっき》は夜《よる》の間《あいだ》も冷《ひ》えることなくこの暑《あつ》さを下《した》からあぶりつづけた。いらだった教師《きょうし》や軍人《ぐんじん》は、僕《ぼく》らをやたらに殴《なぐ》りつけた。腹《はら》の中《なか》は、熱《あつ》い湯《ゆ》のような下痢《げり》でもって、みぞおち*から下半身《かはんしん》まで、いつでも一本《いっぽん》の焼《や》け火箸《ひばし》*をさしこまれているような感《かん》じだった。騒音《そうおん》と爆音《ばくおん》と怒声《どせい》、それと暑《あつ》さの中《なか》で、僕《ぼく》たちは自分《じぶん》たちが炎天《えんてん》の蛙《かえる》の死骸《しがい》のように、黒《くろ》くひからびていくのを感《かん》ずるのだった。——だが邸《やしき》の中《なか》はちがっていた。植《う》えこみが外界《がいかい》の騒音《そうおん》も熱気《ねっき》も遮断《しゃだん》してしまったように、部屋《へや》の中《なか》は静《しず》かで、いつもひんやりしていた。庭《にわ》は手入《てい》れもうけずに夏草《なつくさ》がおいしげってはいたが、泉水《せんすい》*の暗《くら》く濁《にご》った水《みず》の底《そこ》では、尺余《しゃくあま》りの*緋鯉《ひごい》や斑鯉《まだらごい》が、ゆっくりと尾《お》を動《うご》かしていた。葉《は》を一杯《いっぱい》つけた梧桐《あおぎり》*や、枝《えだ》ぶりの見事《みごと》なくろ松《まつ》*には、蝉《せみ》が来《き》て鳴《な》いた。その声《こえ》は邸内《ていない》の物憂《ものう》い*静寂《せいじゃく》をかえってきわだたせるみたいだった。

——まるで山《やま》の中《なか》みたいだ、と僕《ぼく》は縁先《えんさき》に腰《こし》かけながらぼんやりと思《おも》うのだった。電車《でんしゃ》が通《つう》ぜずに工場《こうじょう》を休《やす》んだ日《ひ》など、僕《ぼく》は枝折戸《しおりど》*から庭《にわ》をまわって、泉水《せんすい》の傍《そば》の石《いし》に腰《こし》をおろし、何時間《なんじかん》も水中《すいちゅう》をのぞきこんだ。

「あの鯉《こい》、知《し》っていますか？」

といきなり声《こえ》をかけられたこともあった。——後《うしろ》にいつもの通《とお》りきちんと帯《おび》をしめたおばさん——僕《ぼく》は自分《じぶん》の心《こころ》の中《なか》でそうよんでいた——が立《た》っていた。僕《ぼく》は指《さ》された白《しろ》っぽい魚《さかな》を知《し》らなかった。

「ドイツ鯉《ごい》＊よ。鱗《うろこ》がところどころしかないの——一種《いっしゅ》の奇形《きけい》ね」

とおばさんは言《い》った。

「でも奇形《きけい》の方《ほう》が＊値打《ねう》ちのあることもあるのよ」

いがらっぽく　刺激《しげき》が強《つよ》く、のどがひりつくような感《かん》じがするさま。

みぞおち　「鳩尾《みぞおち》」と表記《ひょうき》。胸骨《きょうこつ》の下《した》、胸《むね》の中央前面《ちゅうおうぜんめん》のくぼんだ部分《ぶぶん》。

火箸《ひばし》　炭火《すみび》などをはさむのに用《もち》いる金属製《きんぞくせい》の箸《はし》。

泉水《せんすい》　庭園《ていえん》に設《もう》けられた池《いけ》。

尺余《しゃくあま》り　「尺余《しゃくあまり》」とも表記《ひょうき》。一尺《しゃく》（約《やく》三〇センチメートル）を超《こ》える。

梧桐《あおぎり》　アオギリ科《か》の落葉高木《らくようこうぼく》。夏《なつ》に黄白色《おうはくしょく》五弁《べん》の小花《こばな》を群生《ぐんせい》させる。庭木《にわき》・街路樹《がいろじゅ》として植《う》えられる。

くろ松《まつ》　「黒松《くろまつ》」と表記《ひょうき》。マツ科《か》の常緑高木《じょうりょくこうぼく》。樹皮《じゅひ》は黒褐色《こくかっしょく》。海岸近《かいがんちか》くに多《おお》く見《み》られる。

物憂《ものう》い　なんとなく晴《は》れ晴《ば》れとせず、けだるい感《かん》じ。

枝折戸《しおりど》　竹《たけ》や木《き》の枝《えだ》で造《つく》られた、単純《たんじゅん》な仕組《しく》みの開《ひら》き戸《ど》。

ドイツ鯉《ごい》　ドイツやオーストリアで改良《かいりょう》された鯉《こい》の品種《ひんしゅ》。日本《にほん》では明治《めいじ》三十七年《ねん》（一九〇四）に初輸入《はつゆにゅう》された。

でも奇形《きけい》の方《ほう》が……　屋敷《やしき》の女主人《おんなしゅじん》の複雑《ふくざつ》な心情《しんじょう》を暗示《あんじ》するような台詞《せりふ》である。

　好奇心《こうきしん》などというものを、持《も》つだけの体力《たいりょく》もなくなっていた僕《ぼく》だったが――そういえば、いつか工場《こうじょう》の帰路《きろ》、焼跡《やけあと》の瓦礫《がれき》*の上《うえ》に坐《すわ》って、腹《はら》をむき出《だ》し、片手《かたて》に抜《ぬ》き身《み》*の日本刀《にほんとう》を持《も》ってしきりにと見《み》こう看《み》*している人物《じんぶつ》を見《み》たことがあった。僕《ぼく》たちは一瞥《いちべつ》*しただけで通《とお》りすぎた。その男《おとこ》が腹《はら》を切《き》るつもりだったのか、あのあと本当《ほんとう》に切《き》ったのだろうか、と不思議《ふしぎ》に思《おも》ったのは、終戦後《しゅうせんご》五年《ごねん》もたってからである――しかしおばさんと、この邸《やしき》だけは、時《とき》おり不思議《ふしぎ》に思《おも》うことがあった。この広《ひろ》い、間数《まかず》*の多《おお》い邸《やしき》の中《なか》で、おばさんと、その病人《びょうにん》とやらのたった二人《ふたり》だけで住《す》んでいるのだろうか？　男《おとこ》というものはいないのだろうか？　それにおばさんは、もんぺなどはいたこともなく、いつもきちんと和服姿《わふくすがた》だった。外《そと》に出《で》ないからいいとはいえ、あの意地《いじ》の悪《わる》い防護団《ぼうごだん》*や隣保《りんぽ》*の連中《れんちゅう》が、なぜほうっておくのだろう？　この家《いえ》には火《ひ》たたきも、*防火砂《ぼうかすな》*もなかった。やけ出《だ》されて家《いえ》のない連中《れんちゅう》がたくさんいるのに、これだけ広《ひろ》い家《いえ》にたった二人《ふたり》で住《す》んでいて、どこからも何《なに》も言《い》われないのだろうか？　金持《かねも》ちらしいけれど、食糧《しょくりょう》はどこから手《て》に入《い》れるのか？――この最後《さいご》の疑《ぎ》問《もん》だけは、ちょっと手《て》がかりがあった。ある夜《よ》――その夜《よる》も停電《ていでん》だったが、裏口《うらぐち》から頰《ほお》かむりをした男《おとこ》が、何《なに》かをかついでこっそりはいってきた。僕《ぼく》は離屋《はなれや》*の窓《まど》からそいつの姿《すがた》を見《み》た。月明《つきあか》りでちらと見《み》えた顔《かお》は、ひっつり*眼《まなこ》だった。その翌日《よくじつ》、僕《ぼく》は何日《なんにち》ぶりかで肉《にく》にありついた。——しかしこれらの疑問《ぎもん》は、漠然《ばくぜん》と僕《ぼく》の胸《むね》に去来《きょらい》*しただけで、それを追《つい》究《きゅう》するだけの気力《きりょく》はなかった。むしろ時《とき》おり、母屋《おもや》の二階《にかい》の方《ほう》から聞《きこ》える、あの泣《な》き声《ごえ》の方《ほう》が気《き》がかりなくらいだった。

「病人《びょうにん》って、女《おんな》の子《こ》だね」と僕《ぼく》はお咲《さき》さんに言《い》った。「とても痛《いた》そうに泣《な》いている」

瓦礫《がれき》　瓦《かわら》と小石《こいし》。

抜《ぬ》き身《み》の　刀身《とうしん》を鞘《さや》から抜《ぬ》いた。

と見《み》こう看《み》　「左見右見《とみこうみ》」とも表記《ひょうき》。あちらを見《み》たりこちらを見《み》たり。きょろきょろと。

一瞥《いちべつ》　ちらりと見《み》ること。

間数《まかず》　部屋数《へやかず》。

防護団《ぼうごだん》　災害《さいがい》や犯罪《はんざい》の危険《きけん》を地域《ちいき》ごとに防《ふせ》ぎ守《まも》るための組織《そしき》。警防団《けいぼうだん》の前身《ぜんしん》で、第二次大戦前《だいにじたいせんまえ》に軍部《ぐんぶ》の指導《しどう》により全国《ぜんこく》の市《し》町村《ちょうそん》で組織《そしき》された。

隣保《りんぼ》　隣近所《となりきんじょ》の家々《いえいえ》や人々《ひとびと》。特《とく》に昭和《しょうわ》十五年《ねん》（一九四〇）からは、町内会《ちょうないかい》の下部組織《かぶそしき》として「隣組《となりぐみ》」が組織《そしき》され、自治《じち》業《ぎょう》務《む》や相互監視《そうごかんし》がおこなわれた。

火《ひ》たたき　消火用具《しょうかようぐ》。竹竿《たけざお》の先《さき》に縄《なわ》の束《たば》を付《つ》けて、叩《たた》いて火《ひ》を消《け》す。

防火砂《ぼうかすな》　消火用具《しょうかようぐ》。火《ひ》にふりかけて消《け》すための砂《すな》。

離屋《はなれや》　「離《はな》れ」に同《おな》じ。

ひっつり　「ひっつれ」とも。皮膚《ひふ》などの表面《ひょうめん》が、火傷《やけど》などで引《ひ》き攣《つ》れたようになっていること。その部分《ぶぶん》。

去来《きょらい》　来《き》ては去《さ》ること。

「坊《ぼっ》ちゃん、おききになりまして？」とお咲《さき》さんは暗《くら》い目《め》つきをして呟《つぶや》いた。それからこわいようなきっぱりした態度《たいど》で言《い》った。

「母屋《おもや》の方《ほう》へは、あまりいらっしゃらないようにしてくださいね」

「病人《びょうにん》って、いくつぐらいの人《ひと》？」

「存《ぞん》じません」とお咲《さき》さんは思《おも》いに沈《しず》むように顎《あご》を落《おと》して首《くび》をふった。「私《わたし》もまだ、お目《め》にかかったことがないんです」

それからもうひとつ――この邸《やしき》の中《なか》にはラジオがなかった。そのころはタブロイド判《ばん》*になってしまっていた新聞《しんぶん》さえとっていないようだった。ラジオがあってもどうせ停電続《ていでんつづ》きで、電池式《でんちしき》でなければきけなかったろうが、僕《ぼく》は戦局《せんきょく》*についてのニュースを知《し》りたかった。工場《こうじょう》ではいろんな噂《うわさ》が流《なが》れていた。たいていは新兵器《しんへいき》の話《はなし》とか、敵《てき》を一挙《いっきょ》にせん滅《めつ》*する新《しん》型爆弾《がたばくだん》やロケットの話《はなし》だったが、中《なか》にはアメリカで暴動《ぼうどう》が起《おこ》るとか、戦争《せんそう》がもうじき終《おわ》るとかいう妙《みょう》な噂《うわさ》も流《なが》れていた。

西宮大空襲《にしのみやだいくうしゅう》*の夜《よる》、僕《ぼく》は起《お》きだして行《い》って、東《ひがし》の空《そら》の赤黒《あかぐろ》い火炎《かえん》と、パチパチとマグネシウム＊のようにはじける中空《ちゅうくう》の火《ひ》の玉《たま》を見《み》つめた。僕《ぼく》はいつもの習慣《しゅうかん》でゲートル＊をまいたまま寝《ね》ていたが、その夜《よ》ばかりは阪神間《はんしんかん》も終《お》わりかと思《おも》って、いつでも逃《に》げられる用意《ようい》をした。

「こちらに来《き》ますでしょうか？」ともんぺ姿《すがた》のお咲《さき》さんがきいた。

「近《ちか》いよ。今《いま》やられてるのは東口《ひがしぐち》のへんだ」と僕《ぼく》は言《い》った。「この次《つぎ》のやつが芦屋《あしや》をねらうかもしれない」

「だんだん近《ちか》くなりますね」とお咲《さき》さんは呟《つぶや》いた。「あれは香櫨園《こうろえん》あたりじゃありませんか？」

ふと横《よこ》に白《しろ》いものが立《た》った。見《み》ると浴衣姿《ゆかたすがた》に茶羽織《ちゃばおり》＊をはおったおばさんが、胸《むね》の所《ところ》で袂《たもと》

タブロイド判《ばん》　(tabloid)　二七三ミリメートル×四〇六ミリメートルの判型《はんけい》。そのサイズの新聞《しんぶん》。通常《つうじょう》の新聞紙面《しんぶんしめん》の半分《はんぶん》の大《おお》きさとなる。

戦局《せんきょく》　戦争《せんそう》の局面《きょくめん》。なりゆき。現状《げんじょう》。

せん滅《めつ》　「殲滅《せんめつ》」と表記《ひょうき》。徹底《てってい》して滅《ほろ》ぼすこと。皆殺《みなごろ》し。

西宮大空襲《にしのみやだいくうしゅう》　昭和《しょうわ》二十年《ねん》（一九四五）八月《がつ》五日夜《かよる》から六日未明《かみめい》にかけて、西宮市《にしのみやし》に加《くわ》えられた米軍《べいぐん》の爆撃《ばくげき》。焼夷弾《しょういだん》による波状攻撃《はじょうこうげき》で南部《なんぶ》の市街地《しがいち》が壊滅的《かいめつてき》な被害《ひがい》を受《う》けた。

マグネシウム　(magnesium)　金属元素《きんぞくげんそ》のひとつ。古代《こだい》ギリシアのマグネシア地方《ちほう》に由来《ゆらい》。やや粘硬《ねんこう》な銀白色《ぎんはくしょく》の軽金属《けいきんぞく》である。高温《こうおん》で強《つよ》い光《ひかり》を放《はな》って燃《も》え酸化物《さんかぶつ》となる。合金《ごうきん》の構成材料《こうせいざいりょう》として、航空機《こうくうき》や自動車《じどうしゃ》の製造《せいぞう》に利用《りよう》される。

ゲートル　(guêtres)　厚地《あつじ》の木綿《もめん》や麻《あさ》などの布《ぬの》と革《かわ》で、ズボンの裾《すそ》と脛《すね》の部分《ぶぶん》を包《つつ》む洋風脚絆《ようふうきゃはん》。歩《ある》きやすくする目的《もくてき》で装着《そうちゃく》する。

茶羽織《ちゃばおり》　婦人用《ふじんよう》の丈《たけ》の短《みじか》い羽織《はおり》。

を重《かさ》ねあわせて、西宮《にしのみや》の空《そら》を見上《みあ》げていた。

「逃《に》げませんか？」と僕《ぼく》は言《い》った。「山手《やまて》へ行《い》った方《ほう》が安全《あんぜん》ですよ」

「いいえ、大丈夫《だいじょうぶ》」とおばさんは静《しず》かな声《こえ》で答《こた》えた。「もう一回来《いっかいき》て、＊それでおしまいです。ここは焼《や》けません」

僕《ぼく》はその声《こえ》をきくと、なんだかうろたえた。おばさんは頭《あたま》が変《へん》なのじゃないかと思《おも》ったからだ。だがおばさんの顔《かお》は能面《のうめん》のように静《しず》かだった。ふち無《な》し眼鏡《めがね》の上《うえ》には、赤《あか》い遠《とお》い炎《ほのお》がチラチラ映《うつ》っていた。

「この空襲《くうしゅう》よりも、もっとひどいことになるわ」とおばさんは呟《つぶや》いた。「とてもひどい……」

「どこが？」と僕《ぼく》はききかえした。

「西《にし》の方《ほう》です」

「神戸《こうべ》ですか？」

「いいえ、もっと西《にし》＊……」

そう言《い》うとおばさんは、突然顔《とつぜんかお》をおおって家《いえ》の中《なか》へはいってしまった――僕《ぼく》は明《あ》け方近《がたちか》くなって、離屋《はなれや》へ帰《かえ》った。途中《とちゅう》、庭先《にわさき》からふと母屋《おもや》の方《ほう》をのぞくと、戸《と》をあけはなした灯《ひ》のない部屋《へや》の真《ま》ん中《なか》に、白《しろ》い姿《すがた》が見《み》えた。おばさんは十畳《じゅうじょう》の部屋《へや》の真《ま》ん中《なか》に、きちんと坐《すわ》っていた。三《さん》キロ西《にし》では、空《そら》を蔽《おお》いつくすほどの黒煙《こくえん》と火炎《かえん》が立《た》ちこめ、火《ひ》の起《おこ》す熱《あつ》い風《かぜ》が灰燼《かいじん》*をまき上《あ》げていた。その風《かぜ》の底《そこ》に、火《ひ》の手《て》にまかれた人々《ひとびと》の阿鼻叫喚《あびきょうかん》*が聞《きこ》えてくるようだった。おばさんは端座《たんざ》*したままその遠《とお》い叫《さけ》びに耳《みみ》をかたむけているみたいだった。

――しかし庭《にわ》をはなれる時《とき》そうでないことがわかった。鉤《かぎ》の手《て》*に折《お》れた母屋《おもや》の、向《むこ》う側《がわ》の二階《にかい》から、ぴったりとざされた窓《まど》を通《とお》して今夜《こんや》もあのすすり泣《な》きが聞《きこ》えてくるのだった。

翌日《よくじつ》から僕《ぼく》は下痢《げり》で工場《こうじょう》を休《やす》んだ。離屋《はなれや》には便所《べんじょ》がなかったので、僕《ぼく》は何度《なんど》も母屋《おもや》への

もう一回来《かいき》て　主語《しゅご》は、爆撃機《ばくげきき》。
もっと西《にし》……　広島《ひろしま》・長崎《ながさき》の原爆投下《げんばくとうか》を暗示《あんじ》。
灰燼《かいじん》　炎上《えんじょう》による灰《はい》と燃《も》えさし。
阿鼻叫喚《あびきょうかん》　地獄《じごく》に堕《お》ちた亡者《もうじゃ》が、阿鼻地獄《あびじごく》（八大地獄《はちだいじごく》で最《もっと》も過酷《かこく》な地獄《じごく》）の責苦《せめく》に堪《た》えられず、泣《な》き叫《さけ》ぶさま。転《てん》じて、地獄《じごく》のような惨状《さんじょう》を形容《けいよう》する言葉《ことば》。
端座《たんざ》　姿勢《しせい》を正《ただ》して坐《すわ》ること。正座《せいざ》。
鉤《かぎ》の手《て》　ほぼ直角《ちょっかく》に曲《ま》がっているところ。

渡《わた》り廊下《ろうか》を往復《おうふく》した。下便所《しもべんじょ》*があったが僕《ぼく》は母屋《おもや》の庭《にわ》ぞいの長《なが》い廊下《ろうか》を突《つ》っきって、階段《かいだん》の横手《よこて》にある客用便所《きゃくようべんじょ》へ行《い》った。——それは僕《ぼく》の我儘《わがまま》でもあり、この邸《やしき》の豪勢《ごうせい》さに対《たい》する反抗《はんこう》でもあった。母方《ははかた》の祖父《そふ》の家《いえ》は埼玉《さいたま》の豪農《ごうのう》*だった。僕《ぼく》は幼《おさな》い時《とき》にそこを訪《おとず》れて数多《かずおお》くの小作人《こさくにん》*や下男《げなん》たちにちやほやされ、その十《じゅう》の蔵までである広《ひろ》い邸囲《やしきがこ》い*や、二百年《にひゃくねん》も経《へ》た古《ふる》い棰《たるき》*に漠然《ばくぜん》とした誇《ほこ》りを感《かん》じた。今《いま》この大《おお》きな邸《やしき》の中《なか》にいて、妙《みょう》に気圧《けお》される感《かん》*じをうけるのが癪《しゃく》にさわったのだ*。それに好奇心《こうきしん》もあったのは確《たし》かだ。これだけ広《ひろ》い邸《やしき》、廊下《ろうか》の向《む》こうがせばまって見《み》えるほどの邸《やしき》の中《なか》に、あれだけの人数《にんずう》というのはどうも納得《なっとく》できない。——便所《べんじょ》へ行《い》くのはちょっとした冒険気分《ぼうけんきぶん》だった。黒光《くろびか》りする廊下《ろうか》を僕《ぼく》はお咲《さき》さんも拭《ふ》き掃除《そうじ》が大変《たいへん》だろうなと思《おも》いながら、歩《ある》いて行《い》った。途中《とちゅう》で両側《りょうがわ》の部屋《へや》に耳《みみ》をそばだててみたが、どの部屋《へや》の障子《しょうじ》もぴったりとざされて人《ひと》の気配《けはい》はどこにもなく、黒《くろ》ずんだ障子《しょうじ》の桟《さん》には薄《うす》い埃《ほこ》りがたまっていた。曲《ま》がり角《かど》で、不意《ふい》に何《なに》かに出《で》くわしてびっくりすると、そこには古《ふる》い木彫《きぼ》りの仏像《ぶつぞう》がひっそりと立《た》っていたり、くわっと口《くち》を開《ひら》いて声《こえ》のない笑《わら》いをたてている、青銅製《せいどうせい》の伎楽面《ぎがくめん》*が壁《かべ》にかかっていたりした。便所《べんじょ》の向《む》かいの壁《かべ》には、古木《こぼく》を使《つか》った扁額《へんがく》*がかかっていて、はげた胡粉《ごふん》*の文字《もじ》で、鬼神莫二《きじんばくじ》*と読《よ》めた。——一体《いったい》どういう意味《いみ》だか、いまだにわからない。

奥便所《おくべんじょ》は男便所《おとこべんじょ》の反対側《はんたいがわ》にあり、総畳《そうだたみ》*の四畳半《よじょうはん》だった。砂摺《すなず》り*の壁《かべ》に三方《さんぼう》に櫺子窓《れんじまど》*があり、青畳《あおだたみ》*が明《あか》るく冴《さ》えていた。天井《てんじょう》は杉柾目《すぎまさめ》*の舟形造《ふながたづく》り、*便器《べんき》は部屋《へや》の中央《ちゅうおう》にあり、

下便所《しもべんじょ》　家族《かぞく》や使用人《しようにん》が日常《にちじょう》つかうための便所《べんじょ》。
豪農《ごうのう》　多《おお》くの地所《じしょ》と資産《しさん》を有する裕福《ゆうふく》な農家《のうか》。
小作人《こさくにん》　地主《じぬし》から土地《とち》を借《か》りて農業《のうぎょう》をいとなむ人《ひと》。
十の蔵《くら》まである　十番目《ばんめ》の倉庫《そうこ》まである。富裕《ふゆう》な家《いえ》であることを形容《けいよう》する言《い》いまわし。
邸囲《やしきがこ》い　敷地《しきち》。
棰《たるき》　屋根《やね》の裏板《うらいた》または木舞《こまい》を支《ささ》えるため、棟《むね》から軒《のき》へとわたされる材木《ざいもく》。
気圧《けお》される　全体《ぜんたい》の雰囲気《ふんいき》に圧倒《あっとう》される。
癪《しゃく》にさわった　腹《はら》を立《た》てた。
廊下《ろうか》の向《む》うがせばまって見《み》える　遠近法《えんきんほう》を実感《じっかん》できるほどの長《なが》さがあるさま。
そばだてて　片端《かたはし》をあげて傾《かたむ》ける。聞《き》き耳《みみ》を立《た》てるさま。
伎楽面《ぎがくめん》　古代日本《こだいにほん》の寺院《じいん》で上演《じょうえん》された仮面舞踊劇《かめんぶようげき》で使用《しよう》される面《めん》。幻獣《げんじゅう》や人間《にんげん》をかたどる。
扁額《へんがく》　屋内《おくない》などに書画《しょが》を飾《かざ》るための細長《ほそなが》い額《がく》。
胡粉《ごふん》　日本画《にほんが》に用《もち》いられる白色《はくしょく》の顔料《がんりょう》。
鬼神莫二《きじんばくじ》　不詳《ふしょう》。鬼神《きじん》に二つ無《な》し（＝並《なら》ぶものなし）もしくは（後出《こうしゅつ》の予言《よげん》にからめて）二言《にごん》なしの意味《いみ》か。
総畳《そうだたみ》　床《ゆか》の全面《ぜんめん》が畳張《たたみば》りなこと。
砂摺《すなず》り　塗料《とりょう》に砂《すな》を加《くわ》えて土蔵《どぞう》などの壁《かべ》を塗《ぬ》ること。また、その壁《かべ》。
櫺子窓《れんじまど》　「連子窓《れんじまど》」とも。竹《たけ》などの細《ほそ》い木材《もくざい》を、縦《たて》または横《よこ》に一定間隔《いっていかんかく》に取《と》りつけた窓《まど》。
青畳《あおだたみ》　新《あたら》しい青々《あおあお》とした畳《たたみ》。
杉柾目《すぎまさめ》　樹心《じゅしん》に平行《へいこう》して、真《ま》っ直《す》ぐな木目《もくめ》の杉材《すぎざい》。
舟形造《ふながたづく》り　船底《せんてい》を天地逆《てんちさか》さにしたような構造《こうぞう》の天井《てんじょう》。通気性《つうきせい》に優《すぐ》れる。

黒漆《くろうるし》塗《ぬ》りで、同《おな》じ黒漆《くろうるし》塗《ぬ》りの蓋《ふた》には、金泥《きんでい》*で青海波《せいがいは》*が描《えが》かれてある。籐《とう》編《あ》み*の紙置《かみお》き*には水晶製《すいしょうせい》の唐獅子《からじし》をかたどった紙鎮《しちん》*がおかれ、便器《べんき》の正面《しょうめん》には赤漆《あかうるし》塗《ぬ》りで高《たか》さ一尺《いっしゃく》ばかりの猫足《ねこあし》*の台《だい》があり、その上《うえ》の青磁《せいじ》*の水盤《すいばん》*には、時《とき》に河骨《こうほね》*が、時《とき》に水蓮《すいれん》*が活《い》けられてあった。ちょうど東北《とうほく》にあたる隅《すみ》*には、二尺《にしゃく》*ほどの高《たか》さの黒柿《くろがき》*の八足《やつあし》*があり、銀製《ぎんせい》の香炉《こうろ》*がのっていて、そこからはいつも、馥郁《ふくいく》たる香《かおり》*がたちこめていた。客便所《きゃくべんじょ》の掃除《そうじ》は、お咲《さき》さんの重要《じゅうよう》な日課《にっか》の一《ひと》つらしかった。僕《ぼく》はお咲《さき》さんがちりとり一杯《いっぱい》の杉《すぎ》の青葉《あおば》をもって歩《ある》いているのを見《み》たことがある。そして奥便所《おくべんじょ》の便器《べんき》の蓋《ふた》をとると、底《そこ》も知《し》れぬ暗闇《くらやみ》*の中《なか》から、いつもぷんとま新《あたら》しい杉《すぎ》の葉《は》の香《かおり》がした。この豪勢《ごうせい》な、広《ひろ》い便所《べんじょ》の真《ま》ん中《なか》で、一人坐《ひとりすわ》って、豆腹《まめばら》*の下痢《げり》をぶちまけるのは、ちょっと痛快《つうかい》な気分《きぶん》だった。しかし僕《ぼく》が一番驚《いちばんおどろ》いたのは、客便所《きゃくべんじょ》の外《そと》で二階《にかい》からおりてくるお咲《さき》さんにばったり出会《であ》った時《とき》だった。なぜだか知《し》らないが、お咲《さき》さんは腰《こし》のぬけるほど驚《おどろ》いて、手《て》にもった洗面器《せんめんき》を半分《はんぶん》とりおとしかけながら叫《さけ》んだ。

「まあ、坊《ぼっ》ちゃま！――坊《ぼっ》ちゃまでしたの！」

彼女《かのじょ》はまっさおになり、はあはあ息《いき》をはずませていた。

金泥《きんでい》 金粉《きんぷん》を膠《にかわ》で溶《と》いた顔料《がんりょう》。「こんでい」とも。

青海波《せいがいは》 同心《どうしん》の半円形《はんえんけい》を重《かさ》ねて波《なみ》のような形《かたち》を表《あら》わした文様《もんよう》。衣服《いふく》や蒔絵《まきえ》の図案《ずあん》となる。

籐編《とうあ》み 籐《とう》で編《あ》んで作《つく》られた製品《せいひん》。

紙置《かみお》き 落《お》とし紙《がみ》（トイレット・ペーパー）を置《お》く器《うつわ》や台《だい》。

紙鎮《しちん》 紙《かみ》を押《お》さえるための重《おも》し。文鎮《ぶんちん》。

猫足《ねこあし》 家具《かぐ》の脚部《きゃくぶ》で、上部《じょうぶ》がふくらみ、そこから細《ほそ》くなって、下部《かぶ》がまた丸《まる》くなる、猫《ねこ》の足《あし》に似《に》た形《かたち》の様式《ようしき》。

青磁《せいじ》 素地《きじ》や釉《うわぐすり》に微量《びりょう》の鉄分《てつぶん》が含《ふく》まれるため、還元炎《かんげんえん》で焼成《しょうせい》すると青緑色《あおみどりいろ》を発色《はっしょく》する陶磁器《とうじき》。

水盤《すいばん》 陶製《とうせい》や鉄製《てつせい》の浅《あさ》めの器《うつわ》。水《みず》をはって花《はな》を活《い》けたり、盆石《ぼんせき》などを置《お》く。

河骨《こうほね》 スイレン科《か》の多年草《たねんそう》。池《いけ》や沼《ぬま》などに生《は》える。夏《なつ》に花茎《かけい》を水上《すいじょう》に伸《の》ばして、丸《まる》みを帯《お》びた黄色《きいろ》い花《はな》をつける。「かわほね」とも。根茎《こんけい》は川骨《せんこつ》と呼《よ》ばれ、漢方薬《かんぽうやく》となる。

水蓮《すいれん》 スイレン科《か》スイレン属《ぞく》の水生植物《すいせいしょくぶつ》の総称《そうしょう》。池《いけ》や沼《ぬま》に生《は》え、円形《えんけい》の基部《きぶ》に切《き》れ込《こ》みのある葉《は》を水面《すいめん》に浮《う》かべる。夏《なつ》に白《しろ》・黄《き》・赤《あか》などのハスに似《に》た花《はな》を水上《すいじょう》に開《ひら》く。

東北《とうほく》にあたる隅《すみ》 陰陽道《おんみょうどう》でいう「鬼門《きもん》」の方角《ほうがく》である。

二尺《しゃく》 約《やく》六〇センチメートル。

黒柿《くろがき》 カキノキ科《か》の常緑高木《じょうりょくこうぼく》。暗紫色《あんししょく》の心材《しんざい》は堅牢緻密《けんろうちみつ》で、建築《けんちく》や工芸用《こうげいよう》に珍重《ちんちょう》される。台湾《たいわん》・フィリピンに分布《ぶんぷ》するので、台湾黒檀《たいわんこくたん》とも呼《よ》ばれる。

八足《やつあし》 神前《しんぜん》に物《もの》を供《そな》えるときなどに用《もち》いられる、四対《つい》の足《あし》のついた机《つくえ》。「やつあしの机《つくえ》」とも。

香炉《こうろ》 香《こう》を焚《た》くのに用《もち》いられる器《うつわ》。中《なか》に灰《はい》を入《い》れ、炭火《すみび》をおいて香《こう》を焚《た》く。さまざまな形《かたち》のものがある。

馥郁《ふくいく》たる 良《よ》い薫《かお》りがただようさま。

底《そこ》も知《し》れぬ暗闇《くらやみ》…… 水洗式《すいせんしき》トイレと違《ちが》って、かつての汲《く》み取《と》り式便所《しきべんじょ》では、便器《べんき》の下《した》には糞尿《ふんにょう》を溜《た》めておく空間《くうかん》が広《ひろ》がっており、そこは常《つね》に闇《やみ》に浸《ひた》されていた。トイレにまつわる怪談《かいだん》の源泉《げんせん》である。

豆腹《まめばら》 豆類《まめるい》は身体《しんたい》に良《よ》い栄養素《えいようそ》を含《ふく》む反面《はんめん》、食《た》べ過《す》ぎると下痢《げり》や嘔吐《おうと》を引《ひ》き起《お》こす作用《さよう》がある。ちなみに後述《こうじゅつ》の予言獣《よげんじゅう》・件《くだん》をめぐる風説《ふうせつ》にも、なぜか豆《まめ》がらみのものが多《おお》いことは興味《きょうみ》深《ぶか》い。「神戸地方《こうべちほう》では『件《くだん》』が生《う》まれ、自分《じぶん》の話《はなし》を聞《き》いた者《もの》は、これを信《しん》じて三日《か》以内《いない》に小豆飯《あずきめし》か『オハギ』を喰《く》えば空襲《くうしゅう》の被害《ひがい》を免《まぬが》れるといったそうだ」（三一書房版《さんいちしょぼうばん》『近代庶民生活誌《きんだいしょみんせいかつし》4 流言《りゅうげん》』所収《しょしゅう》「三月中《がっちゅう》ニ於《お》ケル造言飛語《ぞうげんひご》」より）

「こんな所《ところ》へいらっしゃるなんて……」

「来《き》ちゃいけないのかい？」と僕《ぼく》は反抗的《はんこうてき》に言《い》った。

「そんなことはございませんけど……」

そう言《い》ってお咲《さき》さんは、ようやく手《て》にした洗面器《せんめんき》を持《も》ちなおした。その中《なか》からは、ぷうんと腐《くさ》ったような臭《にお》いがした。僕《ぼく》がのぞきこもうとすると、お咲《さき》さんはあわててそれを横《よこ》に隠《かく》した。

「ごらんになっちゃいけません」と彼女《かのじょ》は呟《つぶや》いて、足早《あしばや》に立《た》ち去《さ》ろうとした。僕《ぼく》はお咲《さき》さんがひきずっているものを見《み》て声《こえ》をかけた。

「繃帯《ほうたい》、ひきずってるよ」

お咲《さき》さんはふりむいた。その拍子《ひょうし》に洗面器《せんめんき》の中味《なかみ》がまる見《み》えになった。それは洗面器《せんめんき》一杯《いっぱい》の、血《ち》と膿《うみ》に汚《よご》れた、ひどい悪臭《あくしゅう》をはなつ繃帯《ほうたい》だった！　お咲《さき》さんはすっかり狼狽《ろうばい》*して、台所《だいどころ》の方《ほう》へ走《はし》り去《さ》った。

僕《ぼく》はなにか異様《いよう》な感《かん》じにつきまとわれだした。あの女《おんな》の子《こ》の病気《びょうき》は何《なん》だろう？　ひょっとすると、――あの業病《ごうびょう》＊かも知《し》れない。そう思《おも》うと、僕《ぼく》は身《み》うちがむずがゆくなった。あのおばさんの、い、い、蚕《かいこ》が上《のぼ》る時《とき》＊のような透《す》きとおる肌《はだ》も、その業病《ごうびょう》を暗示《あんじ》するみたいだった。僕《ぼく》は我慢《がまん》できなくなって、その日《ひ》の午後台所《ごごだいどころ》へ行《い》ってみた。大《おお》きな、暗《くら》い台所《だいどころ》をこっそりのぞくと、お咲《さき》さんは大釜《おおがま》に湯《ゆ》を沸《わ》かして繃帯《ほうたい》を煮《に》ていた。そして傍《かたわら》には、先刻《せんこく》＊繃帯《ほうたい》のはいっていた、さしわたし六十《ろくじゅっ》センチもありそうな大《おお》きな洗面器《せんめんき》がおいてあり、その中《なか》には胸《むね》のむかつくような臭《にお》いのする、どろどろしたものが、なみなみと＊はいって、湯気《ゆげ》をたてていた。そのげろのような汚《きた》ならしいものは、たしかに食物《たべもの》だった。――僕《ぼく》が声《こえ》をかけると、お咲《さき》さんはまたびっくりして、今度《こんど》は少《すこ》しきつい目《め》で僕《ぼく》をにらんだ。

狼狽《ろうばい》　うろたえ慌《あわ》てること。
業病《ごうびょう》　悪業《あくごう》の報《むく》いでかかると、かつては誤《あやま》って考《かんが》えられていた難病《なんびょう》。もちろん、そのような病気《びょうき》は、この世《よ》に存在《そんざい》しない。医学《いがく》の知識《ちしき》が乏《とぼ》しかった時代《じだい》の迷信《めいしん》と偏見《へんけん》の産物《さんぶつ》である。
蚕《かいこ》が上《のぼ》る時《とき》　蚕《かいこ》の幼虫《ようちゅう》は、糸《いと》を吐《は》いて繭《まゆ》をつくりはじめる直前《ちょくぜん》に、体《からだ》が透《す》けて見《み》えるようになる。ちなみに「遠野物語《とおのものがたり》」第《だい》六九話《わ》の「馬娘婚姻譚《ばじょうこんいんたん》」も、養蚕《ようさん》にまつわる起源説話《きげんせつわ》であった。かたや娘《むすめ》と馬《うま》、かたや娘《むすめ》と……。
先刻《せんこく》　先《さき》ほど。
なみなみと　たっぷりと。あふれるほど。

「男《おとこ》のお子《こ》さんが、*台所《だいどころ》などのぞくものじゃありません」とお咲《さき》さんは言《い》った。

「お咲《さき》さん、あの女《おんな》の子《こ》の病気《びょうき》、何《なに》なの？」と僕《ぼく》は負《ま》けずに言《い》いかえした。「癩病《らいびょう》*だったらどうするんだ？」

「坊《ぼっ》ちゃま！」とお咲《さき》さんは真顔《まがお》でたしなめて、*手《て》をふきふきこちらへやって来《き》た。僕《ぼく》たちは上《あが》り框《かまち》*に腰《こし》をおろした。

「ねえ、坊《ぼっ》ちゃま。人様《ひとさま》の内輪《うちわ》*のことをいろいろと詮索《せんさく》*するのは、よくないですよ」

「でも、もし癩病《らいびょう》だったら？」と僕《ぼく》は言《い》った。「おばさん、病人《びょうにん》をかくしてるし、お咲《さき》さん以外《いがい》の人《ひと》は居《い》つかないじゃないか。きっとそうだよ。癩病《らいびょう》がうつったら*どうする？」

「お咲《さき》には癩病《らいびょう》はうつりません。うつったって平気《へいき》でございます」とお咲《さき》さんは祈《いの》るような声《こえ》で言《い》った。「お咲《さき》には神様《かみさま》がついております。――光明皇后《こうみょうこうごう》*様《さま》のお話《はなし》、御存知《ごぞんじ》ですか？」

「だって、あれは伝説《でんせつ》だよ。癩《らい》だったら隔離《かくり》しなきゃいけないんだ*」と僕《ぼく》は言《い》いはった。

「でも、坊《ぼっ》ちゃま、――これだけは申《もう》せます。あの御病人《ごびょうにん》は癩《らい》じゃございません」

「じゃ、何《なん》なの？」

「わかりません——。でも、奥様《おくさま》はお気《き》の毒《どく》な方《かた》です」

男《おとこ》のお子《こ》さんが……　いわゆる「男子厨房《だんしちゅうぼう》（＝台所《だいどころ》）に入《い》らず」を踏《ふ》まえた発言《はつげん》。出典《しゅってん》は『孟子《もうし》』に見《み》える「君子《くんし》は庖厨《ほうちゅう》を遠《とお》ざく」だが、本来《ほんらい》の意味《いみ》は、君子《くんし》は生《せい》あるものを哀《あわ》れむ心《こころ》が強《つよ》いので、牛《うし》や羊《ひつじ》のような生《い》き物《もの》を殺《ころ》す調理場《ちょうりば》に近《ちか》づくことは堪《た》えられない、といった趣旨《しゅし》である。

癩病《らいびょう》　ハンセン病《びょう》、ハンセン氏病《しびょう》とも。癩菌《らいきん》の感染《かんせん》により起《お》こる慢性《まんせい》の感染症《かんせんしょう》。一八七三年《ねん》、ノルウェーの医学者《いがくしゃ》ハンセンが癩菌《らいきん》を発見《はっけん》して以降《いこう》、ハンセン病《びょう》と呼《よ》ばれるようになった。おもに末梢神経《まっしょうしんけい》と皮膚《ひふ》が冒《おか》されるが、菌《きん》の感染力《かんせんりょく》は極《きわ》めて弱《よわ》く、遺伝《いでん》することも科学的《かがくてき》にありえないと判明《はんめい》している。かつては不治《ふじ》の病《やまい》と誤解《ごかい》されていたが、現在《げんざい》では有効《ゆうこう》な治療薬《ちりょうやく》が開発《かいはつ》され、日本《にほん》ではほぼ根絶《こんぜつ》されている。

たしなめて　叱《しか》って。いましめて。

上《あが》り框《かまち》　玄関《げんかん》の上《あ》がり口《ぐち》の框《かまち》(床《ゆか》などの端《はし》にわたす化粧横木《けしょうよこぎ》)。

内輪《うちわ》　内密《ないみつ》のこと。内情《ないじょう》。

詮索《せんさく》　細《こま》かいことまで追求《ついきゅう》すること。

癩病《らいびょう》がうつったら……　前掲《ぜんけい》のとおり、癩《らい》は感染《かんせん》する病気《びょうき》ではなく、薬剤投与《やくざいとうよ》により完治《かんち》する病気《びょうき》である。

光明皇后《こうみょうこうごう》　（七〇一〜七六〇）聖武天皇《しょうむてんのう》の皇后《こうごう》。孝謙天皇《こうけんてんのう》の母《はは》。藤原不比等《ふじわらのふひと》の娘《むすめ》。若《わか》くして聡明《そうめい》と美貌《びぼう》を謳《うた》われ、天平《てんぴょう》元年《がんねん》（七二九）に初《はじ》めて皇族以外《こうぞくいがい》からの皇后《こうごう》となる。仏教《ぶっきょう》に深《ふか》く帰依《きえ》し、悲田院《ひでんいん》・施薬院《せやくいん》を設《もう》けて多《おお》くの窮民《きゅうみん》を救《すく》うなど、天平時代《てんぴょうじだい》における仏教興隆《ぶっきょうこうりゅう》に大《おお》きく寄与《きよ》したとされる。浴《よく》屋《や》を建《た》てて貴賤《きせん》を問《と》わず入浴《にゅうよく》させ、一千人《にん》の垢《あか》をみずから落《お》とそうと決意《けつい》したが、千人目《にんめ》に癩病患者《らいびょうかんじゃ》が訪《おとず》れた。皇后《こうごう》はその体《からだ》を洗《あら》い流《なが》し、さらには男《おとこ》の求《もと》めに応《こた》えて、その膿《うみ》を吸《す》ったところ、男《おとこ》は光明《こうみょう》を放《はな》って阿閦如来《あしゅくにょらい》に変《へん》じたという『元亨釈書《げんこうしゃくしょ》』などに見《み》える伝承《でんしょう》は、よく知《し》られている。

癩《らい》だったら隔離《かくり》しなきゃいけないんだ　本篇《ほんぺん》の主人公《しゅじんこう》が、このように心《こころ》ない言葉《ことば》を平然《へいぜん》と口《くち》ばしる背景《はいけい》には、明治《めいじ》四十年《ねん》（一九〇七）の「癩予防法《らいよぼうほう》」制定《せいてい》に始《はじ》まる、国家《こっか》による強《きょう》制的《せいてき》・非人道的《ひじんどうてき》な患者隔離政策《かんじゃかくりせいさく》と、戦時下《せんじか》の国民《こくみん》向《む》けプロパガンダ（宣伝活動《せんでんかつどう》）があった。驚《おどろ》くべきことに、同法《どうほう》が正式《せいしき》に廃止《はいし》されたのは平成《へいせい》八年《ねん》（一九九六）のことであり、長《なが》らく不当《ふとう》な差別《さべつ》にさらされた患者《かんじゃ》たちの苦《くる》しみは想像《そうぞう》に余《あま》りある。二度《にど》と繰《く》りかえされてはならない、歴史《れきし》の教訓《きょうくん》である。

「こんな大《おお》きな邸《やしき》に住《す》んで、あんな贅沢《ぜいたく》して、なにが気《き》の毒《どく》なもんか！」僕《ぼく》はとうとう叫《さけ》んだ。それは嫉妬《しっと》が、例《れい》の「聖戦遂行意識《せいせんすいこういしき》」*とないあわされた*――戦時中《せんじちゅう》誰《だれ》もが抱《いだ》いていたあのいまわしい、卑劣《ひれつ》で底意地《そこいじ》の悪《わる》い憤懣《ふんまん》*の爆発《ばくはつ》だった。「あの人《ひと》、非国民《ひこくみん》*だ！　闇《やみ》*をやってる。もんぺもはかない。働《はたら》きもしない！　憲兵《けんぺい》*に言《い》ってやるぞ」

「坊《ぼっ》ちゃま！」とお咲《さき》さんはおろおろ声《ごえ》*でたしなめた。

「じゃ大《おお》きな声出《こえだ》さない。憲兵《けんぺい》にも言《い》わない」僕《ぼく》は卑劣《ひれつ》なおどしをかけた。憲兵《けんぺい》なぞ、僕《ぼく》らにとってもよりつきもできない恐《おそ》ろしい存在《そんざい》だった。だが僕《ぼく》はお咲《さき》さんの無知《むち》にやまをはった*。

「そのかわり、あの洗面器《せんめんき》の中《なか》、あれが何《なに》だか教《おし》えてよ」

お咲《さき》さんは青《あお》ざめて口《くち》をつぐんだ。僕《ぼく》はなおもおどしたり、懇願《こんがん》*したりした。――僕《ぼく》はなんというやな少年《しょうねん》だったか！　あれだけ上《うえ》の連中《れんちゅう》にいためつけられながら、あるいはかえっていためつけられていたがゆえに、ちゃんと権力《けんりょく》をかさに着《き》て*、その幻影《げんえい》でもっておどしをかけ、我意《がい》を通《とお》す*ことを知《し》っていたのだ。お咲《さき》さんは動揺《どうよう》し、ついにそれが、いろいろの物《もの》をまぜた食物《たべもの》だということを白状《はくじょう》*した。

「私《わたし》、ほんとうに何《なに》も知《し》らないのです」とお咲《さき》さんは言《い》った。「私《わたし》が行《い》けるのは、お二階《にかい》の、あの鉤《かぎ》の手《て》の所《ところ》までです。そこへ一日三度《いちにちさんど》、あの洗面器《せんめんき》一《いっ》ぱいの食物《たべもの》をおいておきますと、一時間《いちじかん》ほどで綺麗《きれい》にからっぽになって、かわりにあの、汚《よご》れた繃帯《ほうたい》がはいっているのです」

そう語《かた》ったお咲《さき》さんの顔《かお》は、苦痛《くつう》に歪《ゆが》んでいた。脅迫《きょうはく》でもって、お咲《さき》さんを裏切《うらぎ》らせてしまったことに対《たい》し、僕《ぼく》の心《こころ》は鋭《するど》くいたんだ。しかしそのために、僕《ぼく》はかえって意地悪《いじわる》く

聖戦遂行意識《せいせんすいこういしき》　第二次大戦《だいにじたいせん》にいたる一連《いちれん》の対外戦争《たいがいせんそう》を、絶対正《ぜったいせい》義《ぎ》の「聖戦《せいせん》」と位置《いち》づけ、勝利《しょうり》するまで戦《たたか》い抜《ぬ》こうとする心《こころ》がまえ。
ないあわされた　複数《ふくすう》の糸《いと》や紐《ひも》がより合《あ》わされてひとつになること。転《てん》じて、何《なに》かに別《べつ》のことを絡《から》めること。
憤懣《ふんまん》　発散《はっさん》できずに胸中《きょうちゅう》にわだかまる怒《いか》りや不満《ふまん》の念《ねん》。
非国民《ひこくみん》　国民《こくみん》としての義務《ぎむ》を守《まも》らない者《もの》、国家《こっか》を裏切《うらぎ》る行為《こうい》をする者《もの》。
闇《やみ》　闇取引《やみとりひき》。非合法《ひごうほう》に内密《ないみつ》でおこなわれる物品《ぶっぴん》の取引《とりひき》・売買《ばいばい》。
憲兵《けんぺい》　軍事警察《ぐんじけいさつ》をつかさどる軍人《ぐんじん》。日本《にほん》では明治《めいじ》十四年《ねん》（一八八一）に創設《そうせつ》され、陸軍大臣《りくぐんだいじん》が管轄《かんかつ》した。後《のち》には反体《はんたい》制思想《せいしそう》の監視《かんし》・取《と》り締《し》まりにも従事《じゅうじ》した。
おろおろ声《ごえ》　困惑《こんわく》などのあまり発《はっ》せられる、今《いま》にも泣《な》きそうな弱々《よわよわ》しい声《こえ》。
やまをはった　運《うん》にまかせて何《なに》かをすること。
懇願《こんがん》　切望《せつぼう》すること。
かさに着《き》て　権力《けんりょく》があるものに便乗《びんじょう》して威張《いば》るさま。
我意《がい》を通《とお》す　自分《じぶん》の意向《いこう》を押《お》し通《とお》すこと。わがまま。
白状《はくじょう》　隠《かく》していたことを打《う》ち明《あ》けること。

なった。

「お咲《さき》さん、あの子《こ》の病気《びょうき》、知《し》ってるんだね」と僕《ぼく》はかまをかけた*。

「うすうす存《ぞん》じております――だけど、これだけは坊《ぼっ》ちゃまにだって申《もう》しあげられません、坊《ぼっ》ちゃまにお話《はな》ししただけで、私《わたし》、こちらの奥様《おくさま》に申《もう》し訳《わけ》ないことをしたんでございますから」

お咲《さき》さんの毅然《きぜん》とした*態度《たいど》に、今度《こんど》は僕《ぼく》が鼻白《はなじろ》む*番《ばん》だった。おとなの反抗《はんこう》に出《で》あえば、生意気《なまいき》な少年《しょうねん》の我儘《わがまま》など、あえないものだ*。

「よろしゅうございますか、坊《ぼっ》ちゃま」いつの間《ま》にか板《いた》の間《ま》にきちんと正座《せいざ》したお咲《さき》さんは、背《せ》をまっすぐにして、正面切《しょうめんき》って僕《ぼく》を見《み》つめた。僕《ぼく》は少《すこ》し小《ちい》さくなった。

「どんなことがあっても、お二階《にかい》をおのぞきになろうなどという気《き》を、お起《おこ》しになってはいけません。もし、そんな事《こと》をなさって、将来坊《しょうらいぼっ》ちゃまが御不幸《ごふこう》にでもなられたら……」

お咲《さき》さんの訓戒《くんかい》*が身《み》にしみてか、僕《ぼく》はしばらくその「秘密《ひみつ》」に近《ちか》づきたいという気《き》を起《おこ》さなかった。だが今度《こんど》は秘密《ひみつ》の方《ほう》から僕《ぼく》に近《ちか》づいてくるようだった。――一日二日《いちにちふつか》たったある日《ひ》、奥《おく》の間《ま》からピアノの音《おと》がきこえてきた。僕《ぼく》はひさしぶりにきく楽器《がっき》の音《おと》にさそわれて、庭《にわ》から母屋《おもや》の奥《おく》へとまわって行《い》った。ひいているのはおばさんだった。一番奥《いちばんおく》の一《ひと》つ手前《てまえ》の十畳《じゅうじょう》に、アプライト型《がた》のピアノ*がおかれ、おばさんは細《ほそ》いきれいな声《こえ》で歌《うた》っていた。その歌《うた》の文句《もんく》は、うろおぼえ*だが、こんなものだった。

い、

かまをかけた　相手《あいて》の本音《ほんね》を引《ひ》き出《だ》すため、当《あ》て推量《ずいりょう》で誘《さそ》いをかけること。

毅然《きぜん》とした　しっかりとした。断固《だんこ》たる。

鼻白《はなじろ》む　きまりの悪《わる》そうな顔《かお》をすること。気《き》おくれした顔《かお》をすること。

あえないもの　もろくて、はかない。あっけない。

訓戒《くんかい》　いましめ。説教《せっきょう》。

アプライト型《がた》のピアノ　アプライト（upright）は「アップライト」とも。直立《ちょくりつ》した共鳴箱《きょうめいばこ》の中《なか》に弦《げん》を縦方向《たてほうこう》に張《は》ったピアノ。竪型《たてがた》ピアノ。グランドピアノよりもコンパクトで場所《ばしょ》を取《と》らない利点《りてん》がある。

うろおぼえ　確実《かくじつ》ではない記憶《きおく》。あいまいな記憶《きおく》。

時代《じだい》のゆうべは* ややに迫《せま》りぬ
見《み》ずや地《ち》の上《うえ》を あまねく覆《おお》いし
黒雲《くろくも》はついに 雨《あめ》と降《ふ》りしきて
いなづまひらめき いかづち轟《とどろ》く
たのしめる人《ひと》 おののき恐《おそ》れよ
たかぶれる者《もの》よ かしこみ平伏《ひれふ》せ……

おばさんは僕《ぼく》の姿《すがた》を見《み》ると、にっこり笑《わら》って、

「良夫《よしお》さん？」と声《こえ》をかけた。「こちらへいらっしゃいな」僕《ぼく》はこの前《まえ》のことにちょっと後《うしろ》めたさを感《かん》じたが、それでもおばさんと二人《ふたり》きりになることに、くすぐったい好奇心《こうきしん》が湧《わ》いた。十畳《じゅうじょう》の間《ま》にあがると、おばさんは魔法瓶《まほうびん》*に入《い》れた冷《つめ》たい紅茶《こうちゃ》をコップについでくれた。

「毎日大変《まいにちたいへん》ね」とおばさんは畳《たた》みかけの着物《きもの》をわきにどけながら言《い》った。「私《わたし》は毎日退屈《まいにちたいくつ》

してるの。——申し訳《もうわけ》ないみたいだけど」僕《ぼく》はお咲《さき》さんがあのことを喋《しゃべ》ったのかな、と思《おも》ってびくびくしていた。——目《め》をそらして畳《たた》みかけの着物《きもの》に目《め》をやると、それは赤《あか》い綸子《りんず》*模様《もよう》の、十三《じゅうさん》、四《し》の女《おんな》の子《こ》の着《き》るような、着物《きもの》だった。

「あなたのような若《わか》い方《かた》たちが——本当《ほんとう》にお気《き》の毒《どく》だわ」

「気《き》の毒《どく》なんてことじゃありません」と僕《ぼく》は気負《きお》いこんで*言《い》った。「僕《ぼく》らの義務《ぎむ》です。上級生《じょうきゅうせい》なんか、予科練《よかれん》*へ行《い》って、もう特攻《とっこう》*で死《し》んだ人《ひと》だっているんです。僕《ぼく》らだって今《いま》に玉砕《ぎょくさい》*するんです」

時代《じだい》のゆうべは…… 「賛美歌《さんびか》 377 時代《じだい》のゆうべは」の歌詞《かし》一番《ばん》および二番《ばん》の前半部分《ぜんはんぶぶん》。大意《たいい》は次《つぎ》のとおり。「世《よ》の終《お》わりは、いよいよ近《ちか》づいている。ご覧《らん》なさい、大地《だいち》を覆《おお》いつくした黒《くろ》い雲《くも》は、とうとう雨《あめ》となって降《ふ》りしきり、稲妻《いなずま》は閃《ひらめ》き、雷鳴《らいめい》が轟《とどろ》く。享楽《きょうらく》にふける人《ひと》よ、戦《おの》き恐《おそ》れなさい。高《こう》慢《まん》な者《もの》よ、畏《かしこ》まって平伏《ひれふ》しなさい……」

魔法瓶《まほうびん》 中《なか》に注《そそ》ぎ入《い》れた液体《えきたい》の温度《おんど》を、長時間《ちょうじかん》保《たも》つように造《つく》られた瓶《びん》。ポット。ジャー。

綸子《りんず》 滑《なめ》らかで光沢《こうたく》がある絹織物《きぬおりもの》。

気負《きお》いこんで 勇《いさ》み立《た》って。意気込《いきご》んで。

予科練《よかれん》 海軍飛行予科練習生《かいぐんひこうよかれんしゅうせい》の略称《りゃくしょう》。昭和《しょうわ》五年《ねん》（一九三〇）創設《そうせつ》。飛行搭乗員《ひこうとうじょういん》の養成制度《ようせいせいど》で、旧制中学修了者《きゅうせいちゅうがくしゅうりょうしゃ》（甲《こう》種《しゅ》）と高等小学校卒業者《こうとうしょうがっこうそつぎょうしゃ》（乙種《おつしゅ》）から成《な》る志願制《しがんせい》であった。

特攻《とっこう》 特別攻撃隊《とくべつこうげきたい》の略《りゃく》。第二次大戦末期《だいにじたいせんまっき》、敵艦《てきかん》を目標《もくひょう》に搭乗《とうじょう》機《き》を体当《たいあた》りさせる捨《す》て身《み》の攻撃《こうげき》をおこなった、帝国陸海軍《ていこくりくかいぐん》の部隊《ぶたい》。また、その攻撃《こうげき》を指《さ》す。

玉砕《ぎょくさい》 玉《たま》がきらびやかに砕《くだ》け散《ち》るように、名誉《めいよ》や忠義《ちゅうぎ》に殉《じゅん》じて、いさぎよく闘《たたか》って死《し》ぬこと。

おばさんはその時謎《ときなぞ》めいた微笑《びしょう》を浮《う》かべた。だがその微笑《びしょう》の暗《くら》さと寂《さび》しさとに、僕《ぼく》は背《せ》筋《すじ》が寒《さむ》くなるような気《き》がした。

「そんなことにはならないのよ。良夫《よしお》さん」とおばさんは言《い》った。「決《けっ》してそんなことにはならないの。もうじきなにもかも終《おわ》ります」

「そんな事《こと》、なぜわかるんです」僕《ぼく》はむきになって言《い》った。「敵《てき》は沖縄《おきなわ》を占領《せんりょう》しています。機動部隊《きどうぶたい》＊は小笠原《おがさわら》＊からもフィリッピンからも来《き》ています。——きっと上陸《じょうりく》して来《き》ますよ。そしたら、ここらへんも戦場《せんじょう》になりますよ」そして僕《ぼく》は少《すこ》し息《いき》をつぎ、おばさんにあたえる効果《こうか》について、意地《いじ》わるくおしはかって言《い》った。

「そうなったら、この家《いえ》だって焼《や》けちまうにきまってます」

突然《とつぜん》おばさんはきれいな声《こえ》をたてて短《みじか》く笑《わら》った。

「この家《いえ》は焼《や》けないわ」とおばさんは、手《て》の甲《こう》でそっと口《くち》もとを押《お》さえて言《い》った。「焼《や》けないことになっているの。——空襲《くうしゅう》の度《たび》に、私《わたし》が逃《に》げださないので、不思議《ふしぎ》に思《おも》っているでしょ。でもあたりが全部焼野原《ぜんぶやけのはら》になっても、この家《いえ》だけは大丈夫《だいじょうぶ》なのよ。守《まも》り神《がみ》がいるんですもの」

「でも、神戸《こうべ》の湊川神社《みなとがわじんじゃ》*だって焼《や》けてましたよ」と僕《ぼく》は言《い》った。

「神社《じんじゃ》だって、空襲《くうしゅう》なら焼《や》けるわ。でも、この一画《いっかく》は空襲《くうしゅう》されないんです。――それはこの邸《やしき》があるからです」

その時《とき》、恐《おそ》ろしい考《かんが》えが僕《ぼく》の頭《あたま》に閃《ひらめ》いて全身《ぜんしん》がカッと熱《あつ》くなったのに、心臓《しんぞう》は氷《こおり》で突《つ》き刺《さ》されたように、冷《つめ》たくちぢみあがった。その考《かんが》えはまったく辻褄《つじつま》があうように*思《おも》えた。

――なぜこの邸《やしき》が空襲《くうしゅう》されないのか？　なぜおばさんは、何《なに》もせずに、こんな邸《やしき》に一人《ひとり》で生活《せいかつ》できるのか？　二階《にかい》に誰《だれ》をかくしているのか？　僕《ぼく》は硬《かた》くなりながら、思《おも》いきって言《い》った。

むきになって　ささいなことで本気《ほんき》で腹《はら》を立《た》てて。
機動部隊《きどうぶたい》　機動性《きどうせい》の高《たか》い部隊《ぶたい》。海軍《かいぐん》では空母《くうぼ》と巡洋艦《じゅんようかん》・駆逐《くちく》艦《かん》、陸軍《りくぐん》では戦車《せんしゃ》・装甲車《そうこうしゃ》などの重装備《じゅうそうび》で、高速《こうそく》に敵地《てきち》へ移《い》動《どう》できる攻撃部隊《こうげきぶたい》。
小笠原《おがさわら》　小笠原諸島《おがさわらしょとう》のこと。八丈島《はちじょうじま》の南方約《なんぽうやく》七〇〇キロメートルの太平洋上《たいへいようじょう》に位置《いち》する島々《しまじま》。なかでも硫黄島《いおうじま》は第《だい》二次大《じたい》戦《せん》の激戦地《げきせんち》となった。東京都《とうきょうと》に属《ぞく》する。
湊川神社《みなとがわじんじゃ》　神戸市中央区《こうべしちゅうおうく》にある神社《じんじゃ》。祭神《さいじん》は楠木正成《くすのきまさしげ》とその一族《いちぞく》の殉難将士《じゅんなんしょうし》。明治《めいじ》五年《ねん》（一八七二）に創立《そうりつ》。社地《しゃち》は湊《みなと》川《がわ》の古戦場《こせんじょう》で、大楠公《だいなんこう》（正成《まさしげ》）らの墓所《ぼしょ》がある。楠公神社《なんこうじんじゃ》。
辻褄《つじつま》**があう**　理屈《りくつ》が合《あ》う。筋道《すじみち》が通《とお》る。

「おばさん――おばさんはスパイじゃないの？」

だが今度《こんど》はおばさんは笑《わら》わなかった。消《き》え入《い》りそうな＊わびしい影《かげ》が、その顔《かお》をかげらすと、美《うつく》しい横顔《よこがお》を見《み》せてスラリと立《た》ちあがった。柱《はしら》によると、青《あお》く灼《や》けただれた空《そら》を見上《みあ》げながら、ポツリと言《い》った。

「そんなのだったら、まだいいけど……」

とけたガラスのような夏空《なつぞら》に、空襲警報《くうしゅうけいほう》のサイレンがまた断続《だんぞく》してなりわたり始《はじ》めた。積乱雲《せきらんうん》＊をゆるがすようなそのひびきと共《とも》に、それを真似《まね》るような遠吠《とおぼ》＊えが、邸《やしき》のどこからかきこえたように思《おも》った。――だがそれは空耳《そらみみ》＊らしかった。どこかで牛《うし》か犬《いぬ》が鳴《な》いたのかもしれない、と僕《ぼく》は思《おも》った。

「この家《いえ》には守《まも》り神《がみ》がいるのです。それはこの家《いえ》の劫《ごう》＊なの。――良夫《よしお》さん、劫《ごう》って知《し》ってる？」

おばさんは柱《はしら》にもたれたまま、うつろな声《こえ》で語《かた》りだした。

「おばさんの家《いえ》はね、田舎《いなか》のとっても古《ふる》い家《いえ》なの。古《ふる》くって大《おお》きいのよ。九州《きゅうしゅう》の山《やま》の中《なか》にあって、大《おお》きな、大《おお》きなお城《しろ》みたいなお邸《やしき》なんです。山《やま》も畑《はたけ》もうんとあって、小作人《こさくにん》もたくさんいました。だけど、その大変《たいへん》な財産《ざいさん》には、いろんな人《ひと》たち、いろんなお百姓《ひゃくしょう》たちの怨《うら》みがこもっているんです。その怨《うら》みが、何代《なんだい》も何代《なんだい》もつみ重《かさ》なったもの——それが劫《ごう》なのよ」

僕《ぼく》はいつかきちんと坐《すわ》って唾《つば》をのんでいた。* おばさんは静《しず》かに経文《きょうもん》を誦《ず》す*ように語《かた》りつづけた。

消《き》え入《い》りそうな　今《いま》にも消《き》えてなくなりそうな。

積乱雲《せきらんうん》　垂直《すいちょく》に発達《はったつ》する積雲《せきうん》。入道雲《にゅうどうぐも》。雷雨《らいう》をともなうことが多《おお》い。

遠吠《とおぼ》え　犬《いぬ》や狼《おおかみ》が、遠方《えんぽう》まで聞《き》こえるような長《なが》く尾《お》をひく声《こえ》で吠《ほ》えること。ちなみに、やはり兵庫《ひょうご》が舞台《ぶたい》の上田秋成《うえだあきなり》「菊花《きっか》の約《ちぎり》」（『恋《こい》』所収《しょしゅう》）の亡霊出現《ぼうれいしゅつげん》シーンでも、犬《いぬ》の遠吠《とおぼ》えが印象的《いんしょうてき》な小道具《こどうぐ》として描写《びょうしゃ》されていたことに留意《りゅうい》。

空耳《そらみみ》　実在《じつざい》しない音声《おんせい》を聞《き》いたように錯覚《さっかく》すること。幻聴《げんちょう》。

劫《ごう》　本来《ほんらい》は、梵語《ぼんご》「kalpa」に由来《ゆらい》する、途方《とほう》もなく長《なが》い時間《じかん》の単位《たんい》を意味《いみ》する語《ご》だが、一方《いっぽう》で「劫《ごう》」には、おびやかす、奪《うば》う、おかすといった含意《がんい》がある。たとえば「劫掠《ごうりゃく》」は他人《たにん》の領地《りょうち》や財産《ざいさん》などを強奪《ごうだつ》すること、「劫命《こうみょう》」は生命《せいめい》を奪《うば》うことを意味《いみ》する。仏教語《ぶっきょうご》の「一念無量劫《いちねんむりょうごう》」は、たった一度《いちど》だけ妄念《もうねん》を起《お》こしても、量《はか》り知《し》れない長期《ちょうき》にわたってその報《むく》いを受《う》けることを意味《いみ》し、同《おな》じく仏教語《ぶっきょうご》の「劫濁《こうじょく》」は、飢饉《ききん》・疫病《えきびょう》・争乱《そうらん》などの社会悪《しゃかいあく》が起《お》こることをいう。これまた本篇《ほんぺん》にふさわしい含意《がんい》といえよう。

唾《つば》をのんでいた　切迫《せっぱく》した展開《てんかい》に直面《ちょくめん》し、緊張《きんちょう》しているさま。固唾《かたず》をのむ。

経文《きょうもん》を誦《ず》す　お経《きょう》を唱《とな》える。

「おばさんの御先祖《ごせんぞ》はね――もと切支丹《キリシタン》だったんです。＊だけどしまいにはほかの切支丹《キリシタン》の人《ひと》たちの財産《ざいさん》をとり上《あ》げるために、次《つぎ》から次《つぎ》へと役所《やくしょ》に密告《みっこく》しました。お役人《やくにん》と結託《けったく》＊して、切支丹《キリシタン》でない人《ひと》まで、切支丹《キリシタン》にしたてて牢屋《ろうや》へ入《い》れては、その人《ひと》たちの田畑《たはた》や邸《やしき》をとり上《あ》げました。――そういった人《ひと》たちの怨《うら》みがこもって、私《わたし》の家《いえ》では、女《おんな》は代々石女《だいだいうまずめ》＊になったんです。たまに生《う》まれても、赤《あか》ちゃんは三日《みっか》とたたないうちに死《し》んでしまうの」

でもおばさんは――と僕《ぼく》は言《い》いかけて、口《くち》をつぐんだ。

「おばさんの夫《おっと》のお家《うち》も、やっぱり東北《とうほく》の方《ほう》の旧家《きゅうか》なの。代々長者《だいだいちょうじゃ》といわれる家《いえ》なんだけど、どの代《だい》の人《ひと》も、とてもひどく小作人《こさくにん》や百姓《ひゃくしょう》たちをいじめたんですって。年貢《ねんぐ》＊をおさめない村《むら》があると、その村《むら》の女《おんな》や子供《こども》たちを、狼《おおかみ》の出《で》る山《やま》へ追《お》いこんで、柴《しば》や薪《たきぎ》をとらせたり、村《むら》の主《おも》だった者《もの》を逆《さか》さに吊《つる》して、飢《う》えた犬《いぬ》をけしかけたりしたこともあると言《い》ってたわ。でも殿様《とのさま》の遠《とお》い血筋《ちすじ》をひいてるし、お役人《やくにん》とも結《むす》んでいたので、やっぱりどうにもできなかったんです。――そのかわり、その家《いえ》でも代々長男《だいだいちょうなん》は、跡《あと》をとってまもなく、＊気《き》が変《へん》になったり、おかしな死《し》に方《かた》をするんです。

そのおじさん――おばさんの夫《おっと》の家《いえ》にも、やっぱり守《まも》り神《がみ》がいるの。気《き》が変《へん》になった当《とう》主《しゅ》にだけ、その守《まも》り神《がみ》が見《み》えるのよ。だけど、守《まも》り神《がみ》なのに、その姿《すがた》は獣《けもの》＊の格好《かっこう》をしていて、とても恐《おそ》ろしいんですって。その守《まも》り神《がみ》の姿《すがた》を見《み》ると気《き》がふれた＊ようになって、お百《ひゃく》姓《しょう》を殺《ころ》したり、無茶《むちゃ》をしたりするようになるんです。私《わたし》は夫《おっと》の国《くに》もとの邸《やしき》へ行《い》って、夫《おっと》の父《ちち》が座敷牢《ざしきろう》＊へ入《い》れられているのを見《み》たわ。その齢《とし》をとった人《ひと》は血走《ちばし》った、真赤《まっか》な目《め》をして、口《くち》から涎《よだれ》をたらしながら、四《よ》つん這《ば》いになって、けものが来《く》る、べこ＊が来《く》るって、叫《さけ》んでいたわ。

だけどそれがやっぱり守《まも》り神《がみ》なの。一度《いちど》御先祖《ごせんぞ》の一人《ひとり》が、あまりひどいことをしたので、

年貢《ねんぐ》　荘園領主《しょうえんりょうしゅ》や大名《だいみょう》が、領地《りょうち》の農民《のうみん》に課《か》した租税《そぜい》。

跡《あと》**をとって**　家督《かとく》を相続《そうぞく》して。

その姿《すがた》**は獣**《けもの》**の……**　『獣《けもの》』の巻《かん》に収録《しゅうろく》した諸作品《しょさくひん》を参照《さんしょう》。

気《き》**がふれた**　頭《あたま》がおかしくなった。精神《せいしん》に異常《いじょう》をきたした。

座敷牢《ざしきろう》　勝手《かって》に脱走《だっそう》できないように、監獄《かんごく》のような設備《せつび》を施《ほどこ》して、狂人《きょうじん》や犯罪者《はんざいしゃ》などを入《い》れておく座敷《ざしき》。

べこ　東北地方《とうほくちほう》などでの牛《うし》の異称《いしょう》。

切支丹《きりしたん》　室町末期《むろまちまっき》、ヨーロッパ人宣教師《じんせんきょうし》によって日本《にほん》に伝《つた》えられた、キリスト教《きょう》（ローマ・カトリック）の信徒《しんと》。天主《てんしゅ》教《きょう》。鎖国時代《さこくじだい》の日本《にほん》では、妖術師《ようじゅつし》のように妖《あや》しげな存在《そんざい》とみなされていた

結託《けったく》　仲間《なかま》とぐるになって、何《なに》かをすること。多《おお》く、悪事《あくじ》の場合《ばあい》にいう。

石女《うまずめ》　子《こ》を産《う》めない女性《じょせい》。

とうとう怨《うら》んだお百姓《ひゃくしょう》たちにおそわれて、もうちょっとで殺《ころ》されそうになったの。するとその守《まも》り神《がみ》が、黒《くろ》い大《おお》きな獣《けもの》の形《かたち》をして、百姓《ひゃくしょう》たちをけちらして、＊その御先祖《ごせんぞ》を救《すく》ったんですって。それから近郷《きんごう》が全部《ぜんぶ》やけた火事《かじ》の時《とき》も、その守《まも》り神《がみ》が、夫《おっと》の家邸《いえやしき》だけを焼《や》けないように守《まも》ってくれたということなの。――だけどその時《とき》は、守《まも》り神《がみ》が主人《しゅじん》にむかって言《い》ったんですって。俺《おれ》はお前《まえ》たちの一族《いちぞく》に苛《いじ》めぬかれて死《し》んだ百姓《ひゃくしょう》たちの一人《ひとり》だ。怨《うら》みがつもってお前《まえ》の家《いえ》にとりついたが、そのかわり、お前《まえ》の家《いえ》や財産《ざいさん》は守《まも》ってやるって……」

僕《ぼく》は息《いき》をつめて、おばさんの話《はなし》をきいていた。晴《は》れわたった空《そら》に待避信号《たいひしんごう》の半鐘《はんしょう》が鋭《するど》くひびき始《はじ》め、遠《とお》い雲《くも》の彼方《かなた》から、地鳴《じな》りのような慄音《りつおん》＊が聞《きこ》え始《はじ》めた。

「私《わたし》の夫《おっと》は、早《はや》くから家《いえ》を出《で》たので、気《き》もちがわずにすみましたし、まだ外地《がいち》＊で生《い》きています。――そのかわり、夫《おっと》は支那《しな》＊や外地《がいち》でやっぱりたくさんの人《ひと》を殺《ころ》したらしいわ。そういう夫《おっと》と結婚《けっこん》したので、この家《いえ》にも守《まも》り神《がみ》が来《き》たんです。その守《まも》り神《がみ》が、この邸《やしき》を守《まも》ってくれるの。――あの子《こ》が、その守《まも》り神《がみ》なのよ。……守《まも》り神《がみ》っていうのは、この家《いえ》につもりつもった劫《ごう》なの。その劫《ごう》がこの家《いえ》をいろんな災難《さいなん》から守《まも》ってくれるのよ。考《かんが》えてみたら妙《みょう》な話《はなし》ね。私《わたし》たち、幾代《いくだい》にもわたった、幾百万《いくひゃくまん》もの人《ひと》たちの怨《うら》みでもって守《まも》られているの」

その時《とき》、最初《さいしょ》の爆弾《ばくだん》が、どこか遠《とお》い地軸《ちじく》*をゆり動《うご》かした。おばさんは、つと*柱《はしら》を離《はな》れると、再《ふたた》びピアノに向《む》かって、静《しず》かに弾《ひ》き始《はじ》めた。その歌《うた》は、なぜだか僕《ぼく》もよく知《し》っていた。マーラー*の「死《し》せる我《わ》が子《こ》にささげる悲歌《エレジイ》」*だった。——外《そと》の激《はげ》しい空襲《くうしゅう》も忘《わす》れて、僕《ぼく》はペダル*をふむおばさんの美《うつく》しい白足袋《しろたび》の爪先《つまさき》に見《み》とれていた。おばさんがその歌《うた》を、誰《だれ》か

けちらして　追《お》い散《ち》らして。

慄音《りつおん》　恐《おそ》ろしげなふるえる音《おと》。

外地《がいち》　ここでは、満州《まんしゅう》とか朝鮮半島《ちょうせんはんとう》、台湾《たいわん》など、第《だい》二次大戦《じたいせん》終結以前《しゅうけついぜん》における、本土以外《ほんどいがい》の日本領土《にほんりょうど》。本土《ほんど》は「内地《ないち》」と呼《よ》んだ。

支那《しな》　中国《ちゅうごく》。

地軸《ちじく》　古代《こだい》において、大地《だいち》の中心《ちゅうしん》を貫《つらぬ》き、大地《だいち》を支《ささ》えると想像《そうぞう》されていた軸《じく》。天維《てんい》（天《てん》を支《ささ》える大綱《おおづな》）と対《つい》を成《な》す。

つと　さっと。不意《ふい》に。

マーラー　（Gustav Mahler　一八六〇～一九一一）オーストリアの作曲家《さっきょくか》・指揮者《しきしゃ》。ボヘミヤに生《う》まれる。後期《こうき》ロマン派《は》の掉尾《ちょうび》を飾《かざ》る存在《そんざい》で、後《のち》の新《しん》ウィーン楽派《がくは》に多大《ただい》な影響《えいきょう》を与《あた》えた。全部《ぜんぶ》で十曲《きょく》の交響曲《こうきょうきょく》や多《おお》くの歌曲《かきょく》などを遺《のこ》す。

「死《し》せる我《わ》が子《こ》にささげる悲歌《エレジイ》」　（Kindertotenlieder）　マーラーが一九〇一年《ねん》から〇四年《ねん》にかけて作曲《さっきょく》した、声楽《せいがく》とオーケストラのための連作歌曲《れんさくかきょく》。現在《げんざい》は「亡《な》き子《こ》をしのぶ歌《うた》」と訳《やく》されることが多《おお》い。フリードリヒ・リュッケルトが愛児《あいじ》ふたりを相次《あいつ》ぎ亡《な》くす悲痛《ひつう》な体験《たいけん》にもとづいて書《か》き綴《つづ》った同名《どうめい》の詩集《ししゅう》の中《ちゅう》から五篇《へん》が選《えら》ばれ作品化《さくひんか》された。フリードリヒ・ワイデマンの歌唱《かしょう》、作曲者自身《さっきょくしゃじしん》による指揮《しき》で、一九〇五年《ねん》一月《がつ》にウィーンで初演《しょえん》。なおマーラー自身《じしん》も、この曲《きょく》を書《か》いた四年後《ねんご》に、幼《おさな》い娘《むすめ》を猩紅熱《しょうこうねつ》で失《うしな》っている。

ペダル　ここでは、アップライト・ピアノの足《あし》で踏《ふ》んで操作《そうさ》する部分《ぶぶん》のこと。

に向《むか》って聞《き》かせるために歌《うた》っているのだということをさとったのは、しばらく後《あと》だった。庭先《にわさき》を見上《みあ》げると、鉤《かぎ》の手《て》になった斜《なな》め向《むか》いの二階《にかい》の窓《まど》が、――いつもぴったりと閉《と》ざされている窓障子《まどしょうじ》が、わずかに開《ひら》き、その向《むこ》うに黒《くろ》い影《かげ》がじっと聞《き》き耳《みみ》をたてているのが見《み》えたのだ。

戦争《せんそう》は、その頃《ころ》からなんだか異様《いよう》な様相《ようそう》をおびてきた。戦争自体《せんそうじたい》が不吉《ふきつ》な旋《つむ》じ風《かぜ》*となって、火《ひ》と灰燼《かいじん》をまき上《あ》げながら、夜《よる》となく昼《ひる》となく、ただ一面《いちめん》にびょうびょう*と吹《ふ》きすさんでいるみたいだった。その激《はげ》しい風音《かざおと》の向《むこ》うから、とらえがたいかすかな叫《さけ》びが聞《きこ》えてくるような気《き》がしたが、それが何《なに》であるかは、わかっているようで、言《い》いあらわせなかった。その声《こえ》の一《ひと》つは、こう言《い》った。伊勢《いせ》*の方《ほう》にあるならずの梅《うめ》*という木《き》が、今年《ことし》は実《み》を結《むす》

旋《つむ》じ風《かぜ》　渦巻状《うずまきじょう》に吹《ふ》きすさぶ強風《きょうふう》。竜巻《たつまき》よりも小規模《しょうきぼ》のものをいう。

びょうびょう　犬《いぬ》の遠吠《とおぼ》えの声《こえ》を表《あら》わす言葉《ことば》。１７６頁《ぺーじ》に照応《しょうおう》していることに留意《りゅうい》。

伊勢《いせ》　旧国名《きゅうこくめい》。現在《げんざい》の三重県《みえけん》の大半《たいはん》にあたる。

ならずの梅《うめ》　伊勢神宮《いせじんぐう》ならぬ熱田神宮《あつたじんぐう》（名古屋市熱田区《なごやしあつたく》）の境内《けいだい》にあるものが有名《ゆうめい》。室町期《むろまちき》から知《し》られる古木《こぼく》で、花《はな》はつけるが実《み》をつけないという。

んだ。だから戦争《せんそう》はもうじき終《おわ》るのだ。日露戦争《にちろせんそう》*の時《とき》もそうだった、と。それからこうも言《い》った。どこどこの神社《じんじゃ》の榎《えのき》の大木《たいぼく》が、風《かぜ》もないのにまっ二《ぷた》つに折《お》れた。有名《ゆうめい》なお告《つ》げ婆《ばあ》さんが、*戦争《せんそう》は、敵味方《てきみかた》どちらも勝《か》ち負《ま》けなしに終《おわ》る、と言《い》った。あるいは、山陰《さんいん》かどこかで、二《ふた》つの赤《あか》ン坊《ぼう》が突然口《とつぜんくち》をきき始《はじ》め、日本《にほん》は負《ま》けると言《い》った、とか。

僕《ぼく》らはそんな話《はなし》を信《しん》じはしなかった。

しかし同時《どうじ》にその風《かぜ》の叫《さけ》びのような叫《さけ》びの底《そこ》にあるものは、僕《ぼく》らの胸《むね》にひびいてきた。大本営《だいほんえい》*が信州《しんしゅう》にできる、*天皇《てんのう》はもうそこへうつられたか、近々《ちかぢか》うつられるはずだ、ということを僕《ぼく》らに教《おし》えたのは誰《だれ》だったか。銀行《ぎんこう》はすでに敗戦《はいせん》を予期《よき》して、財産《ざいさん》を逃避《とうひ》させ始《はじ》めていると教《おし》えてくれたのは、たしか銀行家《ぎんこうか》の息子《むすこ》だった。僕《ぼく》らはそいつの話《はなし》を固唾《かたず》をのんできき、きき終《おわ》ると非国民《ひこくみん》だと言《い》って、よってたかって殴《なぐ》った。それから眉唾《まゆつば》ものの*秘密《ひみつ》情報好《じょうほうず》きの工員《こういん》が、例《れい》のもっともらしいひそひそ声《ごえ》で、日本《にほん》が用意《ようい》している恐《おそ》るべき新《しん》兵器《へいき》のことを教《おし》えてくれた。それは大変《たいへん》な破壊力《はかいりょく》を持《も》っていて、敵《てき》の機動部隊《きどうぶたい》や上陸部隊《じょうりくぶたい》、また飛行機《ひこうき》がどれだけやって来《こ》ようとも、そんなものは一挙《いっきょ》に破滅《はめつ》させることができる。

大本営《だいほんえい》はそれを最後《さいご》の決戦兵器《けっせんへいき》としてかくしているのだが、その破壊力《はかいりょく》があまりに大《おお》きく、味方《みかた》の方《ほう》にまで恐《おそ》るべき損害《そんがい》がおよぶので、最後《さいご》の最後《さいご》まで使用《しよう》するのをためらうと同時《どうじ》にそれを使用《しよう》する機会《きかい》をはかっているのだ、ということだった。

一方本土決戦《いっぽうほんどけっせん》*についての話《はなし》も、華《はな》が咲《さ》いた。九州《きゅうしゅう》に最初《さいしょ》に上陸《じょうりく》するか、九十九里浜《くじゅうくりはま》*かで、僕《ぼく》らはいつも議論《ぎろん》した。——その議論《ぎろん》を、横《よこ》できいていた、朝鮮人《ちょうせんじん》の徴用工《ちょうようこう》*が、あとで僕《ぼく》をわきに呼《よ》んで、まじめな顔《かお》できいた。

「もし、アメリカが上陸《じょうりく》して来《き》たら、あんたら、どうするか？」

日露戦争《にちろせんそう》　明治《めいじ》三十七年《ねん》（一九〇四）から翌年《よくねん》にかけて、日本《にほん》と帝政《ていせい》ロシアとの間《あいだ》でおこなわれた戦争《せんそう》。日本《にほん》が勝利《しょうり》し、大《だい》陸進出《りくしんしゅつ》の足場《あしば》をかためた。

お告《つ》げ婆《ばあ》さん　自宅《じたく》などに祭壇《さいだん》を設《もう》けて、祈禱《きとう》・託宣《たくせん》をおこなう巫女《みこ》や行者《ぎょうじゃ》などの祈禱師《きとうし》。「拝《おが》み屋《や》さん」などとも。

大本営《だいほんえい》　戦時中《せんじちゅう》や事変《じへん》に際《さい》して設置《せっち》される天皇直属《てんのうちょくぞく》の統帥本部《とうすいほんぶ》。明治《めいじ》二十六年《ねん》（一八九三）制定《せいてい》。

信州《しんしゅう》にできる　事実《じじつ》、長野県埴科郡松代町《ながのけんはにしなぐんまつしろまち》付近《ふきん》（現在《げんざい》の長野市《ながのし》松代地区《まつしろちく》）には、松代大本営跡《まつしろだいほんえいあと》と呼《よ》ばれる地下坑道跡《ちかこうどうあと》が遺《のこ》されている。

眉唾《まゆつば》もの　真偽《しんぎ》が不確《ふたし》かで、信用《しんよう》できないもの。

本土決戦《ほんどけっせん》　連合軍《れんごうぐん》が日本本土《にほんほんど》に上陸《じょうりく》した際《さい》の最終決戦《さいしゅうけっせん》。

九十九里浜《くじゅうくりはま》　千葉県東部《ちばけんとうぶ》に位置《いち》する弧状《こじょう》の砂浜海岸《すなはまかいがん》。北《きた》は刑部岬《ぎょうぶみさき》から南《みなみ》の太東崎《たいとうざき》まで、全長約《ぜんちょうやく》六〇キロメートル。一里《り》を六町《ちょう》（約《やく》六〇〇メートル）として九九里《り》あることによる命《めい》名《めい》。

徴用工《ちょうようこう》　第二次大戦中《だいじたいせんちゅう》、国民徴用令《こくみんちょうようれい》の発動《はつどう》で、生業《せいぎょう》を離《はな》れて国《くに》の指定《してい》する軍需工場《ぐんじゅこうじょう》などの施設《しせつ》で働《はたら》かされた工員《こういん》。

「もちろん竹槍《たけやり》もって特攻《とっこう》さ」と僕《ぼく》は言下《げんか》に答《こた》えた*。それからその馬面《うまづら》*の四十男《しじゅうおとこ》にきき返《かえ》した。

「朝鮮人《ちょうせんじん》はどうする？」

彼《かれ》は、ちょっと考《かんが》えてから、うなずくように言《い》った。

「朝鮮人《ちょうせんじん》も同《おな》じだ」

時《とき》おりB29が、単機《たんき》で侵入《しんにゅう》してきて小馬鹿《こばか》にしたように、かなり低空《ていくう》をとびながら、ビラをまいて行《い》った。僕《ぼく》らの仲間《なかま》でそのビラを拾《ひろ》ったものはなかったが、他校《たこう》の生徒《せいと》で、それを拾《ひろ》ったために憲兵《けんぺい》にひっぱられたという話《はなし》をきいた。そのビラにはポツダム宣言《せんげん》*とかいうことが書《か》いてあるという話《はなし》だったが、誰《だれ》もその名《な》に注意《ちゅうい》を払《はら》わなかった。

「坊《ぼっ》ちゃま、本当《ほんとう》にこの戦争《せんそう》はどうなるんでしょうね？」とお咲《さき》さんも時《とき》おり溜息《ためいき》まじりに言《い》った。僕《ぼく》だけでなく、女中《じょちゅう》部屋《べや》に飾《かざ》ってある戦死《せんし》した息子《むすこ》にも問《と》いかけていた。——海軍《かいぐん》下士官《かしかん》*の軍服《ぐんぷく》を着《き》た、子供《こども》子供《こども》した青年《せいねん》*だった。

そんなある日《ひ》、おばさんが僕《ぼく》を廊下《ろうか》でよびとめた。

「良夫《よしお》さん、あなたの御家族《ごかぞく》、どちらに疎開《そかい》なさったのかしら?」

「父《ちち》の郷里《きょうり》です」と僕《ぼく》は言《い》った。「広島《ひろしま》です」

「広島《ひろしま》?」と言《い》っておばさんは眉《まゆ》をひそめた。「広島市内《ひろしましない》?」

「いいえ郡部《ぐんぶ》の、山奥《やまおく》の方《ほう》です」

「そう、それじゃよかったわ」とおばさんはほっとしたように言《い》った。——いつかの空《くう》襲《しゅう》の夜《よる》に、おばさんの言《い》った、もっとひどいこと、八月六日《はちがつむいか》の原爆投下《げんばくとうか》の起《おこ》ったのは、その翌日《よくじつ》のことである。

その六日《むいか》の夜《よる》、僕《ぼく》は便所《べんじょ》に行《ゆ》く道《みち》すがら、*おばさんがいつも開《あ》けていない部屋《へや》にはいって、仏壇《ぶつだん》に灯明《とうみょう》*をあげ、数珠《じゅず》を手《て》に合掌《がっしょう》しているのを見《み》かけた。

言下《げんか》に　相手《あいて》の言葉《ことば》が終《お》わるか終《お》わらぬかのタイミングで。
馬面《うまづら》　馬《うま》を思《おも》わせるような縦長《たてなが》の顔《かお》。
ポツダム宣言《せんげん》　昭和《しょうわ》二十年《ねん》（一九四五）七月《がつ》二十六日《にち》、ドイツのポツダムで米《べい》・英《えい》・中《ちゅう》（ソ連《れん》も途中参加《とちゅうさんか》）が発《はっ》した対日《たいにち》共同宣言《きょうどうせんげん》。日本《にほん》に降伏《こうふく》を勧告《かんこく》し、戦後《せんご》の対日処理方針《たいにちしょりほうしん》を表《ひょう》明《めい》したもの。日本政府《にほんせいふ》は当初《とうしょ》は拒否《きょひ》したが、原爆投下《げんばくとうか》、ソ連《れん》参戦《さんせん》を経《へ》た八月《がつ》十四日《か》に受諾《じゅだく》した。
海軍下士官《かいぐんかしかん》　士官《しかん》・准士官《じゅんしかん》と兵《へい》の間《あいだ》に位《くらい》する武官《ぶかん》。
子供子供《こどもこども》した　年齢《ねんれい》のわりに幼《おさな》く見《み》える。
道《みち》すがら　途中《とちゅう》で。
灯明《とうみょう》　神仏《しんぶつ》に供《そな》える蠟燭《ろうそく》などの燈火《とうか》。

「夫《おっと》が死《し》にました」とおばさんは、いつもの静《しず》かな声《こえ》で言《い》った。

「満州《まんしゅう》*で――」

ソ連《れん》の対日参戦《たいにちさんせん》は翌日《よくじつ》、八月《はちがつ》の七日《なのか》だった。そしてその日《ひ》はまた、お咲《さき》さんがどうしたはずみか廊下《ろうか》にとり落《お》としていった、汚《よご》れたガーゼを見《み》つけ、それに血《ち》と膿《うみ》と一緒《いっしょ》に、太《ふと》い、茶色《ちゃいろ》の、獣《けもの》の毛《け》のような毛《け》がいっぱいついているのを発見《はっけん》した日《ひ》としておぼえている。

そして十三日《じゅうさんにち》の夜《よる》がやって来《き》た。その夜《よ》、珍《めずら》しくおばさんの方《ほう》から、茶《ちゃ》の間《ま》に僕《ぼく》とお咲《さき》さんを呼《よ》んだ。一本《いっぽん》の蠟燭《ろうそく》の火《ひ》のゆらめく中《なか》で、おばさんはなぜだか目《め》を泣《な》きはらしていた。

「お咲《さき》さん、良夫《よしお》さん……」とおばさんは、少《すこ》しくぐもった声《こえ》*で言《い》った。「戦争《せんそう》は終《お》わったのよ。日本《にほん》は負《ま》けました」

僕《ぼく》は何《なに》かがぐっとこみ上《あ》げてきて、おばさんをにらみつけた。

「お咲《さき》さん、長々御苦労《ながながごくろう》さまでした。まだお邸《やしき》にいてもらっても結構《けっこう》ですけど、もうあの子《こ》の世話《せわ》はいりません。良夫《よしお》さんもここにいていいのよ。だけどもうじきお父《とう》さんがおむかえにいらっしゃるわ」

そう言《い》うと、おばさんは暗《くら》い方《ほう》をむいて呟《つぶ》いた。

「あの子《こ》の生命《いのち》も、日本《にほん》が負《ま》けたら長《なが》くないわ……」

「どうして負《ま》けたなんてことがわかるんです。」と僕《ぼく》は叫《さけ》んだ。「そんなことウソだ！ 政《せい》府《ふ》は何《なに》も言《い》ってやしないじゃありませんか。軍《ぐん》は一億玉砕《いちおくぎょくさい》＊って言《い》ってるじゃありませんか！ 日本《にほん》は負《ま》けやしない。負《ま》けたなんて言《い》う奴《やつ》は非国民《ひこくみん》だ！ 国賊《こくぞく》＊だ！」

「あの子《こ》が言《い》ったのです――明日《あす》は、もう空襲《くうしゅう》がありません」とおばさんは向《む》うをむいたまま、静《しず》かに言《い》った。「負《ま》けたからです。――でもそのことを陛下《へいか》がお告《つ》げに＊なるのは明《みょう》後日《ごにち》になります」

満州《まんしゅう》　中国《ちゅうごく》の東北地方《とうほくちほう》の旧称《きゅうしょう》。日本《にほん》は第二次大戦中《だいじたいせんちゅう》、満州《まんしゅう》に傀儡国家《かいらいこっか》を樹立《じゅりつ》し、多《おお》くの日本人《にほんじん》が移民《いみん》として同地《どうち》に渡《わた》った。
くぐもった　内《うち》にこもった。
一億玉砕《いちおくぎょくさい》　一億《いちおく》の全国民《ぜんこくみん》が玉砕《ぎょくさい》するまで戦《たたか》い抜《ぬ》くという軍部《ぐんぶ》のスローガン。
国賊《こくぞく》　国家《こっか》を乱《みだ》し、世《よ》に害《がい》を与《あた》える者《もの》。
陛下《へいか》がお告《つ》げに……　昭和《しょうわ》二十年《ねん》（一九四五）八月《がつ》十五日《にち》の正午《しょうご》にラジオを通《つう》じて全国《ぜんこく》に流《なが》された、昭和天皇《しょうわてんのう》による玉音放送《ぎょくおんほうそう》のこと。終戦《しゅうせん》の詔勅《しょうちょく》。

僕《ぼく》は部屋《へや》をとび出《だ》した。おばさんの畜生《ちくしょう》＊！　日本《にほん》が負《ま》けるもんか、負《ま》けてたまるか！と心《こころ》に叫《さけ》びながら。――だが、感情《かんじょう》に激《げき》した僕《ぼく》の足《あし》を、いきなり金縛《かなしば》り＊にしたのは、あの暗《くら》い二階《にかい》から聞《きこ》えてくる泣《な》き声《ごえ》だった。それは今夜《こんや》はひときわ高《たか》く、まるで身《み》をよじってもだえるように、告別《こくべつ》の悲哀《ひあい》と苦痛《くつう》に堪《た》えかねるように、長《なが》く長《なが》く尾《お》を引《ひ》くのだった。

そして、誰《だれ》でも知《し》っているように、すべてはおばさんの言《い》った通《とお》りになった。僕《ぼく》らは当《とう》日《じつ》、玉音《ぎょくおん》をきいても何《なん》のショックも感《かん》じなかった。ただ初《はじ》めてきくその人《ひと》の声《こえ》が、妙《みょう》に甲《かん》高《だか》く、ききとりにくいのが気《き》になっただけだった。事態《じたい》をのみこむのに随分《ずいぶん》かかり、放送《ほうそう》をきいた後《あと》でも、みんなはいつもの通《とお》り作業《さぎょう》にかかった。だが砂地《すなじ》に水《みず》がしみこむように、日本《にほん》が負《ま》けたという声《こえ》がみんなの中《なか》にしみとおって行《ゆ》き、工場《こうじょう》は次第次第《しだいしだい》に鳴《な》りをひそめ＊ていった。――午後《ごご》の三時《さんじ》には一切《いっさい》の物音《ものおと》が絶《た》え、みんな薄馬鹿《うすばか》のように天《てん》を仰《あお》ぎ、あちこちに固《かた》まって腰《こし》をおろし、手持《ても》ち無沙汰《ぶさた》＊に欠伸《あくび》したり、頭《あたま》をごしごしかいたりした。僕《ぼく》もまた、ボケたようになって邸《やしき》へ帰《かえ》ってきた。だが、離《はな》れに坐《すわ》ると、突然《とつぜん》わけのわかない憤懣《ふんまん》がおこってきて、教練教科書《きょうれんきょうかしょ》*をひきさき、帽子《ぼうし》をなげつけた。なにもかもぶちこわしたかった。誰《だれ》かをつかまえて、このなんとも形容《けいよう》のしがたいやるせなさ*をぶちまけたかった。僕《ぼく》は離《はな》れをとび出《だ》し、台所《だいどころ》へ行《い》ってお咲《さき》さんを呼《よ》んだ。――返事《へんじ》はなかった。それから、あの癪《しゃく》にさわる予言《よげん》をしたおばさんをつかまえようと、長《なが》い廊下《ろうか》をどすどすと走《はし》りまわった。いつも閉《と》ざされている障子襖《しょうじふすま》を、音《おと》をたてて開《あ》けるという乱暴《らんぼう》までした。だがおばさんの姿《すがた》もなかった。無人《むじん》の邸《やしき》は森閑《しんかん》と*静《しず》まりかえっていた。――いや完全《かんぜん》に無人《むじん》ではなかった。「あの子《こ》」がいた。その日《ひ》もまた、あの二階《にかい》の部屋《へや》から、細《ほそ》い、悲《かな》しげな泣《な》き声《ごえ》がもれていたのだ。とっさの間《ま》に、僕《ぼく》はおばさんが守《まも》り神《がみ》と言《い》った、あの子《こ》の顔《かお》を見《み》てやろうと思《おも》った。すでに僕《ぼく》の中《なか》には、その後何年《ごなんねん》も続《つづ》いた冒瀆《ぼうとく》*の衝動《しょうどう》の兆《きざし》*が芽生《めば》えてい

畜生《ちくしょう》　人《ひと》をののしるときに使《つか》う罵倒語《ばとうご》。
金縛《かなしば》り　近年《きんねん》は睡眠中《すいみんちゅう》の心霊現象《しんれいげんしょう》の意味《いみ》で使《つか》われることが多《おお》いが、本来《ほんらい》は、身動《みうご》きができないように厳重《げんじゅう》に縛《しば》りつけることの意《い》。
鳴《な》りをひそめて　物音《ものおと》を立《た》てず静《しず》まって。
手持《ても》ち無沙汰《ぶさた》　することがなくて、間《ま》がもたないさま。退屈《たいくつ》なこと。
教練教科書《きょうれんきょうかしょ》　軍事訓練《ぐんじくんれん》に使《つか》われる教科書《きょうかしょ》。
やるせなさ　思《おも》いを晴《は》らす手段《しゅだん》や方法《ほうほう》がない状態《じょうたい》。
森閑《しんかん》と　ひっそりと。
冒瀆《ぼうとく》　神聖《しんせい》なものや清《きよ》らかなものをおかし、汚《けが》すこと。
兆《きざし》　前《まえ》ぶれ。徴候《ちょうこう》。

たのだ。あんな予言《よげん》をしたから、日本《にほん》は負《ま》けたんだ、という考《かんが》えが。

僕《ぼく》は二階《にかい》への階段《かいだん》をかけあがった。おばさんがあれほど秘密《ひみつ》にしていた、あの娘《むすめ》の、業《ごう》病《びょう》にくずれた顔《かお》を見《み》てやる、と僕《ぼく》は思《おも》った。ためらい続《つづ》けた好奇心《こうきしん》が、復讐《ふくしゅう》めかした冒瀆《ぼうとく》の衝動《しょうどう》によって爆発《ばくはつ》した。僕《ぼく》は鉤《かぎ》の手《て》の廊下《ろうか》を走《はし》り、二階《にかい》の一番端《いちばんはし》、今《いま》も泣《な》き声《ごえ》のもれる部屋《へや》の障子《しょうじ》を一気《いっき》にあけたのだ。

その時《とき》、僕《ぼく》の見《み》たもの、それは、——赤《あか》い京鹿子《きょうがのこ》*の振袖《ふりそで》を着《き》て、綸子《りんず》の座蒲団《ざぶとん》に坐《すわ》り、眼《め》をまっかになきはらしている——牛《うし》だった！　体付《からだつ》きは十三《じゅうさん》、四《し》の女《おんな》の子《こ》、そしてその顔《かお》だけが牛《うし》だった。額《ひたい》からは二本《にほん》の角《つの》がはえ、鼻《はな》がとび出《だ》し、顔《かお》には茶色《ちゃいろ》の剛毛《ごうもう》*が生《は》え、眼《め》は草食獣《そうしょくじゅう》*のやさしい悲《かな》しみをたたえ——、そしてその口《くち》からもれるのは、人間《にんげん》の女《おんな》の子《こ》の、悲《かな》しい、身《み》も消《き》えいらんばかりの泣《な》き声《ごえ》だった。片方《かたほう》の角《つの》の根《ね》もとには、血《ち》のにじんだ繃帯《ほうたい》がまかれ、顔《かお》を蔽《おお》ったその手《て》にも、五本《ごほん》の指《ゆび》をのぞいて、血《ち》と膿《うみ》のにじんだ繃帯《ほうたい》が、二《に》の腕《うで》*深《ふか》くまかれてあった。ぷん、と血膿《ちうみ》の臭《にお》いがした。そして家畜《かちく》の臭《にお》いも。

——僕《ぼく》は息《いき》をのみ、目《め》をむいたまま、その怪物《かいぶつ》を前《まえ》にして立《た》ちすくんでいた。*

「見《み》たのね」その時《とき》後《うしろ》で冷《つめ》たい声《こえ》がした。障子《しょうじ》をピンと後手《うしろで》に＊しめて、おばさんが立《た》っていた。能面《のうめん》のような顔《かお》の影《かげ》に、かすかに憂悶《ゆうもん》＊の表情《ひょうじょう》をたたえながら。

「とうとう見《み》てしまったのね。その子《こ》は——くだんなのです」＊

京鹿子《きょうがのこ》 京都《きょうと》で染《そ》められた鹿子絞《かのこしぼ》りで、絹染《きぬぞめ》のものをいう。京極絞《きょうごくしぼ》りとも。

剛毛《ごうもう》 かたい毛《け》やこわい毛《け》。

草食獣《そうしょくじゅう》 牛《うし》、馬《うま》、羊《ひつじ》など植物《しょくぶつ》を主食《しゅしょく》とする哺乳類《ほにゅうるい》。

二《に》の腕《うで》 肩《かた》から肱《ひじ》までの間《あいだ》の部分《ぶぶん》。上腕《じょうわん》。

立《た》ちすくんでいた 恐怖《きょうふ》や驚《おどろ》きのあまり、立《た》ったまま身動《みうご》きできないさま。

後手《うしろで》に 手《て》を背後《はいご》にまわして。

憂悶《ゆうもん》 思《おも》い悩《なや》み、苦《くる》しむこと。

くだん 半人半牛《はんじんはんぎゅう》の予言獣《よげんじゅう》としての件《くだん》が初《はじ》めて文献《ぶんけん》に登場《とうじょう》するのは、天保《てんぽう》七年《ねん》（一八三六）と記載《きさい》のある瓦版《かわらばん》で、そこには同年《どうねん》十二月《がつ》、丹波国《たんばのくに》（現在《げんざい》の京都府《きょうとふ》）倉橋山《くらはしやま》の山中《さんちゅう》に、体《からだ》は牛《うし》で顔《かお》が人《ひと》に似《に》た件《くだん》という獣《けもの》が現《あら》われ、翌年《よくねん》から豊作《ほうさく》が続《つづ》いたと記《しる》されている。また慶応《けいおう》三年《ねん》（一八六七）四月《がつ》の「件《くだん》獣之写真《じゅうのしゃしん》」と題《だい》する瓦版《かわらばん》にも「件《くだん》は昔《むかし》から知《し》られており、文政年間《ぶんせいねんかん》にも現《あら》われた。その年《とし》の吉凶《きっきょう》を告《つ》げ、我《わ》が絵姿《えすがた》を家内《かない》に貼《は》れば災厄《さいやく》を除《のぞ》くと云《い》って三日《か》で死《し》んだ。件《くだん》は牛《うし》の腹《はら》から産《う》まれ、体《からだ》は牛《うし》、顔《かお》は人間《にんげん》で、頭《あたま》に角《つの》を生《は》やし、よく人語《じんご》を話《はな》す。それで人偏《にんべん》に牛《うし》と書《か》くのだ」云々《うんぬん》とある。

明治《めいじ》に入《はい》ると、本《ほん》シリーズにも採録《さいろく》した青《あお》い目《め》の文豪《ぶんごう》・小泉八雲《こいずみやくも》が、島根《しまね》の美保関《みほのせき》で件《くだん》の剝製《はくせい》を見世物興行《みせものこうぎょう》の一団《いちだん》が携《たずさ》えていたという噂《うわさ》を聞《き》いた次第《しだい》を『知《し》られぬ日本《にほん》の面影《おもかげ》』（一八九四）に書《か》きとめており、大正期《たいしょうき》には内田百閒《うちだひゃっけん》（『夢《ゆめ》』に「豹《ひょう》」を採録《さいろく》）にも「件《くだん》」（一九二一）という見世物小屋幻想《みせものごやげんそう》に満《み》ちた傑作《けっさく》があった。そして昭和期《しょうわき》に入《はい》ると、本篇《ほんぺん》にもその一端《いったん》が語《かた》られているように、戦時下《せんじか》の流言飛語《りゅうげんひご》のそこここに（ただし地域《ちいき》は西日本《にしにほん》にほぼ限定《げんてい》）、牛妖《ぎゅうよう》の影《かげ》がちらつくのであった。そして現代《げんだい》においても、本篇《ほんぺん》の舞台《ぶたい》である阪神間《はんしんかん》では「牛女《うしおんな》」をめぐる怪談実話《かいだんじつわ》が報告《ほうこく》されているのである（詳《くわ》しくは拙著《せっちょ》『妖怪伝説奇聞《ようかいでんせつきぶん》』を参照《さんしょう》）。

それがくだんだったのだ。くだんは件《くだん》と書《か》く。人牛《ひとうし》を一《ひと》つにしてくだんと読《よ》ませるのだ。くだんは時々《ときどき》生《う》まれることがある。が大抵《たいてい》親《おや》たちがかくしてしまう。しかしくだんには、予言《よげん》の能力《のうりょく》があるのだった——おばさんはそのことを話《はな》してくれた。石女《うまずめ》と思《おも》われたおばさんが、たった一人《ひとり》孕《みごも》った*女《おんな》の子《こ》が、この件《くだん》だったのだ、と。生《う》まれた時《とき》から角《つの》があり、それが段々《だんだん》のびるとともに、頭《あたま》が、牛《うし》そっくりになってきた。角《つの》の生《は》えた人間《にんげん》が生《う》まれることがあるということは、ちゃんとした医学《いがく》の文献《ぶんけん》にも出《で》ている。皮膚《ひふ》の角質《かくしつ》*が変形《へんけい》したり、骨《ほね》が変形《へんけい》したりするのだそうだ。昔《むかし》はこんな人間《にんげん》を、鬼《おに》として恐《おそ》れたのだろう、と。

——だがくだんはちがう。くだんは根《ね》っからの怪物《かいぶつ》で、超自然《ちょうしぜん》*の力《ちから》があるのだ。これに該《がい》当《とう》するのはギリシャ神話《しんわ》のクレタ島《とう》*のミノタウルス*ぐらいではあるまいか。くだんは歴史《れきし》上《じょう》の大凶事《だいきょうじ》*が始《はじ》まる前兆《ぜんちょう》として生《う》まれ、凶事《きょうじ》が終《おわ》ると死《し》ぬという。そしてその間《かん》、異変《いへん》についての一切《いっさい》を予言《よげん》するというのだ。このことは、おばさんから黙《だま》っていてくれとたのまれた。おばさんの家《いえ》で、件《くだん》を見《み》たということも、この話一切《はなしいっさい》を黙《だま》っていてくれ、と強《つよ》く念《ねん》を押《お》された。でないと、僕《ぼく》の一家《いっか》にも不幸《ふこう》が起《おこ》るというのだ。だから僕《ぼく》はずっと黙《だま》ってきた。お咲《さき》さんにさえ、一言《ひとこと》も喋《しゃべ》らず、口《くち》を閉《と》ざしてきたのだ。だがあれから二十二年《にじゅうにねん》たった今《いま》*、僕《ぼく》はあえてこの話《はなし》を公《おおや》けにする。*そうすることによって、僕《ぼく》はこれを読《よ》んだ人々《ひとびと》から件《くだん》についての知識《ちしき》を、少《すこ》しでもいいから、得《え》たいのだ。誰《だれ》か件《くだん》についてくわしいことを知《し》らないだろうか？　あのドロドロした食物《たべもの》は一体何《いったいなん》だか知《し》っている人《ひと》はいないだろう

孕《みご》った　妊娠《にんしん》した。子《こ》を授《さず》かった。

角質《かくしつ》　脊椎動物《せきついどうぶつ》の表皮《ひょうひ》の細胞《さいぼう》にできる硬蛋白質《こうたんぱくしつ》の一種《いっしゅ》。主成分《しゅせいぶん》はケラチン。角《つの》や爪《つめ》、鱗《うろこ》、嘴《くちばし》、毛髪《もうはつ》などを形成《けいせい》する。

超自然《ちょうしぜん》　自然界《しぜんかい》の法則《ほうそく》を超《こ》えた、現実《げんじつ》にはありえないはずの神《しん》秘的《ぴてき》な現象《げんしょう》や存在《そんざい》。

クレタ島《とう》　(Creta)エーゲ海南部《かいなんぶ》の島《しま》。ギリシアで最大《さいだい》の島《しま》で、古代《こだい》の青銅器文化《せいどうきぶんか》、エーゲ文明《ぶんめい》の中心地《ちゅうしんち》であった。

ミノタウルス　(Minotauros)ミノタウロスとも。「ミノスの牛《うし》」の意《い》。ギリシア神話《しんわ》に登場《とうじょう》する怪物《かいぶつ》。ゼウスの子《こ》でクレタの王《おう》ミノスの妃《きさき》パシファエが、海神《かいじん》ポセイドンから贈《おく》られた白《しろ》い牡牛《おうし》と交《まじ》わって生《う》んだ牛頭人身《ぎゅうとうじんしん》の怪物《かいぶつ》である。ミノスが約束《やくそく》を守《まも》らないことに怒《おこ》った海神《かいじん》は、パシファエが牡牛《おうし》と恋《こい》に落《お》ちる呪《のろ》いをかけたのだった（『恋《こい》』所収《しょしゅう》の「鯉《こい》の巴《ともえ》」や本巻所収《ほんかんしょしゅう》の「遠野物語《とおのものがたり》」第《だい》六九話《わ》を参照《さんしょう》）。ミノス王《おう》によって、工匠《こうしょう》ダイダロスが造《つく》った迷宮《ラビリントス》に幽閉《ゆうへい》され、人身御供《ひとみごくう》の少《しょう》年少女《ねんしょうじょ》を与《あた》えられて成長《せいちょう》したミノタウルスだったが、やがてアテネの王子《おうじ》テセウスによって退治《たいじ》されてしまう。

大凶事《だいきょうじ》　国家規模《こっかきぼ》での不吉《ふきつ》な出来事《できごと》。天災《てんさい》や戦乱《せんらん》など。

二十二年《ねん》たった今《いま》　昭和《しょうわ》四十二年《ねん》（一九六七）にあたる。本篇《ほんぺん》の発表《はっぴょう》は「話《はなし》の特集《とくしゅう》」の翌《よく》四十三年《ねん》一月号《がつごう》（実際《じっさい》には前年《ぜんねん》十二月《がつ》に発売《はつばい》）なので、リアルタイムということになる。

公《おおや》けにする　世間一般《せけんいっぱん》に公表《こうひょう》する。

か？　件《くだん》を見《み》たものは件《くだん》をうむようになるというのは本当《ほんとう》だろうか？――僕《ぼく》は切羽《せっぱ》つまって＊この話《はなし》を発表《はっぴょう》する。今度《こんど》初《はじ》めて生《う》まれた僕《ぼく》の長女《ちょうじょ》に、角《つの》があったのだ！――これもやはり、大異変《だいいへん》の前兆《ぜんちょう》＊だろうか？

（「話《はなし》の特集《とくしゅう》」一九六八年《ねん》一月号掲載《がつごうけいさい》）

切羽《せっぱ》つまって　ある事態《じたい》が目前《もくぜん》に迫《せま》って、どうにもならないさま。

大異変《だいいへん》の前兆《ぜんちょう》　小松左京《こまつさきょう》が、日本列島消滅《にほんれっとうしょうめつ》の大異変《だいいへん》を活写《かっしゃ》した長篇《ちょうへん》『日本沈没《にほんちんぼつ》』を発表《はっぴょう》してミリオンセラーを記録《きろく》するのは、昭和《しょうわ》四十八年《ねん》（一九七三）のことだった。

なお、作者《さくしゃ》は本篇《ほんぺん》の由来《ゆらい》について、後《のち》に次《つぎ》のように語《かた》っている。「中学生《ちゅうがくせい》のときに、地元《じもと》でクダンを見《み》たという話《はなし》を聞《き》かされたんですよ。あるお屋敷《やしき》で、洗面器《せんめんき》いっぱいの雑炊《ぞうすい》みたいなものを置《お》いておいて、そのあとは見《み》ちゃいけないよ、と。あとで行《い》ってみると、血染《ちぞ》めの包帯《ほうたい》が置《お》いてある、という……いまでいう都市伝説《としでんせつ》みたいなものですが。そのクダンは要《よう》するに因果《いんが》ものなんだけど、予言能力《よげんのうりょく》があるとも言《い》われていて、実際《じっさい》に伊勢《いせ》のほうで生《う》まれたクダンが『戦争《せんそう》は終《お》わる』と言《い》ったという流言飛語《りゅうげんひご》が、当時《とうじ》、流《なが》れていた。それから戦後《せんご》になって、芦屋《あしや》でクダンが生《う》まれたっていう話《はなし》を、うちに来《き》てしてくれた人《ひと》がいまして」（「幻想文学《げんそうぶんがく》」第《だい》五十四号《ごう》掲載《けいさい》の小松左京《こまつさきょう》インタビューより）

復《ふく》讐《しゅう》

三《み》島《しま》由《ゆ》紀《き》夫《お》

明《あか》るい避暑地《ひしょち》*の一画《いっかく》に、妙《みょう》に暗《くら》い感《かん》じの家《いえ》を見《み》ることがある。別《べつ》に家《いえ》が古《ふる》くて、廃屋《はいおく》*じみていたり、塀《へい》が壊《こわ》れていたり、建築様式《けんちくようしき》が陰気《いんき》で、小《ちい》さな窓《まど》や深《ふか》い庇《ひさし》*が屋内《おくない》にさし入《い》る外光《がいこう》*を遮《さえぎ》っていたり、というのではない。たとえそれが白《しろ》いパーゴラ*をさし出《だ》した明《あか》るい別荘風《べっそうふう》の家《いえ》であってもいい。その家《いえ》の前《まえ》を通《とお》るときに、奇妙《きみょう》に寂寞《せきばく》*とした、ひんやりした気配《けはい》が襟元《えりもと》をおそい、*家全体《いえぜんたい》から説明《せつめい》しがたい暗《くら》い印象《いんしょう》をうける家《いえ》というものがあるものである。

たとえば裏庭《うらにわ》に、向日葵《ひまわり》が頽《くず》れている。*裏木戸《うらきど》*の蝶番《ちょうつがい》*がこわれていて、道《みち》づたいに潮風《しおかぜ》が襲《おそ》ってくるとき、*奇妙《きみょう》な音《おと》を立《た》てる。そんなささやかな頽廃《たいはい》の兆《きざし》*は、子供《こども》の多《おお》い朗《ほが》らかな家族《かぞく》の住《す》む家《いえ》であったら、何《なに》か滑稽《こっけい》な面白《おもしろ》い印象《いんしょう》を与《あた》えこそすれ、不気味《ぶきみ》な空気《くうき》をかもし出《だ》すことはないにちがいない。

近藤家《こんどうけ》では、壊《こわ》れているものは何《なに》もなかった。戸《と》じまりはきちんとしており、裏木戸《うらきど》の南京錠《ナンキンじょう》＊は、光《ひか》りかがやく新品《しんぴん》であって、決《けっ》して錆《さ》びついてなぞいなかった。芝生《しばふ》の庭《にわ》が二百坪《にひゃくつぼ》＊ほどある木造《もくぞう》の別荘風《べっそうふう》の洋館《ようかん》で、周囲《しゅうい》は低《ひく》い石垣《いしがき》の上《うえ》に生垣《いけがき》＊がめぐらされ、白《しろ》いペンキ塗《ぬ》りの門《もん》はそう高《たか》くない。外《そと》から見《み》たところ、窓《まど》も引戸《ひきど》も、戸《と》じまりが堅固《けんご》にできていて、開放的《かいほうてき》な建築《けんちく》であるのに、故意《こい》＊に自分《じぶん》の中《なか》にとじこもっているという印象《いんしょう》を与《あた》え

避暑地《ひしょち》　夏《なつ》の暑《あつ》さを避《さ》けて、一時的《いちじてき》に滞在《たいざい》するのにふさわしい土地《とち》。高原《こうげん》や海浜《かいひん》など。

廃屋《はいおく》　住《す》む人《ひと》や使用《しよう》する人《ひと》がなくて荒《あ》れ果《は》てた建物《たてもの》。

庇《ひさし》　家《いえ》の玄関《げんかん》・縁側《えんがわ》・窓《まど》などの開口部《かいこうぶ》の上《うえ》に突《つ》き出《だ》した、陽《ひ》ざしや雨《あめ》を防《ふせ》ぐための小屋根《こやね》。

外光《がいこう》　戸外《こがい》の光《ひかり》。

パーゴラ　(pergola) 庭《にわ》や軒先《のきさき》に設置《せっち》する格子状《こうしじょう》の日陰棚《ひかげだな》。藤《ふじ》や薔薇《ばら》などの植物《しょくぶつ》を絡《から》ませる。緑廊《りょくろう》とも。

寂寞《せきばく》　ひっそりと静《しず》まりかえって、ものさびしいさま。「じゃくまく」とも。

襟元《えりもと》をおそい　うなじのあたりがゾクリ、ヒヤリとするさま。

頽《くず》れている　萎《しお》れて倒《たお》れている。「頽《たい》」は衰《おとろ》えて崩《くず》れてしまう意味《いみ》の文字《もじ》。

裏木戸《うらきど》　家《いえ》の裏手《うらて》にある木戸《きど》。

蝶番《ちょうつがい》　開《ひら》き戸《ど》や箱《はこ》の蓋《ふた》などを開閉《かいへい》するために取《と》り付《つ》ける金具《かなぐ》。一本《いっぽん》の回転軸《かいてんじく》と二枚《まい》の金属板《きんぞくばん》から成《な》る形《かたち》が蝶《ちょう》を思《おも》わせるので、この名《な》がある。丁番《ちょうばん》とも。

襲《おそ》ってくる　不意《ふい》に吹《ふ》き寄《よ》せてくる。

頽廃《たいはい》の兆《きざし》　衰《おとろ》え荒廃《こうはい》してゆく予感《よかん》、予兆《よちょう》。

南京錠《なんきんじょう》　金属製《きんぞくせい》の扁平《へんぺい》な錠《じょう》の本体《ほんたい》と、釣針《つりばり》のようにカーブした閂《かんぬき》とを施錠《せじょう》するタイプの鍵《かぎ》。西洋錠《せいようじょう》、海老錠《えびじょう》とも。

二百坪《つぼ》　約《やく》六六〇平方《へいほう》メートル。

生垣《いけがき》　庭木《にわき》などの低木類《ていぼくるい》を植《う》えて造《つく》られる垣根《かきね》。

故意《こい》に　わざと。意図的《いとてき》に。

るのである。

その道《みち》は海水浴場《かいすいよくじょう》*へゆく通《とお》り道《みち》になっている。夏《なつ》になるとそこをよく、肩《かた》からバス・タオルをかけ、足《あし》にサンダルをつっかけた裸《はだか》の家族《かぞく》づれや若《わか》い人《ひと》たちがとおる。道路《どうろ》はほとんど砂《すな》である。浮袋《うきぶくろ》を腕《うで》にかけた子供《こども》が、一軒一軒《いっけんいっけん》の庭《にわ》をのぞこうとして、跳躍《ちょうやく》しながら、あまり手入《てい》れのよくない雑駁《ざっぱく》な生垣《いけがき》*の透《す》き間《ま》に目《め》をやる。密集《みっしゅう》している枝葉《えだは》は中《なか》をよく見《み》せない。もしこんなに戸《と》じまりに念《ねん》を入《い》れるなら、高《たか》い石塀《いしべい》をしつらえ、塀《へい》の上《うえ》には、支那《しな》の邸宅《ていたく》*のように、硝子《ガラス》の砕片《さいへん》を植《う》*えたほうがよかったろう。しかし改修《かいしゅう》には多額《たがく》の金《かね》がかかり、多分《たぶん》この家《いえ》にはそういう経済的余裕《けいざいてきよゆう》がないのであろう。

門柱《もんちゅう》*には表札《ひょうさつ》が二《ふた》つかかっている。一《ひと》つは近藤虎雄《こんどうとらお》と書《か》いてある。一《ひと》つはその下《した》につつましく正木《まさき》なつと書《か》いてある。

家族《かぞく》は五人《ごにん》である。三十四歳《さんじゅうよんさい》の虎雄《とらお》が当主《とうしゅ》で、妻《つま》の律子《りつこ》との間《あいだ》に子供《こども》はない。虎雄《とらお》の母《はは》の八重《やえ》が、父《ちち》のいくばくの*遺産《いさん》を抱《かか》えて同居《どうきょ》している。父《ちち》の妹《いもうと》、つまり虎雄《とらお》の叔母《おば》に当《あた》る正木奈津《まさきなつ》が、二十五歳《にじゅうごさい》の娘《むすめ》、治子《はるこ》と共《とも》に、この家《いえ》に寄宿《きしゅく》*している。女四人《おんなよにん》男一人《おとこひとり》の家《か》族《ぞく》である。虎雄《とらお》は東京《とうきょう》の会社《かいしゃ》へ通勤《つうきん》しているので、昼間《ひるま》は男気《おとこっけ》がない。

虎雄《とらお》は同《おな》じ時刻《じこく》にきちんと家《いえ》へかえる。それから家族《かぞく》そろって食堂《しょくどう》で食事《しょくじ》をする。そのためにこの家《いえ》の夕食《ゆうしょく》は、他家《たけ》よりも遅《おそ》かった。

食堂《しょくどう》の電燈《でんとう》はあまり明《あか》るくない。家《いえ》じゅうの電燈《でんとう》がそう明《あか》るくない。電気代《でんきだい》を節約《せつやく》しているのである。

食堂《しょくどう》は風《かぜ》とおしがよいのに、夏《なつ》の夕食《ゆうしょく》の時刻《じこく》というと、いつも凪《なぎ》*のために暑《あつ》い。八重《やえ》と奈津《なつ》と虎雄《とらお》はゆかたを、律子《りつこ》と治子《はるこ》はワンピースを着《き》て椅子《いす》に掛《か》けている。食卓《しょくたく》の上《うえ》には

海水浴場《かいすいよくじょう》　後段《こうだん》に「江《え》ノ島電車《しまでんしゃ》」が出《で》てくるので、湘南鎌倉《しょうなんかまくら》あたりと考《かんが》えられる。ちなみに鎌倉《かまくら》・由比《ゆい》ヶ浜《がはま》に程近《ほどちか》い鎌倉文《かまくらぶん》学館《がくかん》は、三島《みしま》が『春《はる》の雪《ゆき》』執筆《しっぴつ》に際《さい》してモデルとした歴史的《れきしてき》建造物《けんぞうぶつ》（旧《きゅう》・前田侯爵家別邸《まえだこうしゃくけべってい》）である。

雑駁《ざっぱく》な　雑然《ざつぜん》として統一感《とういつかん》のないさま。

支那《しな》の邸宅《ていたく》　富裕《ふゆう》な中国人《ちゅうごくじん》が好《この》むような高《たか》い塀《へい》をめぐらせた豪《ごう》邸《てい》。ちなみに『夢《ゆめ》』の巻《かん》に「病蓐《びょうじょく》の幻想《げんそう》」を採録《さいろく》した谷崎《たにざき》潤一郎《じゅんいちろう》には、「天鵞絨《びろうど》の夢《ゆめ》」（一九一九）と「鶴唳《かくれい》」（一九二一）という「支那《しな》の邸宅《ていたく》」幻想《げんそう》に発《はっ》する綺譚《きたん》があって、特《とく》に小田《おだ》原《わら》を舞台《ぶたい》とする後者《こうしゃ》には、本篇《ほんぺん》と一脈通《いちみゃくつう》ずる部分《ぶぶん》が認《みと》められる。

硝子《ガラス》の砕片《さいへん》を……　１４１頁《ページ》の「忍《しの》び返《がえ》し」を参照《さんしょう》。

門柱《もんちゅう》　家《いえ》の門《もん》の左右《さゆう》に立《た》てる柱《はしら》。

いくばくの　それほどはない。

寄宿《きしゅく》　他家《たけ》に身《み》を寄《よ》せて暮《く》らすこと。戦災《せんさい》や戦後《せんご》の混乱《こんらん》で家《いえ》をなくした人々《ひとびと》が、親族《しんぞく》を頼《たよ》って同居《どうきょ》することは、第二次大戦《だいにじたいせん》後《ご》まもない時期《じき》には当《あ》たり前《まえ》におこなわれていた。

凪《なぎ》　風《かぜ》がやんで海面《かいめん》が静《しず》まる状態《じょうたい》。朝凪《あさなぎ》と夕凪《ゆうなぎ》がある。

サラダや焼魚《やきざかな》が並《なら》んでいる。

「この鱸《すずき》*はお姑《かあ》さまが漁師《りょうし》から直《じか》にお買《か》いになったのよ」

と律子《りっこ》が言《い》った。律子《りっこ》は陽気《ようき》な女《おんな》である。この家《いえ》の陰気《いんき》な食卓《しょくたく》で、真先《まっさき》に口《くち》を切《き》るのは律子《りっこ》である。しかし今夜《こんや》は声《こえ》が金属的《きんぞくてき》な神経質《しんけいしつ》な響《ひび》きを帯《お》びていて、わざと陽気《ようき》にしているようにみえる。

「私《わたし》が値切《ねぎ》ったんだよ。ずいぶん安《やす》くしましたよ。当節《とうせつ》は不景気《ふけいき》で物《もの》が安《やす》くなった安《やす》くなった、というけれど、買物《かいもの》の下手《へた》な人《ひと》は、やっぱり高《たか》いものをつかまされる*んだよ」

虎雄《とらお》はほとんど会話《かいわ》に加《くわ》わらない。元陸軍中尉《もとりくぐんちゅうい》*で体格《たいかく》はよいけれども、顔色《かおいろ》は蒼白《そうはく》で、

鱸《すずき》　スズキ科《か》の海産魚《かいさんぎょ》。紡錘形《ぼうすいけい》をした全長《ぜんちょう》は約《やく》一メートルに達《たっ》する。夏《なつ》が旬《しゅん》の時季《じき》で、刺身《さしみ》や塩焼《しおや》きで食《しょく》される。

陸軍中尉《りくぐんちゅうい》　中尉《ちゅうい》は軍人《ぐんじん》の階級《かいきゅう》で、尉官《いかん》の第《だい》二位《い》。大尉《たいい》の下《した》、少尉《しょうい》の上《うえ》。

つかまされる　買《か》わされる。

縁無眼鏡《ふちなしめがね》*が顔《かお》の印象《いんしょう》を一《いっ》そう冷《つめ》たく見《み》せる。エゴイスト*で、道楽《どうらく》がなんにもない。大工道《だいくどう》具《ぐ》いじり*が、趣味《しゅみ》といえる唯一《ゆいいつ》のものである。

奈津母子《なつおやこ》は黙《だま》って喰《た》べている。食事《しょくじ》の時《とき》になると、居候《いそうろう》*の身分《みぶん》を思《おも》いだして神妙《しんみょう》になる*らしい。よく顔《かお》の似《に》た母子《おやこ》であるが、母子《おやこ》とも貧血質《ひんけつしつ》で体《からだ》は弱々《よわよわ》しく、老嬢《オールドミス》*の治子《はるこ》は昼《ひる》間近所《まきんじょ》のメソジスト教会《きょうかい》*の幼稚園《ようちえん》に通《かよ》って、保母《ほぼ》*としてのわずかな収入《しゅうにゅう》を得《え》ている。奈津《なつ》が未亡人《みぼうじん》*になって生活《せいかつ》に困《こま》り、家《いえ》を売《う》った金《かね》で暮《くら》していたが、そのうち貸間《かしま》ぐらし*も重荷《おもに》になったので、近藤家《こんどうけ》へ引取《ひきと》られてきたのである。労苦《ろうく》がたださえ痩《や》せぎす*の顔《かお》をとげとげしく見《み》せ、一人《ひとり》で何《なに》かつまらないことを言《い》って自分《じぶん》でいつまでも笑《わら》っている癖《くせ》は、奈津《なつ》を一《いっ》そう貧乏《びんぼう》たらしく見《み》せる。そういう癖《くせ》は母子《おやこ》に共通《きょうつう》している。治子《はるこ》が保母《ほぼ》の収入《しゅうにゅう》を近《こん》藤家《どうけ》にはわずかしか入《い》れず、しじゅう*見栄《みば》えのしない洋服《ようふく》などを作《つく》って費《つか》ってしまうのに、近藤《こんどう》の姑《しゅうとめ》と嫁《よめ》は快《よ》からぬ思《おも》い*をしていた。……会話《かいわ》がとぎれた。夜《よる》の潮騒《しおさい》*がひびいていた。テーブルの下《した》に置《お》いてある蚊取線香《かとりせんこう》の匂《にお》いがしていた。

一家《いっか》には妙《みょう》な癖《くせ》があった。会話《かいわ》がとぎれて沈黙《ちんもく》が来《く》ると、いっせいに、どこかへ耳《みみ》をすますような態度《たいど》をすることである。食事《しょくじ》の最中《さいちゅう》であろうと、めったにない来客《らいきゃく》のあいだであろうと、沈黙《ちんもく》に陥《おちい》るのを待《ま》っていたように、いっせいに何《なに》ものかに耳《みみ》を澄《す》ますのである。昼《ひる》はさほどでもないが、夜《よる》は殊《こと》にそうである。それが敏感《びんかん》な水禽《みずどり》*の家族《かぞく》のように見《み》える。音《おと》は潮騒《しおさい》のほかにはこれといってしない。

台所《だいどころ》で突然《とつぜん》物音《ものおと》がした。五人《ごにん》は一《いっ》せいにそのほうへ首《くび》をめぐらした。それからお互《たが》いに見交《みか》わす顔《かお》は、すこしばかり蒼《あお》ざめている。

縁無眼鏡《ふちなしめがね》　「くだんのはは」の女主人《おんなしゅじん》も、縁無眼鏡《ふちなしめがね》をかけていたことに留意《りゅうい》。

エゴイスト　(egoist)　利己主義者《りこしゅぎしゃ》。自己中《じこちゅう》。

大工道具《だいくどうぐ》いじり　いわゆる「日曜大工《にちようだいく》」の趣味《しゅみ》。

居候《いそうろう》　他人《たにん》の家《いえ》に身《み》を寄《よ》せて、養《やしな》ってもらっている人《ひと》。食客《しょっかく》。

神妙《しんみょう》になる　おとなしく、素直《すなお》な態度《たいど》でいること。

老嬢《オールドミス》　未婚《みこん》のまま婚期《こんき》をすぎてしまった女性《じょせい》。オールドミス(old miss)は和製英語《わせいえいご》で、本来《ほんらい》の英語《えいご》では old maid と呼《よ》ぶ。

メソジスト教会《きょうかい》　(Methodists)　プロテスタントの一派《ぱ》。一七二八年《ねん》に英国《えいこく》で活動《かつどう》を始《はじ》め、米国《べいこく》を中心《ちゅうしん》に世界的《せかいてき》に広《ひろ》まった。日本《にほん》には明治《めいじ》六年《ねん》(一八七三)に伝来《でんらい》。

保母《ほぼ》　女性《じょせい》の保育士《ほいくし》の旧称《きゅうしょう》。

未亡人《みぼうじん》　夫《おっと》に先立《さきだ》たれた女性《じょせい》。

貸間《かしま》ぐらし　賃貸《ちんたい》で部屋《へや》を借《か》りて生活《せいかつ》すること。

痩《や》せぎす　痩《や》せて骨《ほね》ばって見《み》える容姿《ようし》。

しじゅう　いつも。

快《よ》からぬ思《おも》い　不快《ふかい》に思《おも》うこと。

潮騒《しおさい》　147頁《ページ》を参照《さんしょう》。

水禽《みずどり》　水辺《みずべ》や水上《すいじょう》に棲息《せいそく》する鳥《とり》の総称《そうしょう》。人《ひと》の接近《せっきん》をいちはやく察知《さっち》して、いっせいに飛《と》び立《た》つさまを想起《そうき》。

「鼠《ねずみ》ですよ」

と八重《やえ》が言《い》った。

「鼠《ねずみ》なんだわね。鼠《ねずみ》なんだわ」

と奈津《なつ》が言《い》って、永《なが》いこと一人《ひとり》で笑《わら》った。その笑《わら》いが永《なが》く尾《お》を引《ひ》いた。すると律子《りつこ》が箸《はし》を急《きゅう》に置《お》いて、甲高《かんだか》い声《こえ》で言《い》いたいことだけはどうしても言《い》ってしまうという早口《はやくち》で言《い》った。目《め》は誰《だれ》の顔《かお》をも見《み》ず、片手《かたて》が食卓《しょくたく》のへりをつかむようにしている。

「言《い》ってしまうわ、私《わたし》。せめて晩《ばん》ごはんがすむまで言《い》わないつもりだったけど言《い》ってしまうわ。私《わたし》、きょう一人《ひとり》で泳《およ》ぎに行《い》ったのよ。海岸《かいがん》で、お隣《とな》りの御家族《ごかぞく》のビーチ・パラソル*に入《い》れてもらって、休《やす》んでいたの。そのときたしかに、玄武《げんぶ》*がいたのよ。じっとこっちを見《み》ていたわ」

四人《よにん》は律子《りつこ》の顔《かお》を注視《ちゅうし》*した。玄武《げんぶ》という名《な》が出《で》ただけで、それを口《くち》にする律子《りつこ》も、きいている四人《よにん》も体《からだ》を固《かた》くした。ふだんから蒼白《そうはく》な虎雄《とらお》はそう目立《めだ》たないが、あとの四人《よにん》は唇《くちびる》の色《いろ》まで変《かわ》っている。

「そんなばかな、玄武《げんぶ》がどうしてこの土地《とち》へ来《き》ているんです」
「第一《だいいち》、律子《りつこ》さんは玄武《げんぶ》の顔《かお》を知《し》らないじゃありませんか」
「でも私《わたし》はっきり見《み》ましたもの。六十格好《ろくじゅうかっこう》のおじいさんで、岩乗《がんじょう》*な、五尺七寸《ごしゃくしちすん》*ぐらいの背丈《せたけ》で、色《いろ》がとても黒《くろ》くて、無精髭《ぶしょうひげ》を生《は》やしていましたわ。開襟《かいきん》シャツ*にカーキいろのズボンをはいて、穿《は》き物《もの》はたしか下駄《げた》でした。白《しろ》い汚《よご》れたピケ帽《ぼう》*をかぶっていたわ。……私《わたし》、ふっとそのおじいさんがビーチ・パラソルのそばに立《た》っていたのを見《み》たんです。

ビーチ・パラソル　(beach parasol)　海水浴場《かいすいよくじょう》などで使用《しよう》する、日除《ひよ》けのための大型《おおがた》の洋傘《ようがさ》。これも和製英語《わせいえいご》で、本来《ほんらい》は beach umbrella。

玄武《げんぶ》　ここでは人名《じんめい》だが、古代中国《こだいちゅうごく》の想像上《そうぞうじょう》の動物《どうぶつ》の名称《めいしょう》でもあり、東西南北《とうざいなんぼく》を守護《しゅご》する聖獣《せいじゅう》・四神《しじん》（東《ひがし》の青龍《せいりょう》、西《にし》の白虎《びゃっこ》、南《みなみ》の朱雀《すざく》、北《きた》の玄武《げんぶ》）のひとつ。蛇《へび》と亀《かめ》が絡《から》み合《あ》う合成《ごうせい》獣《じゅう》（鵺《ぬえ》や件《くだん》に同《おな》じ）の姿《すがた》で表《あら》わされる。水《みず》に関《かか》わり深《ふか》い存在《そんざい》でもある点《てん》、水辺《みずべ》の物語《ものがたり》である本篇《ほんぺん》にはふさわしいかも知《し》れない。

注視《ちゅうし》　注意《ちゅうい》してじっと見《み》つめること。食《く》い入《い》るように見《み》ること。

岩乗《がんじょう》　通常《つうじょう》は「頑丈《がんじょう》」と表記《ひょうき》。体格《たいかく》ががっしりして丈夫《じょうぶ》そうな。

五尺《しゃく》七寸《すん》　約《やく》一七三センチメール。当時《とうじ》の日本人《にほんじん》としては大柄《おおがら》だろう。

開襟《かいきん》シャツ　襟《えり》を開《ひら》いて着《き》るように仕立《した》てられたシャツ。オープン・シャツ。夏《なつ》の季語《きご》。

ピケ帽《ぼう》　ピケ(piqué)はフランス語《ご》で、太《ふと》い畝織《うねお》り綿布《めんぷ》のこと。ピケ織物《おりもの》で作《つく》られた帽子《ぼうし》。映画監督《えいがかんとく》の小津安二郎《おづやすじろう》（一九〇三〜一九六三／代表作《だいひょうさく》に『東京物語《とうきょうものがたり》』『晩春《ばんしゅん》』など）が愛用《あいよう》したことでも知《し》られる。ちなみに本篇《ほんぺん》における語《かた》り手《て》の視点《してん》やストーリーには、日本家屋《にほんかおく》の構造《こうぞう》を画面《がめん》に活《い》かした小津映画《おづえいが》の技法《ぎほう》に通《つう》ずるところがある。

私《わたし》が目《め》をあげると、私《わたし》の顔《かお》をちょっと見《み》て、それから海《うみ》のほうを見《み》ていました。私《わたし》が、あ、玄武《げんぶ》だ、と思《おも》ってぞっとしたときに、もうその人《ひと》は、海岸《かいがん》の人《ひと》ごみの中《なか》へ入《はい》ってしまって見《み》えなかったの」

「わかった」と八重《やえ》がいくらか冷静《れいせい》になって言《い》った。「それは山口《やまぐち》さんの手紙《てがみ》にあった人相《にんそう》ですよ。その人相《にんそう》にたまたま似《に》ていたからって、写真《しゃしん》を見《み》たわけではなし、玄武《げんぶ》かどうかわかったものじゃない。いや、玄武《げんぶ》じゃないに決《き》まってますよ。玄武《げんぶ》がもし自分《じぶん》の村《むら》を離《はな》れれば、山口《やまぐち》さんがすぐ電報《でんぽう》*をくれるはずじゃないの。ほんとうに山口《やまぐち》さんという人《ひと》がみつかってよかった。あの方《かた》におねがいしてからこのかた、やっと枕《まくら》を高《たか》くして眠《ねむ》*れるんだからね」

近藤家《こんどうけ》では山口清一《やまぐちせいいち》という男《おとこ》をこの上《うえ》もないたよりにしていた。山口《やまぐち》を知《し》ったことは、神々《かみがみ》のお導《みちび》きだと思《おも》われた。八重《やえ》の死《し》んだ良人《おっと》は内務省《ないむしょう》*の官僚《かんりょう》であったが、彼《かれ》が恩《おん》を施《ほどこ》した男《おとこ》が、偶然《ぐうぜん》にも、倉谷玄武《くらたにげんぶ》のいる同《おな》じ村《むら》に生家《せいか》を持《も》っていて、そこで読書《どくしょ》に親《した》しみながら病《やま》いを養《やしな》っているこ*とがわかったのである。八重《やえ》は長《なが》い手紙《てがみ》を書《か》き、倉谷玄武《くらたにげんぶ》に関《かん》する情報《じょうほう》を、山口《やまぐち》が逐一《ちくいち》*書《か》き送《おく》ってくれるように依頼《いらい》した。そのためには八重《やえ》は表書《おもてがき》*に近《こん》藤家《どうけ》の名前《なまえ》を隠《かく》し、いつも正木《まさき》なつの名《な》を使《つか》った。村《むら》の郵便局《ゆうびんきょく》から、近藤家《こんどうけ》の名《な》が玄武《げんぶ》へ洩《も》れては困《こま》るからである。八重《やえ》は乏《とぼ》しい遺産《いさん》のなかから、山口《やまぐち》の厚意《こうい》をつなぐ*ために、しばしば見舞金《みまいきん》や品物《しなもの》を送《おく》った。山口《やまぐち》はまず玄武《げんぶ》の人相《にんそう》を知《し》らせて来《き》た。同《おな》じ村《むら》ですぐつたわる玄武《げんぶ》の動静《どうせい》*は、病人《びょうにん》の暇《ひま》つぶしに永々《ながなが》としらせて来《き》た。玄武《げんぶ》が村《むら》を離《はな》れる気配《けはい》はなかった。もしその気配《けはい》があれば、山口《やまぐち》はすぐ電報《でんぽう》をよこす手筈《てはず》*になっていたのである。

「あなたの気《き》のせいですよ」

と姑《しゅうとめ》は慰《なぐさ》めるように云《い》って箸《はし》をとりあげた。しかし飯《めし》はもう咽喉《のど》をとおらなかった。

「でも、私《わたし》、たしかに玄武《げんぶ》だと思《おも》うの。本当《ほんとう》に直感《ちょっかん》でそう感《かん》じたんですもの。……今夜《こんや》は

電報《でんぽう》　電信方式《でんしんほうしき》により迅速《じんそく》に伝送《でんそう》される通報《つうほう》。電話《でんわ》やインターネットの普及《ふきゅう》で、現在《げんざい》の需要《じゅよう》は慶弔電報《けいちょうでんぽう》にほぼ限《かぎ》られている。

枕《まくら》を高《たか》くして　安心《あんしん》して。

内務省《ないむしょう》　明治初頭《めいじしょとう》から第《だい》二次大戦終結前《じたいせんしゅうけつまえ》まで存在《そんざい》した中央行政庁《ちゅうおうぎょうせいちょう》。警察《けいさつ》・地方行政《ちほうぎょうせい》・土木《どぼく》などの内務行政《ないむぎょうせい》を統轄《とうかつ》した。

病《やま》いを養《やしな》っている　療養生活《りょうようせいかつ》をおくっている。

逐一《ちくいち》　いちいち事細《ことこま》かに。

表書《おもてがき》　書状《しょじょう》の封筒《ふうとう》に書《か》く宛名《あてな》や差出人名《さしだしにんめい》。

厚意《こうい》をつなぐ　先方《せんぽう》の厚意《こうい》を保《たも》たせる。

動静《どうせい》　行動《こうどう》や状態《じょうたい》。様子《ようす》。

手筈《てはず》　段取《だんど》り。

気《き》をつけたほうがいいわ」

その律子《りつこ》の一言《ひとこと》で皆《みな》はまた沈黙《ちんもく》に陥《おちい》った。

惣菜《そうざい》には誰《だれ》もほとんど手《て》をつけていない。まずそうに魚肉《ぎょにく》を少《すこ》しむしって、やめてしまう。卓《たく》*の上《うえ》に醤油差《しょうゆさし》や食塩《しょくえん》の罎《びん》が鈍《にぶ》く光《ひか》っている。醤油差《しょうゆさし》の粗悪《そあく》な硝子《ガラス》は多《おお》くの気泡《きほう》を含《ふく》んでいて、しじゅう醤油《しょうゆ》に染《そ》まっているので、混濁《こんだく》した黄《き》*いろをしている。八重《やえ》がそばの食器棚《しょっきだな》から、うちわをとって、胸《むな》もとを仰々《ぎょうぎょう》しくあおいだ。

「おお、暑《あつ》い、暑《あつ》い。それにこんな話《はなし》をきかされちゃ、なおのこと食《しょく》が進《すす》みやしない」

「ごめんあそばせね」

と嫁《よめ》が詫《わ》びた。

「いいんですよ。それより虎雄《とらお》さん、寝《ね》る前《まえ》に庭《にわ》を見《み》てまわって、戸《と》じまりも気《き》をつけてちょうだい。何事《なにごと》も気休《きやす》めだから。……それにしても、警察《けいさつ》にはたのめないし、警察《けいさつ》に洗《あら》いざらい話《はな》*せばどんなに虎雄《とらお》さんの恥《はじ》になるか知《し》れないし、もし世間《せけん》に知《し》れたら虎雄《とらお》さんの将来《しょうらい》にもかかわるかもしれないし、困《こま》ったことだね」

虎雄《とらお》は不機嫌《ふきげん》に黙《だま》っている。しきりに飯《めし》を掻込《かきこ》んでいるのは彼一人《かれひとり》だが、それも機械的《きかいてき》に口《くち》に運《はこ》んでいるだけで、彼《かれ》も不安《ふあん》に包《つつ》まれているのがわかる。汗《あせ》が額《ひたい》に粒立《つぶだ》っている*が、拭《ぬぐ》おうともしない。かたわらから妻《つま》の律子《りつこ》が手巾《ハンカチ》で良人《おっと》の額《ひたい》を軽《かる》く拭《ぬぐ》った。虎雄《とらお》は不愛想《ぶあいそう》に、されるままになっている。

窓《まど》の網戸《あみど》にしきりにぶつかるものがある。奈津《なつ》が神経質《しんけいしつ》にそのほうを振向《ふりむ》いたが、窓《まど》の外《そと》をじっと見《み》ているのは怖《おそ》ろしい*ので、すぐやめてしまった。黄金虫《こがねむし》*が網戸《あみど》にぶつかっているのである。

凪《なぎ》は去《さ》らず、暑《あつ》さは重《おも》く垂《た》れこめている。潮騒《しおさい》は遠《とお》く轟《とどろ》いているだけだが、磨《と》ぎすましている聴覚《ちょうかく》には、それがやかましく、邪魔《じゃま》にきこえる。

突然《とつぜん》、奈津《なつ》がこう言《い》った。

卓《たく》　テーブル。
混濁《こんだく》**した**　混《ま》じり合《あ》って濁《にご》るさま。
洗《あら》**いざらい**　何《なに》から何《なに》まですっかり。
粒立《つぶだ》**っている**　皮膚《ひふ》の表面《ひょうめん》に多《おお》くの粒《つぶ》ができるさま。

窓《まど》**の外**《そと》**をじっと見**《み》**ているのは怖**《おそ》**ろしい**　川端康成《かわばたやすなり》の「片腕《かたうで》」（『恋《こい》』所収《しょしゅう》）における靄《もや》に鎖《とざ》された屋外《おくがい》の描写《びょうしゃ》を想起《そうき》させよう。
黄金虫《こがねむし》　コガネムシ科《か》の甲虫《こうちゅう》。体長《たいちょう》は二センチメートルほど。卵形《たまごがた》で光沢《こうたく》の強《つよ》い金緑色《きんりょくしょく》を帯《お》びる。夏《なつ》の季語《きご》。

「ああ、いやだ。いやだ。なんの罪《つみ》もない私《わたし》までが、こんな思《おも》いをしなくちゃならないんだから」

治子《はるこ》が母親《ははおや》の放言《ほうげん》＊に敏感《びんかん》に首《くび》をすくめた。口《くち》のはたに、皮肉《ひにく》な微笑《びしょう》ともつかぬ微笑《びしょう》をうかべ、大《おお》いそぎで自分《じぶん》の世界《せかい》にとじこもってしまう。母《はは》の放言《ほうげん》の反応《はんのう》が見《み》えすいている＊のである。

「おや、それじゃ私《わたし》や律子《りつこ》には罪《つみ》があるっていうの？」と八重《やえ》が言《い》った。「そんなことを言《い》われて、あなたにここに居《い》ていただく義理《ぎり》はひとつもないんですよ。どこでも貸間《かしま》を見《み》つけてお引越《ひっこ》しになったらどう？　そうすれば明日《あした》から、あなたはもうこんな思《おも》いをしないですむんですよ」

「お嫂《ねえ》さま、まあまあ。本気《ほんき》におとりになっちゃいやですよ。冗談《じょうだん》じゃありませんか、ほんの。ねえ、虎雄《とらお》さん、私《わたし》が冗談《じょうだん》のつもりで言《い》ってるのに、お嫂《ねえ》さまったら。……一蓮托生《いちれんたくしょう》＊、って言《い》いますでしょ。私《わたし》、あの気持《きもち》なのよ。一蓮托生《いちれんたくしょう》って、ちょっと洒落《しゃれ》てるじゃないの」

自分《じぶん》で言《い》って自分《じぶん》で奈津《なつ》が笑《わら》いだした。笑《わら》いはまたしても気《き》まずい沈黙《ちんもく》の中《なか》に尾《お》を引《ひ》いた。一家《いっか》は義務的《ぎむてき》に食事《しょくじ》を進《すす》めた。お互《たが》いに口《くち》をきかない。それでもいつものように、奈津《なつ》がいちばんたくさん喰《た》べた。

一家《いっか》の飯《めし》の喰《た》べ方《かた》にもちょっとした特色《とくしょく》があった。まるで追《お》い立《た》てられているように喰べるのである。神経質《しんけいしつ》に箸《はし》をうごかして、惣菜《そうざい》を少《すこ》し喰《た》べ、飯《めし》を少《すこ》し喰《た》べるという順序《じゅんじょ》を、落着《おちつ》きなくくりかえす。黙《だま》って五人《ごにん》がそういうことをしているのは、檻《おり》のなかの動物《どうぶつ》の生《せい》態《たい》を見《み》るようである。

窓《まど》ぎわの芭蕉《ばしょう》*の葉《は》がかすかに動《うご》き、あけはなした厨口《くりやぐち》*のほうから、風《かぜ》が食卓《しょくたく》に通《とお》った。

「お涼《すず》しい」

と八重《やえ》が誇張《こちょう》した声《こえ》を出《だ》した。しかし奈津《なつ》がまた例《れい》の怖《おそ》ろしい話題《わだい》を呼《よ》びもどした。

放言《ほうげん》　周囲《しゅうい》を気《き》にせず、思《おも》ったままを口《くち》に出《だ》すこと。

見《み》えすいている　予想《よそう》がついている。

一蓮托生《いちれんたくしょう》　結果《けっか》の良《よ》し悪《あ》しにかかわらず、最後《さいご》まで行動《こうどう》や運命《うんめい》を共《とも》にすること。もとは仏教語《ぶっきょうご》で、死後《しご》に極楽浄土《ごくらくじょうど》で同《おな》じ蓮華《れんげ》の上《うえ》に生《う》まれること。

芭蕉《ばしょう》　バショウ科《か》の大形多年草《おおがたたねんそう》。夏《なつ》から秋《あき》にかけて長大《ちょうだい》な花穂《かすい》を出《だ》し、黄色《きいろ》い花《はな》を段階状《だんかいじょう》に輪生《りんせい》させる。

厨口《くりやぐち》　台所《だいどころ》の出入口《でいりぐち》。勝手口《かってぐち》。厨《くりや》は台所《だいどころ》のこと。

「そういえば、……そういえば、思《おも》いだしたわ。山口《やまぐち》さんの手紙《てがみ》を読《よ》んだあとで、私《わたし》にもそんなことがあったわ。あの頃《ころ》は夢《ゆめ》でよくうなされたもんですの。*玄武《げんぶ》という人《ひと》の顔《かお》が、夢《ゆめ》でははっきりしてるのよ。それとおんなじ顔《かお》を江《え》ノ島電車《しまでんしゃ》*のなかで、やはり昼間《ひるま》でした、私《わたし》、はっきり見《み》て、思《おも》わず声《こえ》をあげるところだったわ」

「やっぱり錯覚《さっかく》なんだよ」と八重《やえ》は応《おう》じたが、その話題《わだい》にかえったことが、必《かなら》ずしもいやだという様子《ようす》ではなかった。「きょうの律子《りつこ》さんのと同《おな》じ錯覚《さっかく》なんだよ。夢《ゆめ》では私《わたし》は毎晩《まいばん》のように見《み》ますからねえ。虎雄《とらお》さんもきっとそうでしょうよ。とりわけ息子《むすこ》さんの顔《かお》をよく御存知《ごぞんじ》だから」

妻楊枝《つまようじ》を使《つか》っている虎雄《とらお》は、不快《ふかい》そうに顔《かお》をそむけた。顔《かお》の角度《かくど》の加減《かげん》で、眼鏡《めがね》が非人情《ひにんじょう》*にきらりと光《ひか》った。律子《りつこ》が朗《ほが》らかな調子《ちょうし》に戻《もど》って言《い》った。

「庭《にわ》じゅう、少《すく》くとも、家《いえ》のまわりだけ、砂利《じゃり》を敷《し》けばいいんだわ。夜《よる》になると私《わたし》いつもそう思《おも》うの。そうすれば足音《あしおと》がきこえますもの。砂《すな》ばっかりだから、きっと人《ひと》が近寄《ちかよ》っても、きこえやしませんわ」

「そんなお金《かね》はありませんよ」と姑《しゅうとめ》が言《い》った。

「まあ山口《やまぐち》さんを知《し》ったからいいようなものの、今《いま》でもときどき、夜中《よなか》にはっとして目《め》がさめるものね。もう八年《はちねん》ですよ。虎雄《とらお》さん、あれからもう八年《はちねん》ですよ。八年《はちねん》というもの、安《やす》らかな日《ひ》は一日《いちにち》もなかったんだからねえ。律子《りつこ》さんも八年間《はちねんかん》ね……」

姑《しゅうとめ》と嫁《よめ》は見交《みか》わした目《め》のなかに、お互《たが》いの八年間《はちねんかん》の絶《た》え間《ま》のない不安《ふあん》を読《よ》んだ。夜《よる》が来《く》る。すると一家《いっか》は世間《せけん》との*つながりを絶《た》たれ、じかに暗黒《あんこく》に直面《ちょくめん》してしまう。ほんのわずかな物音《ものおと》にも、家《いえ》じゅうが起《お》きだして、食堂《しょくどう》に集《あつ》まって、ひそひそ話《ばなし》をする事《こと》がある。朝《あさ》は厨《くりや》の前《まえ》の砂《すな》の上《うえ》の足跡《あしあと》が、牛乳配達《ぎゅうにゅうはいたつ》のそれであるかないかが、永《なが》いこと議論《ぎろん》される。

うなされた　悪夢《あくむ》を見《み》て苦《くる》しんだり、声《こえ》をあげたりすること。
江《え》ノ島電車《しまでんしゃ》　正式《せいしき》には江《え》ノ島電気鉄道《しまでんきてつどう》、「江《え》ノ電《でん》」の愛称《あいしょう》で親《した》しまれている。ＪＲ横須賀線《よこすかせん》の鎌倉駅《かまくらえき》から江《え》の島駅《しまえき》を経由《けいゆ》してＪＲ東海道本線《とうかいどうほんせん》の藤沢駅《ふじさわえき》にいたる私鉄電車《してつでんしゃ》。湘南《しょうなん》の海《うみ》や沿《えん》線《せん》の家々《いえいえ》の間近《まぢか》を通《とお》る風情《ふぜい》で人気《にんき》がある。
非人情《ひにんじょう》　冷《つめ》たく思《おも》いやりのないこと。人間味《にんげんみ》に欠《か》けること。
すると一家《いっか》は世間《せけん》との……　本篇《ほんぺん》のコンセプトが集約《しゅうやく》された一《いち》文《ぶん》であろう。

夜《よ》ごとの悪夢《あくむ》は、少くとも一家《いっか》の誰《だれ》かを襲《おそ》う。玄武《げんぶ》が現《あら》われる。年老《としお》いた六尺《ろくしゃく》ゆたかの巨《きょ》漢《かん》*が、枕《まくら》もとに立《た》ちはだかって、薪割《まきわ》り*を寝《ね》ている人《ひと》の頭《あたま》へ打《う》ち下《お》ろそうとしているのである。

一家《いっか》は行方《ゆくえ》をくらますことなどはできなかった。虎雄《とらお》の勤《つと》め先《さき》は東京《とうきょう》にあり、この海岸《かいがん》は通勤《つうきん》しうるぎりぎりの距離《きょり》にあった。それに戦災《せんさい》で東京《とうきょう》の家《いえ》を焼《や》かれてから移転《いてん》したこの住所《じゅうしょ》を、どういう手蔓《てづる》*でか、玄武《げんぶ》はつき止《と》めていた。

……律子《りつこ》と治子《はるこ》が食卓《しょくたく》の上《うえ》のものを厨《くりや》へ下《さ》げた。皿《さら》を洗《あら》う水音《みずおと》がしてきた。あとには、三人《さんにん》が黙《だま》って腰《こし》かけている。虎雄《とらお》は煙草《たばこ》を吹《ふ》かしながら新聞《しんぶん》を読《よ》んでいる。

「いつか来《く》るんだね」と八重《やえ》が言《い》った。

奈津《なつ》は急《きゅう》に顔《かお》を強《こわ》ばらせて、八重《やえ》のほうを見《み》た。影《かげ》は痩《や》せた両頰《りょうほお》に流《なが》れ落《お》ちている。

「何《なに》が来《く》るんです」

「いつか来《く》ると云《い》ってるんですよ。虎雄《とらお》さんも覚悟《かくご》しなければね。私《わたし》も覚悟《かくご》しています。もっとも私《わたし》は老先《おいさき》が短《みじ》かい*んだから、今《いま》ではそれが来《く》るのをたのしみに、むしろ生《い》き永《なが》らえているようなものだけど、律子《りつこ》や、それから治子《はるこ》なんかの若《わか》い人《ひと》が可哀相《かわいそう》だ」

「私《わたし》も可哀相《かわいそう》だ。あはは、自分《じぶん》で可哀相《かわいそう》だなんて」と、また奈津《なつ》が一人《ひとり》で笑《わら》った。

沈黙《ちんもく》の中《なか》に、虎雄《とらお》が新聞《しんぶん》を折返《おりかえ》す音《おと》が大仰《おおぎょう》にきこえる。

玄関《げんかん》のベルが鳴《な》った。

三人《さんにん》は顔《かお》を見合《みあ》わせた。台所《だいどころ》の二人《ふたり》は食堂《しょくどう》へ駈《か》けもどった。五人《ごにん》は食卓《しょくたく》を央《なか》にして立《た》ちすくんで*いる。声《こえ》が出《で》ない。今《いま》ごろ突然《とつぜん》の訪客《ほうきゃく》があることはなかった。

虎雄《とらお》が体《からだ》をめぐらした。玄関《げんかん》に出《で》ようか出《で》るまいかという素振《そぶり》を見《み》せたのである。

八重《やえ》が遮《さえぎ》って、虎雄《とらお》の耳《みみ》もとで力強《ちからづよ》く言《い》った。

「下手《へた》に抵抗《ていこう》して怪我《けが》をしてはつまりませんよ。玄関《げんかん》へは私《わたし》が出《で》る」

六尺《しゃく》ゆたかの　六尺《しゃく》（約《やく》一八〇センチメートル）に余《あま》るような。

巨漢《きょかん》　大男《おおおとこ》。ちなみに三島由紀夫《みしまゆきお》は、身長《しんちょう》一五五センチメートルと小柄《こがら》で、後年《こうねん》ボディビルに打《う》ちこむなど、肉体《にくたい》への過剰《かじょう》なこだわりがあった。

薪割《まきわ》り　ここでは、薪割《まきわ》りに用《もち》いる斧《おの》などの刃物《はもの》を指《さ》す。米国《べいこく》のホラー映画《えいが》『13日《にち》の金曜日《きんようび》』（ショーン・S・カニンガム監督《かんとく》／一九八〇）に登場《とうじょう》する殺人鬼《さつじんき》ジェイソンを髣髴《ほうふつ》させよう。

手蔓《てづる》　つて。糸口《いとぐち》。手段《しゅだん》。

老先《おいさき》が短《みじ》かい　余命《よめい》が残《のこ》り少《すく》ない。

立《た》ちすくんで　193頁《ページ》を参照《さんしょう》。

八重《やえ》は応接間《おうせつま》の明《あか》りをつけ、さらに玄関《げんかん》の明《あか》りをつけた。食堂《しょくどう》では三人《さんにん》の女《おんな》が虎雄《とらお》の周《しゅう》囲《い》に固《かた》まっている。虎雄《とらお》は屍《かばね》のように*蒼《あお》くなり、奈津《なつ》は娘《むすめ》の手《て》をしっかりと握《にぎ》っている。

玄関《げんかん》の声《こえ》をきくと、一同《いちどう》はほっとした。

「正木《まさき》さん、電報《でんぽう》です」

という配達夫《はいたつふ》からの声《こえ》がひびいて来《き》た。

「私《わたし》かしら？　何《なん》だろう」

と奈津《なつ》が身《み》を乗《の》りだした。

「おばさま、きっと山口《やまぐち》さんからよ。近藤《こんどう》って名前《なまえ》が使《つか》えないからよ」

律子《りつこ》が奈津《なつ》の袂《たもと》を引張《ひっぱ》ってそう言《い》った。

八重《やえ》は電報《でんぽう》を読《よ》みながら、玄関《げんかん》から客間《きゃくま》、客間《きゃくま》から食堂《しょくどう》へと歩《ある》いてくる。顔《かお》には喜色《きしょく》があふれている。*四人《よにん》は走《はし》り寄《よ》って、八重《やえ》のまわりを取巻《とりま》いた。

「倉谷玄武《くらたにげんぶ》死《し》す。山口《やまぐち》」

と書《か》いてある。

八重《やえ》は電報《でんぽう》を一同《いちどう》に渡《わた》すと、ぐったりして、客間《きゃくま》の籐椅子《とういす》＊に凭《もた》れた＊。ほかの四人《よにん》の歓声《かんせい》にまかせて、いつまでも目《め》を閉《と》じて坐《すわ》っている。ひどい疲労《ひろう》を感《かん》じていたのである。

「お姑《かあ》さま、どうなすったの」

と律子《りつこ》が寄《よ》ってきて、その腕《うで》をゆすぶった。

「よかったわね、お姑《かあ》さま、もう安心《あんしん》だわ」

「これで安心《あんしん》です。万一警察《まんいちけいさつ》の証拠書類《しょうこしょるい》に、とっておいたあのいやな八通《はっつう》の手紙《てがみ》も、焼《や》いてしまっていいわけだね」

八重《やえ》は重々《おもおも》しく身《み》を起《おこ》して、壁際《かべぎわ》に飾《かざ》ってある白檀《びゃくだん》＊と象牙《ぞうげ》＊の小筥《こばこ》をあけた。中《なか》には年《とし》ごとに玄武《げんぶ》から来《き》た八通《はっつう》の薄《うす》い手紙《てがみ》が入《はい》っている。一枚《いちまい》を封筒《ふうとう》から出《だ》して、八重《やえ》は読《よ》んだ。

屍《かばね》のように　死体《したい》のように。

喜色《きしょく》があふれている　嬉《うれ》しそうな顔《かお》つき。よろこびにあふれているさま。

籐椅子《とういす》　籐《とう》の茎《くき》などで編《あ》まれた椅子《いす》。

凭《もた》れた　よりかかった。

白檀《びゃくだん》　ビャクダン科《か》の半寄生常緑高木《はんきせいじょうりょくこうぼく》。東南《とうなん》アジアなどで香料植物《こうりょうしょくぶつ》として栽培《さいばい》される。花《はな》は淡黄色《たんおうしょく》から赤色《あかいろ》に変《か》わる。芯材《しんざい》は香気《こうき》が強《つよ》く、古《ふる》くから日本《にほん》にも渡来《とらい》して薫物《たきもの》とされ、仏像《ぶつぞう》などの材木《ざいもく》ともなる。「栴檀《せんだん》は双葉《ふたば》より芳《かんば》し」の栴《せん》檀《だん》とは白檀《びゃくだん》のことである。

象牙《ぞうげ》　象《ぞう》の上顎《うわあご》に生《は》えた長大《ちょうだい》な門歯《もんし》。肌理《きめ》が美《うつく》しく柔軟《じゅうなん》で細工《さいく》がしやすいため、彫刻材《ちょうこくざい》として珍重《ちんちょう》されてきた。

「近藤虎雄《こんどうとらお》よ。
俺《おれ》の愛《あい》する息子《むすこ》に戦犯《せんぱん》*の罪《つみ》をなすりつけ、お前《まえ》の部下《ぶか》たる彼《かれ》を絞首台《こうしゅだい》*に送《おく》って、自《じ》分《ぶん》はのめのめ*と日本《にほん》に帰《かえ》って来《き》たな。父親《ちちおや》として俺《おれ》はきっとこの復讐《ふくしゅう》をする。俺《おれ》の憎《にく》しみはお前一人《まえひとり》を殺《ころ》すだけでは足《た》りぬ。いつの日《ひ》か必《かなら》ずお前《まえ》の一家《いっか》を皆殺《みなごろ》しにしてやるから、そのつもりでおれ。

——倉谷玄武血書《くらたにげんぶけっしょ》」*

手紙《てがみ》はどれも褐色《かっしょく》に変色《へんしょく》した血《ち》で、不快《ふかい》な、いとうべき*色《いろ》をしている。八重《やえ》は手紙《てがみ》の束《たば》をもって食堂《しょくどう》へゆき、電熱器《でんねつき》*の上《うえ》に十能《じゅうのう》*をかけ、それに手紙《てがみ》を放《ほう》りこんだ。

一家《いっか》は黙《だま》って八重《やえ》のこの冷静《れいせい》な振舞《ふるまい》を見戍《みまも》っている。夜《よる》の海《うみ》のどよめきがつたわって来《く》る。電熱器《でんねつき》のコイル*が徐々《じょじょ》に熱《ねっ》して来《き》、その軽《かる》い弾《はじ》けるような音《おと》がしている。火《ひ》はまだなかなか燃《も》え移《うつ》るにいたらない。しかし手紙《てがみ》の血《ち》の色《いろ》は、褐色《かっしょく》のまま透《す》かされて、燃《も》えだす前《まえ》からその不快《ふかい》な匂《にお》いが鼻《はな》をつくように思《おも》われる。手紙《てがみ》に早《はや》く火《ひ》がつけばいい。しかし火《ひ》がつくのも怖《こわ》い。一家《いっか》は電報《でんぽう》を見《み》たときの安堵《あんど》も忘《わす》れて、また別《べつ》の不安《ふあん》に包《つつ》まれている自《じ》分《ぶん》たちを見出《みい》だした。

治子《はるこ》は一家《いっか》の人《ひと》よりも、一歩退《いっぽひ》いて、手紙《てがみ》に火《ひ》の移《うつ》る刹那《せつな》＊を見《み》ていた。彼女《かのじょ》の慄《ふる》える手《て》はみんなが趣味《しゅみ》のわるいという自分《じぶん》のプリント＊のワンピースの裾《すそ》をつかんでいた。そこで老嬢《オールドミス》は、自分《じぶん》でも思《おも》いがけず、一家《いっか》に新《あら》たな希望《きぼう》を抱《いだ》かせ＊、一家《いっか》を再《ふたた》び恐怖《きょうふ》へ向《むか》って鼓舞《こぶ》＊するような、怖《おそ》ろしい文句《もんく》を吐《は》いたのである。

「電報《でんぽう》なんてあてになりませんわ。きっとあの電報《でんぽう》は、生《い》きている玄武《げんぶ》が打《う》たせたんです」

（「別冊文藝春秋《べっさつぶんげいしゅんじゅう》」一九五四年七月号掲載《ねんがつごうけいさい》）

戦犯《せんぱん》　戦争犯罪人《せんそうはんざいにん》の略《りゃく》。
絞首台《こうしゅだい》　絞首刑《こうしゅけい》を執行《しっこう》するための装置《そうち》。
めめのめ　恥《は》ずかしげもなく平然《へいぜん》と。厚顔無恥《こうがんむち》なさま。おめおめ。
血書《けっしょ》　強固《きょうこ》な決意《けつい》や誠意《せいい》、憤激《ふんげき》などを先方《せんぽう》に伝《つた》えるために、自《じ》分《ぶん》の血《ち》で文字《もじ》を書《か》くこと。戦時中《せんじちゅう》にはしばしば用《もち》いられた。
いとうべき　嫌悪《けんお》すべき。
電熱器《でんねつき》　電気抵抗《でんきていこう》が大《おお》きいニクロム線《せん》などの金属《きんぞく》の発熱《はつねつ》を利用《りよう》した簡便《かんべん》な電気器具《でんききぐ》。
十能《じゅうのう》　炭火《すみび》を入《い》れて持《も》ち運《はこ》ぶための用具《ようぐ》。金属製《きんぞくせい》の容器《ようき》に木《き》の柄《え》が付《つ》いている。
コイル　(coil)　電気《でんき》の導線《どうせん》をらせん状《じょう》に巻《ま》いた部品《ぶひん》。
刹那《せつな》　瞬間《しゅんかん》。
プリント　衣服《いふく》のプリント柄《がら》のこと。後染《あとぞ》め柄《がら》とも。
一家《いっか》に新《あら》たな希望《きぼう》を……　一見《いっけん》まったく矛盾《むじゅん》するような表現《ひょうげん》だが、本篇《ほんぺん》の眼目《がんもく》を鮮《あざ》やかに示《しめ》す一節《いっせつ》である。
鼓舞《こぶ》する　気持《きも》ちを励《はげ》まし、ふるいたたせること。

鬼《おに》火《び》

吉《よし》屋《や》信《のぶ》子《こ》

忠七《ちゅうしち》は瓦斯《ガス》*の集金人《しゅうきんにん》になるまで、復員《ふくいん》*後《ご》しばらく伯父《おじ》の鼻緒《はなお》の露天商《ろてんしょう》*の手伝《てつだ》いをしたりしていた。その伯父《おじ》の友達《ともだち》の保証《ほしょう》でなった今《いま》の商売《しょうばい》の方《ほう》が忠七《ちゅうしち》には気《き》に入《い》っていた。家《いえ》から家《いえ》へ軒並《のきなみ》*に台所口《だいどころぐち》から、瓦斯《ガス》のお代《だい》をと、もとが商人上《しょうにんあが》りなので、ちょっと腰《こし》をかがめて首《くび》を出《だ》しても、これは押売《おしう》り*ではないからひけめはなかった。

取《と》るものを当然《とうぜん》取《と》るのだし、背景《はいけい》は堂々《どうどう》たる瓦斯会社《ガスがいしゃ》だ。

東京《とうきょう》も瓦斯《ガス》が復活《ふっかつ》して*いくら使《つか》ってもよいことになり、瓦斯代《ガスだい》もずいぶん高《たか》くなった、忠七《ちゅうしち》の持《も》っている鞄《かばん》にも一日《いちにち》で相当《そうとう》の額《がく》の札《さつ》が入《はい》るのだった。

「だが、なかなか楽《らく》な商売《しょうばい》じゃないね、（今奥《いまおく》さんがいないから、また来《き》てちょうだい）なんて相当大《そうとうおお》きなお邸《やしき》で女中《じょちゅう》さん*が逃口上《にげこうじょう》*を言《い》うところを見《み》ると、どうもインフレ*で、瓦斯代《ガスだい》だって台所《だいどころ》だけじゃない、風呂《ふろ》も、冬《ふゆ》にはストーブもどんどんつけたら大《たい》したものになるからね」

忠七《ちゅうしち》は伯父《おじ》に逢《あ》うとそんなことを言《い》った。

だが彼《かれ》は内心《ないしん》この瓦斯《ガス》の集金人《しゅうきんにん》という役目《やくめ》が得意《とくい》*なのだ、正々堂々《せいせいどうどう》と取《と》るべきものを取《と》るんだ、誰《だれ》にも馬鹿《ばか》にされる商売《しょうばい》じゃない。

「すみませんが、もう少《すこ》し待《ま》ってくださいな……」

瓦斯《ガス》　ここでは都市《とし》ガスのこと。物語《ものがたり》の舞台《ぶたい》となる東京《とうきょう》では、明治《めいじ》七年《ねん》（一八七四）に芝区浜崎町《しばくはまさきちょう》（現在《げんざい》の港区《みなとく》海岸《かいがん》、東京《とうきょう》ガスの本社所在地《ほんしゃしょざいち》）でガス製造工場《せいぞうこうじょう》が創業《そうぎょう》、銀座通《ぎんざどお》りにガス灯《とう》が点灯《てんとう》された。明治《めいじ》十八年《ねん》（一八八五）、東京府《とうきょうふ》から東京府瓦斯局《きょうふガスきょく》の払《はら》い下《さ》げを受《う》けた渋沢栄一《しぶさわえいいち》、浅野総一郎《あさのそういちろう》らによって東京瓦斯会社《とうきょうガスがいしゃ》として創立《そうりつ》。後《のち》に社名《しゃめい》を東京《とうきょう》ガス株式《かぶしき》会社《がいしゃ》と改《あらた》めた。東京《とうきょう》の都市部《としぶ》と隣接地域《りんせつちいき》を営業区域《えいぎょうくいき》とする世界最大規模《せかいさいだいきぼ》の一般《いっぱん》ガス事業者《じぎょうしゃ》である。

復員《ふくいん》　戦時体制下《せんじたいせいか》で徴兵《ちょうへい》された兵員《へいいん》が帰郷《ききょう》すること。

鼻緒《はなお》の露天商《ろてんしょう》　店舗《てんぽ》をもたず、露天《ろてん》や戸別訪問《こべつほうもん》で、下駄《げた》などの鼻緒《はなお》を売《う》る零細商人《れいさいしょうにん》。「予言《よげん》」の主人公《しゅじんこう》の母親《ははおや》が、「鼻緒《はなお》の壺縫《つぼぬ》い」を内職《ないしょく》にしていたことを想起《そうき》。

軒並《のきなみ》に　家《いえ》ごとに。

押売《おしう》り　家々《いえいえ》を廻《まわ》って玄関先《げんかんさき》で、鼻緒《はなお》や靴紐《くつひも》など安価《あんか》な日用品《にちようひん》を強引《ごういん》に売《う》りつけようとする商売《しょうばい》。

瓦斯《ガス》が復活《ふっかつ》して　戦時下《せんじか》の物資不足《ぶっしぶそく》や戦災《せんさい》の影響《えいきょう》で、瓦斯《がす》の供給《きょうきゅう》が停止《ていし》・統制《とうせい》されていたのである。

女中《じょちゅう》さん　女性《じょせい》のお手伝《てつだ》いさん。家政婦《かせいふ》さん。

逃口上《にげこうじょう》　（瓦斯代《ガスだい》の支払《しはら》いを先延《さきの》ばしするための）言《い》い逃《のが》れの言葉《ことば》。口実《こうじつ》。

インフレ　インフレーション（inflation）の略《りゃく》。通貨《つうか》の量《りょう》が財貨《ざいか》の流通量《りゅうつうりょう》に較《くら》べて膨張《ぼうちょう》し、物価水準《ぶっかすいじゅん》が高騰《こうとう》してゆくこと。モノの値段《ねだん》が上《あ》がり、カネの価値《かち》が下《さ》がること。

得意《とくい》　ここでは、自慢《じまん》。誇《ほこ》らしいさま。

などと汚《よご》れた割烹着《かっぽうぎ》*で濡《ぬ》れ手《て》を拭《ふ》きながら、旦那《だんな》さんは大学出《だいがくで》*らしい家《いえ》の奥《おく》さんに下手《したて》に出《で》られる*と悪《わる》い気持《きもち》はしなかった。

――忠七《ちゅうしち》はあるよく晴《は》れた晩秋《ばんしゅう》の朝《あさ》、あたりが焼跡《やけあと》の中《なか》にぽつんと一軒《いっけん》、まわりの羽《は》目板《めいた》*が焦《こ》げたままにうまく助《たす》かったというような小《ちい》さな家《いえ》の勝手口《かってぐち》*に――といっても表口《おもてぐち》も裏口《うらぐち》も門《もん》があるわけではない、それは焼《や》けたままになっていて前《まえ》には庭木《にわき》もあったのであろうが、焼《や》けたのか焚《た》きもの*にしたのか、跡形《あとかた》もなく、ただ勝手口《かってぐち》に入《はい》るところに一株《ひとかぶ》

割烹着《かっぽうぎ》　137頁《ぺーじ》を参照《さんしょう》。
大学出《だいがくで》　大学《だいがく》を卒業《そつぎょう》した勤《つと》め人《にん》。ホワイトカラーの中産階級《ちゅうさんかいきゅう》。
下手《したて》に出《で》られる　へりくだった態度《たいど》をとられること。
羽目板《はめいた》　建物《たてもの》の板壁《いたかべ》。からくも焼《や》け残《のこ》った家《いえ》であることが分《わ》かる描写《びょうしゃ》。
勝手口《かってぐち》　台所《だいどころ》の出入口《でいりぐち》。
焚《た》きもの　火《ひ》を使《つか》うための焚《た》きつけにするもの。

の丈《たけ》の高《たか》い紫苑《しおん》がすがれて*咲《さ》いていた。茂《しげ》った紫苑《しおん》はそこをすり抜《ぬ》けて通《とお》る忠七《ちゅうしち》の肩《かた》や帽《ぼう》子《し》に触《さわ》るほど伸《の》びて、薄紫《うすむらさき》の花《はな》が憐《あわ》れっぽく咲《さ》き残《のこ》っていた。

そこの勝手口《かってぐち》の硝子戸《ガラスど》はほとんど破《やぶ》れて、わずかに二《に》、三枚破《さんまいやぶ》れたままに桟《さん》にとどまっているだけだった。いつ来《き》てもその硝子戸《ガラスど》が内《うち》から鍵《かぎ》がかかっていて開《あ》かず、台所《だいどころ》にはバケツと鍋《なべ》が一《ひと》つと瓦斯《ガス》コンロ、もう何《なに》もかも筍生活《たけのこせいかつ》*の売《う》るものは売《う》り尽《つ》したという、うそ寒《ざむ》い風《かぜ》がその破《やぶ》れ硝子戸《ガラスど》の中《なか》から吹《ふ》きつけて来《く》るようで、忠七《ちゅうしち》はもう幾月《いくつき》も溜《たま》っている瓦斯代《ガスだい》を取《と》りに来《く》るごとに、いいようのない陰気《いんき》さを覚《おぼ》えた。

流《なが》しへの排水《はいすい》の土管《どかん》*が破《やぶ》れているのか、入口《いりぐち》はいつもびしょびしょと湿《しめ》ってまるで雨溜《あめだま》りのようだ。いつもいないのか、居留守《いるす》を使《つか》うのか*、ともかく今日《きょう》という今日《きょう》は、瓦斯会《ガスがい》社《しゃ》の名《な》において厳《きび》しく自分《じぶん》の職務《しょくむ》を遂行《すいこう》*しなければ——。

忠七《ちゅうしち》はそのいつも鍵《かぎ》のかかっている破《やぶ》れ硝子戸《ガラスど》を朽《く》ちた敷居《しきい》から外《はず》す勢《いきお》いで、がきっと押《お》すと、抵抗《ていこう》もなくがたんと開《あ》いた。

「こんちは」空巣狙《あきすねら》い*でない証拠《しょうこ》に声《こえ》をかけて、土間《どま》に靴《くつ》の足《あし》を踏《ふ》みこむと、そこに女《おんな》がいた、ちょうど今《いま》、瓦斯《ガス》コンロに小《ちい》さな瀬戸引《せとびき》*の鍋《なべ》をかけて、それを見守《みまも》るように立《た》っている、髪《かみ》がほおけて*、よれよれ*の着物《きもの》に割烹着《かっぽうぎ》もなく、驚《おどろ》いたことに細紐《ほそひも》*一《ひと》つの姿《すがた》の女《おんな》――やつれ切《き》った顔《かお》の目鼻立《めはなだち》は、青白《あおじろ》く、眼《め》はこの世《よ》の悲《かな》しみを*二《ふた》つの珠《たま》にあつめたよう、

紫苑《しおん》　キク科《か》の多年草《たねんそう》。秋《あき》に淡紫色《たんししょく》の可憐《かれん》な花《はな》を多数《たすう》つける。漢方《かんぽう》では根《ね》を煎《せん》じて咳止《せきど》めの薬《くすり》に用《もち》いる。その優美《ゆうび》なたたずまいと名称《めいしょう》の一方《いっぽう》で、この草《くさ》には「鬼《おに》の醜草《しこぐさ》」という奇怪《きかい》な別名《べつめい》がある。「まくまの（真熊野《まくまの》）に雨《あめ》そぼふりて木隠《こがく》れのつかや（塚屋《つかや》）にたてるおにのしこ草《くさ》」（源俊頼《みなもとのとしより》『散木奇歌集《さんぼくきかしゅう》』より）――これは俊頼《としより》の歌論書《かろんしょ》『俊頼髄脳《としよりずいのう》』に拠《よ》れば、父親《ちちおや》の死《し》に際《さい》して、兄《あに》が萱草《かんぞう》（わすれぐさ）を墓《はか》に植《う》えて悲《かな》しみを忘《わす》れようとし、弟《おとうと》は紫苑《しおん》を植《う》えて父《ちち》を忘《わす》れまいとした。その孝心《こうしん》に感《かん》じた墓守《はかもり》の鬼《おに》が、弟《おとうと》に予知夢《よちむ》の能力《のうりょく》を授《さず》けた……という不思議《ふしぎ》な伝承《でんしょう》に拠《よ》るという（この話《はなし》は『今昔《こんじゃく》物語集《ものがたりしゅう》』本朝部《ほんちょうぶ》・巻第《まきだい》三十一「兄弟二人《きょうだいふたり》、萱草紫苑《かんぞうしおん》を植《う》えたる語《ご》　第《だい》二十七」としても伝《つた》えられている）。

すがれて　草花《くさばな》が盛《さか》りをすぎて萎《しお》れること。

筍生活《たけのこせいかつ》　筍《たけのこ》の皮《かわ》を一枚《まい》また一枚《まい》と剝《は》ぐように、衣類《いるい》や家財《かざい》を売《う》って生活費《せいかつひ》に替《か》え、辛《かろ》うじて食《く》いつないでいる暮《く》らしぶり。第二次大戦直後《だいじたいせんちょくご》の窮乏生活《きゅうぼうせいかつ》についていうことが多《おお》い。

土管《どかん》　土《つち》を焼《や》いて造《つく》られる円管《えんかん》。配水管《はいすいかん》や煙突《えんとつ》などに用《もち》いられた。

居留守《いるす》を使《つか》う　不在《ふざい》をよそおって応答《おうとう》しないこと。

遂行《すいこう》　仕事《しごと》などをやりとげること。

空巣狙《あきすねら》い　家人《かじん》が留守《るす》の家《いえ》に忍《しの》びこみ、盗《ぬす》みをはたらくこと。その人《ひと》。

瀬戸引《せとびき》　内側《うちがわ》に琺瑯質《ほうろうしつ》（エナメル）を塗《ぬ》った鉄器《てっき》。琺瑯引《ほうろうびき》とも。

ほおけて　「蓬《ほお》けて」と表記《ひょうき》。毛髪《もうはつ》がほつれて乱《みだ》れたさま。ぼさぼさ。

よれよれ　衣類《いるい》に皺《しわ》がよって、型《かた》くずれしているさま。

細紐《ほそひも》　和装《わそう》の下《した》ごしらえをする際《さい》に用《もち》いられる縮緬《ちりめん》などの紐《ひも》。

眼《め》はこの世《よ》の悲《かな》しみを……　泉鏡花《いずみきょうか》の流《なが》れを汲《く》む豊麗浪漫《ほうれいろうまん》な文体《ぶんたい》で、大正期《たいしょうき》の文学少女《ぶんがくしょうじょ》たちを魅了《みりょう》した『花物語《はなものがたり》』（一九二〇）の作者《さくしゃ》らしい措辞《そじ》である。

忠七《ちゅうしち》はぎくりとした。

「瓦斯《ガス》を止《と》められますぜ、こう溜《た》めこんじゃ、いいんですか、少《すこ》しでも払《はら》っときなさいよ……」

忠七《ちゅうしち》は自分《じぶん》の職務上《しょくむじょう》、いくらか寛大《かんだい》な同情《どうじょう》をもった言《い》い方《かた》をしながら、一種《いっしゅ》の優越感《ゆうえつかん》を覚《おぼ》えて言《い》った。

「……すみません、主人《しゅじん》がながなが病気《びょうき》なもんですから……」

女《おんな》はもうそれ以上悲《いじょうかな》しい表情《ひょうじょう》はできない——その悲哀《ひあい》のお面《めん》を被《かぶ》ったまま、うつむきもせずに、まるで放心《ほうしん》*したほうにほそぼそと言《い》った。

「病気《びょうき》だからって一々瓦斯代《いちいちガスだい》は棒引《ぼうひ》く*わけにはゆかないからね、僕個人《ぼくこじん》じゃなくって、会《かい》社《しゃ》の方針《ほうしん》だから」

忠七《ちゅうしち》はこの憐《あわ》れな女《おんな》に（ぼく）という言葉《ことば》*を使《つか》っているうちに、なにか自分《じぶん》が一《ひと》かどの*人物《じんぶつ》であるような陶酔感《とうすいかん》*が湧《わ》いた。

「……いまは、払《はら》えません。でも瓦斯《ガス》は止《と》めないでください、後生《ごしょう》です*……主人《しゅじん》の薬《くすり》を煎《せん》じるのに＊どうしても要《い》るんですから……」

そういう女《おんな》を見《み》ているうちに、忠七《ちゅうしち》は、この勝手口《かってぐち》に入《はい》る時見《ときみ》たすがれた紫苑《しおん》の花《はな》の精《せい》が＊そこに立《た》っているような気《き》がしてきた。

「あんた、そんな勝手《かって》なことを言《い》ったって仕様《しよう》がねえなあ」

忠七《ちゅうしち》はいつの間《ま》にかそんなやくざな言葉《ことば》＊を使《つか》っていた、そしてそこに立《た》っているその瓦斯代《ガスだい》の払《はら》えぬ人妻《ひとづま》に（女《おんな》）を感《かん》じた。

彼《かれ》は今《いま》までどんな女《おんな》にも感《かん》じなかったような激《はげ》しい（欲望《よくぼう》）が自分《じぶん》の身体中《からだじゅう》を揺《ゆさ》ぶるように湧《わ》き上《あが》ってきた。

放心《ほうしん》　魂《たましい》が抜《ぬ》けたようにぼんやりするさま。
棒引《ぼうび》く　（支払《しはら》い義務《ぎむ》を）帳消《ちょうけ》しにすること。
（ぼく）という言葉《ことば》　当時《とうじ》、「僕《ぼく》」という一人称《いちにんしょう》は高学歴《こうがくれき》の男性《だんせい》が多《おお》く用《もち》いていて、気取《きど》った印象《いんしょう》があった。
一《ひと》かどの　一人前《いちにんまえ》の。立派《りっぱ》な。
陶酔感《とうすいかん》　うっとりと、その境地《きょうち》や気分《きぶん》にひたること。
後生《ごしょう》です　どうか、お願《ねが》いします。（「後生《ごしょう》を願《ねが》う」から）懸命《けんめい》に頼《たの》みこむときに云《い》う言葉《ことば》。
薬《くすり》を煎《せん》じるのに　赤貧《せきひん》で医薬品《いやくひん》も買《か》えなくなり、庭先《にわさき》の紫苑《しおん》の根《ね》を煎《せん》じていた（２３１頁《ページ》の「紫苑《しおん》」の註《ちゅう》を参照《さんしょう》）のだろうか。
紫苑《しおん》の花《はな》の精《せい》が……　これも『花物語《はなものがたり》』の作者《さくしゃ》らしい措辞《そじ》だが、その一方《いっぽう》で、異類婚姻譚《いるいこんいんたん》（『恋《こい》』の解説《かいせつ》を参照《さんしょう》）的《てき》なものを暗示《あんじ》してもいるように感《かん》じられる。『聊斎志異《りょうさいしい》』などの妖艶《ようえん》さのかけらもない、陰惨《いんさん》なる異類物語《いるいものがたり》だが……。
やくざな言葉《ことば》　無頼漢《ぶらいかん》が使《つか》うような粗暴《そぼう》で威圧的《いあつてき》な言葉《ことば》。

弱者《じゃくしゃ》に対《たい》しての強者《きょうしゃ》の残忍《ざんにん》な征服慾《せいふくよく》——そうとばかりは言《い》いきれない、もっと妙《みょう》な魅力《みりょく》をその女《おんな》に感《かん》じてしまった。

彼《かれ》がポケットから煙草《たばこ》を出《だ》すと、女《おんな》が瓦斯《ガス》コンロの傍《そば》のマッチを摘《つま》んで火《ひ》をつけてくれた。

「そんなサービスぐらいじゃ、瓦斯代《ガスだい》はのばせねえな」

忠七《ちゅうしち》はすっかり悪党《あくとう》*ぶって、ゆっくりと煙草《たばこ》の煙《けむり》を輪《わ》に吹《ふ》いて、猫《ねこ》が鼠《ねずみ》を睨《にら》み据《す》えてすくませてる*ような快感《かいかん》のうちに女《おんな》の顔《かお》をじろっと見《み》た。

「……じゃどうすれば、のばしていただけるんです」

マッチの小函《こばこ》を手《て》に持《も》って、彼《かれ》の傍《かたわら》に立《た》ったまま女《おんな》は言《い》った。

「どうすればって、わかってるじゃねえか、女《おんな》がそうした時《とき》に男《おとこ》の好《す》きなようにさせればいいってことよ」

そういう悪《あく》たれた台詞《せりふ》*が、なにか芝居《しばい》をしているように忠七《ちゅうしち》をそそる。*

女《おんな》の手《て》からマッチの函《はこ》が板《いた》の間《ま》に落《お》ちた。女《おんな》の震《ふる》えているのが忠七《ちゅうしち》にもわかった。

「……ここでは、いけません、病人《びょうにん》が奥《おく》で寝《ね》ています……」

「じゃおれんちへ来《き》な。今夜《こんや》。いいかい、きっとだぜ。そしたらこの瓦斯代《ガスだい》ぐらいおれが立《た》て替《か》えといてやらあ、後《あと》も万事《ばんじ》*いいようにしておくよ」

忠七《ちゅうしち》はこんなに案外《あんがい》に、*事《こと》が無抵抗《むていこう》に運《はこ》んだので、意外《いがい》なほど、彼《かれ》も事《こと》を深《ふか》めて*行《い》ってしまった。

彼《かれ》は手帳《てちょう》を引切《ひきき》って*彼《かれ》の下谷《したや》*の二階借《にかいが》り*の家《いえ》の場所《ばしょ》を地図《ちず》まで書《か》いた。

「いいかい、きっとだぜ、待《ま》ってるよ——これは電車賃《でんしゃちん》だ、来《く》ればすしぐらい奢《おご》るぜ*」

忠七《ちゅうしち》はそう言《い》って浮々《うきうき》と土間《どま》を出《で》かけて、ちょっと後《うしろ》を振《ふ》りかえり、にこっと笑《わら》って、

悪党《あくとう》　悪漢《あっかん》。ワル。
すくませて　恐怖《きょうふ》などで体《からだ》が動《うご》かない状態《じょうたい》にさせて。
悪《あく》たれた台詞《せりふ》　悪《にく》まれ口《ぐち》。悪《わる》ぶった物言《ものい》い。
そそる　昂奮《こうふん》させる。
万事《ばんじ》　すべてを。
案外《あんがい》に　思《おも》いがけず。

事《こと》を深《ふか》めて　深入《ふかい》りすること。
引切《ひきき》って　引《ひ》きちぎって。
下谷《したや》　東京《とうきょう》都《と》台東《たいとう》区《く》の北西部《ほくせいぶ》の地域《ちいき》。高台《たかだい》の「上野《うえの》」に対《たい》して低湿地《ていしっち》の「下谷《したや》」と呼《よ》ばれた、典型的《てんけいてき》な東京《とうきょう》の下町《したまち》である。
二階借《にかいが》り　民家《みんか》の二階《かい》に間借《まが》りしていること。
奢《おご》るぜ　御馳走《ごちそう》するよ。

「だが帯《おび》だけはして来《き》なよ、体裁《ていさい》が悪《わる》い*からね」

女《おんな》は何《なに》も言《い》わなかったようだ、忠七《ちゅうしち》の耳《みみ》には何《なに》も聞《きこ》えなかったから。

彼《かれ》は再《ふたた》び紫苑《しおん》の丈高《たけたか》い茎《くき》や花《はな》にふれてそこを出《で》た。そして焼跡《やけあと》のつづく、かっと秋日《しゅうじつ》*の照《て》る広《ひろ》い道路《どうろ》に出《で》たら、ついさっき自分《じぶん》の言《い》ったことも、振舞《ふるまい》も、あの女《おんな》さえも何《なん》だか夢《ゆめ》のようだった、狐《きつね》につままれた*ような気《き》もして、けろりとした。*


その夕《ゆうべ》、忠七《ちゅうしち》は二階借《にかいが》りの部屋《へや》へ帰《かえ》ると近所《きんじょ》の銭湯《せんとう》*へ行《い》った。その帰《かえ》りしなに*生菓子《なまがし》を買《か》って帰《かえ》って、瀬戸《せと》の火鉢《ひばち》*に階下《かいか》から火種《ひだね》*をもらって炭火《すみび》を起《おこ》して、秋《あき》の灯《ひ》の下《した》にじっと坐《すわ》っていた。

——階下《かいか》にあの女《おんな》の訪《たず》ねて来《き》た声《こえ》がするかと待《ま》っていた。

十時《じゅうじ》、十一時《じゅういちじ》——表通《おもてどお》りの電車《でんしゃ》の音《おと》も絶《た》えた、女《おんな》はもうやって来《く》るはずもない。

「畜生《ちくしょう》*！　だが考《かんが》えりゃ当《あた》り前《まえ》さ、今度《こんど》行《い》ったら取《と》っちめて*やるぜ」

忠七《ちゅうしち》は押入《おしいれ》から夜具《やぐ》を取《と》りだし、やけに*足《あし》で蹴散《けち》らかすように敷《し》いてごろりと寝《ね》た。

それから二《に》、三日《さんにち》、忠七《ちゅうしち》は違《ちが》った方向《ほうこう》の集金《しゅうきん》をして歩《ある》いた。いつの間《ま》にかあの女《おんな》のことも紫苑《しおん》の家《いえ》のことも忘《わす》れかけた。

だが、二《に》、三日《さんにち》あとの朝《あさ》、彼《かれ》はあの家《いえ》の辺《あたり》をもう一度《いちど》集金《しゅうきん》に廻《まわ》った。紫苑《しおん》の花《はな》が朽《く》ちかけた家《いえ》の前《まえ》に咲《さ》くのが眼《め》に入《はい》るとふらふらと入《はい》って行《い》った。

彼《かれ》は振《ふ》られた男《おとこ》になって、あの女《おんな》に顔《かお》を合《あわ》せるのは忌々《いまいま》しかったが*、素知《そし》らぬ顔《かお》で、あれは冗談《じょうだん》として、今日《きょう》は厳正《げんせい》な*集金人《しゅうきんにん》として取《と》り立《た》てねばならぬ、場合《ばあい》によっては明日《あす》からでも会社《かいしゃ》へ報告《ほうこく》して瓦斯《ガス》を止《と》めさせてみせる、そうした猛々《たけだけ》しい勢《いきお》いでこの男《おとこ》は紫苑《しおん》の花《はな》とすれすれの勝手口《かってぐち》へ入《はい》って行《い》った。

体裁《ていさい》が悪《わる》い　みっともない。
秋日《しゅうじつ》　秋《あき》の強《つよ》い陽《ひ》ざし。
狐《きつね》につままれた　狐《きつね》に化《ば》かされた。これまた異類婚姻譚《いるいこんいんたん》を連想《れんそう》させる措辞《そじ》である。
けろりとした　(何《なに》もなかったかのように)我《われ》にかえった。
銭湯《せんとう》　公衆浴場《こうしゅうよくじょう》。昔《むかし》は都市部《としぶ》でも、町内《ちょうない》に一軒《けん》は銭湯《せんとう》があり、内風呂《うちぶろ》は珍《めずら》しかった。
帰《かえ》りしな　帰《かえ》りがけ。

瀬戸《せと》の火鉢《ひばち》　瀬戸物《せともの》(ふだん使《つか》いの陶磁器《とうじき》)でできた火鉢《ひばち》。火鉢《ひばち》は炭火《すみび》で暖《だん》を取《と》ったり湯《ゆ》を沸《わ》かしたりする家具《かぐ》。
火種《ひだね》　火《ひ》をおこす元《もと》にする小《ちい》さな火《ひ》。
畜生《ちくしょう》　１９１頁《ページ》を参照《さんしょう》。
取《と》っちめて　叱《しか》りつけて。こらしめて。
やけに　やけになって。
忌々《いまいま》しかった　腹立《はらだ》たしかった。
厳正《げんせい》な　きびしく正《ただ》しい。

あの破《やぶ》れ硝子戸《ガラスど》に今日《きょう》はうちから鍵《かぎ》がかかっていた。

「おいおい明《あ》けてくれよ、病人《びょうにん》を置《お》いといて留守《るす》って手《て》*はないだろう」

忠七《ちゅうしち》は腹立《はらだ》ちまぎれに硝子戸《ガラスど》を外《はず》してしまった。そうして一歩《いっぽ》踏《ふ》みこむと、チェッ！と舌打《したう》ち*をした。何《なん》にもないじめじめとした陰気《いんき》な台所《だいどころ》の瓦斯《ガス》コンロにぼうぼうと音立《おとた》てて、瓦斯《ガス》の青《あお》い火《ひ》が燃《も》えている、しかもその火《ひ》の上《うえ》には、小鍋《こなべ》一《ひと》つ薬缶《やかん》一《ひと》つかかっていない、火《ひ》はいたずらに*ぼうぼうとつけっぱなしで、青白《あおじろ》い焔《ほのお》を音立《おとた》ててあげている、薄暗《うすぐら》い台所《だいどころ》に、その火《ひ》が陰気《いんき》な闇《やみ》の鬼火《おにび》*のように人魂《ひとだま》*のように青白《あおじろ》く燃《も》えているのが、忠七《ちゅうしち》を何《なん》とも言《い》えずぞっとさせた。

――瓦斯代《ガスだい》を溜《た》めといて、面当《つらあて》*みてえにつけっぱなしとは恐《おそ》れ入《い》るな――

忠七《ちゅうしち》はそう心《こころ》の中《なか》で苦笑《くしょう》しながら、

「おいおいこんな無駄《むだ》なことをしちゃ瓦斯会社《ガスがいしゃ》はたまりませんぜ、その上《うえ》瓦斯代《ガスだい》を踏《ふ》み倒《たお》されちゃ*やり切《き》れねえ」

大声《おおごえ》を上《あ》げたが――家《いえ》の中《なか》はしんと静《しず》まって物音一《ものおとひと》つしない。

――こうなったら奥《おく》に寝《ね》てるという病人《びょうにん》の主人《しゅじん》に直談判《じかだんぱん》だ*――忠七《ちゅうしち》は靴《くつ》を脱《ぬ》ぎ捨《す》てると台所《だいどころ》から次《つぎ》の部屋《へや》へ――じめりと湿《しめ》った沼底《ぬまぞこ》のような古畳《ふるだたみ》の上《うえ》を気味悪《きみわる》く踏《ふ》んだが、そこは狭《せま》い小部屋《こべや》らしく雨戸《あまど》は閉《し》めっきり、隣《となり》の部屋《へや》に通《つう》じるらしい骨《ほね》の見《み》えかかった*しみだらけの襖《ふすま》が、雨戸《あまど》の割《わ》れ目《め》の光線《こうせん》でぼんやり見《み》えた。

忠七《ちゅうしち》はその襖《ふすま》に手《て》をかけたが敷居《しきい》がきしんで、なかなか開《あ》かない、ぎしぎしいわせて押《お》し切《き》った、そこも雨戸《あまど》の閉《しま》ったうす暗《ぐら》い中《なか》に、こんもりと蒲団《ふとん》で人《ひと》が寝《ね》ているようだ。

「病気《びょうき》で寝《ね》ていられるんですか、瓦斯《ガス》の代金《だいきん》をなんとか――」

忠七《ちゅうしち》はそう言《い》いながらも、実《じつ》はもう好《い》い加減《かげん》で*、帰《かえ》ってしまおうと思《おも》った。しかし眠《ねむ》っ

留守《るす》って手《て》は　留守《るす》にするわけが。

舌打《したう》ち　短《みじか》く舌《した》を鳴《な》らすこと。忌々《いまいま》しさやいらだちを表《あら》わすしぐさ。

いたずらに　目的《もくてき》や理由《りゆう》もなしに。無意味《むいみ》に。

鬼火《おにび》　怪火《かいか》の一種《いっしゅ》。墓地《ぼち》や沼沢地《しょうたくち》で、雨《あめ》が降《ふ》る夜《よる》に燃《も》えて浮遊《ふゆう》する青白《あおじろ》い燐光《りんこう》。狐火《きつねび》、陰火《いんか》、幽霊火《ゆうれいび》なども。紫苑《しおん》の異称《いしょう》である「鬼《おに》の醜草《しこぐさ》」の「鬼《おに》」にも通《つう》ずる。

人魂《ひとだま》　夜間《やかん》に青白《あおじろ》い尾《お》をひいて空中《くうちゅう》に浮遊《ふゆう》するという火《ひ》の玉《たま》。古来《こらい》、死者《ししゃ》の体《からだ》を遊離《ゆうり》した魂《たましい》とされる。

面当《つらあて》　憎《にく》い相手《あいて》の面前《めんぜん》で、わざと当《あ》てこすりをすること。

踏《ふ》み倒《たお》されちゃ　代金《だいきん》や借金《しゃっきん》を支払《しはら》わないこと。

直談判《じかだんぱん》　直接交渉《ちょくせつこうしょう》すること。

骨《ほね》の見《み》えかかった　表面《ひょうめん》が剝《は》がれて下地《したじ》が見《み》えているさま。

好《い》い加減《かげん》で　適当《てきとう》なところで。

ているのか、知《し》らぬ顔《かお》をしているのか、蒲団《ふとん》の中《なか》からは何《なん》の答《こた》えもないのをみると、

「雨戸《あまど》を閉《し》めて寝《ね》ていて、瓦斯《ガス》の火《ひ》はつけっぱなし、不用心《ぶようじん》ですぜ*」

と言《い》いざま*、手探《てさぐ》りに雨戸《あまど》を一枚《いちまい》、戸袋《とぶくろ》*に押《お》し入《い》れた。

忠七《ちゅうしち》はこう言《い》いざま、明《あか》るくなった座敷《ざしき》を振《ふ》りむいた。

蒲団《ふとん》ではない薄鼠色《うすねずみいろ》の毛布一枚《もうふいちまい》、それに身体《からだ》をつつんで、土《つち》け色《いろ》の頰《ほお》のこけた鼻《はな》の高《たか》い男《おとこ》が畳《たたみ》の上《うえ》に転《ころが》るように置《お》かれていた、その頭《あたま》のところにあの勝手口《かってぐち》に咲《さ》いていた紫苑《しおん》の花《はな》が四《し》、五本束《ごほんたば》ねて置《お》いてある。

忠七《ちゅうしち》は恐《おそ》る恐《おそ》るその毛布《もうふ》の男《おとこ》の顔《かお》をのぞき込《こ》んだ、それは生《い》きている人間《にんげん》ではなかった。紫色《むらさきいろ》になった唇《くちびる》をあけて、少《すこ》し歯《は》が見《み》えている、もう息《いき》はない、死人《しにん》の相《そう》*だった。

忠七《ちゅうしち》は繰《く》りあけた雨戸《あまど》から、いきなり外《そと》へ飛《と》びだそうとして足許《あしもと》がよろけて、戸袋《とぶくろ》の内《うち》側《がわ》の一《ひと》つの物体《ぶったい》に打突《ぶつか》った。夢中《むちゅう》で縁《えん》*から土《つち》の上《うえ》に、靴下《くつした》の足《あし》で飛《と》び降《お》りた時《とき》、もう一度《いちど》怖《こわ》いもの見《み》たさ*に後《うしろ》を振《ふ》りかえったら、外《そと》からの明《あか》りで今度《こんど》ははっきり戸袋《とぶくろ》の蔭《かげ》の物体《ぶったい》が見《み》えた。

――女《おんな》が、梁《はり》*に細引《ほそびき》に首《くび》をかけて下《さが》っていた。髪《かみ》が乱《みだ》れて顔《かお》は見《み》えぬ*、柳《やなぎ》の木《き》が宙《ちゅう》に*下《さが》っているようだった。

忠七《ちゅうしち》の血《ち》が冷《つめた》く、身体中《からだじゅう》が凍《こお》って、足《あし》がすくんで土《つち》の上《うえ》で動《うご》かなかった。

その彼《かれ》の眼《め》に女《おんな》が、やはり帯《おび》をせずに、細紐《ほそひも》一《ひと》つでいるのだけ、はっきり映《うつ》った。

帯《おび》はなかったのだ*――。

不用心《ぶようじん》ですぜ　換気不足《かんきぶそく》でガス中毒《ちゅうどく》になりかねないことを忠告《ちゅうこく》しているのである。

言《い》いざま　言《い》いながら。

戸袋《とぶくろ》　雨戸《あまど》を収納《しゅうのう》するために縁側《えんがわ》の敷居端《しきいはし》に設《もう》けられている空《あ》きスペース。

死人《しにん》の相《そう》　死者《ししゃ》の顔《かお》。

縁《えん》　縁先《えんさき》。

怖《こわ》いもの見《み》たさ　怖《こわ》いものほど、好奇心《こうきしん》にかられて、かえって見《み》たいものだという人間《にんげん》の心理《しんり》。怪談《かいだん》が生《う》まれ、語《かた》り継《つ》がれる原点《げんてん》である。

梁《はり》　柱《はしら》の上《うえ》に渡《わた》された横木《よこぎ》。

髪《かみ》が乱《みだ》れて顔《かお》は見《み》えぬ　映画《えいが》『リング』シリーズに登場《とうじょう》する「貞子《さだこ》」のスタイルである。

柳《やなぎ》の木《き》が宙《ちゅう》に……　思《おも》わず慄然《りつぜん》とさせられる、なんとも絶妙《ぜつみょう》な形容《けいよう》。ちなみに、柳《やなぎ》はそのたたずまいから、幽霊《ゆうれい》と関《かか》わりの深《ふか》い木《き》であり、浄瑠璃《じょうるり》『三十三間堂棟由来《さんじゅうさんげんどうむなぎのゆらい》』に登場《とうじょう》する柳《やなぎ》の精《せい》・お柳《りゅう》などのように、人《ひと》に化《ば》ける木《き》でもある。

帯《おび》はなかったのだ　金目《かねめ》になる帯《おび》は、とっくに売《う》り払《はら》ってしまい、女《おんな》は外出《がいしゅつ》もままならない状態《じょうたい》だったのである。つけっぱなしにされた瓦斯《ガス》コンロの炎《ほのお》は、死《し》を決意《けつい》した女《おんな》のせめてもの反抗《はんこう》の証《あかし》なのか、それとも女《おんな》の死後《しご》に点《とも》された瞋恚《しんい》の焔《ほむら》（燃《も》えたつように激《はげ》しい怒《いか》りや怨念《おんねん》、憎悪《ぞうお》）なのか……。

ちなみに紫苑《しおん》の花言葉《はなことば》は「追憶《ついおく》」「君《きみ》を忘《わす》れない」「遠方《えんぽう》にある人《ひと》を思《おも》う」――本篇《ほんぺん》を読《よ》み終《お》えた読者《どくしゃ》にとって、これらはなんと怖《おそ》ろしい呪《のろ》いの言葉《ことば》と映《えい》じることだろう。

忠七《ちゅうしち》は集金鞄《しゅうきんかばん》の中《なか》から無我夢中《むがむちゅう》で札《さつ》を掴《つか》みだすと、廊下《ろうか》の板敷《いたじき》にすれすれに下《さが》っている女《おんな》の脚下《あしもと》にそれを置《お》き、

「かんべんしてくれ、おれは坊主《ぼうず》になる！*」

そうわめくなり彼《かれ》は一散《いっさん》に駈《か》けだした、どこを走《はし》ったか気《き》がつかなかった。

——それっきり彼《かれ》は、瓦斯《ガス》会社《がいしゃ》に辞表《じひょう》を出《だ》さず行方《ゆくえ》が分《わか》らぬ男《おとこ》になっている。

（「婦人公論《ふじんこうろん》」一九五一年《ねん》二月号掲載《がつごうけいさい》）

おれは坊主《ぼうず》になる！　怪異《かいい》に直面《ちょくめん》した登場人物《とうじょうじんぶつ》が、前非《ぜんぴ》を悔《く》いて出家遁世《しゅっけとんせい》することは、仏教説話系《ぶっきょうせつわけい》の怪談文芸《かいだんぶんげい》では、しばしば見《み》られる展開《てんかい》である。終戦《しゅうせん》からまもない日本《にほん》の荒涼《こうりょう》として日向臭《ひなたくさ》い現実《げんじつ》の最底辺《さいていへん》に展開《てんかい》されるこの物語《ものがたり》が、結末《けつまつ》に至《いた》ってにわかに説話的《せつわてき》な様相《ようそう》を帯《お》びることは、たいそう興味《きょうみ》深《ぶか》いものがあろう。なお、吉屋信子《よしやのぶこ》は戦後《せんご》の一時期《いちじき》、本篇《ほんぺん》と傾向《けいこう》を同《おな》じくする怪奇幻想短篇《かいきげんそうたんぺん》を憑《つ》かれたように手《て》がけている（ちくま文庫版《ぶんこばん》『文豪怪談傑作選《ぶんごうかいだんけっさくせん》　吉屋信子集《よしやのぶこしゅう》　生霊《いきりょう》』参照《さんしょう》）。

「わたくしはある時期《じき》、作品《さくひん》のテーマに現実《げんじつ》の世界《せかい》のどこかにふいと漂《ただよ》う妖《あや》しさ、幻影《げんえい》、奇妙《きみょう》な運命《うんめい》……を取《と》り上《あ》げて、それにとりつかれたように、むやみと書《か》きたくなりました。それは——あの戦後《せんご》の混乱《こんらん》した世相《せそう》のなかに身《み》を置《お》いての刺激《しげき》が生《う》んだせいかも知《し》れませんが、またそればかりでなく、わたくしにはそういう幻想《げんそう》に魅《ひ》かれる気質《きしつ》があるからでしょうか」（吉屋信子《よしやのぶこ》『千鳥《ちどり》　ほか短編集《たんぺんしゅう》』あとがきより）

幻《げん》妖《よう》チャレンジ！

鐵《かな》輪《わ》（一幕《ひとまく》劇《げき》）丑《うし》の時《とき》詣《まい》りの小《しょう》戯《ぎ》曲《きょく》

郡《こおり》虎《とら》彦《ひこ》

人物《じんぶつ》

橘《たちばなの》元《もと》清《きよ》
前《さきの》妻《つま》
明《みょう》神《じん》社《しゃ》人《にん》*
陰《おん》陽《みょう》師《じ》*阿《あ》部《べの》晴《せい》明《めい》*

場《ば》所《しょ》

都《みやこ》近《ちか》き山《やま》の奥《おく》なる明神《みょうじん》の社殿《しゃでん》。*凡《およ》そ千年《せんねん》の古代《こだい》。

未《いま》だ幕上《まくあが》らず、程近《ほどちか》き山寺《やまでら》より鐘《かね》の音《ね》は夜半《やはん》を告《つ》げんとて鳴《な》り出《い》づ。*その一杵《いっしょう》*未《いま》だ消《き》えやらずたゆたへるに、*程《ほど》とほき麓《ふもと》べの寺《てら》*よりも、（やゝ低《ひく》き）鐘《かね》の聲《こえ》かすかながらにたゞよひのぼる。一杵一杵《いっしょういっしょう》、相錯和《あいさくわ》して聞《きこ》ゆるをたとへいふに、＊幽暝《ゆうめい》のあなたよりとほきこだま、＊のひゞき來《く》るにも似《に》たり。近《ちか》き鐘第三杵《かねだいさんしょう》にて幕《まく》は靜《しずか》に上《あが》らんとし、第四杵《だいよんしょう》に至《いた》りて全《まった》くあ

明神社人《みょうじんしゃにん》　「明神《みょうじん》」は一般《いっぱん》に神《かみ》の尊称《そんしょう》として用《もち》いられる言葉《ことば》。「社人《しゃにん》」は神社《じんじゃ》の職員《しょくいん》。雑務《ざつむ》に従事《じゅうじ》する神職《しんしょく》を指《さ》す場合《ばあい》が多《おお》い。「しゃじん」とも。

陰陽師《おんみょうじ》　「おんようじ」とも。朝廷《ちょうてい》の陰陽寮《おんみょうりょう》に属《ぞく》して、占筮《せんぜい》（占《うらな》い）・相地《そうち》（地相《ちそう》の判定《はんてい》）などで、国家《こっか》や個人《こじん》の吉凶禍《きっきょうか》福《ふく》を判《はん》じた官人《かんにん》。中国《ちゅうごく》から渡来《とらい》した陰陽五行説《いんようごぎょうせつ》に通暁《つうぎょう》しており、その知識《ちしき》にもとづく一種《いっしゅ》の呪術作法《じゅじゅつさほう》をおこなう方術《ほうじゅつ》士《し》としての側面《そくめん》もあった。「中古《ちゅうこ》の陰陽師《おんみょうじ》は、欧州中世《おうしゅうちゅうせい》の錬金道士《れんきんどうし》のような神秘《しんぴ》な知識《ちしき》の持主《もちぬし》として重《おも》んぜられていた。彼《かれ》には上代《じょうだい》の呪術卜筮《じゅじゅつぼくぜい》のたぐい、大陸《たいりく》の怪奇《かいき》な道教《どうきょう》や占星術《せんせいじゅつ》、そのほか雑多《ざった》な魔術的知識《まじゅつてきちしき》があつまっていた。純《じゅん》理《り》と神秘《しんぴ》との間《あいだ》に弁別《べんべつ》がなかったこの時代《じだい》のこととて、彼《かれ》は学者《がくしゃ》であると同時《どうじ》に魔法使《まほうつか》いであった」（三島由紀夫《みしまゆきお》「花山《かざん》院《いん》」より）また、民間《みんかん》にも陰陽《おんみょう》の術《じゅつ》に通《つう》じた者《もの》がおり、それらも含《ふく》めて陰陽師《おんみょうじ》と総称《そうしょう》されることが多《おお》い。近世《きんせい》には土御《つちみ》門家《かどけ》（安倍氏《あべし》）が全国《ぜんこく》の民間陰陽師《みんかんおんみょうじ》を統括《とうかつ》した。

阿部晴明《あべのせいめい》　（九二一～一〇〇五）「安倍晴明《あべのせいめい》」とも表記《ひょうき》。平安《へいあん》中期《ちゅうき》の陰陽家《おんみょうか》で土御門家《つちみかどけ》の祖《そ》。父《ちち》は大膳大夫《だいぜんのだいぶ》・安倍益材《あべのますき》。賀茂忠行《かものただゆき》・保憲《やすのり》父子《ふし》に師事《しじ》して陰陽道《おんみょうどう》・天文道《てんもんどう》を学《まな》ぶ。大《だい》膳大夫《ぜんのだいぶ》、左京権大夫《さきょうごんのだいぶ》、天文博士《てんもんはかせ》などを歴任《れきにん》。陰陽道《おんみょうどう》の達《たつ》人《じん》、式神《しきがみ》（一種《いっしゅ》の精霊《せいれい》）を自在《じざい》にあやつる神通力《じんつうりき》の持《も》ち主《ぬし》として、『今昔物語集《こんじゃくものがたりしゅう》』などの説話集《せつわしゅう》に多《おお》くの逸話《いつわ》が記《しる》されている。母親《ははおや》が狐《きつね》であったとする「葛《くず》の葉《は》」伝説《でんせつ》をはじめ、晴明《せいめい》に仮託《かたく》されたフォークロアが日本各地《にほんかくち》に残《のこ》されている。

都近《みやこちか》き山《やま》の奥《おく》なる明神《みょうじん》の社殿《しゃでん》　本篇《ほんぺん》では明示《めいじ》されていないが、原典《げんてん》である能《のう》の『鉄輪《かなわ》』では、京都《きょうと》の貴船神社《きふねじんじゃ》（京都市左京《きょうとしさきょう》区鞍馬貴船町《くくらまきぶねちょう》）が舞台《ぶたい》となっている。

夜半《やはん》を告《つ》げんとて鳴《な》り出《い》づ　真夜中《まよなか》を知《し》らせようとして鳴《な》り出《だ》す。

一杵《いっしょう》　ひとつき。寺《てら》の梵鐘《ぼんしょう》が一回《かい》、撞《つ》かれること。

消《き》えやらずたゆたへるに　消《き》えないで揺曳《ようえい》していると。

麓《ふもと》べの寺《てら》　山麓《さんろく》にある別《べつ》の寺《てら》。

相錯和《あいさくわ》して聞《きこ》ゆるをたとへいふに　（鐘《かね》の一音《おん》一音《おん》が）互《たが》いに交錯《こうさく》して聞《き》こえるのを、たとえて云《い》うならば。

幽暝《ゆうめい》のあなたより　幽明《ゆうめい》の堺《さかい》の彼方《かなた》から。彼岸《ひがん》の世界《せかい》から。

く。（二《ふた》つの鐘《かね》の音《ね》は各第九杵《おのおのだいきゅうしょう》*に至《いた》るまで徐《おもむ》ろに*鳴《な》りつゞけてあり。）

舞臺上手《ぶたいかみて》*斜《ななめ》に拝殿《はいでん》*及《およ》び甃《いしだたみ》の一部《いちぶ》。六抱《むかか》へ*に餘《あま》るべき老杉正面《おいすぎしょうめん》の中央《ちゅうおう》に立《た》ち、下手《しもて》*三分《ぶん》の二《に》は、森《もり》のくらやみ幾百年《いくひゃくねん》の齢《よわい》をこめて*繁《しげ》り合《あ》ひたり。神前《しんぜん》に下《さが》れる二個《にこ》の燈明《とうみょう》*は、今《いま》まで吹《ふ》き荒《すさ》びたるあらしに消《け》されたれど、雨風既《あめかぜすで》にやみておぼろなる月《つき》もさし出《い》で、情景《けい》にはほのかなる光《ひか》り漂《ただよ》ひてあり。（月《つき》は看客《かんかく》*には見《み》えず。）

第《だい》一《いち》段《だん》

社人上手《しゃにんかみて》の社内《しゃない》より出《い》づ。程《ほど》よき白髯《はくぜん》を蓄《たくわ》へたる老人《ろうじん》。*

社人《しゃにん》　（拝殿《はいでん》の前《まえ》に立《た》ち空《そら》を仰《あお》ぎ見《み》つゝ。）おぼろながら月《つき》もさして來《き》た。何《なん》ぞ怨《うら》みごとのある若《わか》い女《おなご》が髪《かみ》も亂《みだ》れて、涙《なみだ》に濡《ぬ》れた重《おも》い瞼《まぶた》を、覺束《おぼつか》なげに*開《ひら》いたやうな。それにまあ、あとからあとからと、渦《うず》を巻《ま》いた雲《くも》の流《なが》れが、あわただしう飛《と》んで行《ゆ》くことぢや。

何《なに》はあれ＊早《はよ》う嵐《あらし》なぞを終《お》ふてくれるがよい。＊（燈明《とうみょう》に火《ひ》を點《てん》ず。舞臺《ぶたい》や、明《あか》るくなる。）ほんに今夜《こんや》ばかり＊何度《なんど》この火《ひ》をともすか知《し》れぬ、ひどう荒《あ》れた雨風《あめかぜ》に、あの雷《かみなり》のおびたゞしさ＊なぞは近頃《ちかごろ》におぼえも知《し》らぬ、＊又《また》そちこちに＊松杉《まつすぎ》の古《ふる》い木《き》でも惨《むごた》らしう裂《さ》かれてゐさうな。（最後《さいご》の遠《とお》き鐘《かね》第九《だいきゅう》　杵《しょうこ》此《こ》の時《とき》止《や》む。）あれはもう子《ね》の刻《こく》＊ぢや、またあの

第九杵《だいしょう》　九《ここの》つ時《どき》（子《ね》の刻《こく》）、すなわち午前零時《ごぜんれいじ》を示《しめ》す。
徐《おもむ》ろに　静《しず》かに。
上手《かみて》　見物席《けんぶつせき》から見《み》て、舞台《ぶたい》の右《みぎ》の方《ほう》。
拝殿《はいでん》　神社《じんじゃ》の本殿《ほんでん》の前《まえ》に設《もう》けられた、拝礼用《はいれいよう》の前殿《まえどの》。
六抱《むかか》へ　幹《みき》の周囲《しゅうい》を囲《かこ》むのに、成人六人《せいじんろくにん》が必要《ひつよう》なほど巨大《きょだい》な。
下手《しもて》　見物席《けんぶつせき》から見《み》て、舞台《ぶたい》の左《ひだり》の方《ほう》。
齢《よわい》をこめて　数百年《すうひゃくねん》のあいだ繁茂《はんも》しているさま。
燈明《とうみょう》　187頁《ページ》を参照《さんしょう》。
看客《かんかく》　観客《かんきゃく》。
程《ほど》よき白鬚《はくぜん》を蓄《たくわ》へたる老人《ろうじん》　ほどよい長《なが》さの（これは舞台演《ぶたいえん》出上《しゅつじょう》の指定《してい》）白《しろ》い髯《ひげ》を生《は》やした老人《ろうじん》。「髯《ひげ》」は頬《ほお》ひげ。
覺束《おぼつか》なげに　頼《たよ》りなげに。雲間《くもま》から覗《のぞ》く月《つき》を、怨《うら》み泣《な》きする娘《むすめ》の眼《め》にたとえた描写《びょうしゃ》。十九世紀末《せいきまつ》デカダン文学《ぶんがく》の巨匠《きょしょう》オスカー・ワイルドの戯曲《ぎきょく》『サロメ』（一八九一）冒頭《ぼうとう》の次《つぎ》の台詞《せりふ》と響《ひび》き交《か》わすかのようである。
「王妃希羅底《おうひヘロデヤ》の侍僮《じどう》　あの月《つき》を御覧《ごらん》なされ。あの月《つき》かげの妖《あや》しいことはどうぢやて、奥津城《おくつき》のなかから脱《ぬ》けいでた女人《にょにん》のやうぢや。亡《な》くなつた女子《をなご》のやうぢや。死人《しにん》だちを捜《さが》してゐるやうにも感《かん》ぜられまするてな」（日夏耿之介《ひなつこうのすけ》訳《やく》）
何《なに》はあれ　何《なん》であれ。
終《お》ふてくれるがよい　終《お》わらせてくれるがよい。
ほんに今夜《こんや》ばかり　本当《ほんとう》に今夜《こんや》だけは。嵐《あらし》で燈明《とうみょう》の火《ひ》が消《き》えてしまうのである。
おびたゞしさ　ものすごさ。
おぼえも知《し》らぬ　記憶《きおく》にない。
そちこちに　あちらこちらに。
子《ね》の刻《こく》　午前零時《ごぜんれいじ》。

丑《うし》の時詣《ときまい》りが、＊のぼつてくるに程《ほど》も無《な》からう、＊それに今宵《こよい》は、満願《まんがん》＊にも當《あた》る夜半《やはん》ぢや。呪《のろい》の叶《かな》ふうれしさをあの凄《すさ》まじい嵐《あらし》に捲《ま》かれて、ほんに今宵《こよい》こそ、どのやうな聲《こえ》してくるか知《し》れぬ。祥《よ》うない＊女《おなご》の叫《さけ》びなどをきかぬ内《うち》、老《おい》の身《み》は＊寝《やす》むとしようわ。（再《ふたた》び空《そら》を仰《あお》ぎ見《み》つゝ。）もうこれでお燈明《とうみょう》の消《き》えることはあるまい。（再《ふたた》び社内《しゃない》に入《はい》る。）

第《だい》二《に》段《だん》

舞臺暫《ぶたいしばら》く無人《むじん》。やゝありて下手《しもて》より橘《たちばなの》元清《もときよ》あわたゞしげに出《い》で來《く》る。

元清《もときよ》　（老杉《おいすぎ》の前《まえ》のあたりに立《た》ち、絶望《ぜつぼう》と信頼《しんらい》との調子《ちょうし》にて。）あゝまだあすこに人影《ひとかげ》がうつゝてゐる。寝《やす》んでは居《お》られぬさうな。＊もし、御物申《おものもう》しまする、＊もし。

社人《しゃにん》の聲《こえ》　どなたぞ其處《そこ》で訪《おとな》ふてかな。＊

元清《もときよ》　私《わたくし》で御座《ござ》りまする。橘《たちばなの》元清《もときよ》と申《もう》しまする。大切《だいじ》ない心願《しんがん》の條《すじ》＊があつて、阿部晴《あべのせい》明様《めいさま》にお目《め》にかゝり度《た》いと京《きょう》から參《まい》つたもので御座《ござ》りまする。

社人《しやにん》出《い》づ。

社人《しやにん》　このやうな刻限《こくげん》に、＊風雨《あめかぜ》の難儀《なんぎ》して＊此處《ここ》まで參《まい》られたは、命《いのち》に關《かかわ》る御用《ごよう》＊とも申《もう》されますかい。

満願《まんがん》　祈願《きがん》が叶《かな》うこと。
祥《よ》うない　縁起《えんぎ》でもない。
老《お》いの身《み》は　この老《お》いぼれは。
寝《やす》んでは居《お》られぬさうな　まだ就寝《しゅうしん》されてはいないようだ。
御物申《おものもう》しまする　ごめんください。案内《あない》を請《こ》う言葉《ことば》。
どなたぞ其處《そこ》で訪《おとな》ふてかな　誰《だれ》かそちらにおいでになりましたか。
大切《だいじ》ない心願《しんがん》の條《すじ》　大切《たいせつ》なお願《ねが》いの件《けん》がありまして。
刻限《こくげん》　時間《じかん》。
風雨《あめかぜ》の難儀《なんぎ》して　風雨《ふうう》に苦《くる》しめられながら。
命《いのち》に關《かかわ》る御用《ごよう》　生《い》きるか死《し》ぬかの用件《ようけん》。

丑《うし》の時詣《ときまい》り　丑《うし》の刻參《こくまい》りとも。人《ひと》を呪《のろ》うための呪法《じゅほう》のひとつ。白衣《はくい》をまとい、頭《あたま》に載《の》せた鉄輪《かなわ》（五徳《ごとく》）に火《ひ》を点《つ》けた蠟燭《ろうそく》を立《た》て、胸《むね》から鏡《かがみ》を下《さ》げた姿《すがた》で、丑三《うしみ》つ時《どき》（午前《ごぜん》二時半《じはん》ごろ）に社寺《しゃじ》におもむき、呪《のろ》う相手《あいて》の形代《かたしろ》である藁人形《わらにんぎょう》を、霊域《れいいき》の大樹《たいじゅ》に五寸釘《ごすんくぎ》で打《う》ち付《つ》ける。これを満願《まんがん》の日《ひ》まで連日《れんじつ》、他人《たにん》に目撃《もくげき》されることなく繰《く》りかえすと、呪《のろ》いが成就《じょうじゅ》すると信《しん》じられた。『平家物語《へいけものがたり》』の「剣《つるぎ》ノ巻《まき》」から泉鏡花《いずみきょうか》の初期短篇《しょきたんぺん》「黒壁《くろかべ》」（一八九四）を経《へ》て田辺青蛙《たなべせいあ》の掌篇《しょうへん》「薫糖《くんとう》」（二〇〇六）に至《いた》るまで、丑《うし》の時詣《ときまい》りにまつわる幻想《げんそう》は、本朝怪談文学《ほんちょうかいだんぶんがく》史《し》に一条《ひとすじ》の昏《くら》い水脈《みお》をひいて尽《つ》きない。
程《ほど》も無《な》からう　まもなく（のぼってくる）だろう。

元清《もときよ》　仰《おお》せの通《とお》り命《いのち》に迫《せま》つた仔細《しさい》ゆゑ、＊このやうな刻限《こくげん》にはせ上《のぼ》つて參《まい》＊りました、雨《あめ》や風《かぜ》やのくらやみに踏《ふ》みも知《し》らぬ山道《やまみち》＊を、時折《ときおり》に碧《あお》う閃《ひらめ》く稲妻《いなづま》なぞをたよりながら、命《いのち》の恐怖《おそれ》に攻《せ》められてひたはせに走《は》せて來《き》た＊ので御座《ござ》ります。

社人《しゃにん》　ほんに笑止《しょうし》な、＊おことの面持《おももち》＊には蒼《あお》じろい命《いのち》の色《いろ》が、鏡《かがみ》にかけた息《いき》のやうに見《み》＊える見《み》る消《き》えて行《ゆ》きますぞい。それにしも丁度《ちょうど》この子《ね》の刻《こく》すぎて、晴明様《せいめいさま》に會《あ》ひたいと見《み》えるお人《ひと》の多《おほ》いことぢや。今夜《こんや》もおことのお出《い》でを御存知《ごぞんじ》てやら、＊先前《さいぜん》から装束《しょうぞく》もあらためて勤行《おつとめ》＊のやうに見《み》えました。ともかくもそれにおまちなされませ。（又社内《またしゃない》に入《い》る。）

第《だい》　三《さん》　段《だん》

元清《もときよ》　（拝殿《はいでん》の柱《はしら》に倚《よ》り、＊うなだれて。）鏡《かがみ》にかけた息《いき》のやうに、この面《おもて》から命《いのち》の色《いろ》があせて行《ゆ》くと今《いま》の社人《しゃにん》はいふてゐたが、さういへばわしが心《こころ》＊にも、年月覺《としつきおぼ》えた命《いのち》のぬくみ＊

がやうやう*消《き》えてでも行《ゆ》くやうな。今《いま》までは*あの恐怖《おそれ》とくらやみに、あわたゞしう立《た》ち騒《さわ》いだ命《いのち》の動悸《どうき》が*、段々遠《だんだんとお》のいて行《ゆ》く足音《あしおと》のやうにきこえもする。（おぼつかなげに*あたりを見《み》まわしつゝ。）それに今見《いまみ》ればたちこめた*夜《よる》の色《いろ》にも、たとへば暮《く》れ方《がた》のう、

仰《おお》せの通《とお》り命《いのち》に迫《せま》った仔細《しさい》ゆゑ　おっしゃるとおり、命《いのち》に関《かか》わる切迫《せっぱく》した事情《じじょう》がありまして。

はせ上《のぼ》つて　駈《か》けのぼって。

踏《ふ》みも知《し》らぬ　足《あし》もともおぼつかない。

ひたはせに走《は》せて來《き》た　まっしぐらに休《やす》むことなく走《はし》ってきた。

ほんに笑止《しょうし》な　本当《ほんとう》にお気《き》の毒《どく》です。

おことの　あなたの。

鏡《かがみ》にかけた息《いき》のやうに　冷《つめ》たい鏡《かがみ》の表面《ひょうめん》に息《いき》がかかって曇《くも》るさま。

御存知《ごぞんじ》てやら　御存知《ごぞんじ》でいらしたものか。

装《しょう》束《ぞく》もあらためて　装束《しょうぞく》もお着替《きが》えになって。

勤行《おつとめ》　拝礼《はいれい》。

倚《よ》り　もたれて。

わしが心　私《わたし》の心《こころ》。

年月覺《としつきおぼ》えた命《いのち》のぬくみ　常《つね》に感《かん》じられていた命《いのち》の温《ぬく》もり。

やうやう　だんだんと。

今《いま》までは　さっきまでは。

命《いのち》の動悸《どうき》　心臓《しんぞう》の鼓動《こどう》。

おぼつかなげに　心細《こころぼそ》そうに。

たちこめた　あたり一面《いちめん》をおおう。

すあかりへ宵闇《よいやみ》がたゞよひこんで＊來《く》るやうに、いつのまにかあの世《よ》のくらやみがにじんでも＊來《き》たやうな——（にわかに＊思《おも》ひ返《かえ》せるが如《ごと》く。＊）ええ何《なに》を不祥《ふしょう》＊な、此期《このご》になつて＊何《なん》といふおろかな夢《ゆめ》を見《み》てゐるのぢや。寒《さむ》さにこゞえて死《し》ぬるときは、かならず眼《め》をあけてゐやうと思《おも》ひながら、あまりの眠《ねむ》たさについうとうとしてしまふので、失《う》せまい筈《はず》の命《いのち》までそれなり＊失《う》せてしまふさうな。ほんに大事《だいじ》の期《きわ》＊ぢや。心《こころ》の瞼《まぶた》をようあけて命《いのち》の姿《すがた》を見失《みうしな》ふまいぞよ。たとへまたこの命《いのち》が危《あぶの》うなつてゐるといふても、人々《ひとびと》の星《ほし》を動《うご》かす＊晴明様《せいめいさま》の通力《つうりき》＊で、目《ま》のあたり來復《らいふく》＊の奇蹟《ふしぎ》に會《あ》はふといふものぢや。

この獨白《どくはく》＊の終《おわ》りに近《ちか》き頃《ころ》、陰陽師阿部晴明上手《おんみょうじあべのせいめいかみて》より靜《しずか》に出《い》で來《きた》り、右手燈明《みぎてとうみょう》の邊《あたり》に立《た》ち居《い》る。風貌端嚴《ふうぼうたんげん》にして儀容《ぎよう》を整《ととの》へたり。＊元淸《もときよ》は之《これ》を背《そびら》にして知《し》らであるを、＊今獨白《いまどくはく》の終《おわ》るや唐突《とうとつ》に太《ふと》き聲《こえ》にて。

晴明《せいめい》　もうどのやうな奇蹟《ふしぎ》も役《やく》には立《た》たぬのぢや。

元清《もときよ》愕然《がくぜん》たる＊表情《ひょうじょう》。

晴明《せいめい》　お身《み》の星《ほし》は落《お》ちてしまふた、＊欺《あざむ》かれた戀《こい》の嫉《ねた》みに、＊お身《み》が妻《つま》は年月《としつき》の思《おも》ひ出《で》を＊怨《うら》

たゞよひこんで　忍《しの》びこんで。十蘭《じゅうらん》「予言《よげん》」の夕景描写《ゆうけいびょうしゃ》を想起《そうき》。

にじんで　浸透《しんとう》して。

にわかに　不意《ふい》に。急《きゅう》に。

思《おも》ひ返《かえ》せるが如《ごと》く　気《き》を取《と》り直《なお》したかのように。

不祥《ふしょう》な　縁起《えんぎ》でもない。

此期《このご》になつて　今《いま》になって。このときになって。

失《な》せまい筈《はず》の命《いのち》までそれなり　失《な》くさないですむ筈《はず》の命《いのち》まで、それきり。

大事《だいじ》の期《きわ》　大切《たいせつ》な瀬戸際《せとぎわ》。

人々《ひとびと》の星《ほし》を動《うご》かす　（天文道《てんもんどう》に通暁《つうぎょう》して）人々《ひとびと》の星《ほし》（＝運命《うんめい》）を管掌《かんしょう》する。

通力《つうりき》　神通力《じんつうりき》。不思議《ふしぎ》な能力《のうりょく》。起死回生《きしかいせい》。

來復《らいふく》　もとに戻《もど》ること。

獨白《どくはく》　独《ひと》り語《がた》り。

風貌端嚴《ふうぼうたんげん》にして儀容《ぎよう》を整《とと》へたり　容姿《ようし》や身《み》なりは整《とと》って威厳《いげん》があり、礼儀《れいぎ》にかなったいでたちである。

背《そびら》にして知《し》らであるを　背後《はいご》の晴明《せいめい》に気《き》づかずにいるが。

愕然《がくぜん》たる　とても驚《おどろ》いた。

お身《み》の星《ほし》は落《お》ちてしまふた　そなたの命運《めいうん》は尽《つ》きてしまった。開口一番《かいこういちばん》、晴明《せいめい》は元清《もときよ》に絶望的《ぜつぼうてき》な宣告《せんこく》をする。ちなみに能《のう》の『鉄輪《かなわ》』では、晴明《せいめい》は貴船神社《きぶねじんじゃ》ではなく自邸《じてい》で男《おとこ》を迎《むか》え、求《もと》めに応《おう》じて占筮《せんぜい》をおこなう。そこに貴船《きぶね》に詣《もう》でて神託《しんたく》を受《う》け、鬼女《きじょ》と化《か》した男《おとこ》の妻《つま》が襲来《しゅうらい》するが、晴明《せいめい》の通力《つうりき》によってひとまず退散《たいさん》させられて幕《まく》となる。

欺《あざむ》かれた戀《こい》の嫉《ねた》みに　恋人《こいびと》に裏切《うらぎ》られた嫉妬《しっと》の念《ねん》で。

年月《としつき》の思《おも》ひ出《で》　長年《ながねん》にわたる思《おも》い出《で》。

みにかへて晝《ひる》も夜《よる》もお身達《みたち》の命《いのち》を呪《のろ》ふてゐたのぢや。女《おなご》の呪《のろい》で落《お》ちた星《ほし》は*違《ちが》ふ女《おなご》の戀《こい》が無《の》うては上《あが》りはせぬ。お身《み》の唇《くちびる》から「誠實《まこと》」を奪《うば》ふた後妻《のちぞい》*の心《こころ》には、今《いま》の呪《のろい》に*抗《あらが》ふほどの戀《こい》もなく、二人《ふたり》が命《いのち》をたとへれば水《みず》に落《お》ちた影《かげ》の*やうに、よろめき漂《ただよ》ふばかりぢやゆゑ、お身達《みたち》はつい*死《し》なねばならぬのぢや。

元清《もときよ》 (歎願《たんがん》の調子《ちょうし》。)どうぞそのやうに仰有《おっしゃ》つて下《くだ》さりまするな、*晴明様《せいめいさま》、定《さだ》まつた命《めい》運《うん》の星《ほし》の數《かず》をも、願《ねが》ふが儘《まま》に*動《うご》かされます神通《しんつう》*のお方《かた》ぢやと、かねがね*きゝ及《およ》んで居《お》りました。(半《なか》ば獨白《どくはく》の調子《ちょうし》になりて。)ほんに今《いま》こそ輕《かる》はづみなこの身《み》の昨日《きのう》を悔《く》ひまする。*己《おの》が*手《て》に委《ゆだ》ねられた己《おの》が生涯《いのち》をわれからうつろにして、*人《ひと》の心《こころ》の「誠實《まこと》」なぞを徒《いたず》らな戯《たわむれ》*に思《おも》ふて居《お》りました。たゞ淺《あさ》はかな心《こころ》には「虚僞《いつわり》」と「行樂《たのしみ》」の外《ほか》にこの世《よ》を渡《わた》る便《たよ》りも無《な》いと、*おろかにも思《おも》ひ定《さだ》めて居《お》りましたが、ほんに今《いま》といふ今《いま》、悲《かな》しみの強《つよ》さも命《いのち》の力《ちから》も身《み》にしみじみと覺《おぼ》えて參《まい》りまする。(再《ふたた》び歎願《たんがん》の調子《ちょうし》。)晴明《せいめい》様《さま》、お力《ちから》を添《そ》えて下《くだ》さりませ、面前《まのあたり》死《し》に向《むか》ひ乍《なが》ら*私《わたくし》は始《はじ》めて命《いのち》を覺《おぼ》えて參《まい》りました。重《かさ》ねてのお願《ねが》ひで御座《ござ》りまする。どうぞ神々《かみがみ》から忌《いま》はしい呪《のろい》を*轉《てん》じかへて下《くだ》さりませ。

晴明《せいめい》　外《ほか》の事《こと》なら晴明《せいめい》の手《て》にも叶《かな》ふが、*戀《こい》の嫉《ねた》みに生《い》き乍《なが》ら鬼《おに》になつた女《おなご》の執念《しゅうねん》には、ありとある妄執《もうしゅう》が*一念《いちねん》の炎《ほむら》にもえてゐるゆゑ、陰陽師《おんみょうじ》の祈念《きねん》も力《ちから》に及《およ》ばぬ、*この上《うえ》どのやうに祈《いの》ればとて、お身達《みたち》の命《いのち》は逃《のが》れやうも無《な》いのぢや。

元清《もときよ》　それと申《もう》して*あの女《おなご》*なぞは、己《おの》が身《み》の呪《のろ》はれてゐることさへ覺《おぼ》えては居《お》りませ

女《おなご》の呪《のろい》で落《お》ちた星《ほし》は……　女性《じょせい》の呪《のろ》いによって尽《つ》きた命運《めいうん》は、別《べつ》の女性《じょせい》の恋情《れんじょう》なしには元《もと》に戻《もど》ることはない。

後妻《のちぞい》　二度目《どめ》の妻《つま》。

今《いま》の呪《のろい》に……　今《いま》ふりかかっている呪《のろ》いに対抗《たいこう》できるだけの恋《れん》情《じょう》はなく。

水《みず》に落《お》ちた影《かげ》の……　水《みず》に投影《とうえい》された物影《ものかげ》のように、ゆらゆらと力《ちから》なくうつろうばかりなので。

つい　もうすぐに。

仰有《おっしゃ》つて下《くだ》さりまするな　おっしゃらないでください。

願《ねが》ふが儘《まま》に　思《おも》いのままに。

神通《しんつう》　普通《ふつう》の人間《にんげん》の能力《のうりょく》を超《こ》えた不可思議《ふかしぎ》な力《ちから》。神通力《じんつうりき》。

かねがね　以前《いぜん》から。

この身《み》の昨日《きのふ》を悔《く》ひまする　我《わ》が身《み》の過去《かこ》（の所行《しょぎょう》）を悔《く》やみます。

己《おの》が　自分《じぶん》の。

われからうつろにして　自分《じぶん》から空《むな》しくして。

徒《いたず》らな戯《たわむれ》　つまらない冗談《じょうだん》めいたもの。

この世《よ》を渡《わた》る便《たよ》りも無《な》い　世間《せけん》をわたる手段《しゅだん》はない。

面前《まのあたり》死《し》に向《むか》ひ乍《なが》ら　死《し》に直面《ちょくめん》しながら。

神々《かみがみ》から忌《いま》はしい呪《のろい》を……　神々《かみがみ》のお力《ちから》で忌《い》まわしい呪《のろ》いをうつしかえてくださいませ。

手《て》にも叶《かな》ふが　手《て》に負《お》えるが。

ありとある妄執《もうしゅう》が……　あらゆる妄執《もうしゅう》(迷妄《めいもう》の執念《しゅうねん》)が炎《ほのお》となって、ただ一心《いっしん》に燃《も》えているので。「鬼火《おにび》」における瓦斯《ガス》コンロの炎《ほのお》を想起《そうき》。

力《ちから》に及《およ》ばぬ　無力《むりょく》なのだ。

それと申《もう》して　そうは云《い》いましても。

あの女《おなご》　後妻《ごさい》を指《さ》す。

ぬ。私《わたくし》がこの一《ひ》と月種々《つきくさぐさ》の藥草《やくそう》を集《あつ》めては、やさしい夜《よる》の眠《ねむ》りを買《か》はうとしましても、*まどろめば直《す》ぐ前《さき》の妻《つま》が現《あらわ》れて、それは恐《おそ》ろしい呪《のろい》を吐《は》きかけ乍《なが》ら息《いき》の根《ね》をとめに參《まい》りますので、われながら目覺《めざ》める*ほどにうなされますのを彼女《あれ》はついぞ*知《し》つても居《お》りませぬ。殊《こと》に今宵《こよい》は恐《おそ》ろしい鬼形《きぎょう》*になつて、三七日《さんしちにち》の願《がん》もあけた、*もう命《いのち》といふ溫《ぬく》い目《め》をさしては置《お》*かぬと叫《さけ》び乍《なが》ら、この胸《むね》へ太《ふと》い釘《くぎ》を打《う》ちこんでくるので御座《ござ》りまする。その釘《くぎ》の骨身《ほねみ》に喰《く》ひ入《い》るのがまざまざと*現《うつつ》の身《み》にも應《こた》へますので、*聲《こえ》の限《かぎ》りに叫《さけ》び立《た》てつい*隣《となり》を振《ふ》り向《む》きますと、よそのことでもあります*様《よう》に尙《なお》すやすやと眠《ねむ》つて居《お》りまする。あまりのことに甲斐《かい》は無《な》い*と知《し》りつつも、搖《ゆす》ぶり起《おこ》して見《み》はしましたが、もうそこにあれの心《こころ》は*居《お》りませぬやら、たゞ出《だ》し入《い》れの呼吸《いき》ばかりで*目《め》をあかうとも致《いた》しませぬ。腹立《はらだ》たしさにぢりぢりし乍《なが》ら*見《み》つめて居《お》ります內《うち》、そのいぎたない*寢姿《ねすがた》が段々《だんだん》と何《なに》かしら恐《おそ》ろしいものゝやうに見《み》えて來《き》ましたので、もう私《わたくし》は後前《あとさき》の覺《おぼ》へも御座《ござ》りませぬ、*吹《ふ》き荒《すさ》ぶあらしの中《なか》に只一人《ただひとり》ぬけて出《で》ましたが、*きゝ及《およ》んだ晴明《せいめい》様《さま》の御神通《ごしんつう》を思《おも》ひ出《だ》して、苔深《こけぶか》い山道《やまみち》をあの雨風《あめかぜ》のくらやみに幾度《いくど》か轉《ころ》び乍《なが》ら、見返《みかえ》りもせずはせ上《のぼ》つて參《まい》りました。ほんに命《いのち》にかけてのお願《ねが》ひで御座《ござ》りまする、生死《しょうじ》の迫《せま》った大事《だいじ》の際《きわ》には、＊誰《たれ》しもこの山《やま》へお願《ねが》ひに來《く》るのぢやとつねづねきいて居《お》ります る。どうぞ此《こ》の身《み》にも奇蹟《ふしぎ》を行《おこの》ふて下《くだ》さりませ。世《よ》に聞《きこ》えた＊御神通《ごしんつう》で女《おなご》の咒《のろい》を拂《はら》ひのけて下《くだ》さりませ。

晴明《せいめい》　何度《なんど》いふても同《おな》じことぢや。それよりも今《いま》は心《こころ》をしづめて、思《おも》ひ知《し》るべきことが

買《か》はうとしましても　（薬《くすり》で）安眠《あんみん》しようとしても。
われながら目覺《めざ》める……　自分《じぶん》で目《め》が覚《さ》めてしまうほど、（悪《あく》夢《む》に）うなされますのを。
ついぞ　一度《いちど》も。
鬼形《きぎょう》　鬼《おに》のような姿《すがた》。
三七日《さんしちにち》の願《がん》もあけた　（三×七で）二十一日間《にちかん》の祈願《きがん》も今日《きょう》で満了《まんりょう》となる。
温《ぬく》い目《め》をさしては置《お》かぬ　温《あたた》かい思《おも》いをさせてはおかない。
まざまざと　ありありと。
現《うつつ》の身《み》にも應《こた》へますので　（夢《ゆめ》でなく）現実《げんじつ》の我《わ》が身《み》にも感《かん》じられますので。
つい　思《おも》わず。
よそのこと　他人事《たにんごと》。
甲斐《かい》は無《な》い　無駄《むだ》だと。
あれの心《こころ》は……　妻《つま》の心《こころ》はそこにはないようで。
出《だ》し入《い》れの呼吸《こきゅう》ばかりで　すうはあ呼吸《こきゅう》をするばかりで。
ぢりぢりし乍《なが》ら　いらいらしながら。
いぎたない　眠《ねむ》りこけて目《め》を覚《さ》まさない見苦《みぐる》しいさま。
後前《あとさき》の覺《おぼ》へも御座《ござ》りませぬ　前後不覚《ぜんごふかく》で。後先《あとさき》も考《かんが》えず。
ぬけて出《で》ましたが　寝床《ねどこ》を抜《ぬ》けて外《そと》へ出《で》ましたが。
生 死《しょうじ》の迫《せま》った大事《だいじ》の際《きわ》には　生《い》きるか死《し》ぬかの切迫《せっぱく》した非常《ひじょう》の際《さい》には。
世《よ》に聞《きこ》えた　名高《なだか》い。

あるぞよ。お身《み》は今宵《こよい》何《なん》とも知《し》れぬ力《ちから》に引《ひ》かれて、*この山《やま》へ命《いのち》を求《もと》めに*上《のぼ》つて來《き》たが、まことをいへばこの山《やま》は、お身《み》がために「死《し》の所《ところ》」ぢや。*今宵《こよい》お身《み》を呼《よ》ぶ死《し》の聲《こえ》があまり間近《まぢこ》うきこえたので、恐《おそ》れまどふた心《こころ》の耳《みみ》に*何《なん》の聲《こえ》とももききわけぬ内《うち》、ただわしが名《な》を思《おも》ひ乍《なが》らこの山《やま》へはせては來《き》たが、お身《み》をここに待《ま》つものは命《いのち》でも無《な》い、今《いま》になつて思《おも》ひついた力《ちから》の望《のぞみ》では尙《なお》のこと無《な》い、心《こころ》の瞼《まぶた》をあけて見《み》れば*段々《だんだん》に分《わ》かるであらう。あの谷《たに》の底《そこ》から湧《わ》きのぼる雲霧《くもきり》は、お身《み》が眼《め》に今生《こんじょう》の*色《いろ》も形《かたち》もうつすまいとし、月《つき》の鏡《かがみ》は汗《あせ》ばむだ面《おもて》を拭《ぬぐ》ふて、*屍骸《しがい》になつたお身《み》が姿《すがた》を映《うつ》してゐる、幾百年《いくひゃくねん》の齢《よわい》をこめた*木々《きぎ》の葉《は》も、お身《み》がために呪《のろい》の網《あみ》を編《あ》むでゐるのぢや。*境内《けいだい》の木《き》の根《ね》に巣《す》くふ蟲《むし》けらまで、お身《み》が名《な》に焔《ほむら》の*呪《のろい》がかゝるのをきゝ知《し》らぬ夜半《よわ》も無《な》い。このやうに聞《き》くばかりでは何《なん》の事《こと》とも知《し》れまいが、お身《み》が命《いのち》は三七日《さんしちにち》*この社《やしろ》で呪《のろ》はれてゐたのぢや。お身《み》が前《さき》の妻《つま》は夜半毎《よはごと》にこゝへ詣《もう》でゝ、お身達《みたち》の命《いのち》を呪《のろ》ふてゐるのぢや。

間《ま》*。元淸《もときよ》の面《おもて》、色剝《いろは》がれたるがごとく*蒼白《そうはく》となる。

晴明《せいめい》　（中央《ちゅうおう》の老杉《おいすぎ》に眼《め》をやりつゝ。）其《そ》の幹《みき》の酷《むごたら》しう傷《きずつ》いたのは、夜半毎《よはごと》に後妻《のちぞい》の＊たましひまでもと呪《のろ》ひ乍《なが》ら、人形《ひとがた》を打《う》ち入《い》れた釘《くぎ》のあとぢや。（拝殿《はいでん》の屋根《やね》の彼方《かなた》を指《さ》し示《しめ》しつゝ。）向《むこ》うの森《もり》に一《ひ》と本高《もとたこ》う＊聳《そび》えた杉《すぎ》は、お身《み》がために数知《かずし》れぬ釘《くぎ》を打《う》たれて、

引《ひ》かれて　引《ひ》き寄《よ》せられて。
命《いのち》を求《もと》めに　命《いのち》を救《すく》われようと。
お身《み》がために「死《し》の所《ところ》」ぢや　そなたにとっては「死地《しち》」（生《い》きる望《のぞ》みのない危険《きけん》な場所《ばしょ》）なのだ。
恐《おそ》れまどふた心《こころ》の耳《みみ》に……　恐怖《きょうふ》に困惑《こんわく》した心《こころ》の耳《みみ》に、何《なん》の声《こえ》だとも聞《き》き分《わ》けることができないままに。
心《こころ》の瞼《まぶた》をあけて見《み》れば　心眼《しんがん》をひらいて見《み》れば。
今生《こんじょう》の　この世《よ》の。
月《つき》の鏡《かがみ》は汗《あせ》ばむだ面《おもて》を拭《ぬぐ》ふて　嵐《あらし》が去《さ》って雨雲《あまぐも》が消《き》え、月《つき》が鏡《きょう》面《めん》のように輝《かがや》くさま。
幾《いく》百年《ねん》の齢《よわい》をこめた　何百年《なんびゃくねん》もの時間《じかん》をかけて繁茂《はんも》した。

呪《のろい》の網《あみ》を編《あ》むでゐる　男《おとこ》を絡《から》めとる呪《のろ》いの網《あみ》を用意《ようい》している。
お身《み》が名《な》に焔《ほむら》の……　瞋恚《しんい》の焔《ほむら》を燃《も》やす女《おんな》が、そなたの名《な》を呼《よ》ばわりながら呪《のろ》いの釘《くぎ》を打《う》ちつける音《おと》を、耳《みみ》にしない夜《よる》はない。
三七日《さんしちにち》　二十一日間《かん》。
間《ま》　少《すこ》し間《ま》をあけて演技《えんぎ》を続《つづ》ける指定《してい》。
色剝《いろは》がれたるがごとく　（顔色《かおいろ》が）まるで剝《は》がれ落《お》ちたように。
夜半毎《よわごと》に後妻《のちぞい》の……　毎夜毎夜《まいよまいよ》、後妻《ごさい》の魂《たましい》までも貫《つらぬ》き通《とお》せと呪《のろ》いながら、藁人形《わらにんぎょう》を（老杉《おいすぎ》の幹《みき》に）打《う》ちつけた五寸釘《ごすんくぎ》の跡《あと》じゃ。
一《ひ》と本高《もとたこ》う　一本《ぽん》だけ高《たか》く。

百年《ひゃくねん》の憂《うれい》に濕《しめ》る*幹《みき》にも根《ね》にもこの日頃《ひごろ》呪《のろひ》と銹《さび》は沁《し》みてゐる。その呪《のろい》も今宵《こよい》は果《は》てる*のぢや。一《ひ》と夜《よ》一《ひ》と夜《よ》に剝《は》がれ落《お》ちたお身達《みたち》が命《いのち》の衣《ころも》を、今宵《こよい》こそ肌《はだ》に着《き》た一重《ひとえ》*までぬぎすてゝ、二人《ふたり》ながら露《あらわ》*な死骸《しがい》になる時《とき》ぢや。（やゝ、長《なが》き間《ま》。）それにしても先前《さいぜん》*子《ね》の刻《こく》の鐘《かね》がなつてから早一《はやひ》と時《とき》に程《ほど》も無《な》い、*命《いのち》の火《ひ》の消《き》える最終《いまわ》*を、自《みずか》ら覺《おぼ》える*ものは幸《しあわせ》ぢやといふけれど、わしは今《いま》お身《み》を不愍《ふびん》*に思《おも》ふてゐる、この身《み》の力《ちから》に叶《かな》ふことなら、お身《み》が眼《め》の下《した》に渦《うず》を卷《ま》く死《し》の淵《ふち》を、命《いのち》の小河《おがわ》が流《なが》れて行《ゆ》く野邊《のべ》の色《いろ》にも變《か》へ度《と》う*思《おも》ふが、今《いま》はどのやうにする術《すべ》も無《な》い、谷《たに》の底《そこ》、峰《みね》の巓《いただき》から祕法《ひほう》の祓物《はらいぐさ》*を集《あつ》めやうとて、嫉《ねた》みに狂《くる》ふ執念《しゅうねん》には勝《か》てもせぬのぢや。

長《なが》き間《ま》。元清《もときよ》は全《まった》く生色《せいしょく》*を失《うしな》ひて凝立《ぎょうりつ》*してあり。

晴明《せいめい》　（歩《あゆ》みよりて元清《もときよ》が肩《かた》に手《て》をのせ。）此方《こなた》に從《したが》いて來《く》るがよい。*今《いま》あの女《おなご》にまのあたり*お身《み》が姿《すがた》を見出《みいだ》させて、かすかながらに消《き》えて行《ゆ》く最終《いまわ》の心《こころ》*を、物狂《ものぐるお》しい呪《のろい》の爪《つめ》で

惨《むごたら》しう掻《か》き傷《むし》らせ度《と》うは無《な》い、* それに又《また》、掃《は》き清《きよ》めた神前《しんぜん》に明《あか》らさまな血《ち》を流《なが》して
もならぬのぢや。

引《ひ》き寄《よ》せて自《みずか》ら先《さき》に立《た》ち拝殿《はいでん》の階段《きざはし》を登《のぼ》る。元清蹌踉《もときよそうろう》として*たましひうつけたる姿《すがた》に*其《そ》の
あとを従《したが》ふ。*

百年《ねん》の憂《うれい》に濕《しめ》る……　樹齢百年《じゅれいひゃくねん》の鬱然《うつぜん》と湿《しめ》り気《け》を帯《お》びた幹《みき》にも根《ね》にも、ここ何日《なんにち》も女《おんな》の呪《のろ》いの念《ねん》と釘《くぎ》の錆《さび》が沁《し》みこんでいる。
果《は》てる　満了《まんりょう》する。
一重《ひとえ》　裏地《うらじ》をつけない一重《ひとえ》の和服《わふく》。単衣《ひとえ》。
露《あらわ》な　むきだしの。
先前《さいぜん》　先《さき》ほど。
早一《はやひ》と時《とき》に程《ほど》も無《な》い　早《はや》くも一刻《こく》が経《た》とうとしている。
最終《いまわ》　いまわの際《きわ》。
自《みず》ら覚《おぼ》える　自覚《じかく》する。
不愍《ふびん》に　かわいそうに。
野邊《のべ》の色《いろ》にも變《か》へ度《と》う　野原《のはら》の色《いろ》に変《か》えたいと。
祓物《はらいぐさ》　大祓《おおはら》えなどに、祓《はら》った罪《つみ》けがれを負《お》わせて川《かわ》に流《なが》す、人《ひと》の形代《かたしろ》。
生色《せいしょく》　顔色《かおいろ》。
凝立《ぎょうりつ》　身動《みうご》きせず、じっと立《た》ちつくすこと。
此方《こなた》に従《したが》いて來《く》るがよい　こちらについて来《き》なさい。
まのあたり　直接《ちょくせつ》。
最終《いまわ》の心《こころ》　臨終《りんじゅう》の心境《しんきょう》。
惨《むごたら》しう掻《か》き傷《むし》らせ度《と》うは無《な》い　無惨《むざん》に掻《か》きむしらせたくはない。
蹌踉《そうろう》として　よろめきながら。
たましひうつけたる姿《すがた》に　魂《たましい》が抜《ぬ》けてぼんやりした姿《すがた》で。
其《そ》のあとを従《したが》ふ　そのあとについて行《ゆ》く。

晴明《せいめい》

（拝殿《はいでん》の中《なか》に入《い》らんとして、何事《なにごと》かを聞《き》き出《い》でたるがごとく*立《た》ち止《どま》る。）む、もう聞《きこ》えて來《き》たわ、あれがさうぢや、轉《まろ》びかへつた石《いし》の間《ま》を*踏《ふ》みしめて來《く》る下駄《げた》の音《おと》ぢや。まだ常《つね》の刻限《こくげん》には間《ま》もあるに、*滿願《まんがん》のよろこびで氣《き》を急《せ》き乍《なが》ら早《はよ》うも上《のぼ》つて來《き》たのであらう。*（間《ま》。尚一段下《なおいちだんした》に立《た》てる元清《もときよ》の面《おもて》を熟視《じゆくし》*しつゝ。）もはやこれまでぢや、死《し》の足音《あしおと》が聞《きこ》えて來《き》たぞよ。

踵《きびす》を返《かえ》して*入《い》る。元清《もときよ》つづきて入《い》る。

第《だい》四《よん》段《だん》

物凄《ものすご》き期待《きたい》の沈默《ちんもく》*。やゝありて*あわただしき女下駄《おんなげた》の聲《こえ》*きこえ、下手《しもて》より元清《もときよ》の前妻《さきのつま》呪詛《じゆそ》の裝《よそおい》*して走《はし》り出《い》づ。髪《かみ》に戴《いただ》ける*鐵輪《かなわ》の*三《みっ》つの足《あし》には燭《しょく》*の火《ひ》蒼《あお》ざめてまたゝけり。左手《ひだりて》に七《しち》寸《すん》*のわら人形《にんぎょう》二《ふた》つと太《ふと》き釘《くぎ》六《むっ》つとを持《も》ち、右手《みぎて》には、鐵《かな》づちの長《なが》きやうなるを提《さ》げたり。

前妻《さきのつま》　（神前《しんぜん》の手洗《みたらし》*に走《はし》り寄《よ》り、己《おの》が姿《すがた》をうつし見《み》て。）三《みっ》つ乍《なが》*ら消《き》えもせぬ。怨《うら》みにもえたへらへらの*火《ひ》が、あの雨風《あめかぜ》に撃《う》たれ乍《なが》らどれ一《ひと》つ消《き》えもせぬぞや。（面《おもて》を上《あ》げて。）ほんに願《ねがい》は叶《かな》ふたのぢや、雨《あめ》にぬれても風《かぜ》に吹《ふ》かれても、一念《いちねん》*の鐵輪《かなわ》の火《ひ》さへ消《き》えず

聞《き》き出《い》でたるがごとく　聞《き》きつけたかのように。
轉《まろ》びかへつた石《いし》の間《ま》を　（嵐《あらし》で）乱《みだ》された石《いし》の間《あいだ》を。
常《つね》の刻限《こくげん》には間《ま》もあるに　いつもの時間《じかん》まで間《ま》があるのに。
氣《き》を急《せ》き乍《なが》ら早《はよ》うも上《のぼ》つて來《き》たのであらう　心《こころ》がはやって、早《はや》くものぼってきたのだろう。
熟視《じゅくし》　じっと見《み》つめること。
踵《きびす》を返《かえ》して　後戻《あともど》りして。
物凄《ものすご》き期待《きたい》の沈默《ちんもく》　何《なに》が出《で》るのか（観客《かんきゃく》に）猛烈《もうれつ》に期待《きたい》させるような沈黙《ちんもく》。
やゝありて　少《すこ》しして。
女下駄《おんなげた》の聲《こえ》　女《おんな》ものの下駄《げた》の音《おと》。

呪詛《じゅそ》の裝《よそおい》　丑《うし》の時詣《ときまい》りの装束《しょうぞく》（２５１頁《ページ》を参照《さんしょう》）。
戴《いただ》ける　載《の》せた。
鐵輪《かなわ》　火鉢《ひばち》や囲炉裏《いろり》に置《お》いて、薬缶《やかん》などをかける鉄製《てっせい》の台《だい》。円《えん》形《けい》で下《した》に三本《ぼん》の脚《あし》が付《つ》く。「五徳《ごとく》」とも。
燭《しょく》　蠟燭《ろうそく》。
七寸《すん》　約《やく》二一センチメートル。
手洗《みたらし》　神社《じんじゃ》に参拝《さんぱい》する者《もの》が、水《みず》で手《て》や口《くち》を清《きよ》める所《ところ》。
三つ乍《なが》ら　三つとも。
へらへら　炎《ほのお》をあげて燃《も》えさかるさまを表《あら》わす。めらめら。
一念《いちねん》　一心《いっしん》に思《おも》いこむこと。執念《しゅうねん》。執心《しゅうしん》。

にゐれば、今宵《こよい》からは命《いのち》の絶《た》えぬ邪婬《じゃいん》の鬼《おに》*ぢや、ありとある呪《のろい》の叶《かな》はぬこも無《な》い身《み》*ぢやぞえ。宇治《うじ》の川瀬《かわせ》*に身《み》をつけて、肌《はだ》の白《しろ》さを*小魚共《こざかなども》にも恥《はずか》しう思《おも》ふた晩《ばん》から、夜半毎《よわごと》にくろかみを闇《やみ》に散《ち》らして、おぼつかない*蠟《ろう》の火先《ほさき》を頼《たよ》り乍《なが》ら三七日《さんしちにち》の願《ねがい》を重《かさ》ねたも、みんな此《こ》の呪《のろい》を果《はた》さうためぢや。*怨《うら》めしい二人乍《ふたりなが》ら、*今夜《こんや》こそたましひまでも打《う》ちひしやいで、思《おも》ふさまさいなんでくれやうぞえ（中央《ちゅうおう》の老杉《おいすぎ》に歩《あゆ》み寄《よ》りつゝ。）ほんにこの上《うえ》は*一《ひ》と時《とき》でも、命《いのち》の溫《ぬく》みを覺《おぼ》えさして置《お》き度《と》うも無《な》い。（一《ひと》つのわら人形《にんぎょう》を地《ち》に捨《す》て、一《ひと》つを取《と》りて幹《みき》にあてつゝ、胸《むね》とおぼしきあたりに釘《くぎ》を打《う》ち込《こ》まんとし。）さあ女《おなご》、*勿體《もったい》らしう着飾《きかざ》つた其方《そち》が命《いのち》も、此《こ》の釘《くぎ》の一《ひ》と打《うち》で一度《はじめ》生《うま》れた沼地《ぬまち》の泥《どろ》に歸《かえ》るの

命《いのち》の絶《た》えぬ邪婬《じゃいん》の鬼《おに》　死《し》ぬことのない邪婬《じゃいん》（よこしまで、みだらな）の鬼《おに》。

ありとある呪《のろい》の叶《かな》はぬこも無《な》い身《み》　あらゆる呪《のろ》いが叶《かな》う身《み》。

宇治《うじ》の川瀬《かわせ》　京都《きょうと》の宇治市域《うじしいき》を流《なが》れる宇治川《うじがわ》のこと。琵琶湖《びわこ》に発《はっ》して、流域《りゅういき》ごとに上流《じょうりゅう》から瀬田川《せたがわ》、宇治川《うじがわ》、淀川《よどがわ》と呼《よ》ばれる。

肌《はだ》の白《しろ》さを……　我《わ》が裸身《らしん》の白《しろ》さを、川瀬《かわせ》の小魚《こざかな》たちにさらして恥《は》ずかしく思《おも》った晩《ばん》から。

おぼつかない……　頼《たよ》りない蠟燭《ろうそく》の明《あ》かりに頼《たよ》りながら。

果《はた》さうためぢや　成《な》し遂《と》げるためじゃ。

怨《うら》めしい二人乍《ふたりなが》ら……　怨《うら》みかさなる二人《ふたり》とも、今夜《こんや》こそ魂《たましい》までも叩《たた》き潰《つぶ》して、思《おも》う存分《ぞんぶん》、責《せ》めさいなんでやるとしよう。

この上《うえ》は　こうなったからには。

勿體《もったい》らしう　えらそうに。ものものしく。

ぢや。（釘《くぎ》をうつ。此時《このとき》より甲走《かんばし》りたる鬼女《きじよ》の叫喚《きようかん》*と、不快《ふかい》なる鐵槌《かなづち》のかあんかあん*とひゞく音《おと》とが亂《みだ》れ合《あ》ひて聞《きこ》ゆ。）ぱつと破《やぶ》れた血《ち》ぶくろ*に、灰白《はいじろ》な其方《そち》がからだも眞赤《まつか》に塗《まみ》れて、宇治《うじ》の川瀬《かわせ》の蝦蟇《がま》*よりもまだ見《み》ぐるしい孕《はら》み姿《すがた》*は、子供《こども》がつぶした蛇《へび》の樣《よう》に打《う》ちひしやがれて*しまふぞよ。長《なが》の春秋《はるあき》添《そ》ひ乍《なが》ら*、生《うま》れもせぬ「嫉妬《ねたみ》」の胎兒《はらご》を覺《おぼ》えたばかりで、身《み》は何一《なにひと》つ宿《やど》しもせなんだに、ようも其方《そち》*はこの姿《すがた》になつてのけた、見《み》*い、大切《だいじ》さうに包《つつ》んだ頭《あたま》も今《いま》は一《ひ》と打《うち》ぢや。——このやうな所《ところ》に*白眼《しろめ》の片《きれ》が飛《と》び散《ち》つて、まだしぶとうも動《うご》くさうな、暗《やみ》の中《なか》では葡萄《ぶどう》のやうに碧《あお》う見《み》える男《おとこ》の瞳《ひとみ》も、この眼《め》は宵々《よいよい》に*見《み》てゐたのぢや、嫉《ねた》ましいぞえ、嫉《ねた》ましいぞえ、*ほんにほんに力《ちから》の限《かぎ》りを打《う》てばとて、乳《ちち》の先《さき》までも*え立《た》つた夜毎《よごと》の嫉《ねた》みは足《た》りもせぬ——これが唇《くちびる》かや、これが唇《くちびる》かや、（釘《くぎ》を代《か》へいよ〳〵亂打《らんだ》す。*）身《み》が*唇《くちびる》にはうみ割《わ》れた柘榴《ざくろ》のやうな味《あじ》もあつたに、あの男《おとこ》はつい此《こ》の味《あじ》に*見《み》かへてしまふた、ほんに其方《そち》は口紅《くちべに》にどのやうな毒《どく》を溶《と》かしてゐたのぢや、此《こ》の唇《くちびる》が、のたうつみゝづ*のやうなこの唇《くちびる》が、あの熱《あつ》い唇《くちびる》を吸《す》ふたかや、熱《あつ》う慄《ふる》へる唇《くちびる》を吸《す》ふてゐたかや。……どうしたのぢや、血《ち》みどろの姿《すがた》が煙《けむり》のやうに消《き》えて、わしが眼《め》には……（暫《しばら》く打《う》つ手《て》をやめて凝視《ぎょうし》してあり。）*あゝ又見《またみ》えて來《き》た、あんまり熱《あつ》い血《ち》の蒸氣《ゆげ》に、*呪《のろ》ひの眼《め》までかすむださうな。（又打《またう》ち始《はじ》めつゝ。）

甲走《かんばし》りたる鬼女《きじょ》の叫喚《きょうかん》　鬼女《きじょ》がわめき叫《さけ》ぶ甲高《かんだか》い声《こえ》。

かあんかあん　カーンカン。金槌《かなづち》で釘《くぎ》を打《う》ちこむ音《おと》。

血《ち》ぶくろ　血《ち》を溜《た》める袋《ふくろ》すなわち人体《じんたい》のこと。

蝦《が》蟇《ま》　ガマガエル。

孕《はら》み姿《すがた》　妊婦《にんぷ》の姿《すがた》。

打《う》ちひしやがれて　叩《たた》き潰《つぶ》されて。

長《なが》の春秋《はるあき》添《そ》ひ乍《なが》ら　長年《ながねん》（夫《おっと》と）連《つ》れ添《そ》いながら。

ようも其方《そち》は……　よくもおまえは、そんな姿《すがた》になってみせたな。

見《み》い　見《み》よ。

このやうな所《ところ》に……　こんな所《ところ》にまで（潰《つぶ》された）白眼《しろめ》の破片《はへん》が飛《と》び散《ち》って、まだしぶとく動《うご》いているような。

この眼《め》は宵《よい》々に　この（後妻《ごさい》の）眼《め》は毎晩《まいばん》。

嫉《ねた》ましいぞえ、嫉《ねた》ましいぞえ……　このあたりから、丑《うし》の時詣《ときまい》りの女《おんな》の呪詛《じゅそ》は、あたかも呪《のろ》う相手《あいて》の後妻《ごさい》を眼前《がんぜん》にして、直《ちょく》接《せつ》その身《み》に釘《くぎ》を打《う》ちこみ、執拗《しつよう》に辱《はずかし》めるかのような狂乱《きょうらん》の調《ちょう》子《し》を帯《お》びてゆく。呪詛《じゅそ》の怖《おそ》ろしさ哀《かな》しさを描《えが》いて、これほどの怪美《かいび》な高《たか》みに達《たっ》した例《れい》を、編者《へんじゃ》はほかに知《し》らない。

乳《ちち》の先《さき》まで……　（私《わたし》の）乳房《ちぶさ》の尖端《せんたん》まで燃《も》えたっている夜《よ》ごとの嫉妬《しっと》の思《おも》いを満《み》たすにはまだ足《た》りない。

亂打《らんだ》す　乱《みだ》れ打《う》つ。

身《み》が　私《わたし》の。

つい此《こ》の味《あじ》に……　じきに、この（女《おんな》の唇《くちびる》の）味《あじ》に心《こころ》を移《うつ》してしまった。

みゝづ　「蚯蚓《みみず》」と表記《ひょうき》。ミミズ綱《こう》（貧毛類《ひんもうるい》）の環形動物《かんけいどうぶつ》の総《そう》称《しょう》。赤竜《せきりょう》、地竜《じりゅう》とも。

凝視《ぎょうし》してあり　じっと見《み》つめている。

あんまり熱《あつ》い血《ち》の蒸氣《ゆげ》に……　（後妻《ごさい》の身《み》から流《なが》れ出《で》る）生《い》き血《ち》が、呪《のろ》いの焔《ほのお》に沸《わ》き立《た》って湯気《ゆげ》となり、呪《のろ》う女《おんな》の眼《め》までかすませたのである。

それでももうごめきもせぬ。流《なが》れゆだつ血泥《ちどろ》の中《なか》に乳《ちち》も骨《ほね》も溶《と》けてしまふた、爪《つめ》の間《あい》にも潛《ひそ》む*といふ何《なん》ぼしぶといたましひでも、*この上《うえ》かくれやう影《かげ》は無《な》いぞよ。釘《くぎ》よ、釘《くぎ》よ、*赤錆《あかさ》びした其方《そち》の齒《は》で、嫉《ねた》ましい女《おなご》の命《いのち》を殘《のこ》り無《の》う嚙《か》みくだいてくれたかや。（手《て》を止《と》めて。）ほんにもう三《みっ》つながら釘《くぎ》の頭《あたま》も見《み》えぬ程《ほど》喰《く》ひ入《い》つてしまふたのう。女《おなご》よ、これで呪《のろい》も果《は》てたのぢや。宵々《よいよい》に其方《そち》が笑《わろ》ふた身《み》の呪《のろい》も、*これで殘《のこ》り無《の》ふ果《は》てたのぢや。（笑《わらい》。）今一度《いまいちど》あのやうに笑《わろ》ふて見《み》い。目《め》も鼻《はな》も無《の》うなつて赤《あこ》うゆだつた*其方《そち》の身《み》が、今《いま》は何《なん》ぼう*おかしいぞよ。（幹《みき》に釘《くぎ》づけたる藁《わら》をむしり取《と》り、さて地上《ちじょう》に捨《す》てたる今《いま》一《ひと》つのわら人形《にんぎょう》を取《と》り。）さあ、今度《こんど》は其方《そち》の番《ばん》ぢや。いつまでもまことと*思《おも》ふた伴《いつわり》の血《ち》を、いまこそ流《なが》してくれやうぞえ。

踵《きびす》を廻《めぐ》らして拜殿《はいでん》の後《うしろ》に走《はし》り行《ゆ》く。沈默《ちんもく》。しばらくありて、*再《ふたた》びかの焦立《いらだ》たしき鐵槌《かなづち》のかあんかあんとひゞく音《おと》きこえ來《く》る。血腥《ちなまぐさ》き呪詛《じゅそ》の聲《こえ》を思《おも》はしめつゝ、*舞臺《ぶたい》に人無《ひとな》きこと少時《しょうじ》なり。*晴明《せいめい》、拜殿《はいでん》の前《まえ》、階段《きざはし》の上《うえ》に立《た》ち現《あらわ》る。

晴明《せいめい》　社人《しゃにん》。社人《しゃにん》。篝《かがり》*を此處《ここ》へ持《も》て來《き》ませい。*　今宵《こよい》は神前《しんぜん》に火《ひ》を絶《た》やしてはならぬのぢや。

間《ま》。鐵槌《かなづち》のひゞきいよ〳〵はげしくきこゆ。*　社人默《しゃにんもく》したるまゝ*篝火《かがりび》を持《も》ちて神前《しんぜん》に置《お》く。

赤《あか》き光《ひか》り晴明《せいめい》が面《おもて》に照《て》る。

爪《つめ》の間《あい》にも潜《ひそ》む　川端康成《かわばたやすなり》の「片腕《かたうで》」（『恋《こい》』所収《しょしゅう》）における、娘《むすめ》の爪《つめ》の執拗《しつよう》な描写《びょうしゃ》を想起《そうき》させる。

何《なん》ぼしぶといたましひでも……　どんなにしぶとい魂《たましい》であろうと、これ以上《いじょう》、隠《かく》れる物影《ものかげ》はないぞよ。

釘《くぎ》よ、釘《くぎ》よ　ついに女《おんな》は、呪《のろ》いの釘《くぎ》にまで呼《よ》びかけるのだ。

其方《そち》が笑《わろ》ふた身《み》の呪《のろい》も　宵《よい》ごとにおまえが嘲笑《ちょうしょう》した私《わたし》の呪《のろ》いも。

赤《あこ》うゆだつた　真《ま》っ赤《か》に茹《ゆ》だった。

何《なん》ぼう　どれほどか。

いつまでもまことと……　いつまでも誠実《せいじつ》だと信《しん》じていたのに、うわべだけの偽《いつわ》りだった不実《ふじつ》な男《おとこ》の血《ち》を。

しばらくありて　しばらく経《た》って。

思《おも》はしめつゝ　観客《かんきゃく》に想像《そうぞう》させつつ。

人無《ひとな》きこと少時《しょうじ》なり　舞台《ぶたい》が無人《むじん》となるのは少《すこ》しの時間《じかん》である。

篝《かがり》　篝火《かがりび》。松明《たいまつ》。

持《も》て來《き》ませい　持《も》って来《き》なさい。

きこゆ　聞《き》こえてくる。

默《もく》したるまゝ　黙《だま》ったまま。

社人《しゃにん》　恐《おそ》ろしい呪《のろ》ひやうで*御座《ござ》りまする——先前《さいぜん》のお人《ひと》はどうなされました。

晴明《せいめい》　知《し》れた事《こと》ぢや。生《い》き乍《なが》ら嫉《ねた》みの鬼《おに》になつて呪《のろ》ふ力《ちから》に、水《みず》にゆれる影《かげ》のやうなはかない命《いのち》が、一《ひ》と時《とき》でも抗《あらが》ふてはゐられぬのぢや。*

再《ふた》び開幕《かいまく》の時《とき》と同《おな》じき静《しずか》なる鐘《かね》の音《ね》、近《ちか》くおほどか*なると遠《とお》くほのか*なると、一杵一杵《いっしょういっしょう》相錯和《あいさくわ》して夢《ゆめ》のごとく丑《うし》の刻《こく》を報《ほう》ずる間《あいだ》、鬼女《きじょ》が狂亂《きょうらん》の鐵槌《かなづち》はその聲《こえ》いよいよたけりて*聞《きこ》えつゝ、徐《おもむ》ろに*幕下《まくおり》る。（鐘《かね》の音《ね》は幕《まく》の降《お》りたる後《のち》も近《ちか》く遠《とお》く第八杵《だいはっしょう》に至《いた》るまで、静《しずか》になりつゞけてあり。）

（「白樺《しらかば》」一九一三年《ねん》三月号掲載《がつごうけいさい》）

呪《のろ》ひやうで　呪《のろ》い方《かた》で。

一《ひ》と時《とき》でも抗《あらが》ふてはゐられぬのぢや　わずかの間《ま》も抵抗《ていこう》してはいられないのじゃ。

おほどか　おおらかに。

ほのか　かすかに。

たけりて　猛《たけ》って。

徐《おもむ》ろに　ゆるやかに。

作者《さくしゃ》は大正《たいしょう》二年《ねん》（一九一三）、本篇《ほんぺん》を「白樺《しらかば》」に発表後《はっぴょうご》にヨーロッパに渡《わた》った。そして英国《えいこく》のロンドンで「王争曲《おうそうきょく》」などを執筆《しっぴつ》、英訳《えいやく》による「鐵輪《かなわ》」が同地《どうち》で上演《じょうえん》されている。大正《たいしょう》九年《ねん》（一九二〇）に一時帰国《いちじきこく》して翌年《よくねん》ふたたび渡欧《とおう》。「義朝記《よしともき》」を英文《えいぶん》で発表《はっぴょう》し注目《ちゅうもく》を集《あつ》めるが健康《けんこう》を害《がい》し、大正《たいしょう》十三年《ねん》（一九二四）、スイスのモンタナ山上《さんじょう》のサナトリウムで客死《かくし》した。享年《きょうねん》三十四。本篇《ほんぺん》にも顕著《けんちょ》な、台詞《せりふ》というよりも耽美的《たんびてき》な詩《し》の世界《せかい》に近《ちか》い絢爛《けんらん》たるレトリックは、三島由紀《みしまゆき》夫《お》の戯曲《ぎきょく》に大《おお》きな影響《えいきょう》を与《あた》えたとされる。また、詩人《しじん》イエイツの前《まえ》で伊藤道郎《いとうみちお》たちと能《のう》を披露《ひろう》し、傑作《けっさく》「鷹《たか》の井戸《いど》」執筆《しっぴつ》のきっかけをつくったのも虎彦《とらひこ》であったという。

日《ひ》夏《なつ》耿《こう》之《の》介《すけ》

幻《げん》妖《よう》チャレンジ！

呪《じゆ》文《もん》乃《の》周《しう》圍《ゐ》

夢《ゆめ》たをやかな*密咒《みつじゆ》*を誦《ず》*すてふ*
蕃神《かみ》*のやうな黄老《おきな》*が逝《さ》つた*
「秋《さはきり》」*のことく*「幸福《さいはひ》」のことく「來《こ》し方《かた》」*のことく

冬天《とうてん》*に咒文《じゆもん》をふりまき
風狂《ふうきやう》*の老漢《おきな》*が逝《い》んだ*
燼《もえざし》*のことく　流鶯《りうあう》*のことく　祕佛《ひぶつ》*のことく

侏儒樂《しゆじゆがく》*を咒文《じゆもん》に口寄《くちよ》せ*
わらはやみ*の詩翁《おきな》*も逝《い》んだ
魚《いろくづ》*のことく　御饗《みあへ》*のことく　蘭燈《ともしび》*のことく

夢《ゆめ》たをやかな　夢《ゆめ》のようにしなやかな。「呪文乃周圍自註《じゅもんのしゅういじちゅう》」（以下《いか》「自註《じちゅう》」と表記《ひょうき》）を参照《さんしょう》。

密呪《みつじゅ》　密教《みっきょう》の真言陀羅尼《しんごんだらに》。密語《みつご》とも。

誦《ず》す　唱《とな》える。

てふ　「ちょう」と発音《はつおん》。～という。

蕃神《かみ》　蕃人《ばんじん》（外国人《がいこくじん》、異人《いじん》）が信仰《しんこう》する神《かみ》。

黄老《おきな》　「おきな」は男《おとこ》の老人《ろうじん》の意味《いみ》。「黄老《おうろう》」は通常《つうじょう》は「黄面老子《おうめんろうし》」の略《りゃく》で、釈尊《しゃくそん》（釈迦牟尼《しゃかむに》、お釈迦様《しゃかさま》の尊称《そんしょう》）を指《さ》すが、自註《じちゅう》にあるように、作者《さくしゃ》は西欧《せいおう》の錬金術師《れんきんじゅつし》（耿之介《こうのすけ》が愛用《あいよう》する表現《ひょうげん》では「錬金道士《れんきんどうし》」）をイメージしているらしい。

逝《さ》つた　死《し》んだ。逝去《せいきょ》した。

秋《さはきり》　「霧《きり》」は秋《あき》の季語《きご》。

ことく　ごとく。～のように。

來《こ》し方《かた》　過《す》ぎてきた時間《じかん》。過去《かこ》。

冬天《とうてん》　冬空《ふゆぞら》。

風狂《ふうきやう》　風雅《ふうが》に徹《てっ》して常軌《じょうき》を逸《いっ》すること。

老漢《おきな》　老《お》いた男《おとこ》。

逝《い》んだ　逝《い》った。死《し》んだ。

燼《もえざし》　燃《も》え残《のこ》り。

流鶯《りうあう》　枝《えだ》から枝《えだ》へと飛《と》びまわる鶯《うぐいす》。自註《じちゅう》を参照《さんしょう》。

祕佛《ひぶつ》　厳重《げんじゅう》に秘蔵《ひぞう》されて公開《こうかい》されない仏像《ぶつぞう》。

侏儒樂《しゅじゅがく》　矮人《こびと》が演奏《えんそう》する音楽《おんがく》。自註《じちゅう》を参照《さんしょう》。

口寄《くちよ》せ　神霊《しんれい》や死者《ししゃ》の言葉《ことば》を霊媒《れいばい》に語《かた》らせること。生霊《いきりょう》の場合《ばあい》は「生口《いきくち》」、死霊《しりょう》の場合《ばあい》は「死口《しにくち》」、吉凶禍福《きっきょうかふく》を判《はん》じる場合《ばあい》は「神口《かみくち》」などと呼《よ》ぶ。弓《ゆみ》や鼓《つづみ》、琴《こと》、数珠《じゅず》などを手《て》に音《おと》を鳴《な》らすことで憑依状態《ひょういじょうたい》に入《はい》る。

わらはやみ　悪寒《おかん》と発熱《はつねつ》が一定《いってい》の間隔《かんかく》をあけて繰《く》りかえし起《お》こる、マラリアに似《に》た病気《びょうき》。おこり。えやみ。

詩翁《おきな》　老《お》いた詩人《しじん》。

魚《いろくづ》　「いろくず」は鱗《うろこ》のこと。転《てん》じて、魚類《ぎょるい》を意味《いみ》する。

御饗《みあへ》　貴顕《きけん》に飲食《いんしょく》のもてなし（饗応《きょうおう》）をすること。

蘭燈《ともしび》　美《うつく》しい明《あ》かり。

　蟲書《ちゆうしよ》*をもて咒文《じゆもん》を石記《しる》す*
幻人《げんじん》*の道老《おきな》*は逝《い》んだ
肉《ししむら》*のことく　茯苓《ぶくりやう》*のことく　擲梭《ひ》*のことく

　梟木《けうぼく》*に咒文《じゆもん》を彫《ゑ》り刻《きざ》みつ*
美目《びもく》なせる*佚老《おきな》*も逝《い》んだ
泥《ひぢ》*のことく　悲谷《ひこく》*のことく　古酒《こしゆ》のことく

　沙漏《しやろう》をもて*咒文《じゆもん》を撰《せん》ず*
展樂《てんがく》*の頽人《おきな》*も逝《い》んだ
浪《へなみ》*のことく　牡鹿《をじか》*のことく　權道《けんだう》*のことく

蟲書《ちゆうしよ》　自註《じちゅう》にいう「蝌蚪《かと》」とはオタマジャクシのこと。「蝌蚪《かと》の書《しょ》」とは、古体篆字《こたいてんじ》と呼《よ》ばれる中国古代《ちゅうごくこだい》の書体《しょたい》のひとつ。蝌蚪文字《かともんじ》とも。へらに漆汁《うるしじる》をつけて竹簡《ちくかん》に記《しる》された文字《もじ》の線《せん》が、オタマジャクシの形《かたち》に似《に》るところからの呼《よ》び名《な》。

石記《しる》**す**　石《いし》などの印材《いんざい》に文字《もじ》を記《しる》すこと。篆刻《てんこく》。

幻人《げんじん》　幻術《げんじゅつ》（手品《てじな》、魔法《まほう》）をおこなう人《ひと》。手品師《てじなし》。

道老《おきな》　道術《どうじゅつ》（道教《どうきょう》でなされる術《じゅつ》。方術《ほうじゅつ》や仙術《せんじゅつ》と呼《よ》ばれる）に通《つう》暁《ぎょう》した老人《ろうじん》。道士《どうし》。方士《ほうし》。

肉《ししむら》　「ししむら」は、切《き》り取《と》られた肉《にく》の塊《かたまり》を意味《いみ》する。

茯苓《ぶくりやう》　担子菌類《たんしきんるい》サルノコシカケ科《か》のキノコ。松林《まつばやし》の地中《ちちゅう》に生《しょう》じ、松《まつ》の根《ね》に寄生《きせい》する。菌核《きんかく》の形《かたち》はサツマイモに似《に》ており、表皮《ひょうひ》は黒褐色《こっかっしょく》。生薬《しょうやく》として水腫《すいしゅ》・淋疾《りんしつ》などに用《もち》いる。「まつほど（末都保止）」とも。自註《じちゅう》にいう「伝説的怪異《でんせつてきかいい》」の詳細《しょうさい》は不明《ふめい》だが、江戸期《えどき》の奇談随筆《きだんずいひつ》『三州奇談《さんしゅうきだん》』には、加賀国《かがのくに》（石川県《いしかわけん》）能美郡今江村《のみぐんいまえむら》（現在《げんざい》の小松市《こまつし》）に出没《しゅつぼつ》する「茯苓《ぶくりょう》の精《せい》」の怪異《かいい》が記《しる》されている。湖畔《こはん》の切《き》り通《どお》しを夜中《よなか》に通《とお》ると、呼《よ》びかける声《こえ》とともに松《まつ》のきつい香《かお》りがして提灯《ちょうちん》の火《ひ》を奪《うば》われる。やはり加賀《かが》の妖怪《ようかい》として知《し》られる「火取魔《ひとりま》」に類似《るいじ》。ちなみに本書所収《ほんしょしょしゅう》の三遊亭圓朝《さんゆうていえんちょう》「百物語《ひゃくものがたり》」における燈《とう》心《しん》・蠟燭《ろうそく》の怪異《かいい》もまた、こうした「火《ひ》を奪《うば》う怪《かい》」の一環《いっかん》ととらえることもできよう。

擲梭《ひ》　機織用具《はたおりようぐ》の一種《いっしゅ》。経《たていと》の開口《かいこう》している間《あいだ》を左右《さゆう》に飛走《ひそう》して緯《よこいと》を通《とお》す、舟形《ふながた》（流線形《りゅうせんけい》）の木製器具《もくせいきぐ》。『古事記《こじき》』に見《み》えるスサノオの狼藉《ろうぜき》のくだりで、アマテラスの機織女《はたおりめ》が梭《ひ》で局部《きょくぶ》を突《つ》いて死《し》んだ逸話《いつわ》を踏《ふ》まえるか。

梟木《けうぼく》　梟首《きょうしゅ》（さらし首《くび》）の刑《けい》に処《しょ》された罪人《ざいにん》の頭部《とうぶ》を載《の》せる木《き》。獄門台《ごくもんだい》。

彫《ゑ》**り刻**《きざ》**みつ**　彫《ほ》り刻《きざ》んだ。

美目《びもく》**なせる**　美《うつく》しい目《め》、目《め》もと。また、面目《めんぼく》、名誉《めいよ》などの意《い》も。

佚老《おきな》　遁世《とんせい》した老人《ろうじん》。隠者《いんじゃ》。「佚《いつ》」は世《よ》をのがれること。

泥《ひぢ》　「ひじ」は水気《みずけ》が多《おお》く粘《ねば》りけのある泥《どろ》。ぬかるみ。

悲谷《ひこく》　自註《じちゅう》の『淮南子《えなんじ》』は、漢《かん》の淮南王《わいなんおう》・劉安《りゅうあん》が、多《おお》くの学者《がくしゃ》を集《あつ》め、古代中国《こだいちゅうごく》の諸学説《しょがくせつ》を集成《しゅうせい》した書物《しょもつ》。非谷《ひこく》は同書《どうしょ》の「天文訓《てんもんくん》」に見《み》える言葉《ことば》。西南方《せいなんぽう》にある大壑《おおたに》で、深《ふか》く峻《けわ》しく、そのほとりに立《た》つ人《ひと》は、悲《かな》しい思《おも》いに駆《か》られるという。

沙漏《しやろう》**をもて**　自註《じちゅう》の Hour-glass とは、砂時計《すなどけい》、水時計《みずどけい》、漏刻《ろうこく》。「砂時計《すなどけい》を用《もち》いて」の意《い》。

撰《せん》**ず**　編纂《へんさん》する。

展樂《てんがく》　未詳《みしょう》。「典楽《てんがく》」は古代中国《こだいちゅうごく》で音楽《おんがく》を司《つかさど》る官名《かんめい》。

頽人《おきな》　「頽」は衰《おとろ》える、毛髪《もうはつ》が崩《くず》れ落《お》ちる意《い》。禿頭《とくとう》の老人《ろうじん》。

浪《へなみ》　「へなみ」は海辺《うみべ》に打《う》ち寄《よ》せる波《なみ》。

牡鹿《をじか》　雄《おす》の鹿《しか》。

権道《けんだう》　手段《しゅだん》としては道《みち》に外《はず》れるが、目的《もくてき》は正道《しょうどう》に合《あ》ったおこない。臨機応変《りんきおうへん》の処置《しょち》。方便《ほうべん》。「ごんどう」とも発音《はつおん》。

日夏耿之介

夢《ゆめ》ほのぼの*と密呪《みつじゆ》を誦《ず》すてふ
淨 巾《じやうきん》*の黄老《おきな》は逝《さ》つた
月《つきよみ》*のことく　燔肉《ひもろぎ》*のことく　密人《みいら》*のことく

沒藥《もつやく》*に呪文《じゆもん》を嗅《か》ぐてふ*
灰 心《くわいしん》*の神人《おきな》*も逝《い》んだ
煙《けぶり》のことく　色身《しきしん》*のことく　魔媼《まあう》*のことく

天廇《てんべう》*を呪文《じゆもん》にをろがむ*
くぐつやみ*の羸老《おきな》*も逝《い》んだ
宵《さよ》*のことく　空漏日《くろび》*のことく　瘴癘《しやうれい》*のことく

ほのぼの　かすかに。ほんのりと。

淨巾《じやうきん》　僧侶《そうりよ》の食事《しよくじ》に際《さい》して、膝《ひざ》にかけて衣服《いふく》を汚《よご》さないようにする布《ぬの》。禅宗《ぜんしゆう》では「じんきん」と発音《はつおん》。袈裟《けさ》を包《つつ》む布《ぬの》なども指《さ》す。

月《つきよみ》　「つきよみ」は月《つき》の神《かみ》の意味《いみ》を含《ふく》む。

燔肉《ひもろぎ》　自註《じちゆう》にいう「神籬《ひもろぎ》」は、神《かみ》の宿《やど》る聖域《せいいき》の意味《いみ》。「胙《ひもろぎ》」は神《かみ》に供《そな》える米《こめ》・餅《もち》・肉《にく》など。

密人《みいら》　「木乃伊《みいら》」「蜜人《みつじん》」とも表記《ひようき》。オランダ語《ご》の mummie の漢訳《かんやく》から。古代《こだい》エジプトなどで防腐剤《ぼうふざい》として死体《したい》に詰《つ》めた薬《やく》品《ひん》（没薬《もつやく》）の意味《いみ》から転《てん》じて、人間《にんげん》や動物《どうぶつ》の死体《したい》を乾燥《かんそう》させて生前《せいぜん》の形《かたち》に近《ちか》い状態《じようたい》で保存《ほぞん》したもの。

没薬《もつやく》　東部《とうぶ》アフリカやアラビアなどに産《さん》するカンラン科《か》の諸《しよ》植物《しよくぶつ》から採集《さいしゆう》したゴム樹脂《じゆし》。芳香《ほうこう》と苦味《にがみ》とがあり、香料《こうりよう》、医薬《いやく》、死体《したい》の防腐剤《ぼうふざい》として用《もち》いられた。「ミルラ」ともいうが、これは「ミイラ」と同根《どうこん》の言葉《ことば》。自註《じちゆう》の「出埃及記《しゆつエジプトき》」は、旧約聖書《きゆうやくせいしよ》の「モーセ五書《ごしよ》」のひとつ『出《しゆつ》エジプト記《き》』のこと。「中世《ちゆうせい》に於《お》て異端的《いたんてき》に用《もち》ひられし」とは、魔女《まじよ》がサバトに赴《おもむ》く際《さい》などに全身《ぜんしん》に没薬《もつやく》を塗布《とふ》した故事《こじ》を指《さ》すか。

嗅《か》**ぐてふ**　嗅《か》ぐという。

灰心《くわいしん》　欲望《よくぼう》を去《さ》って物《もの》に動《どう》じない、平静無心《へいせいむしん》な心《こころ》。『荘子《そうし》』斉《さい》物論篇《ぶつろんへん》の「心固可使如死灰乎《しんはもとよりしかいのごとくならしむべきか》」より。

神人《おきな》　神《かみ》のような老人《ろうじん》。老荘思想《ろうそうしそう》で理想《りそう》とされる道《どう》（タオ）を体得《たいとく》した人《ひと》。真人《しんじん》。

色身《しきしん》　仏教《ぶつきよう》で、仮《かり》に肉体《にくたい》を取《と》って、現実界《げんじつかい》に顕現《けんげん》した仏陀《ぶつだ》の姿《すがた》。釈迦牟尼《しやかむに》はその典型《てんけい》とされる。

魔媼《まあう》　巫覡《ふげき》の技《わざ》に通《つう》じた老婆《ろうば》。巫女婆《みこばば》。

天庿《てんべう》　自註《じちゆう》にいう「南極十字星《なんきよくじゆうじせい》」は南十字星《みなみじゆうじせい》のこと。南《みなみ》十字座《じゆうじざ》を形《かたち》づくる四つの星《ほし》、通称《つうしよう》「サザンクロス Southern Cross」を指《さ》す。「壽を司る《ことぶきつかさど》」は寿命《じゆみよう》を司《つかさど》るとされる星《ほし》。新《しん》城新蔵《じようしんぞう》（一八七三〜一九三八）は天文学者《てんもんがくしや》・東洋学者《とうようがくしや》で、戦前《せんぜん》における東洋天文学研究《とうようてんもんがくけんきゆう》の権威《けんい》。著書《ちよしよ》に『天文大観《てんもんたいかん》』（一九一九）ほか。

をろがむ　拝《おが》む。礼拝《れいはい》する。

くぐつやみ　未詳《みしよう》。性病《せいびよう》の意味《いみ》か。くぐつは「傀儡《くぐつ》」と表記《ひようき》。あやつり人形《にんぎよう》および人形《にんぎよう》あやつりの芸能集団《げいのうしゆうだん》を指《さ》す。また傀儡《くぐつ》の女性《じよせい》たちが売色《ばいしよく》もしたことから遊女《ゆうじよ》の意《い》もある。

羸老《おきな》　「るいろう」と発音《はつおん》。高齢《こうれい》で痩《や》せ衰《おとろ》えた老人《ろうじん》。『春秋左《しゆんじゆうさ》氏伝《しでん》』に見《み》える語《ご》。

宵《さよ》　「さよ」は日《ひ》が暮《く》れて薄暗《うすぐら》くなりかけたころ。よいのうち。

空漏日《くろび》　「黒日《くろび》」とも表記《ひようき》。暦注《れきちゆう》（暦本《れきほん》に記入《きにゆう》される事項《じこう》）のひとつで、最悪《さいあく》の凶日《きようじつ》として万事《ばんじ》に忌《い》むべき日《ひ》とされ、暦《こよみ》の下段《げだん》に黒丸《くろまる》を付《ふ》した。この日《ひ》に病《やまい》を得《え》れば必《かなら》ず死《し》ぬという。受死日《じゆしび》とも。自註《じちゆう》を参照《さんしよう》。

瘴癘《しやうれい》　気候《きこう》や風土《ふうど》のために起《お》こる伝染性《でんせんせい》の熱病《ねつびよう》。マラリヤの類《たぐい》。風土病《ふうどびよう》。

日夏耿之介

弦索《げんさく》*をもて呪文《じゆもん》を聴《き》きわく*
黄貂衣《くわうてん》*の幽人《おきな》*は逝《い》んだ
雪《みゆき》のことく　流沙《りうさ》*のことく　塵表《ちんぺう》*のことく
蘭引《らんびき》*を呪文《じゆもん》にうけぶてふ*
折伏《しやくぶく》*の杖者《おきな》*が逝《い》んだ
颪《いぶき》*のことく　誣罔《ふまう》*のことく　夸者《くわじや》*のことく
髑髏《ひとがしら》*に呪文《じゆもん》を現《げん》ず*
玄黙《げんもく》*の皓髪《おきな》*も逝《い》んだ
霧《さぎり》のことく　蟢子《ささがに》*のことく　誕妄《およづれ》*のことく

弦索《げんさく》　自註《じちゅう》の orchestra は管弦楽団《かんげんがくだん》の意味《いみ》。

聴《き》きわく　聴《き》き分《わ》ける。耳《みみ》で聴《き》いて判別《はんべつ》や占断《せんだん》をなす。

黄貂衣《くわうてん》　黄貂《きてん》は毛《け》の色《いろ》が黄色《きいろ》をした貂《てん》（イタチ科《か》テン属《ぞく》の哺《ほ》乳類《にゅうるい》の総称《そうしょう》）。本州北部《ほんしゅうほくぶ》に棲息《せいそく》し、鮮黄色《せんおうしょく》の毛皮《けがわ》は上質《じょうしつ》とされる。その毛皮《けがわ》で作《つく》られた衣類《いるい》。

幽人《おきな》　俗世間《ぞくせけん》を逃《のが》れて静《しず》かに暮《く》らす老人《ろうじん》。閑雅《かんが》の境地《きょうち》にある人《ひと》。

流沙《りうさ》　砂《すな》や小石《こいし》が風《かぜ》で移動《いどう》する砂原《すなはら》。特《とく》に中国西北部《ちゅうごくせいほくぶ》、天山南《てんざんなん》路《ろ》のタクラマカン砂漠《さばく》を指《さ》すことが多《おお》い。香山滋《かやましげる》「月《つき》ぞ悪《あく》魔《ま》」（『恋《こい》』所収《しょしゅう》）にも登場《とうじょう》。

塵表《ちんべう》　俗世間《ぞくせけん》の外《そと》。俗塵《ぞくじん》を離《はな》れた場所《ばしょ》のこと。「塵外《じんがい》」とも。

蘭引《らんびき》　ポルトガル語《ご》の alambique に由来《ゆらい》。薬品《やくひん》や酒《さけ》、香料《こうりょう》などを蒸留《じょうりゅう》する器具《きぐ》。陶製《とうせい》などの深《ふか》い鍋《なべ》の上《うえ》に冷水《れいすい》を入《い》れた鍋《なべ》を蓋《ふた》とし、下《した》から火《ひ》を焚《た》いて蒸留《じょうりゅう》する。

うけぶてふ　祈誓《うけ》うという。「うけう」は祈《いの》る、呪《のろ》う、神意《しんい》をうかがうなどの意《い》。

折伏《しゃくぶく》　悪人《あくにん》・悪法《あくほう》・悪魔《あくま》をくじき、屈服《くっぷく》させること。破邪《はじゃ》。「じゃくぶく」とも。

杖者《おきな》　杖《つえ》をついて歩《あゆ》む者《もの》から転《てん》じて、老人《ろうじん》をいう。ここでは錫《しゃく》杖《じょう》（金属製《きんぞくせい》の杖《つえ》）を手《て》にした修験者《しゅげんじゃ》の意《い》も含《ふく》むか。

風《いぶき》　「いぶき」は神《かみ》が吐《は》く息《いき》を風《かぜ》とみなしたことからの命名《めいめい》。

誣罔《ふまう》　ないことを、あるように偽《いつわ》って云《い》い、他人《たにん》を陥《おとし》れること。「誣妄《ふもう》」とも表記《ひょうき》。

夸者《くわじや》　通常《つうじょう》は「こしゃ」と発音《はつおん》。「夸《こ》」は誇《こ》と同《おな》じで「誇《ほこ》りたかぶる人《ひと》」の意味《いみ》。自註《じちゅう》にいう「権者《ごんじゃ》」は通常《つうじょう》、権化《ごんげ》などの意味《いみ》で用《もち》いられるが、ここでは権勢者《けんせいしゃ》の意味《いみ》か。

髑髏《ひとがしら》　風雨《ふうう》にさらされて白《しろ》くなった頭骨《とうこつ》。「しゃれこうべ」「しゃりこうべ」「どくろ」とも発音《はつおん》。

現《げん》ず　あらわす。

玄默《げんもく》　奥《おく》ゆかしくして、みだりに口《くち》にしないこと。物静《ものしず》かに沈《ちん》默《もく》を守《まも》ること。

皓髪《おきな》　美事《みごと》な白髪《しらが》の老人《ろうじん》。

蟢子《ささがに》　（姿《すがた》が小《ち》さな蟹《かに》に似《に》るところから）蜘蛛《くも》の異称《いしょう》。

誕妄《およづれ》　「およずれ」は、人《ひと》を迷《まよ》わす噂《うわさ》。流言飛語《りゅうげんひご》。

日夏耿之介

あはれ* 夢《ゆめ》まぐはしき*密呪《みつじゆ》を誦《ず》すてふ
邪神《かみ》*のやうな黄老《おきな》は逝《さ》つた
「秋《さはきり》」のごとく「幸福《さいはひ》」のごとく「來《こ》し方《かた》」のごとく

（「汎天苑《パンテオン》」一九二八年《ねん》三月発行《がつはっこう》の第《だい》二号《ごう》に掲載《けいさい》）

あはれ ものに感動《かんどう》して思《おも》わず発《はっ》せられる声《こえ》。嘆賞《たんしょう》や共鳴《きょうめい》、親《しん》愛《あい》や悲哀《ひあい》などのしみじみとした感動《かんどう》を表《あらわ》す。ああ！

まぐはしき 麗《うるわ》しい。美《うつく》しい。

邪神《かみ》 人《ひと》に災《わざわ》いをもたらす神《かみ》。邪悪《じゃあく》な神《かみ》。まがつひの神《かみ》。

一代《いちだい》の学匠《がくしょう》詩人《しじん》・日夏耿之介《ひなつこうのすけ》は、みずから「ゴスィック・ローマン詩体《したい》」（ゴシック・ローマン詩体《したい》）と呼《よ》ぶ荘重怪異《そうちょうかいい》な詩風《しふう》で、日本近代詩《にほんきんだいし》の世界《せかい》に異彩《いさい》を放《はな》つ存在《そんざい》である。該博《がいはく》な教養《きょうよう》をベースに、難解《なんかい》な漢語《かんご》や稀用漢字《きようかんじ》を嬉々《きき》として採《さい》用《よう》し、達意《たつい》のルビにより煉金術的《れんきんじゅってき》な抒情味《じょじょうみ》を醸《かも》しだすその筆法《ひっぽう》は、現代《げんだい》における「ゴス」的《てき》なものの大《おお》いなる源流《げんりゅう》といっても過言《かごん》ではなかろう。本篇《ほんぺん》を巻頭《かんとう》に据《す》えた詩集『呪《じゅ》文《もん》』（一九三三）について、英文学者《えいぶんがくしゃ》で妖精研究《ようせいけんきゅう》の泰斗《たいと》・井《い》村君江《むらきみえ》は、最良《さいりょう》の入門書《にゅうもんしょ》というべき『日夏耿之介《ひなつこうのすけ》の世界《せかい》』（二〇一五）で、次《つぎ》のように指摘《してき》している。「『呪文《じゅもん》』の世界《せかい》で詩人《しじん》の意識《いしき》の中心《ちゅうしん》にあるのは『死《し》』である。『呪文乃周囲《じゅもんのしゅうい》』『薄志弱行《はくしじゃっこう》ノ歌《うた》』『塵《ちり》』『蠻賓歌《ばんぴんか》』の四《よっ》つの詩篇《しへん》は『死《し》』という通奏低音《つうそうていおん》を響《ひび》かせてロンド形式《けいしき》をとり、死《し》を中心《ちゅうしん》にその周囲《しゅうい》を彷徨《ほうこう》する。（略《りゃく》）そしてさらに各詩篇《かくしへん》に、同《おな》じ言葉《ことば》の繰返《リフレイン》しが詩行《しぎょう》ごとに聯《れん》ごとにくり返《かえ》され、その韻律《いんりつ》のひびきが同一場所《どういつばしょ》での終《おわ》りのない円環運動《えんかんうんどう》の空《むな》しさを奏《かな》でている。（略《りゃく》）病弱《びょうじゃく》だった詩人《しじん》は『死《し》』と馴《な》れ親《した》しんでおり、その時《とき》の訪《おとず》れるまで『死《し》』と手《て》をたずさえ、未来《みらい》のない無限《むげん》の円環《えんかん》運動《うんどう》を陶然《とうぜん》としてくり返《かえ》そうとの境位《きょうい》に至《いた》っている」――さまざまな死《し》が連鎖《れんさ》する『呪《のろい》』の巻《かん》を、あえて本篇《ほんぺん》で締《し》めくくることにした編者《へんじゃ》の企図《きと》を御賢察《ごけんさつ》いただけたら幸《さいわ》いである。

咒文《じゆもん》乃《の》周圍《しうゐ》自註《じちう》

第一聯《だいいちれん》――たをやか（婀娜《あだ》）と言海《げんかい》に註《ちゆう》す。しなやか、たをたをと、の原義《げんぎ》に基《もとづ》けど予《よ》の感情《かんじやう》に於《おい》ては單《たん》なる美《うつく》しきもの以上《いじやう》に透明《とうめい》なるあるものを感《かん》ず。）

蕃神《かみ》（異國神《いこくしん》の義《ぎ》。）

黄老《おきな》（予《よ》の感情《かんじやう》に於《おい》ては、白髪頽齢《はくはつたいれい》をすぎて黄色《わうしよく》を帯《お》べる老翁《ろうおう》にして黄冶《くわうや》の術《じゆつ》すなはち西方《せいほう》のalchemyをよくするものを指《さ》す。）

第二聯《だいにれん》――流鶯《りうあう》（枝《えだ》より枝《えだ》にうつり飛《と》ぶ鶯《うぐひす》。）

第三聯《だいさんれん》――侏儒樂《しゆじゆがく》（侏儒《しゆじゆ》の奏《そう》する樂也《がくなり》。）

第四聯《だいよんれん》――蟲書《ちゆうしよ》（蝌蚪《かと》の書也《しよなり》。）

茯苓《ぶくりやう》（松塊《まつほど》なるが、傳説的怪異《でんせつてきくわいい》の感情《かんじやう》を副有《ふくゆう》す。）

第五聯《だいごれん》――悲谷《ひこく》（淮南子《ゑなんじ》にある傳説的哀愁《でんせつてきあいしう》の谿《たに》。）

第六聯《だいろくれん》――沙漏《しやろう》（Hour-glass 也《なり》。）

第七聯《だいしちれん》——燔肉《ひもろぎ》（神籬《ひもろぎ》の義《ぎ》もあれど、ここにては胙《ひもろぎ》の義《ぎ》にて肉字《にくじ》を附《ふ》せし文字《もじ》を使用《しよう》せし處《ところ》に特《とく》
に作者《さくしや》の感情《かんじやう》あり。）

第八聯《だいはちれん》——沒藥《もつやく》（出埃及記《しゆつエジプトき》卅《さんじふ》ノ廿五《にじふご》その他《た》に出《い》づ。乳香《にゆうかう》と合《あは》せ用《もち》ひし處《ところ》多《おほ》し。されどこれらが
中世《ちゆうせい》に於《お》て異端的《いたんてき》に用《もち》ひられし事實《じじつ》に基《もと》づく感情《かんじやう》を採《と》る。）

第九聯《だいきふれん》——天庿《てんべう》（南極十字星也《なんきよくじふじせいなり》。壽《ことぶき》を司《つかさど》るものもありといふ。詳《くわ》しくは新城新藏氏《しんじやうしんざうし》その他《た》
の文獻《ぶんけん》を見《み》るべし。）

空漏日《くろび》（陰陽家《おんみやうけ》の受死日也《じゆしびなり》。）

第十聯《だいじふれん》——弦索《げんさく》（ここにては orchestra に近《ちか》き義《ぎ》に用《もち》ゆ。）

第十一聯《だいじふいちれん》——蘭引《らんびき》（Alambique すなはち蒸留器也《じようりうきなり》。）

夸者《くわじや》（權者也《ごんじやなり》。）

編者解説《へんじゃかいせつ》

東《ひがし》　雅夫《まさお》

新月《しんげつ》や雨天《うてん》で月《つき》が見《み》えない闇《やみ》の夜《よる》——旅館《りょかん》や料亭《りょうてい》、寺院《じいん》やお屋敷《やしき》などの広間《ひろま》に参集《さんしゅう》した人々《ひとびと》が、とっておきの怖《こわ》い話《はなし》、不思議《ふしぎ》な話《はなし》を代《か》わるがわる披露《ひろう》する。そして一話《いちわ》を語《かた》り終《お》えるごとに、「行燈《あんどん》」と呼《よ》ばれるクラシックな照明器具《しょうめいきぐ》にともされた百本《ひゃっぽん》の灯心《とうしん》を、一本《いっぽん》また一本《いっぽん》と消《け》してゆく。刻一刻《こくいっこく》、行燈《あんどん》の明《あ》かりが薄暗《うすぐら》くなり、やがて百本目《ひゃっぽんめ》の灯心《とうしん》が消《け》されて室内《しつない》が真《しん》の暗闇《くらやみ》に鎖《とざ》されたとき、必《かなら》ずや本物《ほんもの》の怪異《かいい》が起《お》こるという……。

以上《いじょう》が「百物語《ひゃくものがたり》」の通称《つうしょう》で知《し》られる、伝統的《でんとうてき》な怪談会《かいだんかい》のスタイルです。

本来《ほんらい》の百物語怪談会《ひゃくものがたりかいだんかい》は、夜《よる》を徹《てっ》しておこなわれるオールナイト・イベントなので、十《じゅう》代《だい》の皆《みな》さんが経験《けいけん》する機会《きかい》は、ほとんどないことでしょう。けれども、たとえば修学旅行《しゅうがくりょこう》や部活《ぶかつ》の合宿《がっしゅく》の夜《よる》などに消灯後《しょうとうご》、仲間《なかま》たちと声《こえ》をひそめて怪談《かいだん》を語《かた》り合《あ》い、盛《も》り上《あ》がった経験《けいけん》のある人《ひと》は、案外《あんがい》いるかもしれませんね。

闇《やみ》の中《なか》で身近《みぢか》な人間《にんげん》が語《かた》る怪談話《かいだんばなし》には、妙《みょう》な臨場感《りんじょうかん》と連帯感《れんたいかん》が生《う》まれるものです。それは遠《とお》い古代《こだい》、われわれの祖先《そせん》が、洞窟《どうくつ》の中《なか》で焚火《たきび》をかこみながら、自分《じぶん》たちの遭遇《そうぐう》した不可思議《ふかしぎ》な現象《げんしょう》や怖《おそ》ろしい体験《たいけん》を語《かた》り合《あ》った、遥《はる》かな記憶《きおく》の反映《はんえい》なのかもしれません。

未知《みち》なるものに対《たい》する畏怖《いふ》の念《ねん》と裏腹《うらはら》な「怖《こわ》いもの見《み》たさ」の好奇心《こうきしん》と探求心《たんきゅうしん》――これこそは、宗教《しゅうきょう》や哲学《てつがく》から科学《かがく》にまで及《およ》ぶ人類文明《じんるいぶんめい》の原動力《げんどうりょく》であり、モノガタリとしての怪談《かいだん》の起源《きげん》でもあります。


起源《きげん》といえば、百物語《ひゃくものがたり》の伝統《でんとう》は、日本《にほん》における怪談文芸《かいだんぶんげい》の伝統《でんとう》と、不即不離《ふそくふり》（つかず離《はな》れず）の関係《かんけい》にあります。

長《なが》い戦乱《せんらん》の世《よ》が終《お》わり、江戸《えど》に徳川幕府《とくがわばくふ》が開《ひら》かれて平和《へいわ》な時代《じだい》が始《はじ》まってから、まだ六十年余《ろくじゅうねんよ》しか経《た》たない（ちょうど第二次大戦《だいにじたいせん》の終結《しゅうけつ》から平成《へいせい》の現代《げんだい》までと同《おな》じくらいの長《なが》さですね）寛文六年《かんぶんろくねん》（一六六六）に公刊《こうかん》された浅井了意《あさいりょうい》の『伽婢子《おとぎぼうこ》』は、近世怪異小《きんせいかいいしょう》説《せつ》の幕開《まくあ》けを告《つ》げる名著《めいちょ》として知《し》られていますが、その掉尾《ちょうび》を飾《かざ》る「怪《かい》を話《かた》れば怪至《かいいた》る」は、百物語《ひゃくものがたり》の席《せき》で起《お》こる怪異《かいい》を描《えが》いた作品《さくひん》でした。

それから十年後《じゅうねんご》の延宝五年《えんぽうごねん》（一六七七）には、『諸国百物語《しょこくひゃくものがたり》』と題《だい》する作者不詳《さくしゃふしょう》の怪談《かいだん》集《しゅう》が登場《とうじょう》します。全五巻《ぜんごかん》で各巻《かくかん》に二十話《にじゅうわ》が収録《しゅうろく》されているので、総計百話《そうけいひゃくわ》――つまり名《めい》実《じつ》ともに百物語《ひゃくものがたり》になっている稀有《けう》な本《ほん》です。序文《じょぶん》によると、信州諏訪《しんしゅうすわ》（現在《げんざい》の長野県諏《ながのけんす》訪市《わし》）の浪人《ろうにん》・武田信行《たけだのぶゆき》の家《いえ》に泊《と》まり合《あ》わせた旅《たび》の若侍《わかざむらい》たちが雨《あめ》の夜《よ》、退屈《たいくつ》しのぎに催《もよお》した百物語《ひゃくものがたり》で語《かた》られた話《はなし》をまとめたものだといいますが、おそらくこれはフェイク（作《つく》り事《ごと》）でしょう。なぜなら同書所収《どうしょしょしゅう》の怪談奇談《かいだんきだん》の多《おお》くは、先行《せんこう》する説話集《せつわしゅう》や怪談本《かいだんぼん》に載《の》せられている話《はなし》だからです。

それはともかく、同書《どうしょ》を皮切《かわき》りに「百物語《ひゃくものがたり》」を書名《しょめい》に冠《かん》した怪談本《かいだんぼん》が、江戸期《えどき》を通《つう》じて陸続《りくぞく》と刊行《かんこう》されることになります。『古今百物語評判《ここんひゃくものがたりひょうばん》』（一六八六）『御伽百物語《おとぎひゃくものがたり》』（一七〇六）『太平百物語《たいへいひゃくものがたり》』（一七三二）『新撰百物語《しんせんひゃくものがたり》』（一七六六？）『怪談百物語《かいだんひゃくものがたり》』（一八五六）等々《とうとう》。つまり江戸時代《えどじだい》、百物語《ひゃくものがたり》とは怪談《かいだん》の代名詞《だいめいし》となっていたらしいのです。

時代《じだい》がくだって、明治《めいじ》から大正《たいしょう》、昭和《しょうわ》初期《しょき》に文学《ぶんがく》の世界《せかい》で一大怪談《いちだいかいだん》ブームが起《お》こった際《さい》にも、その先導役《せんどうやく》となったのは百物語怪談会《ひゃくものがたりかいだんかい》でした。

本書《ほんしょ》の巻頭《かんとう》に掲《かか》げた「**笛塚**《ふえづか》」を含《ふく》む**岡本綺堂**《おかもときどう》の連作短篇集《れんさくたんぺんしゅう》『青蛙堂鬼談《せいあどうきだん》』（一九二六）は、近代《きんだい》における怪談小説《かいだんしょうせつ》のお手本《てほん》のような名著《めいちょ》ですが、綺堂《きどう》はこの連作《れんさく》をつなぐ外枠《そとわく》の設《せっ》定《てい》に百物語《ひゃくものがたり》の趣向《しゅこう》を導入《どうにゅう》しました。春雪《しゅんせつ》ふりしきる桃《もも》の節句《せっく》の晩《ばん》、小石川《こいしかわ》・切支丹坂《きりしたんざか》の上《うえ》にある青蛙堂主人《せいあどうしゅじん》の屋敷《やしき》に招《まね》かれた客人《きゃくじん》たちが、一人《ひとり》また一人《ひとり》、怪談《かいだん》を披露《ひろう》する。それを参加者《さんかしゃ》の一人《ひとり》で物語《ものがたり》の語《かた》り手《て》である「わたし」が書《か》きとめて成《な》ったのが、この『青蛙堂鬼談《せいあどうきだん》』なのだ……というわけです。「笛塚《ふえづか》」が、いきなり「第十一《だいじゅういち》の男《おとこ》は語《かた》る」と始《はじ》まるのは、十一番目《じゅういちばんめ》の語《かた》り手《て》の話《はなし》という意味《いみ》なのです。

綺堂《きどう》とならぶ近代怪談文芸《きんだいかいだんぶんげい》の巨匠《きょしょう》・泉鏡花《いずみきょうか》（『獣《けもの》』に「蛇《へび》くひ」を、『恋《こい》』に「幼《おさな》い頃《ころ》の記憶《きおく》」を、それぞれ収録《しゅうろく》）が、最初《さいしょ》に手《て》がけた怪談作品《かいだんさくひん》（しかもテーマは丑《うし》の刻《こく》まいり！）である「黒壁《くろかべ》」（明治二十七年十月《めいじにじゅうしちねんじゅうがつ》と十二月《じゅうにがつ》に「詞海《しかい》」に掲載《けいさい》）もまた、冒頭《ぼうとう》いきなり

「席上《せきじょう》の各々方《おのおのがた》、今《いま》や予《よ》が物語《ものがたり》すべき順番《じゅんばん》の来《きた》りしまでに、諸君《しょくん》が語給《かたりたま》いし種々《くさぐさ》の怪談《かいだん》は」（御臨席《ごりんせき》の皆《みな》さん、いよいよ私《わたし》が話《はなし》をする順番《じゅんばん》となりましたが、今《いま》まで皆《みな》さんが語《かた》られた怪談《かいだん》の数々《かずかず》は……）と始《はじ》まる、由緒《ゆいしょ》ただしき百物語《ひゃくものがたり》小説《しょうせつ》でした。

鏡花《きょうか》が唐突《とうとつ》に、このような設定《せってい》の作品《さくひん》を発表《はっぴょう》したきっかけには、同《おな》じ明治《めいじ》二十七年《にじゅうしちねん》（一八九四）の年明《としあ》け早々《そうそう》から「やまと新聞《しんぶん》」紙上《しじょう》に連載《れんさい》された「百物語《ひゃくものがたり》」という企画《きかく》の影響《えいきょう》が大《おお》きいのではないかと、以前《いぜん》から私《わたし》はにらんでいます。

これはその前年《ぜんねん》（一八九三）の暮《く》れ、東京《とうきょう》・浅草《あさくさ》の料亭《りょうてい》で開催《かいさい》された百物語怪談会《ひゃくものがたりかいだんかい》をもとに、一日一話《いちにちいちわ》の怪談《かいだん》が掲載《けいさい》されるという趣向《しゅこう》の連載《れんさい》でした。寄稿者《きこうしゃ》の中《なか》には、噺家《はなしか》の**三遊亭圓朝《さんゆうていえんちょう》**（本巻所収《ほんかんしょしゅう》の**「百物語《ひゃくものがたり》」**は、この怪談会《かいだんかい》の席《せき》で実演《じつえん》された話《はなし》です）や歌舞伎役者《かぶきやくしゃ》の尾上梅幸《おのえばいこう》、講談師《こうだんし》の松林伯圓《しょうりんはくえん》ら著名人《ちょめいじん》の名前《なまえ》も見《み》えます。幕末《ばくまつ》・維新《いしん》の混乱《こんらん》で廃《すた》れていた百物語《ひゃくものがたり》の伝統《でんとう》が、日刊新聞《にっかんしんぶん》という新時代《しんじだい》のメディアで蘇《よみがえ》ったのです。連載《れんさい》は反響《はんきょう》を呼《よ》んだと見《み》えて、同年七月《どうねんしちがつ》には単行本《たんこうぼん》『百物語《ひゃくものがたり》』として扶桑堂《ふそうどう》から刊行《かんこう》されています。生《う》まれついての「おばけずき」を自認《じにん》する鏡花《きょうか》が、こうした時代《じだい》の動《うご》きを歓呼《かんこ》して迎《むか》え、みずからも百物語《ひゃくものがたり》小説《しょうせつ》の筆《ふで》を執《と》ったことは想像《そうぞう》に難《かた》くありません。
鏡花《きょうか》ばかりではありません。明治二十三年《めいじにじゅうさんねん》（一八九〇）に来日《らいにち》し、当時《とうじ》は熊本《くまもと》の第五《だいご》高等学校《こうとうがっこう》に赴任《ふにん》していたラフカディオ・ハーン、後《のち》の**小泉八雲**《こいずみやくも》も、この『百物語《ひゃくものがたり》』に注目《ちゅうもく》し、本巻《ほんかん》に収《おさ》めた「**因果**《いんが》**ばなし**」と有名《ゆうめい》な「むじな」の二篇《にへん》を再話《さいわ》しているのです。

こうして明治二十年代後半《めいじにじゅうねんだいこうはん》に復活《ふっかつ》した百物語《ひゃくものがたり》は、やがて明治四十年代《めいじよんじゅうねんだい》に入《はい》ると、おばけずきな文学者《ぶんがくしゃ》やアーティスト、ジャーナリストらを巻《ま》きこんで、盛《さか》んに開催《かいさい》されるようになります。文化現象《ぶんかげんしょう》としての百物語《ひゃくものがたり》ブームの到来《とうらい》です。

明治四十二年《めいじよんじゅうにねん》（一九〇九）に発表《はっぴょう》した随筆《ずいひつ》「雨夜《あまよ》の怪談《かいだん》」の中《なか》で、岡本綺堂《おかもときどう》は「聞《き》くところに拠《よ》れば近来《きんらい》も怪談大流行《かいだんだいりゅうこう》、到《いた》るところに百物語式《ひゃくものがたりしき》の会合《かいごう》があると云《い》う」と記《しる》していますが、事実《じじつ》、その前年《ぜんねん》（一九〇八）の春《はる》には、文学雑誌《ぶんがくざっし》「趣味《しゅみ》」四月号《しがつごう》に馬場孤蝶《ばばこちょう》、與謝野鉄幹《よさのてっかん》、小栗風葉《おぐりふうよう》らによる怪談会《かいだんかい》のリポート「不思議譚《ふしぎたん》」が掲載《けいさい》され、夏《なつ》には泉鏡花《いずみきょうか》や喜多村緑郎《きたむらろくろう》、長谷川時雨《はせがわしぐれ》らが参加《さんか》した「化物会《ばけものかい》」が向島《むこうじま》の有馬温泉《ありまおんせん》で開催《かいさい》され、冬《ふゆ》には佐々木喜善《ささききぜん》が、おばけずき仲間《なかま》の水野葉舟《みずのようしゅう》とともに柳田國男《やなぎたくにお》邸《てい》を訪《たず》ねて、郷里《きょうり》・遠野《とおの》（岩《いわ》手《て》県《けん》）の怪談話《かいだんばなし》を披露《ひろう》し、これ以後《いご》「お化会《ばけかい》」が柳田邸《やなぎたてい》で定期開催《ていきかいさい》されることになります。右《みぎ》の「お化会《ばけかい》」から生《う》まれたのが、本巻《ほんかん》に抄録《しょうろく》した**柳田國男**《やなぎたくにお》の名著《めいちょ》『**遠野物語**《とおのものがたり》』（一九一〇）であることは有名《ゆうめい》ですが、**田中貢太郎**《たなかこうたろう》「**這《は》って来《く》る紐《ひも》**」の原話《げんわ》の語《かた》り手《て》である田島金次郎《たじまきんじろう》も、鏡花主宰《きょうかしゅさい》の怪談会《かいだんかい》の世話役《せわやく》をつとめた人物《じんぶつ》なのです。百物語《ひゃくものがたり》の場《ば》につどうおばけずき作家《さっか》たちによって交《か》わされる怪談話《かいだんばなし》の応酬《おうしゅう》から、新《あら》たな怪談《かいだん》小説《しょうせつ》や怪談実話《かいだんじつわ》が誕生《たんじょう》してゆく……岡本綺堂《おかもときどう》から柳田國男《やなぎたくにお》まで、本書《ほんしょ》の前半《ぜんはん》に収録《しゅうろく》した作品群《さくひんぐん》から、そうした怪談黄《かいだんおう》金時代《ごんじだい》の仄暗《ほのぐら》い熱気《ねっき》を感《かん》じ取《と》っていただけたら幸《さいわ》いであります。

本書《ほんしょ》の後半《こうはん》には、戦中戦後《せんちゅうせんご》の文豪《ぶんごう》たちによる、たいそう読《よ》みごたえのある小説四篇《しょうせつよんぺん》を収載《しゅうさい》しました。「小説《しょうせつ》の魔術師《まじゅつし》」の異名《いみょう》をとった**久生十蘭**《ひさおじゅうらん》の「**予言**《よげん》」は、「呪《のろ》い」をテーマにしたアンソロジーを編《あ》むときには、絶対《ぜったい》に外《はず》せない傑作中《けっさくちゅう》の傑作《けっさく》です。明治前期《めいじぜんき》に舶《はく》来《らい》の新技術《しんぎじゅつ》として注目《ちゅうもく》をあつめた「メスメリズム／催眠術《さいみんじゅつ》」を巧妙《こうみょう》に援用《えんよう》することで、当《とう》初《しょ》は荒唐無稽《こうとうむけい》に思《おも》われた呪《のろ》いが、刻一刻《こくいっこく》と迫真味《はくしんみ》を増《ま》して、主人公《しゅじんこう》を翻弄《ほんろう》し呑《の》みこんでゆくさまは、幾度《いくど》読《よ》みかえしても圧巻《あっかん》というほかはありません。とりわけ、物語《ものがたり》の重要《じゅうよう》な転《てん》回点《かいてん》にひょっこり姿《すがた》を顕《あら》わすあれ（うっかり解説《かいせつ》を先《さき》に読《よ》まれた方《かた》に、後《あと》で恨《うら》まれたり呪《のろ》われたりしないように、それが何《なに》かはわざと伏《ふ》せておきますね）の衝撃度《しょうげきど》は驚《おどろ》くばかり。これぞ史上最強《しじょうさいきょう》（最恐《さいきょう》）の呪物《じゅぶつ》と云《い》っても過言《かごん》ではないでしょう。

ちなみに呪物《じゅぶつ》（fetish）とは本来《ほんらい》、「呪術的《じゅじゅつてき》な効果《こうか》をもつとされる物《もの》。呪具《じゅぐ》・呪符《じゅふ》・護《ご》符《ふ》などの類《たぐい》」（『広辞苑《こうじえん》』第五版《だいごはん》より）のことですが、本書《ほんしょ》の収録作《しゅうろくさく》には、決《き》まって何《なに》かしら呪物《じゅぶつ》めいたオブジェが登場《とうじょう》しています。すなわち「笛塚《ふえづか》」の笛《ふえ》、「百物語《ひゃくものがたり》」の行燈《あんどん》と蠟《ろう》燭《そく》、「因果《いんが》ばなし」の手首《てくび》、「這《は》って来《く》る紐《ひも》」の紐《ひも》、「遠野物語《とおのものがたり》」のオシラサマや茸《きのこ》、「予《よ》言《げん》」のあれ（および拳銃《けんじゅう》）、「くだんのはは」の繃帯《ほうたい》、「復讐《ふくしゅう》」の血書《けっしょ》、「鬼火《おにび》」の瓦斯《ガス》コンロ、「鐵輪《かなわ》」の藁人形《わらにんぎょう》と五寸釘《ごすんくぎ》……それらの多《おお》くはありふれた日用品《にちようひん》なのですが、作中《さくちゅう》のTPO（時《とき》と所《ところ》と場合《ばあい》）によって、このうえなく禍々《まがまが》しい、呪詛《じゅそ》のシンボルに一変《いっぺん》するのでした。これもまた優《すぐ》れた文学作品《ぶんがくさくひん》ならではの妙趣《みょうしゅ》と申《もう》せましょう。

さて、**「くだんのはは」「復讐《ふくしゅう》」「鬼火《おにび》」**の三篇《さんぺん》は、いずれも戦争《せんそう》という名《な》の巨大《きょだい》な呪《のろ》いに翻弄《ほんろう》された人々《ひとびと》の物語《ものがたり》でもあります。二〇一六年《ねん》に公開《こうかい》され高《たか》い評価《ひょうか》を獲得《かくとく》したアニメ映画《えいが》『この世界《せかい》の片隅《かたすみ》に』（片渕須直監督《かたぶちすなおかんとく》／こうの史代原作《ふみよげんさく》）をご覧《らん》になった方《かた》ならば、微視的《びしてき》なまなざしに徹《てっ》することで皮相《ひそう》な現実《げんじつ》の深奥《しんおう》（そして現実《げんじつ》の彼方《かなた》）を描《えが》きだす手《て》つきに、どこかしら相通《あいつう》ずるものを感得《かんとく》されるのではないかと思《おも》います。そういえば、『この世界《せかい》の片隅《かたすみ》に』にも、『遠野物語《とおのものがたり》』でおなじみのザシキワラシやヤマビトが、何《なに》くわぬ顔《かお》をして出没《しゅつぼつ》していましたね（それも意外《いがい》に重要《じゅうよう》な役《やく》まわりで）。

本巻《ほんかん》の「幻妖《げんよう》チャレンジ！」は、**郡虎彦**《こおりとらひこ》の詩劇《しげき》「**鐵輪**《かなわ》」と**日夏耿之介**《ひなつこうのすけ》のゴスィック・ローマン詩《し》「**呪文乃周圍**《じゅもんのしゅうい》」の二本立《にほんだ》てです。日本的《にほんてき》な呪法《じゅほう》の極《きわ》みというべき丑《うし》の刻《こく》まいりの恐怖《きょうふ》を活写《かっしゃ》した「鐵輪《かなわ》」で頂点《ちょうてん》に達《たっ》する本書《ほんしょ》の「呪《のろ》い」を、死《し》せる呪師《じゅし》たちを詠《えい》じて不思《ふし》議《ぎ》に晴《は》れやかな「呪文乃周圍《じゅもんのしゅうい》」によって鎮《しず》め祓《はら》おうという趣向《しゅこう》……これもまた「お呪《まじな》い」の一種《いっしゅ》でしょうか。

劇《げき》の台詞《せりふ》や詩語《しご》は、作者《さくしゃ》が選《えら》び抜《ぬ》いた言葉《ことば》そのものを味読《みどく》すべきものなので、今回《こんかい》は現《げん》代語訳《だいごやく》で補《おぎな》うことはせず、細《こま》かい註釈《ちゅうしゃく》を付《つ》けるにとどめました。どちらも率直《そっちょく》に云《い》って、難物《なんぶつ》です。文語体《ぶんごたい》の文章《ぶんしょう》に慣《な》れていない皆《みな》さんにはハードルが高《たか》すぎるように、最初《さいしょ》のうちは感《かん》じられるかもしれません。まさに「チャレンジ！」ですが、とはいえ、いかに荘《そう》重《ちょう》で難解《なんかい》に見《み》えても、これもまた同《おな》じ日本語《にほんご》です。郡《こおり》と日夏《ひなつ》は奇《く》しくも共《とも》に明治《めいじ》二十三《にじゅうさん》年《ねん》（一八九〇）生《う》まれなので、もし生《い》きていたら現在百二十七歳《げんざいひゃくにじゅうななさい》――皆《みな》さんの曾祖父母《そうそふぼ》より少《すこ》し上《うえ》の世代《せだい》の日本人《にほんじん》が書《か》いた文章《ぶんしょう》です。文語特有《ぶんごとくゆう》の言《い》いまわしに慣《な》れてしまえば、おおよその意味《いみ》はつかめるようになりますし、率直《そっちょく》に申《もう》しあげて、それで充分《じゅうぶん》でもあります。編者《へんじゃ》である私自身《わたしじしん》、十代《じゅうだい》の頃《ころ》にこれらの作品《さくひん》を読《よ》んで、どこまで理解《りかい》できていたか、おおいに怪《あや》しいものです。それでも（『夢《ゆめ》』の解説《かいせつ》にも書《か》いたように）日本語《にほんご》の「何《なん》でもあり」な面白《おもしろ》さに惹《ひ》かれて、分《わ》からないなりに勝手《かって》に愉《たの》しんで読《よ》んでいました。

そもそも文学《ぶんがく》には唯一絶対《ゆいいつぜったい》の正解《せいかい》などありませんし、そこが他《た》をもって代《か》えがたい文学《ぶんがく》の魅力《みりょく》でもあるのですから。

二〇一七年《ねん》二月《がつ》

著者《ちょしゃ》プロフィール（収録順《しゅうろくじゅん》）

岡本綺堂《おかもときどう》

（一八七二〜一九三九）劇作家《げきさっか》、小説家《しょうせつか》。東京《とうきょう》生《う》まれ。中学時代《ちゅうがくじだい》から劇作《げきさく》を志《こころざ》し、一八九〇年東京日日新聞入社《ねんとうきょうにちにちしんぶんにゅうしゃ》、一八九三年中央新聞社会部長《ねんちゅうおうしんぶんしゃかいぶちょう》となり、劇評《げきひょう》も担当《たんとう》した。一八九六年《ねん》に処女戯曲《しょじょぎきょく》『紫宸殿《ししんでん》』を発表《はっぴょう》。『維新前後《いしんぜんご》』（一九〇八）、『修禅寺物語《しゅぜんじものがたり》』（一九一一）の成功《せいこう》によって、新歌舞伎《しんかぶき》を代表《だいひょう》する劇作家《げきさっか》となった。一九一三年以降《ねんいこう》は作家活動《さっかかつどう》に専念《せんねん》し、多《おお》くの戯曲《ぎきょく》や小説《しょうせつ》を残《のこ》した。小説《しょうせつ》に『玉藻《たまも》の前《まえ》』『半七捕物帳《はんしちとりものちょう》』など。

三遊亭圓朝《さんゆうていえんちょう》

（一八三九〜一九〇〇）幕末《ばくまつ》から明治期《めいじき》の落語家《らくごか》。江戸《えど》生《う》まれ。人情噺《にんじょうばなし》を大道具《おおどうぐ》・鳴《な》り物入《ものい》りで演《えん》じて人気《にんき》を得《え》たが、のち素噺《すばなし》に転向《てんこう》した。近代落語《きんだいらくご》の祖《そ》として知《し》られる。主《おも》な作品《さくひん》に『真景累《しんけいかさね》ヶ淵《がふち》』『怪談牡丹燈籠《かいだんぼたんどうろう》』など。

小泉八雲《こいずみやくも》

（一八五〇〜一九〇四）本名《ほんみょう》ラフカディオ・ハーン。ギリシア生《う》まれの文学者《ぶんがくしゃ》。イギリスとフランスで教育《きょういく》を受《う》け、一八六九年《ねん》に渡米《とべい》し、各地《かくち》で新聞記者《しんぶんきしゃ》を務《つと》めた。一八九〇年来日《ねんらいにち》。松江中学《まつえちゅうがく》で教師《きょうし》を務《つと》め、小泉節子《こいずみせつこ》と結婚《けっこん》。熊本《くまもと》に転任後《てんにんご》、神戸《こうべ》に移《うつ》り執筆《しっぴつ》に専念《せんねん》。一八九五年日本《ねんにほん》に帰化《きか》し、小泉八雲《こいずみやくも》と改名《かいめい》する。その後《ご》、東京帝国大学《とうきょうていこくだいがく》、早稲田大学《わせだだいがく》で英語《えいご》・英文学《えいぶんがく》を教《おし》えた。『怪談《かいだん》』『骨董《こっとう》』『心《こころ》』など日本《にほん》に関《かん》する随筆《ずいひつ》・物語《ものがたり》を英文《えいぶん》で発表《はっぴょう》した。

田中貢太郎《たなかこうたろう》

（一八八〇〜一九四一）小説家《しょうせつか》、随筆家《ずいひつか》。高知《こうち》生《う》まれ。漢学塾《かんがくじゅく》に学《まな》び、代用教員《だいようきょういん》、高知実業新聞社《こうちじつぎょうしんぶんしゃ》の記者《きしゃ》を経《へ》たのち上京《じょうきょう》。田山花袋《たやまかたい》、田岡嶺雲《たおかれいうん》らに師事《しじ》。作品《さくひん》は紀行《きこう》文《ぶん》、随想《ずいそう》、情話物《じょうわもの》、怪談《かいだん》・奇談《きだん》など多岐《たき》にわたる。主《おも》な作品《さくひん》に『貢太郎見聞録《こうたろうけんぶんろく》』『旋風時代《せんぷうじだい》』『日本怪談全集《にほんかいだんぜんしゅう》』『支那怪談全集《しなかいだんぜんしゅう》』など。

柳田國男《やなぎたくにお》

（一八七五〜一九六二）民俗学者《みんぞくがくしゃ》。兵庫県《ひょうごけん》生《う》まれ。一九〇〇年《ねん》、東京帝国大学法科大学卒《とうきょうていこくだいがくほうかだいがくそつ》。農商務省《のうしょうむしょう》に入《はい》り、法制局参事官《ほうせいきょくさんじかん》、貴族院書記官長《きぞくいんしょきかんちょう》などを歴任《れきにん》。一九三五年《ねん》、民間伝承《みんかんでんしょう》の会《かい》（のち日本民俗学会《にほんみんぞくがっかい》）を創始《そうし》し、雑誌《ざっし》「民間伝承《みんかんでんしょう》」を刊行《かんこう》、日本民俗学《にほんみんぞくがく》の基礎《きそ》を確《かく》立《りつ》。一九五一年《ねん》、文化勲章受章《ぶんかくんしょうじゅしょう》。作品《さくひん》に『遠野物語《とおのものがたり》』『山《やま》の人生《じんせい》』『妖怪談義《ようかいだんぎ》』『海上《かいじょう》の道《みち》』ほか多数《たすう》。

久生十蘭《ひさおじゅうらん》

（一九〇二〜一九五七）小説家《しょうせつか》、演出家《えんしゅつか》。北海道《ほっかいどう》生《う》まれ。一九三九年《ねん》『キャラコさん』で第《だい》一回新青年読者賞《かいしんせいねんどくしゃしょう》を受《じゅ》賞《しょう》。一九五二年《ねん》『鈴木主水《すずきもんど》』により第《だい》二十六回直木賞《かいなおきしょう》を受賞《じゅしょう》。一九五五年《ねん》『母子像《ぼしぞう》』（英訳《えいやく》 吉田健一《よしだけんいち》）がニューヨーク・ヘラルド・トリビューン紙主催《ししゅさい》の第《だい》二回国際短篇小説《かいこくさいたんぺんしょうせつ》コンクールで第《だい》一席《せき》に入選《にゅうせん》した。歴史物《れきしもの》、現代《げんだい》物《もの》、時代小説《じだいしょうせつ》、ノンフィクション・ノベルなど多彩《たさい》な作品《さくひん》を手掛《てが》け、「小説《しょうせつ》の魔術師《まじゅつし》」とも呼《よ》ばれた。

小松左京《こまつさきょう》

（一九三一〜二〇一一）SF作家《さっか》。大阪《おおさか》生《う》まれ。京都大学文学部卒《きょうとだいがくぶんがくぶそつ》。経済誌記者《けいざいしきしゃ》などを経《へ》て、一九六二年《ねん》「SFマガジン」誌《し》に登場《とうじょう》。星新一《ほししんいち》、筒井康隆《つついやすたか》と並《なら》んで日本《にほん》SFの御三家《ごさんけ》と呼《よ》ばれる。代表作《だいひょうさく》に『日本沈没《にほんちんぼつ》』（日本《にほん》推理作家協会賞《すいりさっかきょうかいしょう》）『復活《ふっかつ》の日《ひ》』『果《はて》しなき流《なが》れの果《はて》に』など。

三島由紀夫《みしまゆきお》

（一九二五〜一九七〇）小説家《しょうせつか》、劇作家《げきさっか》。東京《とうきょう》生《う》まれ。一九四七年《ねん》、東京大学法学部《とうきょうだいがくほうがくぶ》を卒業後《そつぎょうご》、大蔵省《おおくらしょう》に勤務《きんむ》するも九ヶ月《かげつ》で退職《たいしょく》、執筆生活《しっぴつせいかつ》に入《はい》る。一九四九年《ねん》、最《さい》初《しょ》の書《か》き下《お》ろし長篇《ちょうへん》『仮面《かめん》の告白《こくはく》』を刊行《かんこう》、作家《さっか》としての地位《ちい》を確立《かくりつ》した。著書《ちょしょ》に、『潮騒《しおさい》』（新潮社文学賞《しんちょうしゃぶんがくしょう》）、『金閣寺《きんかくじ》』（読売文学賞《よみうりぶんがくしょう》）、戯曲《ぎきょく》『サド侯爵夫人《こうしゃくふじん》』（芸《げい》術祭賞《じゅつさいしょう》）など。一九七〇年《ねん》十一月《がつ》二十五日《にち》、『豊饒《ほうじょう》の海《うみ》』四部作《ぶさく》の最終回原稿《さいしゅうかいげんこう》を書《か》き上《あ》げた後《のち》、自衛隊市ヶ《じえいたいいちが》谷《や》駐屯地《ちゅうとんち》で割腹自殺《かっぷくじさつ》。

吉屋信子《よしやのぶこ》

（一八九六～一九七三）小説家《しょうせつか》。新潟県《にいがたけん》生《う》まれ。栃木《とちぎ》高等女学校在学中《こうとうじょがっこうざいがくちゅう》から少女雑誌《しょうじょざっし》に投稿《とうこう》し卒業後《そつぎょうご》上京《じょうきょう》、一九一七年《ねん》から雑誌《ざっし》に連載《れんさい》した連作《れんさく》「花物語《はなものがたり》」で、少女《しょうじょ》小説作家《しょうせつさっか》として人気《にんき》を得《え》る。一九一九年《ねん》、大阪朝日新《おおさかあさひしん》聞《ぶん》の懸賞小説《けんしょうしょうせつ》に「地《ち》の果《はて》まで」が当選《とうせん》、連載《れんさい》され、作《さっ》家《か》としての地歩《ちほ》をかためた。その後《ご》「女《おんな》の友情《ゆうじょう》」「女《おんな》の教室《きょうしつ》」など次々《つぎつぎ》に長篇小説《ちょうへんしょうせつ》を発表《はっぴょう》、大衆小説《たいしゅうしょうせつ》の第一《だいいち》人者《にんしゃ》となる。戦後《せんご》は、純文学短篇小説《じゅんぶんがくたんぺんしょうせつ》でも評価《ひょうか》を得《え》た。

郡虎彦《こおりとらひこ》

（一八九〇～一九二四）劇作家《げきさっか》。東京《とうきょう》生《う》まれ。東京《とうきょう》大学英文科中退《だいがくえいぶんかちゅうたい》。「白樺《しらかば》」に参加《さんか》し、小説《しょうせつ》『松山一家《まつやまいっか》』が「太陽《たいよう》」の懸賞《けんしょう》に入選《にゅうせん》し、文壇《ぶんだん》に出《で》た。戯曲《ぎきょく》『道成《どうじょう》寺《じ》』『鐵輪《かなわ》』などの代表作《だいひょうさく》を発表後《はっぴょうご》ヨーロッパに渡《わた》る。『鐵輪《かなわ》』の英訳《えいやく》ほか『五争曲《ごそうきょく》』『アブサロム』など英文戯《えいぶんぎ》曲《きょく》を書《か》き、特《とく》に『義朝記《よしともき》』は各国語《かっこくご》に翻訳《ほんやく》された。

日夏耿之介《ひなつこうのすけ》

（一八九〇～一九七一）詩人《しじん》、英文学者《えいぶんがくしゃ》。文学博士《ぶんがくはかせ》。長《なが》野県《のけん》生《う》まれ。一九一四年《ねん》早稲田大学英文科卒業《わせだだいがくえいぶんかそつぎょう》。在学《ざいがく》中《ちゅう》から詩誌《しし》「聖盃《せいはい》」を創刊《そうかん》して詩作《しさく》を始《はじ》め、新象徴派《しんしょうちょうは》詩人《しじん》として認《みと》められた。詩集《ししゅう》『転身《てんしん》の頌《しょう》』『黒衣聖母《こくいせいぼ》』『咒文《じゅもん》』で孤高《ここう》の詩人《しじん》として知《し》られ、翻訳《ほんやく》・批評《ひひょう》・研究《けんきゅう》・随筆《ずいひつ》と、多彩《たさい》な分野《ぶんや》に業績《ぎょうせき》をのこした。和洋《わよう》の怪談《かいだん》や幻《げん》想文学《そうぶんがく》、オカルティズムにも造詣《ぞうけい》が深《ふか》く、批評《ひひょう》と翻訳《ほんやく》の両面《りょうめん》で、その移入紹介《いにゅうしょうかい》に先駆的《せんくてき》な業績《ぎょうせき》をのこしたことでも記憶《きおく》される。代表作《だいひょうさく》に『サバト恠異帖《かいいちょう》』『大鴉《おおがらす》』などがある。

底本一覧

岡本綺堂「笛塚」　『影を踏まれた女』光文社文庫
三遊亭圓朝「百物語」　『圓朝全集 第十三巻』岩波書店
小泉八雲／田代三千稔訳「因果ばなし」　『怪談・奇談』角川文庫クラシックス
田中貢太郎「這って来る紐」　『日本怪談大全4　犯罪の館』国書刊行会
柳田國男「遠野物語」　『新版 遠野物語　付・遠野物語拾遺』角川ソフィア文庫
久生十蘭「予言」　『定本 久生十蘭全集』国書刊行会
小松左京「くだんのはは」　『日本怪奇小説傑作集3』創元推理文庫
三島由紀夫「復讐」　『日本怪奇小説傑作集2』創元推理文庫
吉屋信子「鬼火」　『鬼火・底の抜けた柄杓』講談社文芸文庫
郡虎彦「鐵輪」　『陰陽師伝奇大全』白泉社
日夏耿之介「咒文乃周圍」　『日夏耿之介全集1』河出書房新社

＊本シリーズでは、原文を尊重しつつ、十代の読者にとって少しでも読みやすいよう、文字表記をあらためました。
●右記の各書を底本とし、新漢字、現代仮名づかいにあらためました。ただし「鐵輪」「咒文乃周圍」については例外的に旧仮名づかいのままとしました。
●ふりがなは、すべての漢字に付けています。原則として底本などに付けられているふりがなは、そのまま生かし、それ以外の漢字には編集部の判断でふりがなを付しました。
●代名詞、副詞、接続詞、補助動詞などで、仮名にあらためても原文を損なうおそれが少ないと思われるものは、仮名にしました。
●作品の一部に、今日の人権意識に照らして不当・不適切と思われる表現・語句がふくまれていますが、発表当時の時代的背景と作品の文学的価値に鑑み、原文を尊重する立場からそのままにしました。

東雅夫（ひがし・まさお）
一九五八年、神奈川県生まれ。アンソロジスト、文芸評論家。元「幻想文学」編集長で、現在は怪談専門誌「幽」編集顧問。『遠野物語と怪談の時代』で日本推理作家協会賞を受賞。著書に『百物語の怪談史』『文学の極意は怪談である』、編纂書にちくま文庫版『文豪怪談傑作選』、平凡社ライブラリー版『文豪怪異小品集』ほか多数、監修書に岩崎書店版『怪談えほん』ほかがある。

羽尻利門（はじり・としかど）
一九八〇年兵庫県生まれ。立命館大学国際関係学部卒。徳島県阿南市在住。日本児童出版美術家連盟会員。大学卒業後会社勤めを経て絵本作家・イラストレーターに。絵本に『Are You an Echo? The Lost Poetry of Misuzu Kaneko』(David Jacobson 文)、『二十四節気のえほん』(西田めい文)、『花まつりにいきたい』(あまんきみこ作)、『夏がきた』ほか。挿絵に『坂の上の図書館』(池田ゆみる作)など。

装丁－小沼宏之
編集協力・校正－上田宙
編集担当－北浦学

文豪ノ怪談 ジュニア・セレクション
呪 小泉八雲・三島由紀夫ほか

二〇一七年 三 月二十五日 初版第一刷発行
二〇一九年 一 月三十一日 初版第三刷発行

編 東雅夫
絵 羽尻利門

発行者 小安宏幸
発行所 株式会社汐文社
〒102-0071
東京都千代田区富士見1-6-1
TEL 03-6862-5200
FAX 03-6862-5202
http://www.choubunsha.com

印刷 新星社西川印刷株式会社
製本 東京美術紙工協業組合

ISBN978-4-8113-2330-5
乱丁・落丁本はお取り替えいたします。